Das Amulett der Alten
Fremdes Land – Der Marsch der Orks

AF216091

NERO MAN

Für P und C.

Bibliografische Information der Deutschen Nationalbibliothek:
Die Deutsche Nationalbibliothek verzeichnet diese Publikation in
der Deutschen Nationalbibliografie; detaillierte bibliografische
Daten sind im Internet über dnb.dnb.de abrufbar.

© 2019 MAN NERO
Herstellung und Verlag: BoD – Books on Demand, Norderstedt
ISBN: 978-3-7504-2869-0

Prolog

Dunkel war es in der Halle, dunkel und kalt. Orobas durchschritt den schier endlosen Weg bis hin zum Portal, so wie jeden Morgen. Ebenso wie jeden Tag schaute er sich die gigantischen Marmorstatuen an, welche zehnmal so hoch wie ein ausgewachsener Mann waren, die seinen Weg säumten. Obwohl er diesen Weg schon oft beschritt, hatte er wie jeden Tag ein mulmiges Gefühl. Fest entschlossen ging er weiter.

Seine Schritte hallten auf dem steinernen Boden.

Er kam an einer grünen Statue vorbei und bemerkte aus seinen Augenwinkeln das sich etwas an ihr verändert hatte. Er hielt inne und betrachtete sie. Es war ein Abbild eines Sumpforks, deren Rasse tief im Süden lebte. Diese Kreaturen waren ebenso wie er Diener von BALZAR, dem stärksten und mächtigsten Nekal.

Was war nur an dieser Gestalt anders als gestern?

Er betrachtete sie und sah es!

Ihre Augen glühten rot!

Orobas frohlockte.

Was war geschehen?

Hatte sein Meister endlich einen Weg nach Aloifanda zurückgefunden?

Würde die Schlacht endlich losgehen?

Er zuckt instinktiv mit den Achseln, denn er hatte keine Ahnung.

Die Augen glühten weiter.

Orobas nickte und setzte seinen Weg fort. Seine Schritte hallten durch die Halle.

Orobas hielt wieder inne. Hatte er etwas gehört?

Er lauschte.

Nichts.

Er schaute sich um.

Dann blickte er zu der Kriegergestalt. Die Augen glühten weiterhin rot, bedrohlich und sie schienen ihm zu folgen.

1

Orobas schüttelte den Kopf. Vielleicht hatte er sich nur verhört. Seine Nerven waren bis zum Zerreißen angespannt und er ging weiter. Wieder hörte er das schleifende Geräusch. Aber es war diesmal nicht nur ein Schleifen, er hörte außerdem ein Malmen, ein Quietschen.

Erneut blieb er stehen und drehte sich um. Nun schaute er sich nicht einfach nur um, sondern blickte direkt auf die Orkstatue. Ihre Augen glühten immer stärker und er schirmte seine Augen ab, aber nur so, dass er diese Statue weiter anschauen konnte.

Sie knarrte lauter.

Orobas blieb fast das Herz stehen.

Die Statue bewegte sich!

Orobas war fasziniert und beobachtete das steinerne Monument weiter. Ganz langsam bewegte es sich. Zuerst hob es die Arme und stellte einen gigantischen Hammer auf den Boden. Das Aufsetzten machte einem ohrenbetäubenden Lärm.

Er hatte das Gefühl, taub zu sein.

Dann bewegte das Monument, unter lautem Knirschen, seine Beine, bis es schließlich neben Orobas kniete. Dann ein noch lauteres Knirschen. Die Statue drehte ihren Kopf in Richtung des riesigen Knochenthrons von BALZAR. Danach erloschen ihre Augen.

Orobas setzte seinen Weg fort und schaute dabei unentwegt auf den Thron seines Herren, der aus Schädelknochen gebaut war. Am Thron angekommen, fiel er auf seine Knie.

„Oh Herr, erhöre meine Bitten. Du hast mir das ewige Leben geschenkt und ich habe dir ewige Treue geschworen. Oh Herr, komme bitte zu deinem unterwürfigen Diener zurück!"

Der alte bucklige Mann streifte seinen Pelzmantel ab, legte seinen kahlen Kopf auf den Boden und küsste ihn. Danach erhob er sich langsam und zeichnete Hieroglyphen in die Luft. Dabei murmelte er wieder und wieder endlose Sätze.

Es wurde heller und heller in der Halle. Die Luft lud sich elektrisch auf. Sie begann zu wabern und erstarrte von einem Moment auf den anderen.

Der Diener schaute angespannt.

Würde ihn sein Herr heute, nach all den vielen Jahren, erhören?

Er glaubte es nicht, starrte aber wie gebannt auf die wabernde Luft. Plötzlich verwandelte sich die Luft und ein Gesicht erschien.

Orobas stieß einen spitzen Schrei aus. Instinktiv ging er ein par Schritte rückwärts und starrte noch immer gebannt auf die Erscheinung.

Das Gesicht nahm immer exaktere Formen an und war schließlich vollkommen ausgebildet. Es öffnete seinen Mund.

„Orobas mein Diener. Die Zeit ist gekommen ...“

Die Stimme klang blechern und unwirklich.

Der alte Mann hatte vor Schreck den Mund aufgesperrt und die Augen weit aufgerissen.

„Die Zeit ist bald gekommen. Ich kann noch nicht durch das Portal gehen. Meine verräterischen Geschwister halten mich noch immer von Aloifanda fern. Noch bin ich zu schwach! Aber ich habe einen Diener ins Land geschickt, einen Burol ...“

Orobas schluckte. Einen Burol! Das war ein untoter Orkkönig, welcher große magische Kraft besaß, ein mächtiges Wesen!

„Ich schicke ihn zu den Sumpforks. Sie müssen noch vor den Winter über den Todespass hierher marschieren! Sie müssen ...“

Das Gesicht verzerrte sich und war nur noch schemenhaft zu erkennen. Die Stimme klang gequält.

„... müssen hierher gelangen. Dann wird die Rache unser sein! ...“

Das Gesicht und die Stimme verschwanden und Orobas brach in Tränen aus. Endlich, endlich war die Zeit gekommen!

1

Schwer schnaufend stapfte ich langsam den Anstieg hinauf. Ich hatte keinen Blick übrig für das grünschimmernde Laub und nahm auch den Duft der Erde nicht wahr. Immer weiter nieselte der Regen und ich hatte überhaupt keine Lust mehr auf die ganz Scheiße mit dieser Militärakademie für reiche und unerziehbare Jugendliche. Ich hasste den ganzen Laden, mein Leben und vor allem meinen Vater, der mich in diese Akademie abgeschoben hatte, damit aus mir verweichlichten Bengel endlich ein Mann wurde.

Mein Marschgepäck schnitt sich immer tiefer in meine Schultern, meine Füße taten mir weh und die Kampfstiefel waren auch langsam durchnässt. Innerlich fluchte ich vor mich hin. Ich stampfte weiter und weiter auf dem schmierigen Waldweg weitab der üblichen Routen der Rocky Mountains.

Der Regen prasselte stärker und stärker auf meinem Kopf und meine Brille beschlug immer mehr.

„Wieso hast du Idiot dich nur beim Rauchen erwischen lassen?" schimpfte ich vor mir her.

Es war gestern Abend nach dem Zapfenstreich. Eigentlich mussten sich alle zu dieser Zeit im Bett befinden und zumindest so tun als würden sie schlafen. Aber mein Zimmerkumpel Bill überredete mich noch eine Rauchen zu gehen, obwohl das Rauchen auf dem Akademiegelände strengstens untersagt war. Also pirschten wir uns auf leisen Sohlen nach draußen und steckten uns eine an.

Das Versteck war perfekt. Wir standen inmitten eines riesigen Busches.

Mir schmeckten diese Dinger zwar überhaupt nicht, aber da Bill mein einziger Kumpel war und rauchte, versuchte ich ebenfalls damit anzufangen.

So standen wir nun und waren voller Überzeugung das keiner etwas von unserem nächtlichen Ausflug mitbekam. Nachdem wir aufgeraucht hatten ging es auf ebenso leisen Sohlen wieder zurück in unsere Stube. Leise öffneten wir die Türe und wollen in unsere Betten schleichen, da geschah das Unfassbare. Das Licht ging an und neben uns stand Sergeantmajor Hilling, einer unserer Ausbilder. Dieser Mann war ein von oben bis unten behangener Kriegsheld, der schon im Golfkrieg mitgekämpft hatte. Er war von der Army abgestellt wurden, um bei der Züchtung der nächsten Militärelite mitzuwirken.

„Kadetten, wo kommen sie her? Nehmen sie Haltung an."

Sofort standen Bill und ich stramm.

„Sir, wir waren auf der Toilette, Sir."

Der Sergeant schlich sich wie ein Tiger an uns heran, der seine Beute fest im Visier hat.

Er brüllte uns laut an: „Und woher kommen die dreckigen Schuhe?"

„Sir, wir haben unsere Schuhe nicht geputzt, Sir!"

Da er von ziemlich kleiner Statur war, reckte er seinen Hals und seine Nasenspitze berührte fast die meine.

„Kadett, warum stinken sie so erbärmlich nach Tabak?"

Mit festem Blick schaute ich in seine Augen und brüllte so laut ich konnte zurück: „Sir, ich habe keine Ahnung, Sir!"

Hinter ihm meldet sich eine Stimme, von Roger unserem dritten Zimmergenossen: „Sir, ich habe ihnen doch gemeldet, dass die beiden rauchen waren! Sir!"

Dieses Arschloch! Der hatte uns verpfiffen! Bisher dachte ich immer das er nur so sterberhaft tat, weil doch sein Vater ein hochwichtiger General war und er in seine Fußstapfen treten sollte. In diesem Moment fiel mir wieder ein, dass der Blödmann doch unbedingt Gruppenführer werden wollte und die Auswahl stand doch in den nächsten Tagen an. Aber das würde ich ihm vermasseln, diesem Verräter.

„Sir, darf ich sprechen, Sir?"

Der Sergeantmajor, der seine spitze Nase noch immer auf meiner parkte nickte.

„Sir, wir waren rauchen und nicht auf der Toilette. Wir haben gelogen Sir! Ich bitte um eine harte und gerechte Bestrafung für mich und meine Kameraden, Sir!"

Die Nase parkte nicht mehr auf mir.

„Meine Kameraden? Was soll das denn Kadett?"

Ich schwitzte und war nervös.

„Sir, darf ich frei sprechen, Sir?"

"Sprechen sie!"

„Sir, Bill und ich waren rauchen. Das ist ein Verstoß gegen die Vorschriften der Akademie. Aber Roger hat uns verraten. Die ist ein Verstoß gegen die Kameradschaft! Sir!"

Hilling raste durch das Zimmer wie ein gefangenes Tier.

„Kadett, sie haben recht! Man verrät seine Kameraden nicht! Alle drei stehen in fünf Minuten mit Marschgepäck auf dem Flur. Dann werden sie zu drei verschiedenen Punkten gefahren, von wo aus sie bis Morgen früh um null achthundert wieder hierher zurückmarschieren können. Wer es nicht innerhalb der Zeitvorgabe schafft, den schicke ich über den Hindernisparcours, bis ihm das Blut aus dem Arsch läuft. Verstanden?"

Wir waren vollkommen eingeschüchtert und nickten nur.

„Gut, sie haben noch vier Minuten!"

Als er endlich den Raum verließ, machte mich Roger an: „Was soll das, du Arsch? Ihr habt euch heimlich zum Rauchen herausgeschlichen und ich muss nun mit euch einen Strafmarsch machen."

Bill platzte fast der Kragen und entgegnete aufbrausend: „Du Streber. Wenn du uns nicht verraten hättest, dann wäre doch alles in bester Ordnung!"

Bill wollte ihn an die Kehle, aber ich hielt ihn zurück.

„Lasst uns das morgen klären. Wenn wir jetzt auch noch zu spät kommen, dann reißt er uns den Arsch noch mehr auf!"

Murrend sahen das die anderen auch ein und packten schnell ihre Rucksäcke, nicht jedoch ohne sich gegenseitig Vorwürfe zu machen.

Ich kümmerte mich nicht um die anderen, sondern präparierte meinen Rucksack. Anstatt ihn mit dem schweren Gepäck zu füllen, stopfte ich nur ein Kopfkissen und mehrere gefüllte Wasserflaschen hinein. So hatte ich bei der Kontrolle genug Gewicht, konnte aber auf dem Marsch die Flaschen unauffällig entsorgen.

Wie erwarte wurde unser Gepäck nach Gewicht und nicht nach Inhalt überprüft und ich wurde anschließend an einer Stelle inmitten eines Waldes herausgeschmissen. Als die Lichter des Trucks in der Dunkelheit nicht mehr zu sehen waren, warf ich meinen Ballast in die Büsche und machte mich auf den Heimweg.

Mit der Zeit wurde der Niederschlag immer stärker. Die Regentropfen prasselten immer stärker herab. Da ich keine andere Wahl hatte stapfte ich durch den Regenvorhang weiter und weiter. Mittlerweile beschlug meine

6

Brille so stark, dass ich kaum noch etwas sah. Jedoch abnehmen konnte ich sie nicht, denn dann wäre ich so blind wie ein Fisch. So marschierte ich weiter, besser gesagt: ich schlitterte, denn der lehmige Boden konnte so langsam aber sicher die Wassermassen nicht mehr aufnehmen.

Still war es im Wald.

Nur die Regentropfen trommelten unaufhörlich auf meinen Kopf herab. Wenn ich doch nur andere Klamotten mitgenommen hätte.

Der Regen wurde immer stärker und mein kleines Stimmungshoch verflüchtigte sich sofort wieder.

Vor meinen Füßen tauchte ein riesige, den ganzen Weg überspannende Pfütze auf. Mein Gott in diesem See können ja Fische leben! So stand ich nun vor diesem Hindernis und überlegte mir wie ich denn am besten, mit trocknen Füßen und mit dem wenigsten Aufwand meinen Marsch fortsetzten könnte. Die Lösung war nicht so einfach, wie ich es mir sonst hätte vorstellen können. Denn an der einen Seite ging es so etwa zehn Meter steil nach oben und auf der anderen sehr steil nach unten. Den begonnenen Weg wieder zurück zu gehen war keine wirkliche Alternative, denn ich hatte einen Großteil meines Trainingsmarsches längst zurückgelegt.

Steilhang oder Abhang, das war hier die Frage.

Also entschied ich mich vorsichtig am Abhang entlang dieses Hindernis zu überwinden, den bei einem Sturz könnten mich hier die Sträucher und Bäume bremsen.

Gedacht, getan.

So tänzelte ich mich langsam voran, gleich einer Turnerin auf dem Schwebebalken. Die Vorstellung belustigte mich, eine 180 Pfund schwere Turnerin mit etwas Marschgepäck. Nicht das ich etwa fett und unsportlich war. Nein, ich hatte eher durchwachsenes Fleisch, so wie bei einem Bullen. Eigentlich wäre ich eine super Verstärkung für jede Defense in jedem Footballteam.

In der Mitte dieser riesigen Pfütze, besser des kleinen Teiches, angekommen, hatte ich nun das schwerste Teilstück vor mir. Das Wasser ging bis an den Rand und rann schon langsam in einem kleinen Bach den Abhang hinunter. Zu meinem großen Glück lag genau an der Kante ein gigantischer Stein, der leicht mit Moos bedeckt war.

Ich versuchte mir Mut zumachen und murmelte vor mich hin: „Wenn du auf den trittst und dann noch ein langer Schritt, dann hast du es fast geschafft."

Das rechte Bein brachte ich mit Schwung nach vorne und verlagerte das Gewicht mehr oder weniger behände auf die rechte Seite und schon rutschte ich ab und kullerte den Abhang herunter. An mir sausten Sträucher, Büsche und Bäume vorbei, schnell verlor ich die Orientierung wo oben und wo unten war.

In diesem Moment erinnerte ich mich, was mein Nahkampflehrer immer predigte: Beim Abrollen Kinn auf die Brust!

Mein Kinn auf die Brust gedrückt purzelte ich weiter und landete schließlich kopfüber in einer Hecke. Hilflos versuchte ich mich zu orientieren. Etwa 50 Yards über mir konnte ich noch den Weg erahnen. Nach unter ging es noch mindestens weitere 100 Yards steil bergab und linkerhand floss das fast zu einem kleinen Bach mutierte Rinnsal munter weiter.

Da erblickte ich am Rande des kleinen Rinnsals etwas aus dem zu Schlamm gewordenen Waldboden herausblitzen. Es war ungefähr solang wie ein Finger und glänzte trotz des niederprasselnden Regens golden. Vorsichtig streckte ich meinen Arm aus und versuchte an das schimmernde Etwas zu kommen.

Wie gebannt schaute ich auf das blinkende Ding. Es hatte vermutlich die Form eines Dreiecks, dessen spitzer Winkel aus der Erde ragte. Die sichtbaren Seiten waren nicht gerade, eher wirkten sie auf mich wie ein zersplitterter Teil eines größeren Ganzem.

Mein Kopf sagte zu mir: „Lass es, versuch lieber die Balance zu halten und heil hier herauszukommen!"

Aber die Neugierde und die Hoffnung auf ein mögliches Kleinod waren größer als der Verstand. Ich nahm allen Mut zusammen und streckte nun meinen Arm so lang ich konnte und er reichte fast bis an das goldschimmernde Ding heran.

Der Busch fing bedrohlich zu wanken an und ich hörte die ersten Äste unter meiner Last knarren und besten.

Trotz dieses unheilvollen Omens versucht in nun langsam meinen Körper in Richtung des matschigen Waldbodens zu verschieben um so an das glänzende Ding zu gelangen. Weiter und weiter schob ich mich auf dem Boden entlang und es fehlten nur noch wenige Zentimeter bis zu diesem Gegenstand.

Dann, einen kurzen Moment später, hatte ich ihn erreicht. Ich konnte ihn mit meinen Fingerspitzen berühren, gerade mit den Fingerkuppen darüberstreichen.

Wie nach einem Stromschlag zuckte ich zurück.

Das goldschimmernde Ding war heiß. Obwohl heiß nicht der richtige Ausdruck dafür wäre, es war eher angenehm wie ein vorgewärmtes Bett.

Fasziniert von diesem Eindruck des Gegenstandes hatte der Kopf endgültig gegen die Neugierde verloren. Mit aller Kraft schob ich nun meinen Körper in Richtung zu diesem Gegenstand hin.

Der Busch, auf dem ich lag, ächzte stark unter meiner Last und schwankte bedrohlich.

Ich schob mich, durch das Knarren sensibilisiert, nun doch etwas langsamer zu dem Ding hin. Kopfüber stützte ich mich so gut es ging mit der einen Hand auf dem Boden auf und griff mit der anderen nach meinem Fund.

Wieder überrascht mich die Wärme die es ausstrahlte, aber diesmal zog ich meine Hand nicht zurück. Vielmehr versuchte ich das Ding aus dem Schlamm zu ziehen. Vorsichtig zog ich. Nichts bewegte sich. Es ging schwerer als gedacht.

„Mist!" Ich schimpfte so vor mich hin und überlegte kurz wie ich es aus der Erde heraus bekommen könnte ohne mich in eine noch misslichere Lage zu bringen. Die Lösung hatte ich ziemlich schnell. Ich nahm meinen Zeigefinger und kratzte den Schlamm rundherum fort um meine Beute freizubekommen. Nach ungefähr zwei Zentimetern fühlte ich Boden unter dem goldenen Ding.

Jetzt konnte es ja nicht mehr so schwer sein und fühlte mich wie ein erfolgreicher Schatzsucher.

Wiederum zog ich sehr vorsichtig an meiner Beute.

Es bewegte es sich keinen Zentimeter aus dem Schlamm, aber es wackelt schon ein bisschen.

Gleich hab ich dich!

Ich zog noch einmal vorsichtig aber mit mehr Kraft an dem Gegenstand.

Ja, jetzt bewegte es sich leicht!

Etwas stärker zog ich nun und spürte wie das goldschimmernde Ding sich langsam, Millimeter für Millimeter aus der Erde bewegte. Mit einem unbedachten kräftigen Ruck zerrte ich es aus der Erde.

Ich hatte es geschafft, fast!

Meine Beute schien wirklich aus Gold zu sein, zumindest vergoldet. Was ich da in meiner Hand hielt war nicht ganz dreieckig, vielmehr war die unterste im Dreck versteckte Seite leicht abgerundet, ähnlich dem eines Tortenstückes.

Noch immer in misslicher Lage betrachtete ich meinen Schatz genauer. Auf der einen Seite war ein Teil einer Gravur oder eines Reliefs, vielleicht aber auch eine unbekannte Schrift durch den Schmutz zu erkennen.

Bedächtig und fasziniert drehte ich es um. Zu meiner Verwunderung stellt ich fest, dass die andere Seite so glatt wie ein Spiegel war und die nun in meiner Handfläche liegende gravierte Seite sich erwärmte und zu pulsieren anfing. Fest umschloss ich mein goldschimmerndes Tortenstückchen mit meiner Hand, schloss meine Augen und ließ die pulsierende angenehme Wärme durch meinen Körper strömen. Es war ein äußerst angenehm. Ich fühlte große innere Stärke und Kraft in mir aufsteigen.

Plötzlich hörte ich ein lautes Knacken.

Bevor ich die Lage genauer sondieren konnte, gab der Busch nach. Ich rollte über ihn hinweg, immer weiter den Abhang hinunter und beschleunigte dabei wie ein Sportwagen. Das goldene Ding hielt ich dabei aber noch immer fest an meine Brust gedrückt.

Bäume und Sträucher flogen an mir vorbei. Ich konnte sie nur noch schemenhaft   erkennen,   da   ich   einerseits   vermutlich   die

Schallgeschwindigkeit erreicht hatte, andererseits meine Brille sich ver-selbstständigt hatte. Vor mir konnte ich erahnen, dass der Abhang flacher wurde und hoffte diese Qual bald überstanden zu haben.

Aber weitgefehlt, anstatt das Ende des Hangs erreicht zuhaben, kam es nur noch schlimmer. Das Ende entpuppte sich als eine Sprungschanze und ich flog hoch durch die Luft. Immer schneller raste der Erdboden auf mich zu und ich konnte nur auf ein glückliches Ende meiner Flugreise hoffen.

Näher und näher kam der Boden und im Bruchteil einer Sekunde, der nicht mehr Zeit beansprucht als das Zuschlage meiner Augen, sah ich vor mir einen felsigen Steinbrocken aus dem Boden ragen.

„Bloß nicht vor oder auf den Hinkelstein, dann war's das mit dir!" zu mehr reichten meine Gedanken nicht mehr. Instinktiv versuchte ich mich in der Luft noch zu drehen beziehungsweise meine Flugbahn zu verändern. Doch das alles brachte nicht viel. Ich schlug bäuchlings vor dem Felsen im Matsch auf und rutschte in wahnsinniger Geschwindigkeit auf ihn zu und prallte mit meinem Kopf gegen den Stein.

Ein stechender schmerz schoss durch meinen Kopf und etwas warmes Dickflüssiges lief an meiner rechten Schädelseite herunter.

Blut oder Hirnwasser?

Das war's wohl, wer soll dich denn hier finden, dachte ich bei mir. Da-nach umgab mich tiefe friedliche schwarze Nacht und in meiner Hand spürte ich noch immer das goldene Ding.

<u>2</u>

Langsam und vollkommen benebelt kam ich zu mir. Ich lag auf dem Rü-cken.

„Was ich nicht auf dem Bauch vor den Stein gerutscht?2 murmelte ich vor mich hin.

Egal!

Die Augen geschlossen, bewegte ich leicht meinen Kopf von der rechten auf die linke Schulterseite. Winkelte meine Arme und Beine an. Gut es war nichts gebrochen! Vorsichtig hob ich mit meiner linken Hand und versuchte meinen Kopf abzutasten. In der rechten spürte ich noch immer den angenehm warmen goldglänzenden Gegenstand. Am Kopf angekommen, war kein geronnenes Blut oder ähnliches zu ertasten. Das einzige was ich fühlte war ein starkes Kitzeln an der Stelle, wo ich an den Felsen geprallt war.

Verwundert fing ich nun an den Kopf leicht und sehr behutsam zu kreisen und dachte so bei mir: Da hast du ja noch mal Glück gehabt! Das alles hätte viel schlimmer ausgehen können!

Ich öffnete nun die Augen und was ich sah versetzte mir einen totalen Schlag. Ich lag auf einer dicken Laubschicht unter riesigen Bäumen. Die Umgebung erinnerte mich überhaupt nicht an die hiesigen Wälder meiner Heimat. Wir haben Mischwald aus immergrünen und Laubbäumen. Hier jedoch waren nur Laubbäume und diese in einer Größe und Art die ich noch nie gesehen habe. Mein Liegeplatz im Hochwald hatte nichts rein gar nichts mit der mir vertrauten Umgebung unserer Wälder zu tun. Außerdem war nirgends ein Abhang zu sehen.

„Bist du jetzt im Himmel?" fragte ich mich.

Die Hölle konnte es augenscheinlich nicht sein, durch das dichte Blätterdach der Baumriesen blinzelten einige Sonnenstrahlen hindurch und die Blätter sangen eine schöne monotone Melodie in der sanften Brise des Windes.

Dieser Ort war zum Einschlafen bestens geeignet.

Mit meiner linken Hand fasste ich auf den Boden, strich darüber und meine Finger nahmen eine handvoll Erde auf. Ich roch an ihr, ich inhalierte den Duft förmlich. Die Erde verströmte einen Geruch von Leben, von Wachstum. Ich fühlte mich einfach nur geborgen, fing langsam aber sicher an wegzudämmern und fiel schließlich in einen tiefen traumlosen Schlaf.

Als ich wiedererwachte, fühlte ich mich wie erschlagen.

Wie lange hatte ich geschlafen?

Ich schaute auf meine Uhr, aber das Glas war zerbrochen und sie tickte nicht mehr. Nun gut, ist ja auch egal, dacht ich.

Noch immer rauschten die Blätter ihre sanfte Melodie und wieder bekam ich das Gefühl einschlafen zu müssen. Aber ich raffte mich auf und begann erst einmal eine Bestandsaufname meiner Habseligkeiten durchzuführen. Mein Rucksack war weg, vermutlich bei meinem Sturz abhanden gekommen. Ich griff in meine linke Beintasche und holte ein Dreiecktuch heraus, welches eigentlich zum Schienen und verbinden von Verletzten gedacht war und breitete es auf dem Waldboden aus. Danach fing ich an in meinen Hosen- und Feldblusentaschen zukramen und legte alles auf das Tuch.

Wo verflixt ist denn das goldene Ding?

Ich war irritiert und suchte panisch den Erdboden ab.

Gestohlen?

Fast unmöglich, hierher verirrt sich ja kein Mensch und wenn doch dann hätte er sicherlich mehr als dieses goldschimmernde Bruchstück mitgehen lassen.

Aufmerksam lauschte ich und konnte nicht einmal das Zwitschern von Vögeln oder aber andere Geräusche vernehmen. Ausgenommen des Blätterrauschens herrschte in diesem Wald totenstille.

Nun gut, das Ding war weg und ich stand noch immer inmitten des Hochwaldes. Also fing ich mit meiner Bestandsaufnahme an. Auf meinem Tuch lagen ein großes und ein kleines Verbandpäckchen, meine Ausweispapiere, zwei Feuerzeuge, ein Päckchen Streichhölzer, ein Bleistift mit Radiergummi, ein Notizblock, ein Leatherman, ein Knäuel Schnur, ein Baumwolltaschentuch und eine Packung Zigaretten.

Nicht viel aber immerhin.

Ich packte alles wieder an seinen Platz.

Irgendwo in meinem Hinterstübchen sagte mir mein Suchtzentrum: Du könntest ja mal eine rauchen!

Ich nahm mir also eine Zigarette und zündete sie an. Ekelhaft dieser Geschmack! Mir tränten die Augen und ich fing stark an zu husten. Mir war kotzübel. Ich schmiss den Suchtbolzen auf die Erde, trat die Zigarette aus und hockte mich in einiger Entfernung auf den Boden.

Was dann geschah konnte ich einfach nicht glauben!

Die Zigarette verrottete vor meinen Augen.

„Das gibt's doch gar nicht!" schrie ich erstaunt auf und schüttelte ungläubig mit meinem Kopf.

War das eine Täuschung?

Mein Forscherdrang war geweckt und ich nahm noch eine Zigarette aus der Packung und warf sie direkt vor meinen Füßen auch auf den Boden.

Da lag sie nun und nichts passierte. Das doofe Ding lag einfach da!

Ich bückte mich und hob sie auf und starrte sie fassungslos an.

Was ist an dieser Zigarette anders als an der Vorherigen?

Augenscheinlich war nichts anderes zu bemerken. Also schnipste ich sie wiederum auf den Boden, diesmal landete sie etwas weiter von mir entfernt, und siehe da, sie verrottete.

Nun war ich total verdutzt. Wieso verrottet das Ding dort und vor meinen Füßen nicht? Was ist an dieser Stelle anders als an der anderen? Wo bin ich eigentlich gelandet?

Angestrengt dachte ich nach und entschied mich für ein Experiment. Ich holte meine Zigarettenpackung aus der Tasche und legte eine Zigarette direkt vor meine Füße.

Wie erwartet passierte nichts.

Dann nahm ich die nächste und legte sie genau vor der anderen an und so weiter und so weiter. Nach jedem Hinlegen schaute ich mich nach meiner ersten um und wartete was denn passieren würde. Als ich die zehnte Zigarette abgelegt hatte, dies entsprach so etwa einer Entfernung von einem Yard, drehte ich mich um und sah wie die erste anfing in ihre Bestandteile zu zerfallen und schließlich verrottete.

Das war wunderlich, beängstigend.

Der Test hatte mich schon weitergebracht, aber meine Neugierde noch nicht vollständig befriedigt. Also musste zwangsläufig das nächste Experiment folgen. Ich setzte mich auf den Boden und verteilte meine restlichen Zigaretten rund um mich herum. Ich vermutete das die Zigaretten, die in einer Entfernung größer als etwa einem Meter von mir entfernt liegen, verrotten werden.

Wie es der Zufall wollte trat das erwartete Ergebnis ein. Komischerweise blieben die Filter am Boden liegen und verfaulten nicht. Konnte es eventuell daran liegen, dass sie nicht verwertbar waren?

Konzentriert suchte ich den Boden um mich herum ab und fixierte eine Stelle auf dem Laub.

Was war das?

Schnell machte ich die wenigen Schritte hin zu dem Ort, der fest in meine Augen eingebrannt schien. Mit dem Fuß scharrte ich das Laub ein wenig zur Seite und fand dort die restlichen Bestandteile meines Rucksacks. Vor mir lagen die Plastikteile der Schließen, mein Essbesteck und mein Kochgeschirr. Vom Rest war überhaupt nichts mehr zu sehen.

Noch konzentrierter fixierte ich die Stelle auf dem Waldboden.

Da war doch noch etwas!

Zwischen dem Laub erkannte ich die Ösen meines zweiten Paars Kampfstiefel.

Wie sollte ich das denn irgendjemanden erklären?

Wo war ich überhaupt gelandet?

Und wo war dieses dämliche goldene Ding hin?

Langsam wurde ich panisch, die fremde Umgebung, die Dinge die passiert waren.

Gewohnheitsmäßig schob ich meinen Zeigefinger an die Nasenwurzel und wollte meine Brille zurechtrücken, wie ich es immer tat.

Aber da war keine.

Ach stimmt ja, die hast du Trottel doch verloren! schalt ich mich.

Nun stutzte ich aber. Eigentlich müsste ich blind wie ein Fisch sein und nur meine nächste Umgebung erkennen können, denn ich war bedingt durch die viele Computerarbeit kurzsichtig geworden.

Verdutzt runzelte ich meine Stirn und ließ meinen Blick um mich herumschweifen.

Ich sah alles glasklar und das ohne Operation oder nervige Kontaktlinsen! In mir machte sich ein Gefühl tiefster Befriedigung breit und meine

Brust schwoll vor Stolz an. Nach all den Jahren kannst du wieder ohne Einschränkungen sehen, was für eine Erleichterung! frohlockte ich.

Wie dem auch sei, ich konnte nicht ewig hier herumstehen und von einer Überraschung in die nächste fallen. Also steckte ich noch immer beschwingt von meinen neuen Adleraugen mein Essbesteck in die Hose, nahm das Kochgeschirr in die Hand und versuchte in dieser Einöde Menschen zu finden.

Über mir säuselten die Blätter noch immer ihr Schlaflied, aber das interessierte mich überhaupt nicht mehr. Ich ignorierte es einfach.

Doch in welche Richtung sollte ich gehen?

Ich blickte mich um, aber es sah überall so ziemlich gleich aus. Also ging ich einfach aufs Geradewohl los, weiter immer weiter. Ich war bestimmt schon einen Kilometer gelaufen, als sich der Wald plötzlich veränderte. Er wurde in der Ferne lichter.

„Na also, dann bist du ja gleich aus dem Wald heraus!" sagte ich so zu mir und forcierte meinen Schritt immer mehr und rannte dann sogar bis an sein vermeintliches Ende.

Vor mir breitete sich eine große Wiese aus, deren Gras kurz, auffällig kurz und gepflegt aussah.

Hier müssen Menschen sein! dachte ich und nickte dazu bestätigend mit meinem Kopf.

Bedächtig und mit kleinen Schritten betrat ich bedächtig die Wiese und betrachtete sie eingehend. Ein wenig lang, aber sehr gepflegt, lautete mein Urteil. Ich hockte mich hin und strich mit meiner Hand über das Gras. Kurz verharrte ich und starrte aus den Rasen.

Was lag denn da umher?

Auf allen vieren krabbelte ich ein Stückchen weiter und fischte ein Hufeisen aus dem Gras.

Gut, also waren mal Menschen hier!

Ein kurzes Lächeln huschte über mein Gesicht, denn Hufeisen brachten ja bekanntlich Glück.

Dann bist du wenigstens nicht allen in dieser gottverlassenen Gegend, machte ich mir Mut.

16

Noch immer das Hufeisen in der Hand, suchte ich weiterhin auf allen vieren die Wiese ab. Da, noch eins und noch eins und noch eins, hier Steigbügel, da Reste vom Zaumzeug. Vier Hufeisen, Steigbügel, Zaumzeug? Dann ist das arme Pferd vermutlich an dieser Stelle gestorben. Warum um Himmelswillen hat der Besitzer dann nicht seinen Kram mitgenommen?

Langsam dämmerte es in mir. Ich blickte kurz nach rechts und als ob ich es geahnt hätte, da lagen Reste der Habseligkeiten des vermutlichen Besitzers.

Ich stand auf und spähte nun eindringlich auf der Wiese herum. Kniff die Augen zu einem schmalen Schlitz zusammen und sah überall auf der Wiese verteilt Metall oder ähnliches in den Sonnenstrahlen blitzen.

Verdutzt am Kopf kratzend ging ich nun weiter, mich dabei immer umschauend, in Richtung Zentrum der Wiese.

Die Sonne hatte mittlerweile den Kampf gegen die wenigen Wolken am Himmel vollends gewonnen und schickt ihre Strahlen mit einer Wucht auf die Wiese, dass es überall nur so funkelte und blitzte.

Geblendet schloss ich für einen kurzen Moment meine Augen, ließ mich von der Sonne erwärmen und tankte innerlich Kraft. Nach wenigen Augenblicken, den Kopf auf den Boden gerichtet, ging ich dann weiter und staunte über all das Zeug, was da auf dem Boden verstreut lag.

Da lagen Rüstungen neben Harnischen, Schwerter und Spitzen, vermutlich von Pfeilen, Messer, Äxte und alle möglichen Kriegswaffen, die in unserer hochtechnologisierten Welt kein Mensch mehr brauchte.

Verwundert schüttelte ich meinen Kopf. Ich konnte mir einfach keinen Reim auf das heute geschehene und hier liegende machen.

Wird hier vielleicht ein Film gedreht, bin ich etwa im Mittelalter gelandet?

Schnell verwarf ich meine Gedanken als völlig schwachsinnig. Denn wenn ein Film in unserer Gegend gedreht würde, dann hätte es mit Sicherheit schon Wochen vorher in den Zeitungen gestanden. Und Zeitreisen, an so einen Quatsch glaubte ich sowieso nicht.

Also was ist dann hier passiert und wo bin ich gelandet?

Das war die Frage.

17

Abrupt blieb ich, noch immer über meine Frage sinnierend, stehen. Vor mir, im Gras, lagen glitzernde Steine.

Edelsteine vielleicht?

Schnell hob ich einen auf und betrachtete ihn. Er war wunderschön und in seinen geschliffenen Kanten brachen sich die Sonnenstrahlen tausendfach.

Das muss ein Diamant sein! hoffte ich.

Doch wie konnte ich seine Echtheit feststellen?

Meine Gedanken überschlugen sich.

Wie war das doch gleich noch gewesen?

Ach ja, jetzt hatte ich es wieder. Ich hatte mal gelesen, dass Diamanten so hart sind, dass sie allesmögliche, unter anderem auch Glas, schneiden können.

Doch woher Glas nehmen?

Wie ein Blitz schoss es durch meinen Kopf. Die Uhr, die war doch sowieso kaputt! Vollkommen überhastet rupfte ich sie mir vom Arm und sie flog im hohen Bogen ins Gras. Mit wenigen schnellen Schritten gelangte ich zu ihr und konnte gerade noch verfolgen, wie sich mein Lederarmband auflöste.

Nein, auch hier verrottete alles in Windeseile!

Hastig grabschte ich nach ihr und hob sie auf, denn ich benötigte sie ja dringend für meinen Test! Ich drückte sie fest an meine Brust und schnaufte tief durch.

Nun meldete sich mein Verstand. Die Uhr, zumindest das Edelstahlgehäuse und das Saphirglas können doch gar nicht verrotten, dann würde doch auf dieser Wiese doch überhaupt nichts mehr liegen!

Das klang logisch.

Nun wollte ich mit dem Stein das Glas schneiden, aber er lag nicht in meiner Hand. War auch egal, es lagen ja genug auf den Rasen verstreut. Ich bückte mich wieder und nahm mir einen anderen, setzte ihn an das Glas und zog ihn mit Kraft über mein Uhrenglas.

Das Geräusch, das beim Ziehen entstand ging mir durch Mark und Bein. Es klang so, als ob man langsam mit einem Fingernagel über eine Schultafel kratzte.

Meine Nackenhaare sträubten sich und ich musste mich schütteln.

Das Ergebnis war mehr als befriedigend. Mein Uhrenglas hatte einen tiefen Kratzer und am Stein waren mit bloßem Auge keinerlei Beschädigungen zu erkennen. Das was der Beweis! Die Steine, die hier herumlagen mussten echt sein! Ich war vermutlich reich! Wenn ich wieder zuhause war konnte ich den Kram verkaufen und brauchte nicht mehr arbeiten gehen. Ich könnte dann machen was ich wollte!

Was für eine irre Vorstellung.

Doch wohin mit dem Schatz?

Ich hatte doch keinen Rucksack mehr. Zum Glück hatte ich ja den alten Essenspott noch.

Wo war der denn abgeblieben?

Ich schaute mich um und sah ihn im Gras liegen.

Du musst besser auf deine Habseligkeiten aufpassen! belehrte ich mich und holte ihn.

Ich öffnete ihn und begann mir die schönsten Steine herauszusuchen. Wie beim Pilzessammeln ging ich nun konzentriert durch das Gras, den Blick dabei immer auf den Boden gerichtet und vorsichtig, damit ich mich nicht an einer im Gras liegenden Schwertklinge oder ähnlichem verletzte. Je konzentrierter ich mir den Boden anschaute, desto mehr Steinen fand ich. Da lagen nicht nur weiße sondern auch rote und grüne.

Die roten können Rubine und die grünen Smaragde sein, dachte ich so bei mir und legte auch davon, natürlich nur die größten und schönsten, in mein Essgeschirr.

Huch, war lag denn da?

Ich reckte den Kopf und machte meinen Hals solang es nur ging.

Es war ein Ring, mit Edelsteinen besetzt und dort lag eine Kette, eher ein Geschmeide, natürlich auch mit Steinen besetzt.

Je länger ich mir so meine Umgebung betrachtete, desto mehr wertvolle Gegenstände lagen vor mir, ausgebreitet wie auf einem Teppich. Ich fühlte mich wie in der Schatzhöhle des Ali Baba, nur das es sich hier nicht um eine Höhle, sondern um eine Weise handelte.

Beschwingt von meinem unverhofften Reichtum schlenderte ich weiter in Richtung Wiesenmitte, hin zu einer kleinen Erhöhung. Dort angekommen, kletterte ich dann unverzüglich hinauf und spähte in allen Himmelsrichtungen über die Wiese.

Resigniert stellte ich fest, dass überall am Horizont nur Wipfel von Bäumen zu erkennen waren.

Traurig senkte ich meinen Kopf und in meinem Innersten wurde mir langsam klar, dass ich noch längere Zeit hier verbringen müsste und noch lange nicht zu hause war.

„Es ist wie es ist" sagte ich leise zu mir und wollte schnellen Schrittes meinen Feldherrenhügel verlassen, um dann wieder in den Wald zu gelangen, denn langsam aber sicher bekam ich Hunger und Durst.

Den Blick auf den Horizont gerichtet und mit einem dynamischen, ungestümen, Schritt nach vorne lief ich los.

<u>3</u>

Dummerweise übersah ich ein vor mir liegendes Schild, trat darauf, rutschte mit meinem Fuß ab und landete unsanft auf meinen vier Buchstaben im Gras. Ein stechender Schmerz durchfuhr meinen Körper und ich stöhnte gepeinigt auf.

Mann, tat das weh!

Ich hatte mir bestimmt das Steißbein geprellt!

Langsam sammelte ich meine Gedanken und stutzte. Es war nicht der Hintern, der mir weh tat! Es war meine linke Hand und das Brennen wurde immer stärker! Ich wollte sie hochheben und anschauen, aber es ging nicht. Also hob ich meinen Kopf an, drehte ihn leicht zur Seite und schaute nach.

Mir war als würde mir ein Klos im Hals stecken, denn meine Hand steckte auf, besser gesagt in, der Spitze eines Schwertes. Es lag mit dem

20

Schaft nach unten in die Erde gebohrt und die Spitze ragte hinauf zum Hügel.

Darauf war ich also geschlittert! stellte ich vollkommen fassungslos fest.

Doch was sollte ich nun tun?

So liegen bleiben war keine Lösung. Also nahm ich meinen ganzen Mut zusammen, schloss die Augen, zählte bis drei und zog mit einem kräftigen Ruck meine Hand aus der Schwertspitze.

Wiederum durchzog ein stechender Schmerz meinen ganzen Körper und ich biss meine Zähne fest zusammen. Mehrmals atmete ich tief ein und aus. Dann öffnete ich meine Augen und betrachtete eingehend meine Hand. In der Mitte klaffte eine große Wunde und sie blutete sehr stark. Dem Stechen folgte in innerhalb von wenigen Sekunden ein Kribbeln, das sich immer mehr verstärkte, so als würden tausende von Ameisen ihren Weg ins Innerste der Wunde suchen. Es war fast nicht mehr auszuhalten und der Drang an der Wunde zu kratzen und zu jucken wurde immer stärker.

Aber ich blieb standhaft.

Fasziniert betrachtete ich meine Hand. Vor meinen Augen schloss sich das Loch! Nur wenige Augenblicke später hatte sich die Wunde vollständig verschlossen, so als ob sie niemals vorhanden wäre. Ich ballte meine Hand zur Faust und presste die Finger fest ins Fleisch. Nichts war mehr zu spüren, gar nichts.

Und wieder war ich fasziniert von dem was mit mir geschah.

Einem Instinkt folgend packte ich die Schwertklinge so fest ich konnte und zog sie dann schnell zurück. Wieder blutete meine Hand stark, wieder kam dieses Kribbeln und wieder verschloss sich die Wunde in Windeseile.

Ich wurde neugierig und mutiger.

Stand auf und scharrte mit meinen Füßen in der Erde, um das Schwert freizubekommen.

Die Angelegenheit stellte sich mühseliger als gedacht dar.

Mit einem kräftigen Tritt bekam ich das Schwert endlich frei.

Da lag es nun und übte eine Faszination, fast eine magische Anziehung, auf mich aus und ich verlor jegliches Gefühl für Zeit und Raum. Wie ein alter Mann bückte ich mich nach der Waffe und hob sie langsam, fast bedächtig auf und reckte sie gen Himmel. Ich war überrascht, das Schwert lag gut in meiner Hand und war leicht wie eine Feder. Unbeholfen wedelte ich mit ihm durch die Luft, erst langsam, dann immer schneller. Zuerst zischte es, als ob es die Luft zerschneiden wollte. Mit steigender Geschwindigkeit wurde aus dem Zischen eine Melodie und ich hatte das Gefühl mit jedem Hieb an Kraft zuzunehmen.

Ich schloss die Augen.

Vor mir erschienen auf einer Wiese, auf einem riesigen Feld Menschen, hunderttausende von Menschen in Reih und Glied, alle in unterschiedlichen Rüstungen, mit allem möglichen bewaffnet und in Position.

Ich drehe mich um und erkenne hinter ihnen ein riesiges Reiterheer.

Ich sehe große Katapulte, riesige Armbrüste.

Sie warten auf etwas und sie jubeln mir zu als sie mich sehen.

Aber es sind nicht nur normale Menschen, so wie ich sie kenne, da sind auch welche dabei, die waren höchstens einem Meter groß. Liliputaner, Zwerge? Sie sind nicht größer als Kinder, sind aber in den Schultern so breit wie in der Höhe und ihre Nacken ähneln denen von Stieren. Sie stehen in erster Reihe, gleich hinter den Wällen aus Stein, Holz und Dreck, direkt hinter dem breiten Graben. Sie haben alle Bärte, die fast bis an den Boden reichen und tragen Äxte und Hämmer, die genauso lang sind wie sie hoch.

Doch was ist das?

In ihren Reihen sind immer wieder etwas Kleinere zu erkennen. Sie haben auch keine Bärte, tragen Röcke und haben weiblichere Züge.

Sind das ihre Frauen?

Vermutlich. Ansonsten unterscheiden sie sich in überhaupt nicht von ihren Männern. Sie stehen da, in erster Reihe, ihre Blicke starren grimmig über das Feld. Direkt hinter ihnen noch kleinere Zwerge, ihre Kinder. Ebenso quadratisch wie ihre Eltern, ebenso bis an die Zähne bewaffnet.

Direkt hinter ihrem Block eine Erhebung. Darauf steht ein Zwerg in goldener Rüstung mit einem, für seine Verhältnisse riesigem Hammer, auf dem er sich aufstützt, der Anführer? Als er mich sieht, reckt er ihn in die Luft und brüllt mir etwas zu.

Daraufhin brüllen auch all die anderen.

Ich verstehe sie nicht, aber es geht mir durch Mark und Knochen.

Ich fliege weiter über die Ebene und sehe blonde Menschen, bewaffnet mit langen Bögen und dünnen langen Schwertern. Sie sind im Gegensatz zu den Zwergen von anmutiger Gestalt. Sie sind alle blond und haben stechende, fast wasserblaue Augen. Sie sind alle so schön, dass ich sie noch stundenlang betrachten könnte, aber ich muss weiter. Auch in ihren Reihen stehen Frauen, Männer und Kinder dicht an dicht, die Hände fest an ihren langen Bögen und starren nach vorne über das Feld. Als sie mich sehen rufen, besser singen auch sie und ich verstehe auch sie nicht.

Aber was ist dort vorne nur so Gefährliches?

Aber ich habe keine Zeit zum weitergrübeln, denn ich schwebe weiter über die festgeschlossenen Reihen. Ich sehe einen Pulk von Männern und Frauen, dazwischen auch welche von den blonden und den kleinen, sie sind alle augenscheinlich nicht bewaffnet. Einige haben Stöcke in der Hand, andere Stäbe. Es sind vielleicht zweihundert. Als sie mich sehen grüßen sie mich. Die einen recken ihre Stöcke gen Himmel, andere verneigen sich leicht und wiederum andere, vor allem die kleinen brüllen ihren Urschrei.

Ich fliege weiter, höher bis an die Wolken und drehe mich um und schaue dorthin wo alle hinschauen. Ich sehe nichts außer einer riesigen Staubwolke die langsam auf uns zukommt.

Das müssen Millionen sein!

Gnade uns Gott! das ist alles was mir durch den Kopf schießt. Zu mehr habe ich keine Zeit, denn ein ohrenbetäubendes Zischen macht sich um mich herum breit. Wie aus dem Nichts tauchen riesige Fliegende Echsen, etwa Flugsaurier auf und kreisen um mich herum. Einer von ihnen, größer als alle anderen zischt mir etwas zu. Dabei stößt er wieder und wieder Dampf aus seinen Nüstern.

Nachdem er fertig ist, ich vermute das er einer ist und keine sie, stoßen alle einen ohrenbetäubenden Schrei aus und fliegen fort, in Richtung der riesigen Staubwolke, die unaufhaltsam näher kommt.

Ich verharre in der Luft.

Es fehlt noch etwas, aber was?

Ich blicke weiter hinter die Reihen und sehe eine graue Masse zur Front laufen.

Ich fliege hin.

Gut da sind sie ja endlich!

Ich schwebe hinunter zu ihnen. In Augenhöhe mit ihrem Anführer, so ungefähr fünf Meter über dem Boden, verharre ich und wir unterhalten uns kurz. Dann stampfen die etwa fünftausend zotteligen Riesen weiter.

Fasziniert schaue ich ihnen hinterher. Sie sind etwa fünf Meter hoch, haben alle grauweißes Fell, riesige Pranken, deren Fingernägel wie Klauen aussehen und alle tragen gewaltige Keulen.

Wer sind sie?

Aber ich habe keine Zeit weiter darüber zu sinnieren, ich muss weiter. Blickt der wieder aufgehenden Sonne entgegen und sehe wiederum eine Staubwolke. Das müssen sie sein, mache ich mir Mut und schwebe weiter.

Sie waren es.

Gut.

Ich schwebe zurück, hin zu einer auf diesem Feld gigantisch erscheinenden Höhe und sehe darauf eine Frau mit angelegter Rüstung stehen, je ein Schwert in ihren Händen. Sie ist schön, sie ist eine von den großen blonden.

Ich lande neben ihr und schaue sie eindringlich an.

Sie lächelt mit zu und gibt mir mein Schwert, das Schwert!

Benommen wachte ich wieder auf, das Schwert noch immer in der Hand. Schüttelte mich und schaute mich um.

Dieser Ort hatte nichts mit dem zu tun, den ich soeben in meinem Traum überflogen hatte. Zu meinem Bedauern war auch die Frau nicht anwesend.

Noch einmal schüttelte ich meinen Kopf um wieder zu klaren Verstand zu kommen und setzte mich auf den Boden, nahm das Schwert vorsichtig in beide Hände um es sorgfältig zu betrachten.

Es war mattschwarz.

War es vielleicht aus Silber und angelaufen?

Ich versuchte es sauber zu machen und rubbelte daran. Aber es wurde nicht heller. Ist wohl aus einem besonderen Stahl, vermutete ich und betrachtete das Schwert genauer. Es schien aus einem Stück geschmiedet zu sein, denn der Schaft war genauso schwarz wie die Klinge. Der Griff war so geformt, dass er in meine Hand passte als ob er für mich gemacht worden ist. Die Klinge war gut geschmiedet, nahm ich als Laie an, denn sie war, wie ich schon feststellen musste, sehr scharf. Auf der Klinge stellte ich zu meiner Verwunderung fest, dass ein ähnliches Relief eingraviert war wie auf meinem goldschimmernden Tortenstück, das ich wohl leider verloren hatte.

Eingehend studierte ich die Gravur weiter. Es schien mir, als könnte es sich um eine Mischung aus asiatischen und arabischen Schriftzeichen handeln. Natürlich vermutete ich das nur, denn ich war weder des arabischen, noch irgendeiner asiatischen Sprache mächtig.

Dann schaute ich mir den Schaft an und untersuchte ihn. Er war sehr schlicht. Nun gut, schlicht ist ja auch nicht schlecht, bemerkte ich. Aber es lag gut in der Hand, wie für mich gemacht. Ich könnte es ja als Souvenir behalten.

Versonnen blickte ich in den Himmel und ließ die Sonnenstrahlen über mein Gesicht streicheln. Ich selber streichelte wieder und wieder über das Schwert.

Wenn ich doch nur wüsste wo ich abgeblieben war!

Langsam schweiften meine Gedanken ab und ich fing schon wieder zu träumen an. Ich sah Berge, hohe Berge, höher als ich sie jemals gesehen hatte.

Ich sah ....

„Du darfst nicht träumen und deine Zeit vergeuden!" schien mich eine innere Stimme wachzurütteln.

Wieder betrachtete ich mein Schwert und mir kam eine, so dachte ich, gute Idee. Wollte einfach mal so mit meinen gewonnenen Selbstheilungskräften experimentieren. Breitbeinig stellte ich mich an den Fuß des Hügels und reckte die Klinge nach oben in den Himmel. Presste meine Lippen fest zusammen und überlegte, ob ich es wirklich wagen sollte noch einmal an mir herum zuschneiten.

Was sollte schon passieren, dachte ich und fühlte mich wie in einem Rausch. Total von mir und meiner Idee fasziniert und auch überzeugt, dass alles glatt gehen würde. Ich war so übermütig geworden wie ein Teenager, der als Fahranfänger erstmals über eine Autobahn fegt und dabei denk alles unter Kontrolle zu haben. Also streckte ich meine andere Hand, die Linke, als Faust geballt mit gestrecktem Zeigefinger nach vorne hin aus. Holte tief Luft, noch immer von meinem Vorhaben überzeugt, und ließ die Klinge auf meine Hand niedersausen. Das Schwert knallte auf meinen Finger und durchschnitt Fleisch und Knochen wie Butter.

Bestürzt schaute ich auf den Fingerstumpf und sah wie das Blut im hohen Bogen, wie aus einem kleinen Springbrunnen, aus der Wunde schoss und im Gras eine kleine Pfütze bildete.

Schmerzen hatte ich zuerst überhaupt nicht. Dann aber spürte ich ein Stechen in meinem Finger, oder was davon noch übrig war, als ob eine heiße Stricknadel in die Kuppe gestochen würde.

Ich jaulte wie ein Hund auf und schmiss mein Schwert auf den Boden.

Die Schmerzen verstärkten sich so sehr, dass ich mich krümmen musste. Umständlich griff ich mit meiner rechten Hand in die linke Beintasche und nestelte mein kleines Verbandpäckchen heraus. Dann nahm ich es mit einer Ecke in den Mund und riss es auf.

Ich schaute nochmals nach meiner ehemaligen Fingerkuppe und stellte zu meinem Entsetzen fest, dass sich die Wunde nicht geschlossen, geschweige denn eine neue Fingerkuppe gebildet, hatte.

Scheiße, fluchte ich vor mich hin als ich versucht mir die Wunde zu verbinden. Nachdem alles zu meiner Zufriedenheit verbunden war setzte ich mich ins Gras und schüttelte tieftraurig meinen Kopf.

Ich war am Boden zerstört.

Langsam kullerten ein paar Tränen auf meinen Wangen herunter.

Es war so trostlos und ich bedauerte mich ein bisschen: Inmitten auf einer Wiese, die ich nicht kannte, irgendwo am Arsch der Welt oder wo auch immer.

Ich bekam langsam Hunger und etwas getrunken hatte ich auch schon lange nicht mehr. Also hörte ich auf mit meinem Schicksal zu hadern, packte meinen Essenspott, suchte mein Schwert und trottete über die Wiese um nach Essbarem zu suchen. Ich schlenderte so über die riesige Lichtung, vermutete ich jedenfalls, und sah, dass die Sonne über den Baumwipfeln nur noch halb zu sehen war.

Fast den ganzen Tag hatte ich hier verbracht!

Missmutig trat ich mit voller Wucht gegen einen Helm und verfolgte beeindruckt seine Flugbahn über die Wiese. Toller Schuss, bestätigte ich mir und meine schlechte Stimmung verflog leicht.

4

Der Tag neigte sich dem Abend entgegen und Ogor und seine Krieger kamen aus den Sümpfen zurück. Eigentlich wollten sie die leckeren kleinen Sumpfechsen jagen und sich dann an ihrem süßen und saftigen Blut laben. Aber es kam anders als alle dachten. Zuerst ging sein Googlolo durch, eine zweibeinige Echse mit scharfen Klauen und spitzen Zähnen, und er musste sein geliebtes Tier mit seinem spitzen Kriegshammer töten. Und dann fanden sie nicht eine einzige der jungen Sumpfechsen.

Was für ein Tag!

Orobol saß auf einem der Ersatzgooglolos und hob seinen Hammer.

Seine Orks hielten wie ein Mann und schauten erwartungsvoll auf weitere Befehle des Königs.

Orobol stellte in aller Hinsicht eine Ausnahme dar. Er hatte eine viel dunkelgrünere Haut als alle ihm bekannten Orks. Aber das war nicht das einzige Unterscheidungsmerkmal zu allen andern, denn er war auch viel größer und hatte ein viel höheres Gewicht als alle anderen, schließlich wog er so um die 400 Pfund. Und er war alt, denn er hatte schon graues Haar.

Er stieg auf einen Hügel inmitten der stinkenden Sümpfe und schaute sich um. Hasserfüllt, wie so oft in seinem langen Leben, blickte nach Norden. Dort war er, der Turm und dahinter war das verhasste Land, welches er eines Tages mit seinen Heerscharen durchqueren musste, um endlich zu seinem Herren zu gelangen.

Er schaute gen Himmel und flehte BALZAR an, ihm noch genügend Zeit zu geben, damit er sein Volk in das gelobte Land führen könnte. Und er bat ihn gleichzeitig seine Stärke weiterhin zu erhalten, damit er sich seiner Feinde und vor allem der Emporkömmlinge, erwehren könne. Es gab viele, die ihm nach dem Leben trachteten und sein Herz verspeisen wollten.

Er setzte sich nun auf den Hügel und dachte nach.

Seine Krieger warteten unten ergeben auf ihn.

Ja er war wirklich alt, hatte er doch schon über fünfzig Jahre hinter sich gebracht. Wie viele Emporkömmlinge hatte er schon getötet und ihre Herzen verspeist. Er überschlug es schnell im Kopf. Es mussten so um die zweihundert bis zweihundertzwanzig gewesen sein. Ja er hatte wirklich ein abwechslungsreiches und erfülltes Leben geführt. All die Frauen die er geliebt hatte, all die Kinder die er gezeugt hatte. Die Orkstämme hatte er vereint. Aber eines würde ihm in seinem Leben nicht gelingen, das wusste er ganz genau. Er könnte nie ein Burol werden. Dazu bedurfte es mehr als nur seine kleinen Dinge die er bisher getan hatte. Dazu bedurfte es wahrhaft großer Taten. Dazu musste er in das Land der verhassten Menschen einfallen und sie bekämpfen. Erst dann würde er unsterblich werden und nur dann. Dann könnte er an der Seite von BALZAR, seinem Herren sitzen und die Welt beherrschen.

Eine Träne kullerte seine Wange hinunter, denn er wusste das er niemals ein Burol werden würde. So sehr er sich auch wünschte die Menschen, die sich so schnell wie eine Krankheit ausbreiteten und den Sumpforks mehr und mehr Land abspenstig machten, auszurotten.

Es ging nicht.

Ein alter Schwur der Orks band sie an ein Versprechen. Sie durften nicht ohne die Erlaubnis ihres Herren im großen Stil in das Land der Menschen einfallen und jeder Ork der es doch versuchte, würde innerhalb kurzer Zeit sterben und mit ihm all seine Brut, die er je gezeugt hatte.

Vor langer Zeit, noch bevor er geboren wurde, versuchte ein Orkherrscher mit seinem Stamm in das verhasste Land ohne die Erlaubnis des

28

Herren einzufallen, aber der Versuch schlug fehl. Die Menschen wurden durch den Turm gewarnt und waren dementsprechend gut gewappnet. Der Angriff schlug fehl und die Orks mussten sich wieder zurückziehen und innerhalb kürzester Zeit verstarb der ganze Stamm an einer rätselhaften Seuche. Somit hatte sich ein Stamm selbst ausgerottet und es gab nur noch fünfzehn Stämme.

Nie wieder wagte sich ein Ork in die Nähe des Turms, geschweige denn zu den Menschen.

Mit dieser Geschichte wuchs er auf. Die alten Frauen, die sich der jungen Orkbrut annahmen, erzählten sie fortwährend. Sie hatte ihre Wirkung, kein Kind, kein Erwachsener wagte sich jemals wieder zu den Menschen.

Der alte Orkkönig dachte weiter über sein Leben nach.

Damals als er in die Brutstätte kam, wie war das noch?

Ja, er hatte gerade das Laufen erlernt und wurde dann, so wie alle Orkkinder, in die Brutstätte gebracht.

Er konnte sich gar nicht mehr an seine Mutter erinnern.

Aber hier wurde er zu dem gemacht was er nun war.

Die Tagesabläufe waren immer die gleichen. Früh, wenn die Sonne aufging, bekamen sie ihr Essen. Bei BALZAR, war das immer ein Kampf! Die alten Orkweiber kamen mit einem riesigen Trog und stellten ihn auf einen freien Platz und dann wurde der Pferch geöffnet. Alle strömten heraus und kämpften um ihre Nahrung. Am Anfang, als er noch der kleinste und schwächste war, wurde er nie satt. Er war immer einer der letzten und musste sich mit dem begnügen was die Größeren und Stärkeren übrigließen. Oft jedoch bekam er nichts und musste sich seine Nahrung selber suchen. Er schlich sich dann in die Sümpfe oder bei den Erwachsenen und jagte oder stahl.

Aber er überlebte die erste schwere Zeit.

Als er dann größer und auch dementsprechend stärker war, arbeitete er sich schnell an die Spitze der Brut hinauf.

Nun war er der erste am Futtertrog.

Aber das war ein harter Weg, den seine Konkurrenten machten ihn den Platz nicht freiwillig frei, besonders Malmar. Dieser war etwas älter als er und war der uneingeschränkte Brutführer. Um jedoch mit als erster an den Trog zu kommen, musste Ogor sich bei ihm einschleimen und ihn dann später vernichten. Orgor war listenreich und wurde zusehends stärker, obwohl er noch immer einen der letzten Plätze in der Futterhierarchie innehatte.

Eines Tages gesellte sich zu ihn Malmar. Ogor hatte gerade eine der Sumpfechsen gejagt und machte sich über deren zartes Fleisch her. Auf einmal stand er vor ihm.

„Du frisst ohne mir meinen Anteil abzugeben?"

Ogor schaute nur zu ihm herauf.

„Wenn du ein Stück abhaben willst, dann musst du es dir erkämpfen."

Malmar ließ sich das nicht zweimal sagen und griff ihn sofort an. Er konnte aber nicht wissen das Ogor sich aus der Kralle eines Googlolo's ein Messer gebastelt hatte und dieses unter seinem Hintern versteckte. Der Brutführer griff ihn also an und Ogor rammte ihm sein Messer in den Bauch.

Er hatte seinen ersten Feind getötet. Schnell schnitt er ihm den Kopf ab und verspeiste sein Herz, denn schließlich ging die Kraft eines Kriegers nur auf den anderen über, wenn man das noch blutende und warme Herz aß. Blutüberströmt kam er dann wieder in die Brutstätte zurück. Er warf den anderen Orkkindern seine Trophäe vor die Füße und war ab dem Zeitpunkt der unumschränkte Anführer der Brut.

Aber er machte es anders als all seine Vorgänger. Unter seiner Herrschaft gab es nicht mehr den obligatorischen Kampf um die Nahrung, sondern er teilte sie mehr oder weniger brüderlich unter allen auf. Außerdem ließ er kleine Gruppen bilden, die er zum Jagen in die Sümpfe oder aber zum Stehlen schickte.

Auch die Beute wurde unter allen geteilt.

Und so kam es das die Auslese unter der Brut abnahm und sie ein immer größerer Haufen wurden.

Irgendwann kam der Tag, an dem die alten Weiber durch alte Krieger abgelöst wurden. Neue Orkkinder kamen zu diesem Zeitpunkt nicht mehr in diese Brutstätte.

Es wurde eine andere eröffnet.

Zur großen Freude seiner Brut war ab nun auch mehr als genug Nahrung für alle vorhanden. Ogor aber ließ die übrige Nahrung nicht, wie sonst immer, zurückgeben, sondern verteilte sie höchstpersönlich unter der nachfolgenden Brut.

Die alten Krieger, die die nachfolgende Generation im Kampf ausbildeten, wunderten sich zwar, sagten aber nichts dazu. Somit erkaufte sich Ogor auch die Loyalität der Jüngeren.

Die Ausbildung seiner Brut war hart, anstrengend und fast immer grausam.

Irgendwann war der Zeitpunkt gekommen, sich an den Alten zu rächen. Nach vielen Quälereien schlichen sich Ogor und seine Kumpane nachts in die Schlafräume der Krieger und schlitzten einem nach dem anderen die Kehle durch und köpften sie. Danach aßen sie deren Herzen und spießten die Köpfe an langen Pfählen auf. Berauscht durch ihren Erfolg und durch den Alkohol, den sie gefunden hatten, feierten sie bis tief in die Nacht hinein und ein jeder seiner Gefährten schwor Ogor, ganz im Gegensatz zu den Gepflogenheiten der Orks, die Treue bis in den Tod.

Durch ihre Tat wurden sie schnell das Gespräch im ganzen Stamm und jeder, der sich mit einem von ihnen anlegte, der bekam es mit allen zwanzig zu tun.

Schnell wuchs die Anzahl der jungen Orkbrut, die Ogor die Treue schwor.

Auch ihr Stammesführer wurde irgendwann auf sie aufmerksam und befahl Ogor zu sich, denn er sah in ihm einen, wenn auch jungen und halbwüchsigen, dennoch Nebenbuhler.

Ogor selbst ahnte schlimmes und traf die nötigen Vorbereitungen. Überall ließ er unauffällig seine Gruppen postieren und ging dann zu seinem Herrn. Dieser wollte ihn, wie erwartet töten. Aber seine Truppen waren schneller und besser vorbereitet. Im Handstreich überwanden sie die Wachen, töteten sie aber nicht.

Der Stammesführer war nun vollkommen alleine. In seinem Haus standen über fünfzig fast erwachsene Orks und ihr Anführer.

Ogor, tötete ihn schnell.

Danach ließ er einen Gefangenen nach dem anderen vor sich treten und ihn bei BALZAR die Treue bis in den Tod schwören. Wer es nicht tat, dem wurde sofort der Kopf abgeschlagen und sein Herz verspeist. Aber es waren nur wenige, die sich ihm nicht unterwarfen.

Es folgten dann Jahre der Ruhe im Orkstamm, die ihm zu einem der kampfeskräftigsten Stämme machte.

Unter anderem änderte er das System der Brutstätten. Die Kinder hatten nun genügend zu essen und mussten ihm persönlich und sowie sie sprechen konnten, ihre Treue bis in den Tod schwören. Außerdem wurden sie noch immer hart ausgebildet, aber ohne Quälereien.

Weiterhin führte er eine Art der Rechtssprechung ein, wo sich ein jeder Ork, an einem festgesetzten Tag, an ihn wenden konnte.

Der Stamm wurde innerlich befriedet und wurde nach außen immer kampfkräftiger. Schließlich befand Ogor ihn für stark genug, um sich einen anderen Stamm einzuverleiben.

Es folgten blutige Scharmützel und Schlachten und letztendlich war O-gor der König aller Orkstämme.

Viele gut Orkkrieger starben und viele Herzen wurden verspeist.

Aber Ogor war schlau genug, um die anderen nicht zu unterdrücken. Vielmehr schaffte er es, durch sein neues Herrschaftssystem, alle Orkstämme zu einigen und friedlich nebeneinander miteinander zu leben. Er ließ Kriegsmanöver, aber ohne Tote, durchführen, wo sich die Stämme untereinander messen konnten und somit schuf er ein schlagkräftiges, ihm ergebenes Heer.

Die Orks waren bereit Blut und Verderben über das verhasste Menschenland zu bringen und sie warteten auf den Tag, an dem ihr Herr endlich den Angriff befahl.

Ogor seufzte.

Wenn BALZAR sie doch endlich zur Tat schreiten lassen würde und wieder schaute er zum Horizont, wo sich der Turm befand und hinter dem die ekelhaften Menschen lebten. Da hörte er das monotone Hüpfen eines Googlolo's und er schrak aus seinen Erinnerungen auf. Japsend kam das

Kriegstier zum stehen. Ein junger Ork sprang behände von ihm herab und rannte zu Ogor herauf. Er ließ sich vor ihm auf den Boden fallen.

„Oh mein Gebieter, unsere innigsten Wünsche sind erhört wurden. Bitte komm schnell an deinen Hof, ein Bote des Herren ist eingetroffen ... BALZAR höchstpersönlich hat einen Burol geschickt! Er will dich sofort sehen ... Herr ...“

Ogor sprang auf und rannte über den jungen Krieger hinweg.

„Lasst uns sofort aufbrechen!“

Schnell schwang er sich auf sein Tier und machte sich sofort auf den Weg.

Die Zeit verstrich und Ogor ging es nicht schnell genug. Er drosch auf den Googloro ein und brachte ihn zu einer immer höheren Geschwindigkeit. Das Tier machte immer weitere und höhere Sätze und kam schließlich an seiner Ruhmeshalle an, wo es vollkommen überanstrengt zusammenbrach. Aber das interessierte den Herrscher keineswegs. Wie ein Blitz rannte er an seinem Dienern und an Kriegsführern vorbei und kam endlich in seiner Zeremonienhalle an. Ogor hatte keinen Blick für die kunstvollen, aus Knochen geschaffenen, Orkstaturen, die an beiden Seiten standen. Er rannte, als ginge es um sein Leben und endlich, seiner Meinung nach viel zu spät, gelangte er an seinem Thron an.

Auf Ogors Platz lümmelte eine komplett in schwarzem Tuch verhüllte Gestallt. Sie erhob ihre knarrende Stimme: „Ich bin Assoron. Ich war einmal der Stammesführer von den Gelbsumpforks, tief im Süden. Ich war einer der mächtigsten und kriegerischsten und so kam mir die Ehre zuteil, dass mich der Herr zu einem Burol machte.“

Die Gestalt wedelte mit ihrem Ärmel und mit einem lauen Knall verschlossen sich alle Türen und Fensterladen.

„So nun sind wir beide allein und niemand kann uns stören!“

Der Burol erhob sich langsam vom Thron und drehte Ogor den Rücken zu.

Ogor, der sich noch immer auf seinen Knien befand, schaute voller Furcht zu dem Untoten herauf. Der hatte ihm noch immer den Rücken zugewandt.

„Ich spüre Furcht in dir. Das ist nicht gut. Es ist sogar sehr schlecht für das was der Herr mit dir vorhat ...“ Die Gestalt kicherte, wenn man das Kichern nennen konnte. Sie drehte sich sehr langsam um und ließ effektvoll ihren Umhang fallen.

Ogor schrie vor Schreck auf, denn er konnte nun den Burol in seiner vollen Gestalt sehen. Vor ihm stand ein Skelett, an dem Hautfetzen herabhingen. Wenige Haarbüschel hingen von dem Knochenschädel herab. Da wo die Augen sein sollten, waren nur Höhlen, aber diese blickten ihn wach an und in den Kiefern hingen kaum noch Zähne. Am Rumpf setzte sich das gleiche Spiel fort. Überall hingen Hautfetzen und die Innereien waren eine braunschwarze Masse, die aber wundersamer Weis nicht herausfiel. Aber dann blickte Ogor an die Stelle, wo eigentlich das Herz war. Es war noch da, jedoch war es im Gegensatz zu den anderen Organen nicht verwest, sondern leuchtete grünlich.

„So hast du dich nun sattgesehen? Das Grün ist übrigens der Schlüssel zum ewigen Leben. Nur BALZAR, der Herr persönlich, kann es dir einhauchen. Mach dir aber keine Gedanken wegen des Äußeren. Wenn du vielleicht einmal ein Burol werden kannst, dann spielen Äußerlichkeiten keine Rolle mehr, denn du verfügst über viele andere, bessere Fähigkeiten. Außerdem nimmst du im Reich von BALZAR dann wieder die Gestalt an, die du im Leben einmal hattest. Aber hier wo BALZAR noch keine Macht hat, da siehst du wie ein verrottender Toter aus. Aber nun genug der Plauderei...“

Assoron stieg die Stufen vom Thron herab und reichte dem Orkkönig seine Hand und sprach: „Steh auf Krieger, denn die Zeit ist gekommen...“

Ogor nahm zögerlich die Hand und richtete sich auf und antwortete: „Was meinst du damit, dass die Zeit gekommen ist?“

Der Burol wedelte mit der Hand und ging zu einem kleinen Nebenraum und sagte: „Folge mir ...“

Der Orkkönig folgte ihm wie ein kleines Hündchen in das Zimmer und schaute auf eine Karte, die ausgebreitet auf dem Boden lag.

„Wie du siehst, handelt es sich um die nördlichen Ausläufer deines Reiches und danach das Menschenland, das sich hier in der Mitte befindet. Hier oben siehst du den Todespass, der sich hier entlang erstreckt. Da im Nord-westen ist das Reiche der Elben und die Berge hier gehören den Zwergen. Hier hinter den Zwergen und hinter der Glutwüste befindet sich das Reich der Geramanen, die dich ebenso wie die Elben und Zwerge nicht zu interessieren haben. Dort entspringt auch der Fluss, der allen Leben spendet. Aber er fließt bis zum Zwergenreich unterirdisch. Weder die Elben oder die Zwerge, noch die Geramanen haben einen Einfluss auf unser Vorhaben. Uns interessiert nur der Pass. Wenn man nach acht Wochen den Todespass überquert hat, dann folgt die Steinwüste, für die man ebenfalls noch einmal so ungefähr sechs Wochen benötigt. Und daran, ganz hier oben im Norden befindet sich das reich von BALZAR, oder zumindest das was die Nekal von ihm übriggelassen haben ..."

Ogor schaute sich die Karte an.

Assoron wedelte mit seinem knochigen Finger und es bildeten sich Wege aus Flammen auf der Karte. Eine dicke ging vom Orkreich bis hin zum Wachturm die sich dann teilten, am Todespass wieder zu einer dicken wurden und als eine einzige dicke über die Steinwüste bis hin zum Reiche BALZARS führte.

Ogor schaute den Burol irritiert an und der lächelte soweit es ging.

„Du wirst die Stämme durch das Menschenland über den Pass und die Steinwüste zum Reich von BALZAR führen. Ihr werdet mit allem was ihr habt marschieren. Den genauen Plan werde ich dir zu einem anderen Zeit-punkt erklären ..."

Ogor war aufgeregt. Er sollte die vereinten Stämme zum Herren führen! Was für eine Ehre!

„Assoron, dann werde ich die Stammesführer sofort zu mir befehlen und alles in die Wege leiten. Aber wann sollen wir marschieren?"

Der Burol klackerte mit seinen Knochen und antwortete: „Solch ein Vorhaben benötigt Zeit und Planung. Wenn die Menschen ihre Ernte ein-gefahren haben, dann ist der Zeitpunkt für den Marsch gekommen. Ja, bis dahin habt ihr noch fast drei Monate. Aber ich habe noch andere Befehle für dich und die Orks. Erstens ab heute darf kein Mensch, sollte er sich denn in Orkgebiet verlaufen, getötet werden, sondern er muss lebendig und unversehrt zu dir gebracht werden. Und zweitens ist meine magische Macht nur so groß, dass ich dir dreimal helfen kann. Das merke dir gut ..."

5

Dynamisch schritt ich nun los, denn ich hatte ja noch immer Hunger und Durst. Außerdem wollte ich schnellstmöglich in die Zivilisation zurück. Endlich hatte ich die Wiese überquert und meine Vermutung mit der riesigen Lichtung hatte sich bestätigt.

Ich stand wieder am Waldrand und die Bäume sahen genauso aus wie die auf der anderen Seite. Als ich den Wald betreten wollte, aber irgendwie wollte mein Körper nicht, so wie mein Geist es wollte. Ein Gefühl beschlich mich, war es eine innere Stimme oder gar mein Instinkt, der mir sagen wollte nicht wieder in den Wald zu gehen.

Aber mein Kopf siegte und ich marschierte los. Tiefer, immer tiefer kam ich in den Wald. Die Sonne, die mich den ganzen Tag lang mit verwöhnt hatte, sendete nur noch ein wenige Stahlen, sodass inmitten des Waldes ein diffuses Licht herrschte. Ich stand inmitten der hohen Bäume und stellte zu meinem Erschrecken fest, das ich den ganzen Tag noch keine einzige Tierstimme vernommen, geschweige denn ein Tier gesehen hatte. Während ich so grübelte, bemerkte ich weiterhin, dass in diesem Hochwald keinerlei Büsche und Sträucher zu sehen waren. Was soll's, sagte ich so zu mir und ging weiter.

Langsam gewann die Dunkelheit die Oberhand und die Sterne funkelten am Himmel. Komisch war nur, dass ich keine Sternbilder erkennen oder deuten konnte.

In mir machte sich die schleichende Erkenntnis breit, dass ich in einer mir nichtbekannten Gegend gelandet war.

Nur wie war ich dahin gekommen?

Ich verharrte und schüttelte ungläubig mit meinem Kopf, denn ich konnte mir keinen Reim darauf machen.

So ging ich weiter.

Die Vegetation veränderte sich nicht, aber mein Weg führte immer steiler bergan. Es wurde hügliger. Nachdem ich vermutlich schon die halbe Nacht durch den Wald gestolpert war stellte ich teils mit Entsetzen teils mit Erleichterung fest, dass es nicht mehr stetig bergauf ging und außerdem auch erste Büsche und Sträucher zu erkennen waren.

Nun schöpfte ich neuen Mut und ging mit strammen Schritten weiter.

Je weiter ich kam desto dichter wurden die Büsche. Als dann endlich der Morgen graute, stand ich vor einer lebenden, bestimmt 10 Yards hohen, Wand aus Büschen. Diese waren aber nicht einfach nur Büsche. Armdicke Äste verzweigten sich in einem wirren Durcheinander und verjüngten sich komischerweise nicht an ihren Enden. Direkt aus ihnen wuchsen wenige kleine, ungefähr fingernagelgroße, Blätter. Aber das war alles, im Gegensatz was ich kurz darauf feststellte, nicht so schlimm. Direkt aus den dicken Ästen ragten mindestens 30 Zentimeter lange spitze Stacheln heraus.

Ein Durchkommen durch diesen lebenden Wall war quasi unmöglich.

Vorsichtig tippte ich mit einem Finger gegen eine der vielen Stacheln. Schon bereits bei dieser kleinen Berührung tropfte Blut von meiner Fingerspitze.

Wie sollte ich da nur durchkommen?

Aller Illusionen beraubt ging ich ein Stück an der lebenden Wand entlang und suchte nach einer Schwachstelle. Dumm war nur das augenscheinlich keine vorhanden war. Nun gut dann eben mit Gewalt, dachte ich und nahm mein Schwert fest in die Hand. Zögerlich schlug ich auf die Hecke ein. Mein Schwert prallte ab, ich fiel rücklings auf den Boden und ein ohrenbetäubendes Klirren machte mich fast taub.

Es schien als würde man Stahl auf Stahl schlagen.

Ich saß vor der Hecke wie ein Kaninchen vor der Schlange und wusste nicht mehr weiter. Aber mir blieb keine andere Wahl. Um hoffentlich wieder in die Zivilisation zu kommen musste ich zwangsläufig durch dieses Hindernis.

Ich musste einfach!

So raffte ich mich auf, band meinen Essenspott an meiner Hose fest und stellte mich dem Gegner. Mit beide Händen umklammerten ganz fest den Griff des Schwertes und hieb mit aller Kraft auf die Hecke ein. Ein Wunder geschah!

Ein Stück von der Hecke fiel im hohen Bogen auf die Erde und kompostierte in Windeseile.

Ich hatte die Lösung!

Lautjauchzend packte ich in den Boden und warf ihn in die Hecke.

Nichts geschah.

Ich war total verdutzt.

Warum konnte die Erde dem blöden Strauch nur nicht anhaben? grübelte ich. Dann fiel es mir wie Schuppen von den Augen, wie mein Großvater so schön zu sagen pflegte. Ich ging schnell an die Stelle wo der abgetrennte Ast den Boden berührt hatte, nahm die Erde und streute sie auf den Busch. Vor meinen Augen fing die sozusagen kontaminierte Stelle zu verrotten an und es entstand ein kleines Loch!

Hirn schlägt Bizeps, Plus und Minus ergibt Null! frohlockte ich und fing sofort mit dem Buddeln an. Ich grub mit meinen Händen in der Erde und legte sie auf mein Dreiecktuch. So hatte ich innerhalb kürzester Zeit ein beachtliches Häuflein zusammen und konnte mich ans Werk machen.

Ich hockte mich wieder vor die Hecke und streute etwas Erde an einen Ast. Das Ergebnis war wie erwartet, er zerfiel in Humus. Gut, dachte ich mit gemischten Gefühlen und wartete eine Weile.

In der kurzen Zeit nach meinem Sturz hatte ich schon so viel erlebt und die Gegend hier war außerdem so lebensfeindlich, dass ich skeptisch war. Ich fing langsam an zu zählen. Wie es der Zufall wollte, ließ mich die Natur auch nicht im Stich. Nachdem ich bei 21 angekommen war, zischte der Strauch und in die freie Stelle wuchs, besser schoss mit atemberaubender Geschwindigkeit, ein dicker Ast.

Ich zählte von Neuem. Bei der sagenhaften Zahl von drei kamen die kleinen Blätter und einen Augenblick später stießen die scharfen Stacheln in die letzten noch vorhandenen Löcher.

Mein Gefühl hatte mich also nicht im Stich gelassen.

Ich schaute auf meinen kleinen Schatz an Erde. Ob der wohl reichen wird? Ich ging lieber auf Nummer sicher, schüttelte mein Tuch aus und verpackte es wieder in der Beintasche. Dann zog ich meine Feldbluse und mein T-Shirt aus. Geschwind zog ich die Bluse wieder an und knotete die Öffnungen des T-Shirts zu.

Zur Bestätigung nickte ich mir zu.

Nun konnte ich hoffentlich genug Erde sammeln und durch das Hindernis hindurch schlüpfen. Schnell hatte ich mein Behältnis randvoll mit Erde. Ging wieder zu dem Dorngebüsch und legte mich auf den Boden. Ich hatte mir so überlegt, dass ich gleitend, im Volksmund auch robben genannt, zwar etwas langsamer durch die Hecke, dafür aber wirtschaftlicher, durchkommen könnte. Denn so könnte der Verbrauch an Erde minimiert werden.

Ich legte mich nun vor den lebenden Wall, machte irgendwie mein Schwert fest, schob den Essenspott mit meinen Schätzen etwas zur Seite und atmete tief durch. Ruhiger und konzentrierter wurde ich.

Jetzt konnte es losgehen.

Ich nahm eine Handvoll Erde und streute sie auf die Äste.

Sie verrotteten sofort.

Schnell robbte ich in die kleine Öffnung. Jetzt nur keine Zeit verlieren und das Zählen nicht vergessen! befahl ich mir.

Und es ging immer weiter in diesem Todesfall hinein.

Ich war schon gut vorangekommen und war hatte gerade bis neunzehn gezählt, als ich das Bekannte zischen hinter mit vernahm. Mich vorsichtig umdrehend konnte ich ungefähr in drei Yards Entfernung die ersten neugewachsenen Äste sehen.

Nur keine Zeit verlieren! spornte ich mich an und arbeitete mich wie ein Besessener weiter immer tiefer in das Buschwerk hinein.

Das Zischen hinter mir wurde zu meinem ständigen Begleiter.

Wieder schaute ich in mein T-Shirt und musste zu meinem Entsetzen feststellen, dass vielleicht noch die Hälfte der Erde da war und ich noch immer nicht das Ende sehen konnte.

Das Zischen kam unaufhörlich näher und ich flüchtete mich immer tiefer in dem Gestrüpp hinein.

Schneller und schneller arbeitete ich, bis mir der Schweiß in Strömen von der Stirn rann.

Sollte ich den Kampf gegen die Hecke verlieren, sollte ich hier womöglich sterben?

„Nein!" brüllte ich so laut ich konnte und kämpfte mich weiter voran.

Das Zischen kam näher. Es war nur noch knapp zwei Yards entfernt, so kam es mir jedenfalls vor. Ich schmiss weiter die noch verbliebene Erde auf die Äste vor mir, mir blieb ja auch keine andere Wahl. Ein kurzer Blick in mein T-Shirt sagte mir, dass es nur noch zu einem Viertel gefüllt war und ein Ende war noch immer nicht in Sicht.

Ich brauchte eine Pause. Aber das Zischen, die Macht und Kraft des Wachstums der Hecke, brauchte keine. So blieb mir nichts anderes übrig als weiterzumachen. Ich schüttelte weiter Erde auf die Äste vor mir. Sie verrotteten sofort und über mir ein Zischen!

Direkt vor meinem Kopf bohrte sich ein Schwert in den Boden.

Damit hatte ich nicht gerechnet! Ich war bestürzt, fassungslos. Ich blickte mich um und sah über mir und überall verstreut Skelette, von Ästen und Stacheln durchbohrt, in der Hecke hängen.

Die armen Schweine, dachte ich mir, aber ich hatte keine Zeit mir weitere Gedanken über die einzelnen Schicksale der Toten zu machen, denn ich kämpfte gegen mein eigens.

Es ging weiter.

Mein Sack war vielleicht noch mit zehn handvoll Erde gefüllt, aber ich konnte fühlen, dass es nicht mehr weit sein konnte, denn überall hingen Skelette, lagen Knochen auf dem Boden verstreut, lagen Hieb und Stichwaffen.

Ich schmiss und robbte weiter.

Das Zischen der nachwachsenden Äste schien in weite Ferne gerückt zu sein.

Schnell drehte ich mich um und meine Vermutung wurde bestätigt. Ich hatte etwa vier bis fünf Körperlängen Platz, so verlangsamte ich mein Arbeitstempo und betrachtete die Umwelt genauer. Direkt neben mir kniete ein Skelett, von Ästen und Stachel durchbohrt, in der rechten Hand eine Klinge in der linken eine Axt.

Die Axt erregte mein Interesse. Sie war schwarz, genauso schwarz wie meine Klinge. Auch mit diesen wunderlichen Schriftzeichen versehen.

Schnell griff ich nach ihr. Aber der Tote, ich denke das es sich hier um einen Mann gehandelt hatte, gab seine Waffe nicht freiwillig her. Ich zerrte mit aller Kraft an ihr und bekam sie frei. Das Skelett zerfiel und es blieb nur ein Knochenhaufen übrig, aus dem etwas golden schimmerte.

Wie gebannt schaute ich auf das blinkende Etwas. Es hatte vermutlich die Form eins Dreiecks dessen spitzer Winkel aus der Erde ragte. Die sichtbaren Seiten waren nicht gerade, eher wirkten sie auf mich wie ein zersplitterter Teil eines größeren Ganzen.

War das mein Schatz?

Unmöglich!

Wie sollte er denn hier her gelandet sein?

Schnell griff ich auch danach und stopfte es in meine Brusttasche.

Mir blieb kaum noch Zeit denn das Zischen kam wieder unaufhaltsam näher.

Ich drehte mich um und sah, dass ich vielleicht noch eine Körperlänge Vorsprung hatte.

Jetzt aber hurtig! spornte ich mich wieder an und legte mit einem guten Tempo los. Schnell hatte ich meinen kleinen Vorsprung wieder etwas ausgebaut und ich stellt zu meiner großen Erleichterung fest, dass nur noch drei vielleicht vier Körperlängen vor mir lagen, denn ich konnte schon die ersten Facetten von Bäumen und Sträuchern erkennen.

Ich arbeitete nun schneller, denn ich wollte aus dieser tödlichen Falle schnellstmöglich heraus. Griff weiter und weiter in mein T-Shirt und warf die Erde an die Äste.

Nur noch zwei Yards! frohlockte ich. Ich sah mein Ziel vor den Augen und hatte es fast geschafft.

Wieder griff in mein Shirt und stellte aber zu meinem Entsetzen fest, dass gerademal ein par Krümelchen noch da waren. Vorsichtig schüttelte ich sie in meine Hand und streute sie ein letztes Mal auf einen Ast über mir, damit ich mich mit der Axt besser vorkämpfen konnte.

Ich hatte ungefähr drei Körperlängen Vorsprung.

Das wird Eng! stellte ich fest, packte meine Axt und hieb wie ein Berserker auf die Äste ein. Es schien mir, ganz im Gegensatz zur Klinge, etwas leichter zugehen.

Der Lärm von Stahl, den man auf Stahl krachen lässt, war jedoch der gleiche und langsam wurde ich taub.

Ich hieb weiter und weiter, schneller und schneller.

Es war vielleicht noch ein Yard und die Umgebung vor mir war schon förmlich zum Greifen nahe. Aber ein kurzer Blick nach hinter erklärte mir das mir kam noch Zeit blieb, denn ich hatte nur noch einen Yard Platz. Mit aller Kraft hieb ich auf das Geäst, mobilisierte alles was noch in mir steckte.

Ich musste es schaffen!

Nur noch zwei Äste!

Noch einer!

Ich schlug auf den letzten verbliebenen Ast ein. Er ging entzwei. Schnell schmiss ich die Axt nach draußen und wollte mit einem Hechtsprung folgen, als sich ein Ast durch eine Seitentasche meiner Hose bohrte.

Glück gehabt.

Ich hatte genau noch drei Sekunden, dann würden die Stachel wachsen und ich hätte so kurz vor Schluss verloren. Alle Kraft zusammen nehmend zerrte ich den Ast aus meiner Hose, sprang ab und schlug hart auf dem Boden auf. Benommen aber glücklich schaute ich zur Hecke und schrie aus voller Kehle: „Ich habe dich besiegt du Scheusal!"

Als ob die Hecke mir antworten wollte, zischte sie in diesem Moment in einer ohrenbetäubenden Lautstärke.

Glücklich und erschöpft lag ich auf dem Waldboden und lauschte dem Gezwitscher der ersten Vögel.

Vögel, Tiere?

Ich war der Hölle entronnen und in die Zivilisation zurückgekehrt!

Die Strapazen des Dornenwalls machten sich bemerkbar und ich dämmerte langsam vor mich hin.

Höchstens eine Stunde musste ich geschlafen haben. Aber die Sonne stand schon hoch am Himmel und mein Magen machte sich sehr laut bemerkbar. Meinen Bauch ein wenig massierend sagte ich mir, dass ein Mensch ungefähr eine Woche ohne Essen aber nur drei Tage ohne Wasser auskommen kann. Ich musste als zwingend etwas trinkbares finden, ansonsten hätte das alles ein Ende mit mir.

Noch vom Schlaf benommen raffte ich mich auf und wanderte, mein Schwert am Hosengürtel, die mächtige Streitaxt geschultert, durch den Wald. Mein Essenspott, bis zum Rand mir Edelsteinen gefüllt, schlug mit einem fortwährenden Plong, Plong, an mein Schwert und ging mir ziemlich auf den Geist. Also, überlegte ich kurz, muss der Pott irgendwie abgepolstert werden. Ich hockte mich auf den Waldboden und legte meine Utensilien ab. Nahm ein Dreiecktuch und verpackte das Gefäß sorgfältig darin. Dann nahm ich mein T-Shirt, dass noch immer an Hals und Armen mehr oder weniger verknotet war und stopfte meinen Pott hinein.

Nur noch etwas Bindfaden und schon haben wir uns einen Rucksack gebaut, erklärte ich mir stolz. Ich nestelte an meinen Brusttaschen herum, nahm die Schur heraus und schon hatte ich den, wenn auch nicht perfekten Rucksack geschaffen.

Gut so, dann konnte es ja weitergehen.

Ich verpackte die Schnur gewissenhaft in meinem Rucksack und wollte wieder losmarschieren. Da fiel mir mein goldenes Ding ein, dass ich mit der Axt gefunden hatte. Wiederum griff ich an meine Brusttaschen, aber das Ding war weg.

Habe ich wohl verloren, murmelte ich desinteressiert vor mich hin, hatte ich doch mehr als genug Edelsteine in meinem Rucksack. Daher hatte es keinen Sinn nochmals umzukehren und nach diesem goldfarbenen Bruchstück zu suchen.

„Das andere hat mir ja auch kein Glück gebracht", sagte ich nun mit lauter bestätigender Stimme und ging tiefer in den Wald. Nach stundenlang umherirren, vernahm ich zwischen all dem lauschigen Vogelgezwitscher ein anderes Geräusch, dass so gar nicht in Melodie der Tiere passte, aber mich fast zu einem emotionalen Orgasmus brachte.

43

Ich hörte das Plätschern von Wasser!

6

Ich folgte dem Geräusch und es führte mich direkt ins Dickicht. Vor mir stand schon wieder eine lebende Wand aus dichtem Buschwerk.

„Nicht noch einmal so eine Tortour!" stöhnte ich auf und begutachtete das Blattwerk. Zu meiner großen Erleichterung handelte es sich hier jedoch um eine stinknormale Hecke ohne irgendwelche Riesenstacheln. Ich nahm meine Axt und wollte mir eine Schneise durch das Gestrüpp hauen, fand dann aber doch, dass die Axt ein wenig übertrieben sei. Also nahm ich mir mein Schwert und versuchte mir einen Weg zu bahnen. Nach den ersten Hieben war ich aber aufgrund meines Essenentzuges und des dramatischen Wasserhaushaltes derart fertig, dass ich mir dann doch einen einfacheren Weg suchte.

Die alles entscheidende Frage war nun rechtsherum oder linksherum.

Ich wandte mich nach rechts und trottete an der Hecke entlang, die Augen immer auf das Gebüsch gerichtet. Nach einer Weile schaute ich dann mal wieder in Richtung Wald und bemerkte, dass parallel zu meiner Route ein Weg durch den Wald führte. Wie von einer Tarantel gestochen rannte ich die wenigen Meter zu diesen kleinen Stückchen Zivilisation inmitten dieser Einöde.

„Hier muss es Menschen geben! Für einen Wildwechsel ist der Weg viel zu breit!" frohlockte ich laut vor mich hin und schöpfte neue Kraft.

Mit strammen Schritt marschierend folgte ich dem Weg, in der Hoffnung endlich Menschen oder Wasser zu finden. Nach einer Weile gabelte sich der Weg. Der eine führte Richtung Wald, der andere folgte der Hecke.

Ich entschied mich für den Heckenweg, da mein Durst langsam unerträglich wurde.

Meine Entscheidung wurde wenig später belohnt.

Der Weg führte zum Buschwerk und verjüngte sich dann zu einem kleinen Pfad, der direkt durch die Hecke hindurch führte.

Voller Vorfreude stolzierte ich hindurch. Nachdem ich das Buschwerk durchschritten hatte, glaube ich meinen Augen nicht zu trauen. Ich sah eine kleine, tiefe, steile Schlucht. Aus dem mir gegenüberliegenden Steilhang plätscherte in weiter Ferne ein winziger Wasserfall hinunter in einen wunderschönen, grün schimmernden See. An seinen Ufern standen auf Wiesen kleine gepflegte Bäume, die alle wie Bonsais geschnitten waren. Ein jeder in einer anderen Form.

Ich fühlte mich wie vor einem Postkartenfoto und genoss den herrlichen Ausblick in dieser Idylle noch einen Moment. Dann machte ich mich sofort auf den Abstieg hinunter zum Wasser.

Der Abstieg stellte sich als schwieriger und länger als angenommen heraus. Der Pfad entwickelte sich zu einem sehr sehr steilen Gebirgstrampelpfad, den vermutlich nur Bergziegen oder ähnliches gewappnet waren. So stolperte ich mehr oder weniger ungelenk hinunter. Mehrmals rutschte ich auf Geröllbrocken aus und schlitterte auf meinem Hinterteil mehrere Meter hinunter, bis ich wieder einigermaßen Halt unter den Füßen bekam.

Der Trampelpfad endete abrupt an einem großen Felsvorsprung.

Vorsichtig spähte ich nach unten. Bis zur Erde waren es mindestens zehn Yards, also unüberwindbar tief.

Was nun?

Ich konnte das Wasser förmlich riechen. Dieses süßliche kühle Nass, welches das Leben erst möglich machte. Aber ich hatte keine andere Wahl. Ich musste hinunter, wollte ich nicht noch mehr Durst leiden. Vorsichtig legte ich mich auf den Vorsprung und erkundete eine Möglichkeit ohne springen heil hinunter zu kommen.

Ungefähr zweieinhalb Yards unter mir war eine kleine Ausbuchtung im Felsen, gerade so breit, dass ich mit meinen Füßen darauf stehen konnte, hoffentlich. Ich schmiss meine Axt und mein Schwert nach unten. Die Axt landete mit einem dumpfen Knall, vermutlich auf einem Stein, das Schwert bohrte sich in den Boden. Dann setzte ich mich auf die Kante und nahm meinen verbliebenen Rest Schnur aus der Brusttasche.

Ich hatte vielleicht noch zwanzig Yards, genug um hier herunter zu kommen.

Nachdem ich meinen Leatherman aus der Hosentasche gekramt hatte, zerteilte ich die Schnur in zwei ungefähr fünf Yardstücke und verknotete sie an ihren Enden miteinander. Ich hatte nun die Schnurstärke verdoppelt. Hoffentlich konnte mein ausgesprochen dünnes Seil mein zartes Gewicht halten, stellte ich zynisch fest.

Ich blickte mich auf der Suche nach einer Möglichkeit zum Festbinden um und fand wider Erwarten einen Wurzelstumpf, der in geringer Entfernung aus der Erde ragte.

Schnell machte ich mich ans Werk um mein Seil festzubekommen. Ich verknotete es und ruckelte erst zaghaft, dann mit Gewalt daran.

Es hielt.

Ich ließ das Seil hinunter und machte mich mit den Füßen voran an den Abstieg. Langsam und Behutsam schob ich meinen Körper über die Kante. Meine Beine baumelten schon in der Luft. Ich schob mich weiter und lag nur noch mit meinem Brustkorb auf. Jetzt musste ich das Seil fest packen um mich weiterschieben zu können.

Die Idee war leichter als ihre Verwirklichung, denn das Seil schnitt mir so sehr in die Hände, dass ich vor Schmerzen mein Gesicht verzog. „Hätte ich doch nur Handschuhe dabei gehabt, dann wäre es vielleicht zu ertragen!" stöhnte ich.

Aber es gab kein zurück mehr. Langsam rutschte ich den Vorsprung hinab.

Das Brennen meiner Hände wurde immer stärker und die Schmerzen immer größer.

Das Seil hielt.

Ich schielte nach unten und konnte den Vorsprung immer deutlicher erkennen.

Die Hälfte war gleich geschafft. Diese Erkenntnis mobilisierte alle Kräfte in mir und ich ertrug die Schmerzen mannhaft. Noch ein kleines Stückchen und ich konnte den Vorsprung unter meinen Zehenspitzen spüren.

Die erst Hälfte war geschafft. Dumm war nur, dass der Vorsprung nicht für meinen ganzen Fuß reichte und ich somit auf Zehenspitzen, wie eine Ballerina, verharren musste.

Da war eine Pause angebracht.

Das Herablassen an diesem dünnen Seil, mein Gewicht von 180 Pfund und der Wassermangel forderten ihren Tribut. Also verschnaufte ich auf diesem kleinen Vorsprung auf Zehenspitzen und presste meinen Körper ganz eng an die Felswand. Ich versuchte mit einer Hand aus meiner Beintasche das Dreiecktuch zu nesteln, um wenigstens ein bisschen Schutz für meine Hände zu bekommen.

Angespannt stand ich so und fing an das Tuch um das Seil zu wickeln. Ich musste mich beeilen, denn meine Waden, die mein ganzes Körpergewicht zu tragen hatten verkrampften.

Hektisch umwickelte ich mein Seil und ging dann die Wand weiter hinunter. Ich schielte wieder nach unten und stellte beunruhigt fest, dass das Seil nicht den Boden erreichte. Dann muss ich wohl den Rest springen, stelle ich teilnahmslos fest.

Weitere Gedanken brauchte ich mir nicht machen, denn mein Seil zerriss mit einer, den Wänden zurückhallenden, Lautstärke eines Peitschenknalls.

Ich konnte gerade noch meinen Kopf noch kurz zur Seite drehen und feststellen, dass ich noch zwei Yards freien Fall vor mir hatte. Zwei Yards, eine undankbare Höhe, zu kurz um seinen Körper noch zu drehen, zu lang um ohne große Verluste zu landen.

Mit dem dumpfen Geräusch eines fallenden Sackes landete ich mit meinem Steißbein auf dem Boden, besser auf dem Stiel der scheiß Axt.

Ich hatte höllische Schmerzen und fluchte vor allem auf die Axt. Nachdem die Schmerzen langsam nachließen, fluchte ich auf mich. Wie konnte ich nur so blöd sein und die Axt ein nicht Stückchen weiter entfernt und nicht in der Einflugschneise werfen?

Aber alles lamentieren war umsonst, schließlich hatte ich den Abstieg geschafft und konnte endlich etwas trinken.

Wie ein alter Mann raffte ich mich auf und rieb mir dabei unaufhörlich meinen Hintern. Hob meine Axt und mein Schwert auf und machte mich von dannen in Richtung Wasser.

Vor mir die parkähnliche Schlucht. Rechts und links säumten viele wunderschön geschnittene und mir unbekannte Bäume den Weg. Wer auch immer hier wohnt, der muss ein guter Mensch sein, denn alles hier war mit Liebe gepflegt. Und wer Bäume und Pflanzen so hegt und pflegt, der musste einfach ein guter Mensch sein, folgerte ich.

Ich folgte einfach dem Plätschern des Wassers und schaute mich immer weiter und immer mehr staunend um.

Die Fauna änderte sich, aber nicht abrupt, sondern eher sanft übergehend. Den Bäumen folgten ebenfalls mit Liebe geschnittene Büsche und Hecken, denen dann wiederum prachtvolle und gutriechende Blumenbeete folgten. Aus allen Ecken trällerten bunte, mir ebenfalls unbekannte, Vögel munter ihr Lied.

Ich war im Garten Eden gelandet.

Langsam schlenderte ich, die Axt noch immer geschultert, durch diesen Garten, besser Park, und bemerkte, dass mein Weg nun durch eine perfekt geschnittene Wiese führte. Auf ihr standen Tierfiguren aus Buchsbaum, so nahm ich jedenfalls an, und auch Rabatten mit duftenden Rosen, die in allen möglichen Farben schimmerten.

Dies war wirklich ein Garten Eden!

Gar nicht allzu weit entfernt reihten sich viele alte Bäume um den See, der wirklich grün schimmerte. Nur war er viel größer als ich auf die weite Entfernung angenommen hatte. Auch der Wasserfall war von Nahem erheblich imposanter als von weitem.

Aus meinem Schlenderschritt wurde ein Traben, daraus ein Joggen, welches sich wiederum in ein Rennen steigerte.

Am Ufer des Sees angekommen ließ ich meine Axt fallen, entledigte mich meines Schwertes, kniete wie ein Moslem beim Beten nieder und stieß meinen Kopf in das kühle Nass.

Es war kalt, eisig kalt.

Zuerst prickelte es nur und dann stachen tausende kleine Nadeln in meine Kopfhaut. Schnell zog ich meinen Kopf aus dem Wasser, schloss meine Augen und atmete tief durch. Dann lehnte ich mich vornüber ins Wasser und trank. Zuerst nahm ich nur kleine Schlucke. Ich spürte wie meine Zähne zu schmerzen anfingen, so als ob man in eine große Portion Eis beißt. Aber ich hatte mich schnell an das kalte Wasser gewöhnt und der Schmerz ließ schnell nach. Ich trank in immer kräftigeren Zügen und ergötzte mich am kühlen Nass. Nachdem mein Magen vollgepumpt war und ich dem Rest meines Körpers ein Sättigungsgefühl hatte übermannte mich eine riesige Mattigkeit.

Ich war einfach, was nach diesen Strapazen vollkommen verständlich ist, ausgelaugt. So lehnte ich mich an den nächstbesten Baum und dämmerte gemächlich ins Lummer Land.

In meinem Halbschlaf vernahm ich ein Knirschen, dann ein Rumpeln.

Noch benommen sondierte ich die Lage.

Eine Baumwurzel hatte sich aus der Erde gelöst und sich wie ein Balken auf mich gelegt und zog sich nun wie eine Schlinge fest zusammen.

Binnen Sekunden war ich hellwach und zerrte an der Wurzel.

Es half nichts.

Sie war zu schwer und zu stark.

Kein Wunder die konnten sich ja auch in Fundamente Bohren. Nur dauert das meist Jahre und nicht wie hier Sekunden! stellte ich besorgt fest.

Ich versuchte meine Beine zu bewegen.

Es ging nicht.

Andere, kleinere Wurzeln, banden sich wie Schlingen um sie. Das gleiche passierte mit meinen Armen. Eine besonders dünne fing dann an sich um meinen Hals zu winden. Auch sie zog sich immer fester zu.

Ich bekam kaum noch Luft, von Bewegungsfreiheit meiner Gliedmaßen ganz zu schweigen.

War ich verloren? Denn meine Schreie aus Leibeskräften blieben unerhört.

Ich versuchte mich wie eine Schlange zu winden. Aber mit jeder Bewegung, war sie auch noch so klein, zogen sich die Wurzelfessel fester zusammen.

Gefangen und dem Baum hilflos ausgeliefert lag ich da.

Wieder schrie ich aus Leibeskräften um Hilfe.

Aber es kam keine Hilfe.

Ich war verloren.

Nochmals alle meine Kräfte zusammennehmend schrie Lauthals: „Hilfe, so helft mir doch. Verdammte scheiße, ist denn hier keiner?"

Aber mein Ruf blieb unerhört.

Es kam keine Hilfe.

Stattdessen bohrte sich eine riesige dicke Wurzel aus dem Erdreich und legte sich langsam um meinen Körper.

Das ist mein Ende!?

Ich seufzte ein letztes Mal auf als sich die riesige Wurzel um meinen Brustkorb legte und ihn fest zusammenquetschte. Mit einem Stöhnen entwich mir meine letzte Luft und ich hörte meine Rippen unter der Last knirschen.

Das war das Ende.

7

„Welcher Thor stört meine Ruhe?", fragte ein Stimme, deren Besitzer ich leider nicht sehen konnte. Sie war ruhig, kraftvoll, gütig und klang alt.

Vor mir tauchte ein älterer Mann auf. Er murmelte etwas und fuchtelte mit seinen Armen in der Luft, als ob er eine Fliege verscheuchen wollte.

Wenn ich nicht in solch einer misslichen Lage gesteckt hätte, dann hätte ich lauthals gelacht. Aber ich hatte weder die Luft noch die Kraft dafür, zumindest huschte mir ein Schmunzeln über die Lippen.

Er murmelte weiter und ruderte immer stärker. Abrupt endete seine Murmelei und ich hörte ein Knirschen, dann ein Krachen.

Zu meiner großen Erleichterung stellte ich fest, dass es sich bei diesen Geräuschen nicht um meine Knochen, sondern um die Baumwurzeln handelte. Sie lockerten sich leicht und ich konnte wieder atmen.

„Nun junger Thor, warum störst du meine Ruhe?"

Ich konnte ihn mir nun genau betrachten, denn ich hatte wieder Luft zum atmen und meine Bewegungsfreiheit war nicht mehr so schlimm eingeschränkt. Vor mir stand ein älterer, um nicht zu sagen alter, Mann von vermutlich sechzig Jahren. Dies war aber nicht so genau zu erkennen, da er einen großen ziemlich ungepflegten grauen Vollbart hatte, der ihm bis auf die Brust reichte. Konnte ich in den Barthaaren nicht noch einige Essensreste sehen? Ich war mit nicht sicher. Sein fettiges Haar fiel auf die Schultern und kräuselte sich leicht. Er hatte stechende blaue Augen, die von buschigen Augenbrauen und einer riesigen Nase, die eher einer Kartoffel oder Rübe ähnelte, eingerahmt waren. Er hatte einen enormen Kopf, an den sich ein gewaltiger Bauch, der eher an ein Weinfass erinnerte, anschloss. Sein enormer Körper war in ein graues Tuch eingehüllt, welches, passend zu seinem Äußeren, ebenfalls dreckig und speckig war und somit alle Schattierungen der Farbe grau aufwies.

Mit seinen stechenden Augen fixierte er mich.

Vermutlich machte er sich ebenfalls ein Bild von mir.

Genüsslich popelte er in der Nase.

Erst jetzt fielen mir seine gewaltigen Pranken auf, die wohl seine Hände sein sollten. Er schob seinen Zeigefinger tiefer und tiefer in sein, natürlich zu seiner Statur passenden, gigantischen Nasenloch.

Bald musste er doch am Hirn angelangt sein, feixte ich um dann verwundert festzustellen, dass er seinen Finger langsam und genüsslich aus der Mäusehöhle zog.

Dann hatte er es endlich geschafft und wir beide betrachteten das Ergebnis. An seinem Zeigefinger hing der wohl ekelichste Popel, den ich in meinem kurzen Leben gesehen hatte. Er war grün und gelb, fest und flüssig, und formte sich zu einem Tropfen, der in einem stetigen Fluss an seinem Finger herunterlief.

Mit einem leisen, befriedigten Seufzen strich er dann seinen Finger an seinem Sackgewand ab und lutschte ihn dann sauber.

Mir stellten sich die Nackenhaare auf, so angewidert war ich.

Er jedoch war von dem Ergebnis voll überzeugt und betrachtete seinen Finger mit großer Befriedigung und wandte sich dann wieder mir zu und wollte wissen: „So Junge, was hast du hier zu suchen? Wie kommst du überhaupt hierher? Und was viel schlimmer ist, warum störst du meine Ruhe?"

„Bitte helfe mir!", flehte ich ihn an.

„Aber ich habe dir doch schon geholfen.", entgegnete er. „Sieh mal, bevor ich hierher kam war deine Situation ausweglos und jetzt haben sich die Wurzeln etwas gelockert und du kannst zumindest wieder atmen. Das war doch schon Hilfe genug, oder?"

„Was war denn das für eine Hilfe, ich bin immer noch von diesen blöden Weidenwurzeln umschlungen und kann mich immer noch nicht bewegen!"

„Erstens sich das keine blöden Weidenwurzeln, sondern die Wurzeln einer Vergessenstrauerweide. Weißt du überhaupt was das ist, junger Thor?"

Fassungslos sah ich ihn an. Was eine Trauerweide ist, das war mir schon klar. Aber was in aller Welt sollte eine Vergessenstrauerweide sein? Unwissend schüttelte ich meinen Kopf und erwartete die Lösung der Frage.

Der alte Mann schaute mich spitzbübig an und setzte sich mit einem Ächzen auf den Boden. Er sah nun aus wie ein zu Fleisch gewordener Buddha, bloß dass er Klamotten anhatte.

Ich konnte jetzt auch seine Füße sehen. Sie waren, wie sein ganzer Körper, von monströsem Ausmaß und erinnerten eher an Kindersärge. Die Fußnägel waren lang, verdreckt und sahen wie abgefressen aus. Sie passten einfach perfekt zu seiner Erscheinung. Er schaute mich an, holte tief Luft und stieß sie dann mit der Lautstärke einer Dampflokomotive aus und sagte.

„Du weißt also nicht was eine Vergessenstrauerweide ist? Gut, dann werde ich es dir erklären. Ich nehme an, dass du eher die einfache, ungebildete, Variante bevorzugst." Erholte wiederum tief Luft und begann dann mit seinem Referat. „Eine Vergessens Trauerweide ist ein Baum. Das verstehst du doch, oder? Aber sie ist kein gewöhnlicher Baum, vor allem wenn man sich in ihre Fänge begibt, so wie du dummer Junge." Wieder holte er tief Luft, stieß sie wieder aus und griente mich an. Er machte es wirklich ziemlich spannend. „Also, wenn du dich in die Fänge einer Vergessenstrauerweide begibst, dann ist das ziemlich traurig für dich, denn eine Rettung kannst du vergessen und deine Familie muss um dich trauern! ... Verstehst du? ... Vergessen, trauern?"

Im Gegensatz zu mir lachte er schallend über seinen Wortwitz und klopfte sich dabei unaufhörlich auf seine Oberschenkel. Dabei wabbelte sein fetter Bauch in unaufhörlichen Wellen und er brabbelte fröhlich vor sich hin: „So köstlich habe ich mich schon seit Ewigkeiten nicht mehr amüsiert! Vergessen, Trauern!"

Dicke Tränen kullerten ihm über seine Wangen, zumindest dem was einem Betrachter sichtbar war. Er wischt sie weg und griente noch immer.

Ich jedoch schaute ihn nur mit einem gequälten Lächeln an und hoffte nicht noch länger für die allgemeine Volksbelustigung beitragen zu müssen.

Schlagartig hörte er mit seinem Lachen auf und starrte mich mit zu Schlitzen zusammengekniffenen Augen an.

„Also noch einmal meine drei Fragen: Was hast du hier zu suchen? Wie kommst du überhaupt hierher? Warum störst du meine Ruhe? Wenn du mir antworten kannst, dann helfe ich dir vielleicht?"

Während er dies sagte, wurde seine Stimmer immer leiser und knarrender.

Nun war es an mir, mich aus dieser zugegeben schlechten Situation herauszumanövrieren und ich erzählte ihm meine Geschichte, von dem goldschimmernden Stück, meinem Sturz, dem Wald, der Wiese, der Hecke, meinem Abstieg in sein Tal.

Nachdem ich geendet hatte schaute er mich eindringlich an und brummelte so etwas in seinen Bart wie: „Dann wird das Amulett des Herren wieder zum Leben erweckt, oder so."

Auf alle Fälle ich konnte es nicht richtig verstehen.

Was mir jedoch nicht verborgen blieb war sein Gesichtsausdruck, der sich mehr und mehr verdüsterte. Der alte Mann sackte förmlich in sich zusammen und schüttelte dabei unaufhörlich mit seinem gigantischen Schwellschädel. Dann schaute er sich suchend im Gras um und fingerte nach meiner Axt. Mit einem Ächzen hob er sie an und betrachtete sie eingehend. Wie zur Bestätigung nickte er dabei mehrmals. Dann fing er zu sprechen an: „Chschmeuh Krahemmmmmhhhh. Zsch Hm Um Uhhmmsss. Schsch Krakrakra. Ums Hmm auschr Grrszz. Hmmm Hmmu.“

„Du kannst die Zeichen lesen? Was steht darauf?“, fragte ich ihn erwartungsvoll und machte es mir in meiner Wurzelliege so bequem wie es nur möglich war.

Mit großen Augen sah er mich an und schüttelte verwundert mit seinem Kopf. „Ich kann das nicht lesen, ich habe mich nur geräuspert“ sagte er und fing mit Kauen an, spitzte dann seine Lippen und spuckte einen, bestimmt Whiskeyglas großen Schleim pfropfen ins Gras.

Na klasse! Ich saß hier mit einem bestimmt sechzigjährigen asozialen Penner, der nichts anderes zu tun hat als zu popeln und zu spucken. Jedoch sollte er mich just in diesem Moment überraschen.

Mühsam stemmte er seinen gigantischen Körper in die Höhe und dabei entfleuchte ihm ein Furz. Kein leiser heimlicher, so wie wir in der zivilisierten Welt das tun, wenn jemand anwesend ist. Nein, er war laut und stinkend und vermutlich auch feucht.

Ohne großartig verwundert zu sein sah ich nun, wie er mit seinen Händen vor seinem Riechkolben wedelte und dabei immer wieder ein Phu ausstieß. Nachdem er endlich fertig war, stemmte er seine Hände in seine nicht erkennbaren Hüften und fing wieder mit Sprechen an: „Das klingt alles ziemlich wunderlich, was du mir erzählt hast, geradezu unglaublich. Wo kommst du noch einmal her?“

„Ich komme aus New York. Mein Vater ist ein erfolgreicher Investmentbanker, dessen Freundinnen kaum älter sind als ich. Meine Mutter ist tot. Und ich wurde auf eine Militärakademie abgeschoben, wegen Autoritätsproblemen oder so.“, erwiderte ich patzig.

„New York? Wo liegt das denn?"

Wollte er mich verarschen? Jeder Mensch auf der Erde kannte New York, die Freiheitsstatur, die Wall Street, das UN Gebäude oder aber den Broadway. Ich schaute ihn verständnislos an und schüttelte so gut es ging meinen Kopf.

„Du bist zwar in der besseren Lage, aber verarschen musst du mich nicht. Aber wenn du es genauer wissen willst, erkläre ich es dir: Es wurde 1524 von Giovanni da Verrazano auf einer Fahrt entdeckt und entwickelte sich dann über die Jahrhunderte zu einem Zentrum für Kunst und Kultur, für Wirtschaft und Handel und ist zu einem Schmelztiegel der Nationen geworden. Wenn ich dir mehr dazu sagen soll, dann kannst du mich mal in den Sommerferien besuchen und ich zeige dir die Stadt, natürlich kostenlos."

Innerlich hoffte ich, dass er von diesem Angebot nie Gebrauch machen würde. Obwohl wenn er dann auftauchen würde wäre es bestimmt ein riesiger Spaß die Reaktionen meines Vaters und seiner Tittenmonster zu sehen. Ich blickte zu ihm hinauf und sah ihn in Gedanken versunken.

Er starrte mich an. Nach einer Weile räusperte er sich, dabei ständig vor sich hin nickend und erklärte mir: „Woher du auch kommst, deine Geschichte ist so fantastisch, dass ich sie nicht verstehe. Aber du bist nun einmal hier und hier liegen lassen kann ich dich auch nicht. Obwohl, ich hätte dann wieder meine Ruhe und müsste mich nicht um die Angelegenheiten der Menschen und der anderen sterblichen Wesen scheren. Aber das du hier bist bedeutet, dass das Amulett des Herren wieder zum Leben erweckt werden soll."

Da war es wieder, was er vor sich hingebrummelt hat! Nun war es an mir ihn anzustarren. Was hatte es mit diesem besagten Amulett auf sich? Was hatte ich damit zu tun? Ich verstand das alles nicht.

Der alte Mann begann wieder wie wild mit seinen Armen zu fuchteln. Nur diesmal erinnerte es mich mehr an Windmühlenflügel und nicht mehr an das Vertreiben von vermeintlichen Insekten. Er ruderte immer schneller mit seinen Armen und murmelte eine mir unverständliche Litanei vor sich hin, die in einem Schrei gipfelt. Dann ließ er seine Arme herunterfallen.

Plötzlich hörte wieder ich dieses laute knirschen und knarren und bemerkte, dass sich die Wurzeln langsam von meinem Körper lösten. Sie gaben mir widerspenstig meine Freiheit zurück. Schließlich gaben sie mich ganz frei und ich versuchte aufzustehen, aber der Versuch missglückte, da mir meine Gliedmaßen eingeschlafen waren.

„Nun beeile dich junger Thor, der Zauber wirkt nicht lange und dann kann ich dir nicht mehr helfen." Sprach es und sprang, entgegen seiner massigen Statur, sehr gewandt zu mir und zog mich weit von der Vergessens Trauerweide weg.

Die Wurzeln der Weide verschwanden langsam im Boden und ich konnte ein lautes, traurige Seufzen vernehmen. Bloß dies kam nicht von mir oder aber dem alten Mann, sondern aus der Weide.

Verwundert sah ich den Alten an.

Verschmitzt und mit einem gütigen Lächeln auf den Lippen sah er mich an. „Mein Junge auch wenn du aus New York, was immer das auch sein soll, kommst, es gibt überall Dinge die viele nicht verstehen. Diese Vergessens Trauerweide ist ein Baum ..."

„Logisch", fiel ich ihm ins Wort, „aber wieso seufzt sie?"

Nun schmunzelte er. „Ja, ja, die Jungen. Immer sind sie so vorschnell. Diese Weide ist kein Baum so wie du ihn vielleicht von deiner Welt kennst ..."

„Von meiner Welt?", ich verstand gar nichts mehr. Jetzt wurde er zornig, nahm ich jedenfalls an. Denn er kniff seine Augen zu Schlitzen zusammen und formt seine wulstigen Lippen zu einem spitzen Mund und hob mahnend seinen Zeigefinger. „Wenn du mir noch einmal ins Wort fällst, du vorlauter dummer Junge, dann erkläre ich dir nichts mehr und kannst sehen wie du zurechtkommst. Haben wir uns verstanden?"

Die Frage war natürlich rein rethorisch und ich nickte brav.

Er holt tief Luft und fing mit seinen Erklärungen an. „Eine Vergessens Trauerweide ist kein natürlicher Baum. In ihr steckt Magie. Das heißt: ihre Spezies wurde vor vielen Jahrtausenden von Magiern zum Leben erweckt. Sie stellen so etwas wie Wachhunde, nur als Bäume natürlich, dar. Wenn ich also ein schutzwürdige Gut habe, dann pflanze ich darauf oder in ihre

Nähe eine Vergessens Trauerweide. Die schützt dann ihre Umgebung. Leider sind sie sehr selten und nicht so leicht zu vermehren. Um ganz ehrlich zu sein, hast du riesiges Glück gehabt, dass ich in der Nähe war. Sonst hätte sie dich getötet. Das lustige an diesem Ort ist, dass dieser See von vielen beschützt wird. Höre genau hin, dann kannst du ihre Unterhaltung hören."

Gespannt lauschte ich. Aber es war nichts zu hören.

„Du musst dich konzentrieren. Am besten du schließt deine Augen."

Ich tat wie geheißen und tatsächlich konnte ich ein leises Wimmern in verschiedenen Tönen, aus verschiedenen Richtungen vernehmen. „Sie wimmern."

Bestätigend nickte er mit seinem Kopf. „Ja so könnte man das nennen. Aber sie Wimmern nicht, sie klagen darüber, dass sie kein Fleisch bekommen haben. Grundsätzlich ernähren sie sich wie alle Bäume. Aber wenn ein Thor in ihre Fänge kommt, dann beklagen sie sich auch nicht über eine kleine, sagen wir mal bei dir um eine große, Fleischmahlzeit. Bei dir hätten sie sich wohl noch mehr gefreut!"

Ich hasste ihn diesem Moment. Der Hohn und Spott, den ich all die Jahre ertragen musste nahm auch hier an diesem fremden Ort kein Ende.

Er lachte, aber nicht etwa spöttisch sonder glücklich.

„Komm Junge. Die Nacht bricht bald herein. Lass uns zu meinem Haus gehen. Dort können wir zu Abend essen und uns noch einwenig unterhalten."

Wie zur Zustimmung knurrte mein Magen laut und der Alte lächelte mich wieder an.

„Vergiss deine Axt und dein Schwert nicht und nun komm schon."

Ich raffte mich auf und wir marschierten los.

8

Mit gewaltigen Schritten marschierte er vor mir her und summte dabei unaufhörlich eine Melodie. Er schien guter Laune zu sein.

Japsend stiefelte ich hinter ihm her.

Er war, gemessen an seinem vermuteten Alter, ziemlich gut zu Fuß. Wir umrundeten den See und ich hielt mich tunlichst von den Vergessens Trauerweiden fern.

Vor uns stieg das Gelände stetig an.

Aber das schien den alten Man überhaupt nicht zu beeindrucken. Mit strammem Schritt stiefelte er, stets vor sich hin summend, weiter voran. Er hatte schon einige Yards Vorsprung und als er bemerkte, dass ich ihm nicht mehr folgen konnte.

Abrupt blieb er stehen.

„Weiter junger Mann, immer weiter und nicht aufgeben. Die einfachen Menschen gebt immer so schnell auf und du bist doch wohl keiner von diesen einfachen und törichten oder?" Sagte es, sah mich belustigt an und stiefelte wieder los.

Von wegen ich gebe immer schnell auf! Ich mobilisierte all meine Kräfte und stapfte weiter, Schritt für Schritt, einen Fuß vor den anderen. Ich wollte mich doch nicht von einem alten Mann abhängen lassen! Also versuchte ich meinen Gedanken freien Lauf zu lassen und meine schmerzenden Beine zu ignorieren. Ich stellte mir einfach sein Haus vor. Es konnte einfach nur hässlich sein, so eine Bruchbude mit Brettern. Oder einen Art Wellblechhütte. Auf alle Fälle musste es dort dreckig sein, daran gab es überhaupt keine Zweifel. Und wir würden uns das Haus mit vielen kleinen Tieren, wie Spinnen, Mäusen, Wanzen, Asseln und so teilen. Hoffentlich ist nur das Essen gut und das Geschirr einigermaßen sauber, hoffte ich.

Da fiel mir plötzlich mein Vater ein, als wir auf einen der wenigen gemeinsamen Unternehmungen waren, denn er hatte ja nach Mutters Tod nie Zeit für mich, und ich in der Nähe des Central Parks Hunger bekam mit ihm zu einem Chinesen gehen wollte.

Wir gingen in das Restaurant, setzten uns und bekamen von der Bedienung die Speisekarten gereicht. Er fixierte die Frau, gab ihr die Speisekarte zurück und verließ mit mir das Restaurant fluchtartig.

Ich schaute ihn nur mit großen Augen an und er erklärte mir, dass man von der Sauberkeit des Personals auf die Küche schließen könne. Wir landeten dann im Walldorf und es war wie immer. Dort waren Kunden und Geschäftspartner, Freunde aus dem Golf oder Countyclub und es dauerte nicht lange bis er mich bei all seinen Gesprächen mehr oder weniger vergessen hatte.

Es war immer ziemlich ätzend.

Aber heute war mir die Ordnung und Sauberkeit der Küche egal. Ich hatte Hunger und wie zur Bestätigung meldete sich mein Magen lautstark.

Der alte Mann drehte sich schmunzelnd um und sagte: „Ich glaube, ich habe mich doch in dir getäuscht. Du kannst ja doch mithalten, wenn du nur willst. Aber keine Bange wir haben es gleich geschafft."

Er zeigte auf eine riesige Höhlenöffnung neben dem Wasserfall.

Es waren wirklich nur noch einhundert oder einhundertfünfzig Yards und ich konnte das Ziel direkt vor meinen Augen sehen. Übermütig werdend sagte ich: „Wetten, dass ich schneller am Höhleneingang bin als du?"

Der Alte lächelte nur und schüttelte dabei leicht seinen Kopf und fragte. „Um was möchtest du denn wetten?"

„Nur so."

„Also um der Ehre willen? Das ist langweilig und bringt nichts. Ich mache dir folgenden Vorschlag: Wenn du gewinnst, dann bringe ich dich schnellstmöglich nach Hause. Wenn ich aber gewinne, dann bleibst du einige Zeit bei mir und ich gebe dir einen Vorsprung bis zu dem Felsen dort. Ist das ein guter Vorschlag?"

Ich setzte eine ernste Miene auf und überlegte. Der Felsen war ungefähr in der Mitte der Strecke. Diese Wette war gar nicht zu verlieren. Ich nickte zustimmend.

Er spuckt in seine Hand und hielt sie mir hin. „Dann schlag ein junger Mann!"

Angeekelt griff ich fest zu, drehte mich um und rannte los. Ich kam an dem Stein an und drehte mich siegessicher um, denn es war wirklich nicht mehr weit bis zur Höhle.

„Ich renne jetzt los!"

„Ja, ja, mach nur."

Komischerweise fing er wieder mit seiner Armfuchtelei an, aber das interessierte mich überhaupt nicht.

Ich rannte los.

Vor meinen Augen wurde der Höhleneingang immer größer und ich konnte fast in ihn hineinspähen. Wunderlicherweise hörte ich hinter mir kein Stapfen, kein Schnaufen. Noch im Laufen drehte ich mich um.

Er war nicht zu sehen.

Ich frohlockte, denn der Sieg war mit nicht mehr zu nehmen.

Ich drehte mich wieder um, um mich auf das letzte Stück Weg zu konzentrieren. Ich wollte ja so kurz vor dem Ende nicht noch hinfallen. Und da sah ich ihn, den alten Mann.

Er hatte es sich auf einem Stein direkt im Höhleneingang bequemgemacht und wartete auf mich!

Schlagartig blieb ich stehen und starrte ihn an. Das konnte einfach nicht wahr sein! Wie konnte er mich überholen, ohne dass ich ihn sehen konnte? Ich ging die letzten Yards gemächlich auf ihn zu. In meinem Gehirn überschlugen sich meine Gedanken. Was war das für ein Mensch? Wie lange musste ich bei ihm bleiben? Hat er mich beschissen. Ich fühlte mich einwenig wie der Hase, der von den beiden Igeln verarscht wurde. Hatte er mich betrogen? Ich ging langsam auf ihn zu und schrie ihn an: „Wie kann es sein, dass du vor mir da bist? Du hast mich nicht überholt! Du hast mich betrogen!"

Er hingegen saß bequem auf seinem Felsbrocken und lächelte mich belustigt an. „Ja, ja die Jugend neigt immer an Selbstüberschätzung. In unserer Wette ging es doch darum wer als erster hier ankommt der hat gewonnen. Oder etwa nicht? Ich war als erster hier und du musst für eine Weile, die ich noch festlegen werde, bei mir bleiben. Danach werde ich dich nach hause bringen oder zumindest dafür Sorge tragen, dass du nach hause kommst." Sagte er und schob sich einen seiner riesigen Finger ins Ohr.

Vermutlich juckte es ihn.

Das dabei entstehende Geräusch erinnerte mich an das Quietschen eines Radiergummis, das man auf einer Tischplatte rubbelte.

Ich schrie ihn an: „Ich muss? Ich muss gar nichts! Ich will heim und wenn ich einfach gehe was willst du dann machen, he?"

Ich war wütend und hilflos und mir wurde schlagartig klar, dass ich ihm vollkommen ausgeliefert war.

Er lächelte noch immer gütig und zog seinen enormen Finger aus dem Ohr. Dabei entstand ein lautes Plop, das dem Öffnen einer Schampusflasche Konkurrenz machen konnte. Bedächtig sah er sich sein Werk an. Auf seiner Fingerkuppe hing Ohrenschmalz in der Größe eines Kirschkerns. Mit einem befriedigten hmmm, schnipste er den Schmalz weg, schaute mich eindringlich an und erhob sich.

„Wette ist Wette. Aber bevor du dich noch weiter aufregst und wir hier in der Kälte sitzen, lass uns doch erst einmal in meine Behausung gehen und etwas essen. Dort ist es behaglich und warm."

Sein Vorschlag war nicht von der Hand zu weisen, denn erstens brach langsam die Dunkelheit herein und zweitens meldete sich mein Magen wie zur Bestätigung mit einer Vehemenz, dass er nicht zu ignorieren war. Also blieb mir nichts anderes übrig als ihm missmutig zu folgen. Aber wenn er mir etwas antun wollte, dann hatte ich ja noch immer meine Axt und mein Schwert. Vielleicht konnte ich mich aber auch mir meinen Edelsteinen freikaufen, dachte ich mir und nickte automatisch und folgte ihm in die Höhle hinein.

Nachdem wir den dunklen Gang durchschritten hatten, bot sich mir ein Schauspiel, welches ich mir in meinen wildesten Träumen nicht zu träumen gewagt hätte. Die Höhle war riesig und hell erleuchtet. Aber nicht durch elektrischen Strom, wie es einem jeden sicherlich bekannt ist, sondern durch viele glitzernde Steine an Decke und Wänden, die mit Gold belegt zu sein schienen. Ich war sprachlos und beeindruckt.

Der alte Mann verharrte kurz und drehte sich um.

„Gefällt dir meine Beleuchtung? Die Kristalle sind über Jahrhunderte aus dem Stein gewachsen und werden nur aus einer einzigen Lichtquelle beleuchte. Durch die vielen Spiegelungen erleuchtet sich die Höhle wie von selbst. Die Wände sind aus purem Gold. Aber ich werde es dir noch genauer zeigen."

Noch immer Mund und Nase offenstehend folgte ich ihm meinen Blick ständig auf die funkelnden Kristalle gerichtet.

Wir folgten dem Weg weiter ins Zentrum der Höhle und passierten eine Brücke. Diese war aber nicht aus Stein oder Holz oder Metall, wie ich sie kannte, sie schimmerte im Weichen Licht der Höhle grünlich.

Wiederum drehte er sich zu mir um und erklärte mir, dass es sich um einen Smaragd handelte.

Ich war platt. Dies alles, die goldenen Wände, die Kristalle, die Brücke aus Smaragd, das alles passte so gar nicht zu diesem verlotterten Menschen! Ich war noch immer sprachlos und notierte in meinem Gehirn, dass ich das mit dem Freikaufen vergessen könnte.

Weiter, immer tiefer ging es in die Höhle und wie in einem Traum nahm ich rechts und links unseres Weges überlebensgroße Statuen wahr, die silbrig schimmerten.

Interessiert wollte ich ihn über die Statuen ausfragen. Aber in dem Moment sah ich einen großen Schatten an mir vorbei huschen. Ich suchte mit meinen Augen die Decke und die Wände nach der Schattenursache ab und viel vor Schreck auf den felsigen Boden. Nebenbei registrierte ich, dass der Boden über und über mit Edelsteinen besät war und diese aus ihm herauszuwachsen schienen.

Halb saß ich, halb lag ich, aber ich hatte meine Axt fest in meinen Händen. Was um Himmels Willen folg da durch die Höhle?

Wieder zog der Schatten mit einem gewaltigen Zischen seine Bahn über mir und ich zog reflexartig meinen Kopf ein.

Der alte Mann drehte wiederum seinen Kopf nach mir um und lächelte mir verschmitzt zu. Danach wandte er erst seinen Kopf gen Decke und sprach zum kreisziehenden Schatten und mir. „Ist gut Famulus, das ist ein Gast. Flieg nach Hause es gibt gleich etwas zuessen. Weist du Junge, Famulus ist mein Haustier, mein Gefährte sozusagen. Obwohl Haustier auch nicht ganz richtig ist. Er hält sich das ganze Jahr über bei mir auf und futtert mir die Haare vom Kopf! Nur in der Brunftzeit, das ist im Herbst, fliegt er für mehrere Wochen weg und paart sich mit einem Weibchen. Aber er kommt immer wieder zurück. Wir leben sozusagen in einer

Zweckgemeinschaft. Ich gebe ihm viel Futter und er beglückt mich mit seiner Anwesenheit. Aber du wirst ihn schon kennen und lieben lernen, hoffentlich, wenn er dich mag. Ansonsten wirst du viele Probleme bekommen und ich viel Kurzweil."

Ich verstand gar nichts und schaute den Alten mit verstörtem Blick an.

„Willst du mir sagen, dass ich Freundschaft mit einem Vogel schließen soll? Und ich soll mich bei ihm anbiedern? Ist das nicht ein wenig wunderlich?"

Nun lachte er so intensiv, dass er sich seinen enormen Bauch halten musste und ihm ein par Tränen kamen.

„Junge, du sollst nicht mit einem Vogel Freundschaft schließen, sondern mit einem Drachen! Einem zugegeben kleinen und dicken, aber immerhin einem Drachen. Und ob du dich mit ihm arrangieren willst, dass bleibt letztendlich dir überlassen."

Die Fragezeichen standen mit förmlich ins Gesicht geschrieben. Einen Drachen? Was sollte das denn? Es wusste doch jedes Kind das Drachen Fabelwesen sind und nicht existierten. Wollte er mich auf den Arm nehmen? Was sollte das denn? Ich schaute ihn wohl an, wie eine Kuh, wenn es donnert.

Er lachte immer lauter und dröhnender. Dabei wackelte sein dicker Bauch in immer stärkeren Wellen. Er bekam sich einfach nicht in den Griff und wenn er so weitermachen würde, dann würde er sich auch noch neben mir auf dem Edelsteinteppich kugeln. Langsam bekam er sich wieder in den Griff und versuchte mich zu belehren.

„Ja Famulus ist ein kleiner Drache. Es gibt drei Arten von Drachen. Die kleinen sind die grünen. Dazu gehört er. Sie ernähren sich hauptsächlich von Schafen, Rehen und so und sind für die Menschen relativ ungefährlich, eher lästig, wegen der Schafe. Aber wenn du sie beim Schlafen störst, dann können sie sehr ungemütlich werden. Verstehst du? Die zweite Art sind der goldenen Drachen sie sind riesig und ernähren sich hauptsächlich von großen Tieren, manchmal auch Menschen. Sie leben sehr abgelegen in den Bergen und kommen nur selten in die Zivilisation. Eigentlich sind es gute Tiere. Aber niemand kann sie bändigen. Die dritte Art oder Kategorie sind die schwarzen. Sie sind genauso groß wie die goldenen, aber sie sind gefährlich und fressen alles was ihnen vor die Augen kommt. Sie sind abgrundtief böse und dienen Orobas, dem Feind allen Lebens. Was noch wichtig ist, goldene und schwarze Drachen hassen sich abgrundtief. Wenn sie aufeinandertreffen, dann kämpfen sie bis auf den Tod."

Nun verstand ich gar nichts mehr. Aufgeregt starrte ich ihn mit weit aufgerissenen Augen an und schüttelte nur ungläubig den Kopf. Das klang mir alles zu fantastisch was er mir eben erklärt hatte. Ich verstand die Welt nicht mehr. War das alles Wirklichkeit oder wollte er mich nur veralbern?

„Ich verstehe das alles nicht!"

Schmunzelnd saß er vor mit und nickte leicht.

„Hmmm, junger Thor. Das ist mir sonnenklar. Ich werde dir alle Zusammenhänge auf dieser Welt erklären. Aber lass uns zuerst in mein Haus gehen, dann essen und du schläfst dich aus. Morgen nehmen wir uns den ganzen Tag Zeit damit du nicht vor Dummheit stirbst und ich nicht jeden Tag dein zugegeben blödaussehendes Gesicht ertragen muss, wenn ich dir etwas erkläre. So und jetzt komm, ich kriege langsam auch Hunger und Famulus wartet auch schon und der kann ganz schön ekelig werden, wenn er Hunger hat."

<u>2</u>

Nachdem die Höhle sichtbar schmaler wurde, konnte ich ihr Ende erkennen, aber von einer Behausung war noch nichts zu sehen. Wir gingen immer weiter auf das Höhlenende zu und bogen schließlich um einen sehr hohen Felsen und ich konnte die sogenannte Behausung endlich sehen. Zu meinem großen Erstaunen stellte ich fest, dass es sich bei der angesprochenen Behausung nicht um eine Hütte oder Kate handelte, wie ich es mir vorgestellt hätte, sondern um ein, zumindest von außen, hübsches Häuschen, dass aus gehauenen Felsbrocken erbaut war. Es hatte Fenster und eine

Eingangstür und, aus welchen Gründen auch immer, ein Dach. Es wirkte sehr gepflegt, ganz im Gegensatz zu dem Alten.

Überlegen und sichtlich stolz drehte er sich zu mir um und sagte: „Willkommen in meiner bescheidenen Behausung!" Dabei breitete er seine Arme einladend und übertrieben, wie ein Kellner eines italienischen Restaurants aus und setzte dabei das schmalzigste Gesicht auf, dass ich je in meinem Leben gesehen hatte.

„Ob die Behausung bescheiden ist oder nicht. Das ist mir völlig egal. Hauptsache wir können gleich etwas essen. Ich sterbe vor Hunger!" entgegnete ich leicht patzig, damit er sich nicht weiter an meiner Überraschung laben konnte.

Er ging weiter und öffnete mit einem lauten quietschen die Tür.

„Dann wollen wir mal. Nun komm schon Junge!"

„Die Tür könnte auch ein wenig Öl vertragen, aber das ist ja dein Haus." Brummelte ich in meinen nichtvorhandenen Bart. Langsam nervte er mich richtig.

„Was hast du gesagt?"

„Nichts. Nur das ich vor Hunger sterbe."

„Bleib doch mal ganz ruhig. Wir essen doch gleich! Wenn du nicht augenscheinlich ein Mensch wärst, dann würde ich dich ohne mit der Wimper zu zucken zu Famulus Gattung zählen. Und außerdem hast du noch mehr als genug Reserven an deinem Körper hängen!"

Das saß. Instinktiv zog ich meinen Kopf ein. Die Belehrung erinnerte mich an Sergeant Wheeler, den Küchenbullen der Militärakademie, der wie ein Weinfass aussah und mir ähnlich dumme Sprüche zukommen ließ. Nur das wir hier nicht an der Militärakademie waren! Verbittert presste ich meine Lippen fest aufeinander. Warum machten sich alle nur immer über meine Figur lustig? Zugegeben ich hatte viel zu viel auf den Rippen. Aber war das nicht ein Problem von vielen anderen? Warum bekam nur ich immer Hohn und Spott zu spüren? Außerdem belehrte mich da gerade der richtige. Er hatte ja selber eine Figur wie ein Bhudda und außerdem war er, ganz im Gegensatz zu mir vollkommen ungepflegt.

Langsam und niedergeschlagen folgte ich ihm ins Haus.

Im Inneren war alles hell erleuchtet und ich musste, geblendet von der extremen Helligkeit, meine Augen zu engen Schlitzen zusammenkneifen. Aber innerhalb von kürzester Zeit hatte ich mich schnell an die Lichtflut gewöhnt. Ich erkannte, dass wir uns in einem großen Raum befanden, der vermutlich das Wohn- oder Esszimmer sein sollte. In der Mitte stand ein großer rustikaler Tisch, der für vier Personen Platz hatte. Im hinteren Teil des Raums prasselte Feuer in einem Kamin und die Wände waren alle mit Büchern und Schriftrollen zugestellt. Irgendwie passte diese Aufgeräumtheit überhaupt nicht zu dem wunderlichen und schmutzigen Alten.

„Ich gehe schon mal in die Küche und bereite das Abendbrot zu. Mach Es dir bequem, aber fass bitte nichts an!" rief er mir im Gehen zu und verschwand hinter einem Vorhang neben dem Kamin, der mit erst jetzt auffiel.

„Ja, ja."

Ich setzte mich in einen Sessel, der vor dem Kamin stand und stierte ins Feuer. Nachdem ich einige Minuten das muntere prasseln der Flammen beobachtet hatte und langsam in eine Art Dämmerzustand überglitt, raffte ich mich auf, denn ich wollte das Essen, um was es sich auch immer handeln würde, nicht verpassen. Interessiert blickt ich mich im Raum um und sah auf einem Beistelltisch etwas stehen. Es war mit einem Tuch abgehangen.

Um was konnte es sich hier nur handeln?

Meine Neugierde war geweckt. Behende sprang ich auf und wollte schnell mal nachschauen. Dummerweise übersah ich das vor mir liegende Knäuel und landete auf allen vieren auf dem Steinfußboden.

Überrascht stellte ich fest, dass der Fußboden warm war.

Hatte er hier Fußbodenheizung?

Unmöglich.

Zu weiteren Analysen kam ich leider nicht mehr, denn das Knäuel, über das ich gestürzt war regte sich und knurrte mich missmutig an. Als ich es im Feuerschein erkennen konnte stieß ich einen Schrei puren Entsetzens aus. Auf allen vieren krabbelte ich so schnell es ging in die hinterste Ecke des Raums und starrte gebannt zu dem grünen schuppigen etwas, welches sich wieder vor dem Feuer bequem machte.

Nachdem ich meinen ersten Schock überwunden hatte, reckte ich meinen Hals um mir das noch immer vor dem Feuer liegende Ding näher zu betrachten. Es war grün und schuppig, wie eine Echse oder so. Nur das die Schuppen hier nicht so klein, wie bei gewöhnlichen Echsen waren, nein hier waren sie so groß wie ein Handteller, also eher wie schuppige Platten. Es hatte Arme und Beine, soviel konnte ich erkennen, an denen sich riesige Krallen, die bestimmt messerscharf waren, anschlossen.

Das Ding lag total friedlich vor dem Feuer und schlief.

Ich konnte es wagen näher an es heranzukommen. Vorsichtig und schlich ich mich langsam näher, Stück für Stück. Ich erspähte, dass es einen langen, peitschenartigen Schwanz hatte, an dessen Ende mehrere Stacheln herauszuwachsen schienen. Der Brustkorb hob und senkte sich gleichmäßig und die Nüstern blähten und senkten sich ebenfalls gleichmäßig.

Das Tier lag völlig relaxt vor dem Feuer. Es schien zu schlafen, denn auch die Augen waren fest verschlossen.

Meine Neugierde wurde immer stärker. Konnte ich da auf dem Rücken noch mehr Gliedmaßen erkennen?

Nein, es waren Flügel!

Natürlich mussten es Flügel sein, denn diese Echse, der Drachen ist doch über mich hinweg geflogen! schalt ich mich.

Vorsichtig krabbelte ich noch näher zu ihm hin. Ich erkannte das seine Flügel, nicht wie bei einem Vogel aus Federn, aus einer pergamentartigen Haut waren. Vielleicht sind sie aus Leder, stellte ich fest. Dann nahm ich all meinen Mut zusammen und berührte ihn ganz sanft mit einer Fingerspitze. Er fühlte sich warm an. Komisch, hatte ich doch in der Schule gelernt, dass Echsen wechselwarme Tiere sind. Ich stöhnte innerlich auf, der Drache lag ja am Feuer. Deshalb musste sich seine Temperatur zwangsläufig erhöhen.

Ich wurde mutiger. Und streichelte mit meiner ganzen Handfläche über seine Haut. Obwohl sie aus Schuppenplatten bestand, war sie doch weich.

Er hatte noch immer die Augen geschlossen und schnurrte wie ein Kater. Es schien ihm zugefallen, denn er drehte sich auf den Rücken und streckte mir seinen enormen Bauch entgegen.

Ich streichelte nun nicht mehr, sondern ich fing an seinen Bauch zu kraulen.

Er hingegen regelte sich vor dem Feuer und öffnete seine Augen zu kleinen Schlitzen. In seinen grünen Augen konnte ich dem Spiel der Kaminflammen folgen.

Ich kraulte weiter und er öffnete seine Augen etwas mehr. Plötzlich zog er seinen Kopf, der die Ausmaße eines erwachsenen Pferdes hatte, ruckartig zurück, rollte gewandt auf den Rücken und fauchte mich an. Dabei fletschte er seine Zähne und scharrte mit seinen Krallen auf dem Boden.

Ich hingegen verharrte bewegungslos und fasziniert von seiner Gestallt vor ihm.

Er duckte seinen Kopf und spannte seinen Körper an. Im Bruchteil einer Sekunde war er auf mich gesprungen und drückte mich mit der Masse seines Körpers fest auf den Boden.

Ich hatte keine Chance mich gegen die vielleicht dreihundert Kilo Drachenfleisch zu wehren. Bösartig schaute er zu mir herunter und rollte dabei seinen Kopf immer von der einen zur anderen Seite. Dann schnaufte er und blies mir ein kleines Flammenwölkchen zu.

Ich lag noch immer wie starr auf dem Boden und wusste nicht ob der Drache mit mir spielen oder mich fressen wollte. Aber mir fiel ein, was der alte Mann gesagt hatte, nämlich dass sie für Menschen relativ ungefährlich, eher lästig, sind.

Schließlich hob er seine Pranke und stellte sie mir fest auf den Brustkorb. Dabei hörte ich einen ständigen peitschenartigen Knall, der vermutlich von den Bewegungen seines Schwanzes herrührten.

Wir betrachteten uns genauestens. Nur das ich mich, ganz im Gegensatz zu ihm, in einer sehr schlechten Position befand.

Nach einer kurzen Weile hatte er genug von mir gesehen stemmte sich von mir hoch und watschelte zurück ans Feuer, wo er es sich wieder bequem machte.

Ich hingegen saß in gebührendem Abstand zu ihm und beobachtete ihn weiter.

Was er natürlich auch mit mir tat.

Wir beide beäugten uns und hätten dies auch noch längere Zeit getan, wenn nicht ein schepperndes und klapperndes Geräusch zu unseren Ohren vorgedrungen wäre.

In Windeseile sprang der kleine Drache auf und marschiert in Richtung Tisch. Dabei ließ er mich natürlich nicht aus den Augen.

Das Essen musste wohl gleich fertig sein. Also rappelte ich mich ebenfalls auf und ging vorsichtig zum Tisch. Dort angekommen, begrüßte mich der kleine Drachen mit einem giftigen Fauchen. Ich versuchte ihn zu beruhigen und hatte Glück, denn er schnaubt nur noch kurz auf und erwartete, ebenso wie ich, das Essen. Dabei knurrten unsere Mägen zu meiner großen Belustigung im Takt.

„Ich werde dir schon nichts wegessen, Famulus. Beruhig dich doch bitte. Ich tu dir doch nichts."

„Du sprichst zu ihm wie mit einem Schoßhündchen. Ob ihm das wohl gefallen wird?" Der Alte hatte sich klammheimlich aus der Küche geschlichen und Famulus und mich beobachtet.

„Der kleine Drache hat nur ein bisschen mit dir spielen wollen. Also mach dir keine großartigen Gedanken wegen des Fauchens. Aber anstatt hier dumm herumzusitzen und sich mit einem hungrigen Drachen zu unterhalten könntest du mir beim Hereintragen des Essens behilflich sein, denn einen unnützen Fresser habe ich schon. Ein zweiter wäre selbst für mich zuviel."

Obwohl mir ein bissiger Kommentar auf der Zunge lag, ließ ich es mir nicht zweimal sagen, Hauptsache weg von diesem ungeheuerlichen Tier.

Famulus hingegen lugte neugierig unter dem Tisch hervor und schnaubte zufrieden, so dacht ich mir jedenfalls, denn das Essen konnte nicht mehr lange aus sich warten.

Als ich die Küche betrat, staunte ich nicht schlecht. Die Anrichte bog sich förmlich unter der Last der vielen Speisen. Überrascht blickte ich zu dem alten Mann hinauf. Bevor ich aus meinem offenstehenden Mund nur einen Pieps herausbekam setzte er wieder sein Grinsen auf.

„Ähm, ich wusste nicht was du so zum Abendbrot bevorzugst. Deshalb habe ich alles was ich so kenne hierhin gestellt. So, nun greif zu und nimm die Platten mit ins Esszimmer. Das andere hungrige Maul wartet schon auf uns!"

Wie kannst du in einer so kurzen Zeit so viel Essen kochen?"

Ich war vollkommen verblüfft und schüttelte nur fassungslos meinen Kopf. Meine Eltern veranstalteten häufig Partys, für Geschäftsfreunde meines Vaters, und der mexikanische Partyservice brauchte allein für die Garnituren einen halben Tag. Aber das hier war weit mehr und viel reichhaltiger. Man konnte mit diesen Buffet Hunderte Menschen verköstigen. Wie sollten wir das alles auf den Tisch bekommen?

„Ist das nicht ein bisschen viel für uns zwei, sorry drei? Wie konntest du das alles in so kurzer Zeit zubereiten? Wie soll das denn auf den Tisch passen? ..."

Ich hatte so viele fragen an ihn. Er runzelte die Stirn und überlegt wohl.

„Du hast recht, das passt nicht alles auf den Tisch. Hier ist einen Teller und Besteck und nimm dir was du so brauchst. Alles andere ist noch Zunftgeheimnis. Aber ich werde es dir noch erklären, vielleicht."

Damit war alles gesagt. Ich nahm mir meinen goldenen Teller, der eher die Größe eines Fahrrrades hatte und im Gegensatz zu diesem an seinem Rand mit Edelsteinen besetzt war, und machte mich ans Buffet. Nachdem mein Essensberg die Ausmaße des Mont Everest erreicht hatte setzte ich mich an den Tisch und begann zu essen. Aber viel von diesen Gourmetspeisen ging nicht in meinen Magen hinein, denn der kleine Drache umstrich meine Beine wie eine Katze und schnurrte ebenso. Er traute sich wohl nicht in die Küche.

„Siehst du, ich sitze zumindest jetzt am oberen Ende der Nahrungskette. Aber ich bin ja nicht so."

Also schob ich ihn ein großes Stück Reh, ich hoffte das es Reh war, zu.

Als Dank erwartete mich ein noch heftigeres Schnurren. Aber was viel schlimmer war, war, dass Famulus jetzt meine Beine nicht mehr umstrich sonder sich heftigst an mir schubberte. Er fand das wohl toll und einen Beweis seiner vorgetäuschten Zuneigung für mich oder eher das Essen.

Was musste man, selbst als Drache, nicht alles für ein ordentliches Mahl tun?

Schnell schob ich ihn noch mehrere Stücken Fleisch zu und erntete dafür immer heftigere Streicheleinheiten. Schließlich kam es wie es kommen musste. Famulus rieb seine Schuppen an mir und dem Stuhl, dann nur noch am Stuhl und ich fiel samt Stuhl nach hinten über. Im Flug bekam ich dann noch den Teller zu fassen, der meinen Fall aber auch nicht aufhalten konnte.

Der Stuhl kippte, ich fiel hin, der Teller im hohen Bogen ebenfalls.

Famulus war glücklich.

Überall lagen die schönsten Leckereien auf dem Fußboden herum und er musste sich kaum bewegen um an diese heranzukommen.

Ich lag wie ein Käfer auf dem Boden und der alte Mann lachte so sehr, dass er sich verschluckte und deshalb lautstark husten musste, aber er lacht trotzdem weiter.

Geschah ihm recht!

Da ich noch immer hungrig war, marschierte ich wieder in die Küche und holte mir neue Köstlichkeiten. Diesmal war ich aber schlauer, denn ich nahm gleich zwei Teller voll, einen für mich und einen für das gefräßige Monster.

Famulus dankte es mir mit einem langen sachten Schnauben und einem unaufhörlichen Augenklimpern, das so überhaupt nicht zu einem Drachen passte.

Der Alte bekam seinen Lachanfall endlich wieder unter Kontrolle.

„Warum hast du denn deine Hand verbunden?"

Ich erzählte ihm von meinem Experiment und er runzelte die Stirn.

„Zeig deine Hand her. Vielleicht kann ich dir helfen!"

Der Ton ließ keine Widerworte zu und ich ging folgsam um den Tisch, aber zuerst gab ich dem mich mittlerweile anwinselnden Drachen noch meinen Teller, den er sofort abschleckte und die wunderlichsten Geräusche verbreitete.

Ich stand vor dem alten Mann und wickelte meinen Verband folgsam auf.

Er nahm ihm, warf ihn achtlos ins Feuer und betrachtete erst meine Handfläche und danach meine langsam nachwachsende Fingerkuppe, die eher zu einem fünfjährigen passte als zu mir. Nickend betrachtete er sie und drehte dabei meine Hand. Dann stutzte er und blickte mir tief ins Gesicht.

„Woher hast du diesen Ring?" Seine Stimme war sehr leise geworden und klang nicht nur überrascht, sondern mehr traurig und bestürzt.

„Den? Das ist mein Siegelring ..."

„Das ist nicht dein Siegelring!!! Woher hast du ihn?" Seine Stimmer war nicht mehr leise, sie war laut und aggressiv geworden und ich verstand die Welt nicht mehr.

„Woher hast du den Ring, Junge?" brüllte er mich nun an.

„Es ist mein Ring. Ich habe ihn von meiner Mutter bekommen."

Jetzt war es an mir immer leiser zu werden.

„Ich hatte als kleines Kind eine schlimme Krankheit, Leukämie. Sie besuchte mich jeden Tag und eines Tages gab sie ihn mir. Sie sagte ich sollte ihn immer bei mir haben, denn er macht mich gesund und beschützt mich. Wenn du ihn haben willst, dann musst du mich töten. Denn das ist das einzige was mir von meiner Mutter geblieben ist, neben meinen Erinnerungen." Die letzten Worte erstickten fast in meinen Tränen.

Auch der alte Man sackte förmlich in sich zusammen und schluchzte leise. „So ist der Lauf des Lebens. Das eine geht und das andere kommt."

Langsam und bedächtig stand er von seinem Stuhl auf und streichelte mich behutsam, fast zärtlich über meinen Kopf.

„Möchtest du noch etwas essen, mein Junge?"

Ich schüttelte nur den Kopf.

„Ist ja gut. Ich will dir den Ring nicht wegnehmen. Es ist dein Ring. Aber was ist denn Leukämie?"

Ich sah ihn erstaunt an. Wusste er wirklich nicht was dies für eine Krankheit war? ... Ich erklärte es ihm, alles die Chemotherapie verbunden mit Übelkeit und Erbrechen, dem Haarausfall, all den vielen anderen Komplikationen und der geringen Überlebenschance.

Er schüttelte die ganze Zeit den Kopf.

„Ich verstehe zwar nur die Hälfte, aber wenn du wirklich so krank warst, dann haben dir deine Mutter und der Ring das Leben gerettet. Aber was ich dich noch fragen wollte, wie ist eigentlich dein Name?"

„Steve G. Arthur. "

"Soll ich dich wirklich Steve G. Arthur nennen?"

Nun schüttelte ich ganz heftig meinen Kopf.

„Du kannst mich ruhig Steve nennen. Bei meinem zweiten Vornamen würdest du sowieso nur lachen."

„Wie ist er denn?"

Ich blickte auf den Boden und antwortete ihm betreten.

„Golfin."

„Golfin?"

Er grinste mich nur an.

„Siehst du? Alle finden den Namen lustig oder komisch."

„Papperlapapp, Namen hin Namen her, sie sind sowieso nur Schall und Rauch. Wichtig ist, was du aus deinem Namen machst. Wenn du Steve Golfin der Versager bist, dann wird dein Name anders behandelt als Steve Golfin der Retter oder der Sieger."

Dabei tätschelte er mir unaufhörlich die Wange. Wir hätten uns vermutlich noch lange über meinen Namen unterhalten, wenn das Schmatzen aus der Küche nicht alle Unterhaltung übertönt hätte.

„Famulus!!!!!!! Wenn ich dich erwische!"

Der Alte ließ von mir ab und sprang in die Küche. Ich heftete mich an seine Fersen und sah das gleiche Schlachtfeld wie er.

Famulus begnügte sich gerade an einem der Tiere aus Zuckerguss, die eigentlich zu schade zum Essen waren. Als er uns bemerkte blickte er wie ein kleines Hündchen zu uns herüber, das Donnerwetter ahnend.

Drohend hob der alte Mann seine Arme und murmelte vor sich hin.

Ich schaute zu ihm und dann zu Famulus, der sich verängstigt in eine Ecke verdrückte. Ich hatte Mitleid mit ihm.

„Bitte lass von ihm ab. Er ist doch nur ein Tier und hat keine Manieren. Bestrafe ihn bitte nicht. Ich räume hier auch sofort auf."

Der Alte stutzte und hörte mit seiner Murmelei auf.

„Willst du wirklich die ganze Sauerei aufräumen? Dann bist du morgen noch nicht fertig. Aber wenn du meinst, dort ist der Abfalleimer und da kannst du aufwaschen …"

Sagte es vielsagend und ließ uns allein.

„Famulus, da hast du uns was ganztolles eingebrockt."

Ich zuckte mit meinen Schultern und begann mich ans Aufräumen zu machen.

Famulus half mit, indem er wie ein Staubsauger über den Boden fegte und alles Essbare in sich aufsaugte.

Nachdem wir endlich fertig waren, es mussten schon Stunden vergangen sein, machte ich mich total ermattet, aber glücklich zu dem alten Mann.

Mir folgt stöhnend und dabei seine riesige vollgefressene Wampe über den Boden schlurfend ein glücklicher Drache.

Der alte Mann saß am Kamin schaute ins Feuer und rauchte dabei ein Pfeifchen, die den angenehmen Duft von Vanille verströmte.

„Ach ihr seit schon fertig? Nun gut es hat auch lange genug gedauert."

Er stierte noch immer ins Feuer und nickte in dessen Richtung, als ob er sich nicht von ihm trennen konnte. Schließlich schaffte er es doch sich zu trennen und raffte sich auf. Niedergeschlagen und mit klangloser Stimme forderte er mich auf ihm in die Schlafgemächer zu folgen.

Die Schlafgemächer!

Solch eine Wortwahl kannte ich nur aus alten Ritterfilmen. Aber was sollte es ich war müde und hatte auch keine Lust mehr über alles Wunderliche zu sinnieren.

Das Zimmer war in Ordnung. Alles passte zur gesamten Erscheinung des Hauses, Landhausstil eben. Ich machte es mir in meinem gewaltigen Doppelbett gemütlich und sah meinen Kompagnon mehr flatternd als fliegend, mehr hüpfend als laufend und laut schnaufend auf mich zukommen.

Mit einem gewaltigen Ächzen und schnaufen schaffte es Famulus schließlich in mein Bett und rekelte sich bequem zu meinen Füßen.

Der Alte hob nur die Augenbrauen und schaute mich fragend an.

„Ist schon ok. Ich glaube er wird mir nichts tun."

„Wenn du meinst ..." Das war sehr vielsagend. Er schaute mich noch kurz an und wünschte mir eine gute Nacht, so, wie ich es schon lange nicht mehr gehört hatte.

„Gute Nacht König des Lichts, Bezwinger von Orobas, Herrscher der Menschen."

„Ebenso gute Nacht Beschützer des Lichts, Gegner von Orobas, Beschützer der lebenden Wesen."

Ich schlief schon halb und murmelte die Antwort nur noch leise zurück. Ich bemerkte kaum noch wie er mir wieder über den Kopf streichelte und dabei leise weinte.

10

Ich stand an einem Abhang und ein gewaltiger Stein rollte auf mich zu.

Ich drehte mich um und rannte so schnell ich konnte. Hinter mir hörte ich das unaufhörliche poltern, dass er hervorrief, wenn er wieder auf der Erde aufkam.

Ich drehte mich um und sah ihn näher und näher kommen. Ich versuchte schneller zu laufen und drehte mich wieder um.

Er kam immer näher.

Im Rennen bog ich nach links ab und versuchte aus seiner Bahn zu kommen. Ich drehte wieder meinen Kopf nach ihm um.

Auch er veränderte seine Bahn!

Er kam noch näher!

Das Poltern wurde immer lauter.

Ich hörte ihn jetzt sogar schnaufen. Ich glaubte mich geirrt zu haben. Ein Felsbrocken kann nicht schnaufen. Meine Ohren sagten mir das er das aber doch tat.

Ich hastete weiter.

Langsam ging mir die Puste aus, aber er hatte mich fast eingeholt.

Aber ich rannte weiter und drehte mich wiederum im Laufen um.

Er war fast bei mir!

Ich drehte mich zurück und lief so schnell ich noch konnte weiter. Ich sah, dass vor mir ein par Kieselsteine lagen. Ich machte einen größeren

Schritt und rutschte weg. Da lag ich nun, dem heranpolternden Stein hilflos ausgeliefert.

Das Schnaufen war jetzt ohrenbetäubend.

Er krachte auf meine Gliedmaßen nieder!

Mir war klar das ich sterben würde.

Mit einem lauten Schrei wachte ich auf und erntete nur ein genervtes Schauben.

Famulus hatte sich im Schlaf gedreht und war mit seiner Wampe auf meine Beine gekommen.

Ich war hellwach.

„Famulus du Fettklops, kannst du mal bitte deinen Ranzen von meinen Beinen heben?"

Ich erntete wiederum nur ein Schnauben und Stöhnen.

Ich richtete mich auf und versuchte seinen Bauch mit meinen Armen wegzudrücken.

Das Ergebnis war gleich Null.

Ich schubste ihn stärker und erntete erneut ein Schauben, diesmal lauter und ziemlich genervt.

„Famulus, bitte, du tust mir weh."

Ob er es verstanden hatte wusste ich nicht, aber schließlich, nach vielen vielen Stößen, drehte er sich leicht weg. Aber nicht richtig, sondern so, dass ich gerade meine Beine herausziehen konnte.

Er war ein hervorragendes Beispiel für effektive kalorienschonende Bewegung und hatte einen gesunden Schlaf.

Leise schlüpfte ich aus dem Bett und warf meine Bettdecke über ihn, damit es das dicke Monster auch schön warm hatte.

Als Dank erntete ich den hässlichsten und stinkensten Rülpser, den ich jemals gehört hatte. Dann machte ich mich hinunter in die Küche, wo der alte Mann schon an Herd werkelte.

„Du bist ja schon wach?"

Abrupt blieb ich stehen.

Wer war das denn?

Vor mir stand ein älterer Herr in einem schönen blauen Gewandt, ein bisschen altmodisch, aber vermutlich sehr teuer. Ich kannte mich natürlich in solchen Dingen aus, denn ich war früher sehr oft mit meinen Eltern in den nobelsten Geschäften von New York shoppen. Außerdem war sein Haar frisch gewaschen und geschnitten und lockte sich leicht. Sogar sein Bart war gestutzt. Das einzige das mich noch an den verlotterten alten Mann erinnerte, war seine gigantische Rübennase, mit der er jeden Nasenwettbewerb hätte gewinnen können. Aber er hatte nicht nur seine Erscheinung verändert. Auch seine Haltung, das bewegen seiner Hände, einfach alles wirkte irgendwie aus gutem Hause, aristokratisch.

Langsam fing ich mich wieder.

„Ja, ich bin schon wach. Famulus hat das ganze Bett benötigt und mich verdrängt. Also blieb mir nichts anderes übrig als entweder auf dem Fußboden zu schlafen oder aufzustehen."

Einladend, wie ein Oberkellner, wedelte er mit seiner Hand.

„Komm setz dich! Das Frühstück ist gleich fertig."

Ich tat wie geheißen.

„Du hast dich aber über Nacht ganzschön verändert. Natürlich zu deinem Vorteil."

„Danke für das Kompliment Steve. Ich war lange Zeit allein hier und da gehen einem manchmal die Sitten verloren."

Es klang wie eine Entschuldigung.

„Aber wenn ein Mensch verlottert und dreckig aussieht, dann meiden ihn die anderen. Wer aus gutem Hause will schon mit dem Abschaum zu tun haben?"

Mit dieser Erklärung hatte er nicht unrecht. Immer wenn meine Eltern und ich Penner sahen, dann machten wir instinktiv einen großen Bogen um sie, es sei denn es ging nicht anders.

Ich nickte verstehend.

Der Alte hatte sich mittlerweile auf einen Schemel gesetzt und beobachtete mich.

„Du bist nun schon seit gestern bei mir und hast mich noch nicht gefragt wie ich heiße und was ich so mit dir vorhabe."

Das war ein guter Einwand und ich wurde kleinlaut.

„Ich habe mich noch nicht getraut."

„Steve du brauchst vor mir keine Angst haben. Wenn ich dir etwas böses gewollt hätte, dann hätte ich dich schon längst der Vergessens Trauerweide überlassen können. Oder?"

„Ja."

Er legte die Hände in seinen Schoß und fing feierlich an zu reden. Es klang fast wie ein Gelübde.

„Steve Golfin, ich werde dich niemals verlassen und dich immer beschützen. Ich werde alles was in meiner Macht steht tun, damit du ein glückliches Leben führen kannst und ein guter Mensch wirst. Das verspreche ich dir hier bei den toten Ahnen die wir lieben."

Ich war schockiert. Ich verstand nicht warum sich ein alter Mann an mich jungen Schnösel, den er gerademal einen Tag kannte, band. Aber nun wollte ich doch seinen Namen wissen.

„Wenn du mir wirklich helfen willst, dann erleichtert es uns ungemein, wenn ich deinen Namen wüsste. Es klingt ja blöd, wenn ich dich nur mit hallo oder hey rufen kann."

Ich fand meine Eröffnung ziemlich witzig und fühlte mich ihm gegenüber sehr überlegen. Jedoch innerlich brannte ich förmlich darauf, seinen Namen zu erfahren.

Er nickte nur verständnisvoll.

„Tja, meinen Namen ... den kennst du."

Er tat sehr geheimnisvoll und lächelte mich väterlich an.

„Mein Name ist Golfin, so wie dein zweiter...."

Er legte eine Kunstpause ein und ich war sichtlich überrascht.

„Golfin? Und du verarschst mich wirklich nicht?"

„Ich heiße wirklich Golfin. Den Namen haben mir meine Eltern gegeben. Wenn du mir verarschen meinst, dass ich dir einen Bären aufbinden will, dann hast du unrecht."

Er stand majestätisch auf und breitete huldvoll seine Arme aus.

„Vor dir junger Steve steht Golfin, der Magiermeister."

Dabei zwinkerte er mir sympathisch zu. Ich schüttelte immer wieder den Kopf. Ich konnte es nicht fassen. Ich saß mit einem Zauberer zusammen. Aber hier gab es ja auch Drachen. Langsam wunderte mich überhaupt nichts mehr.

„So so, du bist also ein Zauberer ...“

Zornig zog er seine Augenbrauen zusammen und spie mich giftig an.

„Junger Thor ich bin ein Magier und kein Scharlatan!“

„Entschuldige, ich wollte dich nicht verärgern. Aber für mich waren bisher Zauberer und Magier immer das gleiche.“

Er nickte wieder.

„Ich nehmen deine Entschuldigung an. Ich sehe ein das du noch nicht alles über uns wissen kannst, du bist doch erst den zweiten Tag hier. Aber eines solltest du dir ab jetzt merken, arbeite an deinem Wortschatz, drücke dich gewählt aus und sei immer höflich und zuvorkommend. Denn da wo wir hingehen, dort ...“

Ich fiel ihm einfach ins Wort.

„Wohin gehen wir? Gehen wir weg?“

Jetzt war er sichtlich erbost. Sein Gesicht lief wie eine Tomate an und er fuchtelte wieder so albern mit seinen Armen.

Ich prustete vor Lachen los.

„Schweig junger Thor! Oder ich werde dich Vernunft lehren!“

In meinem jugendlichen Leichtsinn lachte ich nur noch lauter. Auf einmal hörte er mit seiner Armwedelei auf und hellleuchtende Blitze schossen aus seinen Fingern. Er hob seine Arme und seine Hände erleuchtete hellflutend.

Ich war geblendet.

Dann streckte er seine Arme nach vorne und die Blitze rasten auf mich zu.

Ich spannte mich an und erwartete Schmerzen, etwa wie Stromschläge. Aber es handelte sich nicht um Stromschläge, leider. Die Blitze schossen um meinen Kopf und drangen durch Mund und Nase in meinen Körper ein. Ich saß so steif wie ein Stock und wagte es nicht mich zu bewegen.

Was hatte er bloß gemacht?

Gutmütig lächelte er mich an.

„Ich haben dich mit den Blitzen des Schweigens und der Lähmung belegt. So kann ich mit dir in Ruhe reden. Versuch doch etwas zu sagen!"

Ich öffnete meinen Mund und wollte mit dem Sprechen anfangen. Aber ich brachte keinen Ton, so sehr ich mich auch anstrengte, heraus und bewegen konnte ich mich auch nicht. Mir blieb nichts anderes übrig, als folgsam zu schweigen.

„Ich werde gleich den Zauber aufheben. Dann kannst du reden, damit du siehst das ich ein Magier bin. Wenn du mich verstanden hast, dann nicke bitte mit dem Kopf!"

Ich nickte folgsam.

Nun hob er den Zeigefinger und malte ein Bild in die Luft und forderte mich dann zum reden auf.

Ich schrie ihn förmlich an: „Wieso kannst du solche Dinge? Das kannst du doch nicht ..."

Das nächst Luftbild unterbrach meinen Redefluss. Noch immer hatte ich meine Augen entsetzt aufgerissen.

„Wie du soeben richtig erkannt hast, beherrsche ich die Zauberkunst. Viele Menschen nennen sich Magier, aber die meisten sind Scharlatane. Leider können nur noch wenige Menschen zaubern, denn das meiste Wissen ist über die Jahrtausende verloren gegangen."

Er seufzte tief und inbrünstig.

„Ja, leider ist die Zauberkunst heutzutage nicht mehr so gefragt. Die Menschen wollen höchstens noch ein Elixier für Fruchtbarkeit oder aber Mittel für ihre Tiere. Verstehst du? Aber die Kunst die ich beherrsche, das ist die Künste der Kriegsmagie, ist heute kaum noch gefragt. Wenn du mir versprichst folgsam zu sein, dann werde ich dich aus dem Bann befreien."

Wiederum wirbelte er in der Luft herum.

„Versuch nun zu sprechen und dich zu bewegen, junger Steve!"

Vorsichtig rutschte ich auf meinem Stuhl umher. Und siehe da, es funktionierte. Dumm war nur, dass sich meine Gliedmaßen anfühlten, als würden tausende von Ameisen oder Termiten durch sie hindurchgrabbeln. Sie waren durch die minutenlange Bewegungslosigkeit eingeschlafen. Ich schloss meine Augen, spannte meine Muskulatur kurz an und entspannte dann wieder. Dabei atmete ich während des Anspannens tief ein, hielt den Atem kurz an und ließ die Luft beim Entspannen langsam entweichen. So hatte es der Yogatrainer meiner Mutter immer erklärt. Von der Wirkung war ich aber bis heute nicht überzeugt. Nachdem ich diese Übung ein par mal zelebriert hatte, stellte sich die gewünscht Wirkung langsam ein. Ich schwor mir, wenn ich irgendwann wieder zu hause bin, dann werde ich auch Yogastunden nehmen. Ich war von der entspannenden Übung voll überzeugt.

Der Alte lächelte mich überrascht und fragend an.

„Du beherrscht die Übung der Meditation?"

„Nein, nein, ich habe mir das nur bei meiner Mutter abgeschaut. Sie machte häufig Yoga und auch so andere Sachen."

„Yoga? Und die anderen Sachen? Was ist denn das alles?"

„Nun Yoga ist, soweit ich weis, eine Lehre, die durch bestimmte geistige und körperliche Übungen wie Meditation, den Menschen vom Gebundensein an der Last des körperlichen befreien soll. Und das Tai-Chi oder einfacher einfach gesagt das Schattenboxen, ist eine Jahrhunderte alte nach innen gerichtete Kampfkunst. Hier werden die Aspekte der Selbstverteidigung, Gesundheit und Meditation miteinander verbunden."

Golfin hatte seine Augen überrascht aufgerissen und überschlug sich fast vor Interesse.

„Beherrschst du eine der Techniken?"

„Also beim Yoga habe ich nur hin und wieder meiner Mutter zugeschaut. Das war ziemlich langweilig. Aber Tai-Chi musste ich immer mitmachen. Aber das war auch viel cooler."

„Cooler?"

„Ähm, cool bedeutet soviel wie schön, toll oder so."

„Du hast schon eine wunderliche Aussprache, das muss man dir lassen. Weist du ich glaube, da wo du herkommst, da sind die Sitten sehr verroht."

Jetzt verstand ich die Welt nicht mehr.

„Aber cool ist doch ein ganz normaler Ausdruck. Den nutzen alle, sogar im Fernsehen."

„Mein junger Steve. Ich verstehe dich. Aber hier gibt es kein Fernsehen. Was immer das auch sein soll, ich will es gar nicht wissen. Also hast du nun regelmäßig dieses Schattenboxen durchgeführt?"

„Ja natürlich bis meine Mutter gestorben ist. Dann habe ich damit aufgehört."

„Wann ist denn deine Mutter gestorben?"

Ich blickte traurig auf den Fußboden. Die Worte wollten mir einfach nicht über die Lippen kommen.

„Wann ist sie gestorben und wie!"

Er klang sehr fordernd.

11

„Es war vor zwei Jahren. Meine Eltern haben sich gestritten, wie so häufig in der Zeit kurz vor ihrem Tod. Die Geschäfte bei meinem Vater liefen nicht so gut wie erhofft, er war immer häufiger betrunken und hatte ständig irgendwelche Termine, du weist hoffentlich was ich meine."

Er nickte nur gedankenversunken.

„Eines Abends, es war im Herbst, es war tief in der Nacht und stürmte, kehrte er mal wieder besoffen heim und hatte einen Termin gehabt. Sie war bestimmt jung und schön. Meine Mutter hatte wohl die ganze Nacht auf ihn gewartet. Sie stritten sich wie immer, sie schrieen sich an und er fing zu randalieren an. Meine Mutter weinte und bat ihn inständig damit aufzuhören. Aber er beschimpfte sie immer nur als Hexe, die ihn verzaubert hätte und ihn seit Jahren nur Unglück bringe. Doch das stimmte nicht. Er gab wohl mal eine Zeit wo die Geschäfte nicht ganz so perfekt liefen, dass war kurz vor Mutters Tod, aber wir waren doch immer steinreich. Er kam doch aus einer der einflussreichsten Familien der USA. Sie stritten sich immer heftiger und ich stand auf der Empore im Eingang und musste alles mit ansehen. Und dann hat er sie geohrfeigt und wollte sie verprügeln. Sie hat sich dann gewehrt und er landete äußerst unsanft an der Haustür. Sie kam die Treppe heraufgestürzt schaute mich mit verweinten Augen an und sagte ich solle immer ein guter Junge bleiben und sie würde immer bei mir sein. Sie küsste mich noch und sagte zu mir das ihr Vater recht gehabt hätte. Mein Vater jedoch hatte sich wieder inzwischen wieder aufgerappelt und sich einen Schürhaken von Kamin genommen und stürmte auch die Treppen hinauf. Meine Mutter flüchtete hinauf in den Glockenturm und er verfolgte sie immer weiter, immer höher. Dann hörte ich nur noch einen spitzen Schrei und darauf ein Klatschen wie ein nasser Sack, der auf die Erde fällt. Ich wusste was passiert war, aber ich wollte es nicht wahrhaben. Ich ging langsam die Treppenstufen herunter, öffnete die Haustüre und da lag meine Mutter in einem Meer von Blut und der Regen prasselte nur so auf sie ein. Ich hockte mich vor ihr hin und betrachtete sie. Wenn das viele Blut nicht gewesen wären, dann hätte ich gedacht sie schliefe. Ich schaute zum Glockenturm und sah meinen Vater. Er stand dort oben, hatte noch immer den Haken in der Hand und blickte auf uns herunter. Ich konnte das alles nicht fassen."

Wir schauten uns an und durch meine tränenverschleierten Augen erkannte ich, dass auch Golfin den Tränen nahe war und einen sehr erschütterten Eindruck machte.

„Wie geht deine Geschichte weiter Steve?"

Ich wischte meine Tränen weg, holte tief Luft und sammelte mich.

„Ich hockte vor meiner Mutter und schaute hinauf zum Glockenturm. Der stand er noch immer vollkommen regungslos und blickte auf uns herab. Ich rief ihm zu, er solle einen Krankenwagen holen und er verschwand. Irgendwann, ich glaube es war so eine Viertelstunde später traf der dann auch ein. Die Sanitäter schüttelten nur mit ihren Köpfen und bedeckte meine Mutter mit einem weißen Tuch. Mein Vater stand nur regungslos in der Tür, den Schürhaken hatte er nicht mehr in der Hand. Als die Polizei eingetroffen war, rannte ich in den Schlosspark. Der Regen hatte sich verstärkt, aber das interessierte mich überhaupt nicht. Ich rannte immer tiefer in den Park. Ich wollte nur weg von unserem Haus, meinem Vater. Irgendwann hatte ich die Schlossmauer erreicht und verkroch mich dort ins Dickicht. Ich stand unter Schock und verstand die Welt nicht mehr."

Ich musste mich wieder unterbrechen, denn in meinem Hals steckte ein riesiger Kloß.

„Ist dann nicht noch etwas passiert?"

Er wollte jetzt alles wissen. Ich schaute ihn fassungslos an, denn ich hatte noch nie mit jemanden über die weiteren Geschehnisse gesprochen. Meine Geschichte endete immer an der Schlossmauer.

„Was soll denn noch passiert sein?"

„Ich weiß es nicht, aber es muss noch etwas kommen, oder?"

„Ja, aber ich habe noch nie mit jemanden darüber gesprochen. Ich hielt es für eine Vision, die man unter Schock haben kann, vermute ich mal."

Der Alte rutschte aufgeregt auf seinem Stuhl hin und her.

„Es ist wichtig das du mir von deiner sogenannten Vision erzählst!"

„Warum? Es geht dich gar nichts an und außerdem würdest du mich auslachen."

„Das glaube ich nicht junger Thor. Und nun erzähl schon!"

„Ich lehnte mich also an die Schlossmauer und weinte bitterlich. Auf einmal erschien eine grünliche Lichtkugel vor mir. Ich fasste sie an, sie war angenehm warm und kitzelte meinen Finger. Diese Kugel verformte sich zu einem dreidimensionalen Gesicht. Es war das Gesicht meiner Mutter! Es konnte doch gar nicht sein, sie war tot. Aber die Vision öffnete ihre Augen und fing zu sprechen an. Und sie hatte auch die Stimme meiner Mutter! ..."

Ich schüttelte nur den Kopf, denn ich konnte das alles noch immer nicht fassen.

„Sprich weiter, junger Steve!"

„Sie sagte zu mir das sie mich immer lieben würde und das sie immer auf mich aufpassen würde. Sie sagte das ihr dieses Schicksal vorbestimmt war und sie nun zu ihren Ahnen hinauffliegen würde und das eines Tages meine Bestimmung in einem mir unbekannten Land geschehen wird. Ach ja, und das ich dort auf die Menschen, nein Wesen treffen werde, die schon lange auf mich gewartet haben. Sie sagte das ich zu meiner wahren Familie heimkehren werde und dort den Frieden finde, den sie nicht gehabt hat. Das war alles. Danach hat sich das Gesicht wieder zu einer Kugel geformt und ist gen Himmel geflogen."

Golfin nickte nur vor sich hin und fing dann sehr sehr langsam zu sprechen an, aber eher mit sich selbst.

„Sie ist in den Himmel geflogen? Das ist gut, dass sie in den Himmel zu den Ahnen geflogen ist. Steve wird in einem fremden Land seine Bestimmung erfahren ... Hmm, welche? Und er wird zu seiner Familie heimkehren?"

Er massiert sich seine Stirn und schaute zu mir herüber.

„Wie sah deine Mutter eigentlich aus? Hatte sie etwas besonderes?"

„Sie war blond, nicht direkt blond, sondern eher sandblond. Sie hatte langes Haar und stechendblaue Augen. Es war immer schrecklich, wenn sie mit mir schimpfte, dann konnte ich ihr nie in ihre Augen sehen. Sie war Linkshänderin und ... Was soll das eigentlich alles? Sie war einfach nur meine Mutter. Sie hat mich geliebt, so wie es alle Mütter tun sollten und das geht dich alles gar nichts an!"

In mir spielten meine Gefühle verrückt. Was bildete der alte Mann, Magier hin Magier her, sich eigentlich ein, mich so auszufragen.

„Steve mein Junge, beantworte mir bitte nur noch eine einzige Frage. Hatte sie vielleicht etwas besonders, eine Narbe oder ein Mahl vielleicht?"

Unbewusst hob ich meine Stimme gegen ihn. „Ja sie hatte eine riesige Narbe auf ihrem Rücken. Sie war gezackt. Sie erzählte mir immer eine Geschichte darüber, nämlich dass sie mit Orks, das sind so komische Viecher, gekämpft hat. Ich fand das immer sehr spannend und sie musste mir das häufig erzählen. Es klang wie ein Märchen ohne Ende. Und ja, sie hatte ein Muttermahl. Es war unter ihrem linken Arm, direkt an der Achsel. Sie sagte immer alle in ihrer Familie hätten das ..."

„Hast du auch so eines?"

Ich lächelte vor mich hin, denn ich dachte an meine Mutter. Ich wurde Golfin gegenüber versonnener.

„Na klar. Hier schau!"

Ich zog mein T-Shirt hoch und zeigte ihm mein Muttermal.

Er betrachtete es und nickte nur unmerklich.

„Wie hieß deine Mutter eigentlich?"

„Sie hatte einen genauso komischen Namen wie mein zweiter. Ähm, entschuldige Golfin. Sie hieß Gwenofina. Nun sehr kreativ, aber nicht gerade schön. Alle nannten sie nur Gwen."

Wiederum nickte er nur vor sich hin und wir starrten uns nur minutenlang an.

Ich brach als erster das Schweigen, denn ich brannte darauf so einiges über ihn zu erfahren.

„Sag mal Golfin, willst du mir nicht mal etwas über dich, deine Zauberei und überhaupt über das ganze Land hier erzählen?"

„Ja, das ist eine gute Idee. Aber lass uns dabei einen Happen essen, es ist schon spät geworden!"

Das ließ ich mir nicht zweimal sagen schnell sprang ich auf und füllte mir einen Teller mit all dem was man so für ein Frühstück benötigte. Dann setzte ich mich hin und spachtelte los.

Golfin nahm sich nur kleine Stücken und hatte somit ein karges Mahl auf seinem Teller. Er hatte vermutlich schon gegessen oder aber sich spontan für eine Diät entschieden.

„Ja, wie ich dir schon gesagt habe, beherrsche ich die Künste der Kriegsmagie. Wenn uns ein Heer angreift, dann führt es meist auch Magier mit sich. Diese Magier können zum Beispiel Blitze gegen uns senden oder aber Sturm und Hagel. Verstehst du?"

Ich nickte aufgeregt und brannte darauf noch mehr zu erfahren.

„Ich bin so einer. Ich sende beispielsweise Unwetter gegen die feindlichen Heere und versuche damit ihnen Schaden zuzufügen und meine Männer zu schützen. Der Schutz unserer Krieger ist jedoch meine Hauptaufgabe. Verstehst du, ich arbeite bei Auseinandersetzungen eher defensiv. Deshalb habe ich mich auf die Kunst der Bannmagie spezialisiert. Ich banne also die Magier, die unser Heer angreifen. Natürlich verfüge ich auch über ein, gemessen an den Angriffsmagiern, gewisses Potential an Angriffsmagie ..."

„Also beschützt du nur hauptsächlich deine Männer? Aber warum greifst du die anderen nicht einfach an und fegst sie weg?"

In meinen Gedanken malte ich mir ein Bild, welches Golfin darstellte und wie er ganz allein zigtausende von Feinden mit einem einzigen Augenzwinkern wegfegte.

„Junger Steve, du musst noch viel lernen. Es ist doch ganz einfach. Die einen haben Angriffsmagier und die anderen haben Bannmagier. Es ist, wie soll ich es dir nur erklären, so ... Es gibt einen Krieg zwischen gut und böse. Wenn gut angegriffen wird, so muss es sich vor dem Angriff schützen ..."

„Was aber wenn die guten aber die bösen angreifen?"

„Das ist eine schwierige Frage. Ich kann mich nicht entsinnen, dass das Licht jemals den Schatten angegriffen hat. Es war immer umgekehrt ..."

„Sich immer nur zu verteidigen, kann aber keine Lösung sein. Manchmal ist ein Angriff die beste Verteidigung!"

Er lachte laut auf und klatschte dabei mit seinen riesigen Händen unaufhörlich auf den Tisch.

„Junge, Junge, du redest wie ein Heerführer. Aber das Gute kann das Böse nicht angreifen. Es ist zu schwach, noch ..."

„Aber prinzipiell wäre es möglich, mit List und Tücke oder aber Scheinangriffen?"

„Ja. Aber woher weist du so viel über Kriegsstrategien?"

Er war sichtlich überrascht.

„Nach dem Tod meiner Mutter hielt es mein Vater für richtig mich auf eine Militärakademie zu schicken. Außerdem liebe ich Strategiespiele. Und die habe ich bis zum Erbrechen gespielt, das kannst du mir glauben."

„Militärakademie ...?"

„Dies ist ein Internat, wo Jugendliche hinkommen. Die dienen zur Vorausbildung von Offizieranwärtern oder aber zur Erziehung von Jugendlichen ..."

Golfin schüttelte verständnislos den Kopf.

„Also ich wurde dorthin gebracht, damit man mir Ordnung und Disziplin beibringt. Dort bekommt man also die Grundlagen der strategischen

Kriegsführung und so andere Sachen beigebracht. Aber das würde zu weit führen."

Er nickte nur.

„Du bist ein ausgebildeter Heerführer?"

Ich lachte nur.

„Nein, nein. Soweit bin ich noch nicht. Wenn ich später nach Westpoint gehen würde, dann. Aber ich habe darauf überhaupt keine Lust. Aber mit dem Heerführer ... theoretisch schon."

Er war sichtlich beeindruckt und ich sonnte mich in meinem Erfolg.

„So, so. Du bist also ein halber Heerführer. Und kannst du denn mit einem Schwert, einer Streitaxt und mit Pfeil und Bogen umgehen?"

„Nein, so etwas haben wir nicht gelernt."

„Aber wie willst du ein Heer führen können, ohne die Waffen zu beherrschen?"

„Bei uns gibt es andere Waffen. Und außerdem ein Verkäufer kann doch auch Dinge verkaufen, ohne sie selber hergestellt zu haben."

„Da hast du recht. Aber ..."

„Ist doch egal. Ich muss doch kein Heer führen. Oder siehst du eines?"

„Nein ich sehe keines."

Ich verstand die Diskussion nicht. Ich war bei einem Zauberer gelandet und er will mit mir über Kriege reden. Aber das war mit in diesem Moment egal, hatte ich doch eine schönes Stück Kuchen vor mir liegen.

Golfin trank aus seinem Becher einen Schluck Kaffee. Zumindest sah es nach Kaffee aus und schmeckte auch so.

„Willst du auch noch einen?"

„Nein ich habe eigentlich genug getrunken."

„Schmeckt es dir auch?"

Im ersten Moment wusste ich nicht was er von mir wollte. Er war auf einmal so führsorglich. Meine Alarmglocken kreischten laut auf.

„Ja, es schmeckt hervorragend."

„Und du möchtest nichts anderes?"

„Nein."

Was wollte er denn nur? Wollte er mich wie ein Schwein mästen? Oder wollte er einfach nur das es mir gut geht? Meine Fragen sollten sich bald von selbst beantworten.

„Du möchtest wirklich nichts mehr?"

„Nein, wirklich nicht. Aber du fragst so komisch. Wir kennen uns zwar noch nicht so lange aber was willst du wirklich von mir? Ich glaube nicht, dass du dich ohne einfach aus Langeweile so mit mir redest und dich nach meinem Wohlbefinden erkundigst."

Ich hatte ins Schwarze getroffen.

Er stierte ertappt in seine Tasse und konnte ich da nicht ein bisschen Wangenrot erkennen?

„Nun Steve, du hast eine gute Auffassungsgabe. Waren meine Fragen so offensichtlich?"

Ich fühlte mich geehrt und log ein bisschen.

„Du bist ein offenes Buch für mich."

„Das glaube ich zwar nicht aber was soll's..."

„Nun rede schon, was willst du?"

Er legte eine Kunstpause ein. Vermutlich musste er sich erst sammeln oder aber die richtigen Worte finden.

12

„Weist du Steve, ich bin ein alter Mann. Ich bin seit vielen Jahren allein und meide die Menschen. Aber seit du mir sozusagen vor die Füße gefallen bist, möchte ich wieder in die Zivilisation zurückkehren und zwar mit dir als Gefährten."

Entsetzt riss ich meine Augen auf. Was wollte er von mir? Ich bin doch nicht schwul!

„Was willst du von mir? Ich soll dein Gefährte sein? Unmöglich! Ich stehe überhaupt nicht auf Männer. Und außerdem ist das strafbar! Eher bringe ich mich um!"

89

Er lachte laut auf und sein Lachen steigerte sich zu einem ohrenbetäubenden Dröhnen, welches durch das ständige Klatschen seiner Hände zu einem gewaltigen Donnern anschwoll.

„Du Dummerchen! Ich will doch keinen Lustknaben aus dir machen!"

Wieder das donnernde Lachen.

„Ich will, hahahahh ..."

Er bekam sich nicht mehr unter Kontrolle und mein verdutzter Blick verstärkte sein Lachen noch mehr, obwohl der Lärmpegel meine Schmerzgrenze schon längst überschritten hatte.

„Ich möchte dich zu meinem Lehrling machen und nicht zu meinem Schnuckelchen!"

Jetzt war ich völlig schockiert.

Ich sollte ein Zauberlehrling werden?

Ich kannte ihn doch gar nicht.

Was sollte mein Vater nur dazu sagen?

„Ich kann nicht dein Lehrling werden. Ich bin noch nicht ganz vierzehn Jahre alt. Mein Vater würde das nie erlauben!"

„Und wie, mein schlauer Steve, willst du ihn fragen? Wie soll er es erfahren?"

Ich stützte mein Kinn auf meine Hand und dachte nach. Einerseits hatte er recht. Mein Vater konnte ja nichts von der Sache mitbekommen und fragen konnte ich ihn auch nicht. Die Sache klang auch reizvoll. Steve G. der Magier, das klang schon toll. Andererseits musste ich doch wieder in meine Schule, die vermissten mich doch dort. Aber wer würde mich vermissen. Mein Vater? Der bestimmt nicht. Nach Mutters Tod war er es doch, der mich an die Militärakademie abgeschoben hatte. Er würde mich mit Sicherheit nicht vermissen. Und andere? Ich überlegte weiter. Wer würde mich vermissen? Ich ging all die Bekannten durch. Aber zu meiner großen Bestürzung stellte ich fest, dass ich, abgesehen von meiner Mutter und die war tot, keinen Freund hatte, mit dem ich alles teilen und der mich vermissen würde.

Betroffen schüttelte ich den Kopf. Ich hatte wirklich keinen und keiner interessierte sich für meine Probleme und Sorgen, bis auf den alten Golfin.

Der hatte sich in dieser kurzen Zeit schon mehr mit mir unterhalten und sich mehr um mich gekümmert, als alle anderen, ausgenommen meine Mutter natürlich.

„Wie stellst du dir denn so eine Ausbildung vor?"

Er lächelte nun gutmütig.

„Zuerst müssen wir dir andere Kleidung besorgen. Dann werden wir unter Menschen gehen und ich werde dir dort die Grundlagen der Magie sowie das Lesen und Schreiben lehren. Gleichzeitig, also parallel, wirst du Unterricht in Waffenkunde und – gebrauch bekommen, damit du für die Gefahren des Lebens gewappnet bist."

Das klang ja alles gut. Aber lesen und schreiben konnte ich doch schon.

„Ähm Golfin, ich kann lesen, schreiben und rechnen. Und wie sieht's mit Lohn aus?"

Er wirkte nicht überrascht.

„Da du schon lesen, schreiben und rechnen kannst, erleichtert dies die ganze Angelegenheit. Dafür wirst du den Umgang bei Hofe und gut Manieren gelehrt bekommen. Und Lohn? Tja das ist eine gute Frage. Ich stelle dir Kleidung, Essen und Unterkunft. Den Rest werden wir schon noch sehen."

Das klang aber nicht verlockend. Ein Leben ohne Geld das hatte ich noch nie gehabt. Wann immer ich etwas wollte, bekam ich es. Ich war bisher einer von vielen Jugendlichen, die nur damit sie still sind und die Eltern nicht nerven – das betraf natürlich nur meinen Vater, alles bekamen.

„Wenn ich dir zusage, habe ich dann noch eine Möglichkeit zu kündigen?"

„Wenn du mit kündigen meinst das du die Ausbildung abbrechen kannst, dann nein. Ich biete dir alles was ich dir bieten kann und ich werde nicht meine Zeit und Kraft in einen Menschen stecken, vom dem ich nicht überzeugt bin, dass er es nicht schafft und einfach so aufhört."

„Also ja oder nein?"

Er nickte nur und schaute mir tief in die Augen. Golfin erwartete eine Antwort.

„Da ich nun schon einmal hier bin und vermutlich nicht so schnell von hier wegkomme, nehme ich dein Angebot an und gehe bei dir in die Lehre."

Es sollte bewusst so dahergesagt klingen. Er sollte doch nicht erfahren wie gespannt ich auf die bevorstehenden Abenteuer bin!

„Gut, dann lass uns deine Sachen wechseln!"

Wir gingen in einen kleinen Raum, der mir bisher noch nicht aufgefallen war.

Ich glaubte meinen Augen nicht zu trauen. Überall lagen Klamotten und Schuhe verstreut auf dem Boden. Ich kam mir vor wie in einer Altkleidersammlung.

Wir gingen zu einem Tisch, der hinten in der Ecke stand. Darauf lag ein riesiger Berg von Kleidung und um ihn herum Schuhe.

„So Steve, hier habe ich dir Kleidung und Schuhwerk hingelegt. Suche dir etwas passendes heraus."

Ich schaute mich um und erkannte sofort das da nur einfache Klamotten und vermutlich gebraucht Schuhe herumlagen.

„Soll ich wirklich die alten Lumpen tragen?"

Er nickte nur.

Ich konnte es nicht fassen. Als ich noch bei meinen Eltern war gingen wir in die besten Geschäfte von New York, das Beste war gerade gut genug für mich und nun sollte ich wie ein Bettler herumlaufen. Unmöglich!

„Ich sehe darin wie ein Bettler aus!"

„Nun einfache Kleidung kann einen Menschen vor unbequemen Fragen schützen."

„Aber diese Lumpen?"

„Probiere sie doch erst einmal an."

Ich suchte mir die besterhaltensten heraus und kleidete mich neu an.

„Die Sachen sind scheußlich! Sie kratzen und außerdem ist alles zu lang!"

Er ging an einen großen Stapel und kramte darin herum. Schließlich stieß er ein zufriedenes: Ja, da wusste ich's doch" heraus und präsentierte mir ein Hemd.

„Das kannst du unterziehen. Vielleicht kratzt es dann weniger."

Artig bedankte ich mich, krempelte die Ärmel hoch und warf es mir über. Da es vermutlich aus grober Seide war, trug es sich wider Erwarten recht angenehm.

„Wie sehe ich aus?"

„Angemessen. Aber schau doch selbst!"

Er wies mit der Hand in auf einen gigantischen Lumpenhaufen, hinter dem ich einen Spiegel erspähen konnte. Wie ein Hindernisläufer kämpfte ich mich dorthin und was ich sah gefiel mit überhaupt nicht.

„Ich sehe wie ein Penner aus!"

„Penner?"

„Na wie ein Bettler!"

„Junge, ich habe es dir doch schon gesagt, die einfache Kleidung schützt dich vor unbequemen Fragen."

„Aber meine Stiefel kann ich behalten? Die anderen sehen hässlich aus und ich möchte nicht wissen, wie viele Schweißfüße die schon getragen haben."

„Steve, die Kleidung, die hier liegt, wurde von noch keinem getragen. Das ist alles neu. Ich habe alles für mich aufgehoben. Man weiß ja nie was man noch gebrauchen kann."

Da alles Lamentieren nichts half, gab ich mich geschlagen. Brav zog ich auch meine Kampfstiefel aus und schlüpfte in ein Paar braune Wildlederstiefel. Ich war überrascht, sie saßen perfekt an meinem Fuß und waren angenehm weich. So konnte ich bestimmt längere Strecken laufen ohne irgendwelche Blasen zu bekommen.

„Die sind gut."

„Sagte ich doch."

„Aber was passiert mit meinen Sachen?"

Er grinste mich nur an und mit einem einzigen Wisch machte Golfin den ganzen Tisch frei.

„Hierher kannst du deine Kleidung und dein Schuhwerk legen."

Ich schaute ihn verdutzt an. Ich sollte meine Klamotten hier liegen lassen?

„Ich versichere dir, in diesen Raum kommt keiner außer mir. Und lege doch bitte auch dein Schwert, deine Axt und deine Dose mit den Edelsteinen hier ab!"

Diese Aufforderung ließ keinerlei Kommentare zu, schließlich war ich ja jetzt sein Schüler. Als er mich dann jedoch aufforderte den Siegelring meiner Mutter ebenfalls abzulegen, platzte mir, vorsichtig gesagt, die Halsschlagader.

„Ich habe meine Kleidung wegen dir getauscht, ich lasse alle meine Sachen hier, weil du das willst, aber das kannst du nicht von mir verlangen!"

Er zog nur seine Augenbrauen hoch und schaute mich missbilligend an.

„Steve, ich will eines klarstellen, wenn ich sage du sollst etwas tun, dann erwarte ich das von dir, ohne Kommentar. Und ich sage dir du sollst deinen Ring ablegen!"

„Nein!"

Die Augenbrauen wanderten die Stirn noch höher hinauf und hatten schon fast den Haaransatz erreicht.

„Du wirst den Ring sofort auf den Tisch legen! Was bringt dir denn deine Verkleidung als ärmlicher Lehrling, wenn du einen wertvollen Siegelring mit dir herumschleppst?"

Das Argument war logisch, aber ich sah nicht ein mich von dem letzten greifbaren Stück Erinnerung an meine Mutter zu trennen. Das konnte er nicht von mir verlangen!

„Ich werde den Ring nicht hergeben und wenn du mich tötest!"

Die Augenbrauen klappten wieder herunter.

„Steve, mein Junge, ich will dich doch nicht töten! Aber überleg doch mal, wir gehen wieder in die Zivilisation. Dort sind viele Menschen, die uns sehen werden. Wenn sie deine ärmliche Erscheinung und gleichzeitig deinen Ring sehen, wirft das Fragen und was noch viel schlimmer ist, mögliche Begehrlichkeiten auf. Ich kann dich nicht vor allen und jedem beschützen! Verstehst du das nicht?"

„Doch ich verstehe, aber ich lasse ihn hier nicht zurück!"

„Du bist genauso engstirnig wie ..."

Er schüttelte resigniert den Kopf.

„Wie wer?"

„Das sage ich dir zu gegebener Zeit. Gedulde dich junger Mann. Und jetzt mach endlich was ich dir sage, ansonsten werde ich ihn dir abnehmen!"

Zögerlich, fast in Zeitlupe, griff ich nach dem Ring und betrachtete ihn. Dabei fiel mir auf, dass meine Fingerkuppe fast vollständig wiederhergestellt war, nur der Fingernagel fehlte noch.

„Sie mal Golfin, mein Finger ist wieder geheilt!"

Er bückte sich etwas und studierte ihn eingehend.

„Hmm, sieht gut aus. Aber ich möchte dich um noch etwas anderes bitten. Erstens nenne mich in der Öffentlichkeit Meister oder Meister Golfin. Und zweitens mache bitte nie mehr solche Versuche!"

Ich grinste diebisch.

„Jawohl mein Meister. Und außerdem habe ich genug von diesen Experimenten."

„Dann ist ja alles gut und nun gib mir den Ring, bitte."

Widerstrebend zog ich ihn vom Finger. Mir war als ob ich ein Teil von mir hergeben musste. Ich betrachtete meinen Ring nochmals und überreichte ihn Golfin mit einem tiefen Seufzen.

„Ich mache dir einen Vorschlag Steve. Ich nehme ihn an mich und du kannst ihn, sofern wir allein sind, jederzeit haben. Ist das ein guter Vorschlag"

Ich überlegte kurz und nickte dann zustimmend, ich hatte ja keine andere Wahl.

„Aber verliere ihn bitte nicht, versprichst du mir das?"

„Ja."

Golfin nahm ihn an sich, nestelte an seinem Hemdausschnitt herum und zauberte eine goldschimmernde Kette hervor. An ihr hing schon ein Ring. Er war größer als meiner, aber ich konnte erkennen, dass es sich auch um einen Siegelring handelte.

„Meister Golfin, was hast du denn da noch für einen Ring hängen?"

„Das geht dich gar nichts an!"

Damit schien für ihn die Unterredung beendet und er ließ die beiden Ringe unter seinem Hemd verschwinden.

„So Steve, gehe doch bitte nach oben und wecke unseren verfressenen Faulpelz. Ich habe noch einige andere Dinge zu erledigen. Wenn ich fertig bin ist Abmarsch!"

„Jawohl Meiste Golfin."

„Du brauchst mich hier nicht Meister zu nennen, nur in der Öffentlichkeit."

„Aber wenn ich es schon jetzt tue, dann werde ich es auch ganzbestimmt immer und überall tun, oder?"

Ich setzte mein überzeugendstes Gesicht auf und verschwand hurtig. Sein verschmitztes Lächeln konnte ich nicht mehr sehen.

13

Ich kam wieder in die Küche herunter und Golfin, Meister Golfin, stand am Küchentisch und schien mich schon zu erwarten.

„Und hast du ihn wachbekommen?"

„Nein, es war zwecklos. Das einzige was ich erreicht habe war ein genervtes Grunzen. Ach ja, er hat mir den stinkensten Furz, und du kannst mir glauben ich habe auf der Akademie schon Fürze in allen Variationen erlebt, zukommen lassen, den ich je gerochen habe."

„Nun gut, dann hat er eben einen langen und einsamen Weg vor sich."

„Wieso?"

„Wir werden den kürzeren und vor allem schnelleren nehmen."

„Häää?"

„Ich zeige es dir gleich. Und nun komm schon."

Neugierig folgte ich ihm aus dem Haus. Wir gingen ein kleines Stückchen und hatte das vermeintliche Ziel schnell erreicht. Wir standen vor einer gigantischen, etwas einen Meter dicken, Felsplatte.

„Da hinauf, dann können wir endlich los!"

Ich schaute ihn verdutzt an. Zum Höhlenausgang ging es doch in die andere Richtung.

„Schau nicht so verwundert, ich werde es dir gleich erklären. Und nun mach schon."

Ich folgte ihm hinauf und wir gingen ein ordentliches Stück weiter, aber komischerweise tiefer in den Berg hinein. Irgendwann nach vielen Schritten blieb Golfin abrupt stehen.

„Wir sind da."

Ich blickte mich um und sah ihn nur verwundert an.

„Das war unsere Reise in die Zivilisation? Wo sind die Menschen, wo ist die Zivilisation?"

Ich kam mir leicht verarscht vor.

„Da schau nach unten."

Ich tat wie geheißen und erkannt einen in den Stein gehauenen Kreis, der mit vielen wunderlichen Zeichen, Kringeln, Strichen und Punkten gefüllt war.

„Was ist das denn?"

Golfin schaute mich an und erklärte mir feierlich, dass wir uns an einem Portal befanden. Ich verstand gar nichts mehr und schaute ihn wie ein Schaf an.

„Steve mit diesem Portal können wir innerhalb kürzester Zeit lange Strecken überwinden. Wir portieren uns von einer Stelle zur nächsten."

„Aber dann brauchen wir doch überhaupt nicht mehr zu laufen."

„Das ist nicht ganz richtig. Vor langen Zeiten herrschten die Alten. Sie verfügten über großes Wissen und riesige Macht. Unter anderem beherrschten sie auch den Zauber der Portation. Als die Alten dann verschwanden, ging viel von ihrem Wissen verloren und die Menschen taten ihr Übriges dazu. Viele Dinge, die an die alten Herrscher unserer Welt erinnerten, wurden zerstört, geschleift, vernichtet. Die Menschen selbst wollten die Herrscher von Aloifolia sein. Niemals wieder wollten sie sich unter das Joch von anderen stellen. Es gibt nur noch wenige Dinge, die an die Alten erinnern. Und von diesen Portalen sind mir selbst nur noch zwei bekannt, dieses hier und das, wohin wir uns portieren."

Ich war total aufgeregt. Wo, um Himmels Willen, befand sich Aloifanda, wer waren die Alten, wann sind sie ausgestorben, woher wusste Golfin soviel über sie?

„Steve, ich sehe in deinen Augen das ich viele Fragen aufgeworfen habe. Aber gedulde dich noch einwenig, wir haben noch ein gehöriges Stück Fußmarsch vor uns, dabei kann ich dir die Geschichte von Aloifanda erzählen."

„Golfin, was wird mit Famulus? Wie kann er uns folgen oder beherrscht er auch die Kunst der Portation?"

Der Magier lachte nur laut auf.

„Kind mache dir keine Gedanken über den dicken Vielfrass. Ein Drache, auch so ein kleiner wie er, kann am Tag etwa einhundert Kilometer fliegen. Und so wie er gebaut ist, schadet ihm das wohl eher nicht! Oder?"

Wir lachten beide über sein Scherzchen. Dabei stellte ich mir wieder und wieder den gestrigen Abend vor, wie er halb hüpfend, halb fliegend, halb watschelnd zu mir ins Bett kam. Ich konnte mir beim besten Willen nicht vorstellen wie dieses Fass achtzig Meilen am Tag schaffen sollte. Nachdem wir uns wieder unter Kontrolle gebracht hatten, sah er mich schullehrerhaft an.

„Sieh genau hin was ich jetzt tue. Ich werde die Zeichen ganz langsam schreiben und du passt bitte auf!"

„Golfin? Darf ich dich mal etwas fragen?"

„Du fragst doch schon!"

„Ähm ihr rechnet hier in Metern und Kilometern und nicht in Yards und Meilen? Und was passiert eigentlich, wenn du dich verschreibst?"

„Ja, wir haben Meter und Kilometer als Längenmaße. Aber vor langer Zeit haben auch wir Yards und Meilen genutzt. Aber das ist vollkommen antiquiert, denn Meter und Kilometer lassen sich besser als Yards oder aber Fuß umrechnen. Und zu deiner zweiten Frage: dann bin ich, sind wir, tot. Du gehst in das Portal und hast aber keinen Ausgang. Du bist ergo halb hier, halb sonst wo. Das hält kein Körper aus ..."

„Aha, also Meter. Aber woher weist du das wir sterben können?"

„Ich weis es nicht, ich vermute es, denn ich habe noch keinen Magier wiederkehren sehen, der die Formel falsch aufgesagt hat. So jetzt sei endlich still, denn ich muss mich konzentrieren!"

Er schaute mich nochmals kurz an und malte dann seine Zeichen in die Luft. Wie versprochen, oder angedroht, machte Golfin dies sehr langsam, sodass ich seinen Bildern gut folgen konnte.

Im ersten Moment passierte nichts. Aber dann schien das Portal zu beben und ein flutendes Licht kam aus den Zeichen am Boden und ließ die Grotte im Lichte erstrahlen.

Ich musste meine Hände vor die Augen halten, denn ich war geblendet.

„Schnell, gehe in das Portal, ich kann die Verbindung nicht lange aufrechterhalten!"

Ich zögerte. Hatte er nicht gesagt das ich bei einem Fehler seinerseits sterben könnte? Aber mehr Zeit zum Nachdenken hatte ich nicht.

Der Magier fasste mich hart an der Schulter an, macht einen großen Schritt in das Portal und zerrte mich mit. Da ich total überrascht war, hatte ich keine Chance mich zu wehren und ich war noch immer geblendet.

„Ich will da nicht rein! Du hast gesagt, wenn dir ein Fehler unterlaufen würde, dann werden wir sterben!"

„Ja das habe ich gesagt. Aber mach die Augen auf und sieh dich um!"

Er kicherte nur und ich tat wie geheißen. Also öffnete ich meine Augen und sah nichts. Ich war vollkommen geblendet. Meine Augen tränten. Aber ich versuchte weiter etwas zu sehen. Aber nach kurzer Zeit konnte ich wieder sehen, zwar alles verschwommen aber immerhin.

„Steve. Mir fällt da gerade etwas ein. Habe ich dir gesagt das du deine Augen fest verschließen sollst? Das Licht des Portals blendet nämlich sehr."

„Nein Golfin. Aber es ist zu spät. Ich bin vollkommen geblendet."

Da hatte er mir ja was Schönes eingebrockt. Ich war fast meines Augenlichts genommen und er kicherte nur so vor sich hin.

„Mach deine Augen weit auf und sieh in diese Richtung!"

Er packt mich wieder an den Schultern und drehte mich wie gewünscht. Ich wehrte mich nicht, denn ich war völlig hilflos. Wie musste sich nur ein

Mensch fühlen der durch einen Unfall oder eine Krankheit sein Augenlicht verloren hatte?

„So hier ist es schattig. Mach deine Augen einwenig auf!"

Es funktionierte. Die verschwommenen Bilder wurden langsam grüner. Grüner?

„Ähm Golfin? Ich sehe irgendetwas grünes. Kann das sein?"

„Ja mein Junge. Wir sind ja auch inmitten eines Waldes."

„Aber wir kann das sein?"

„Falls du dich erinnern kannst, habe ich das Portal geöffnet und du hast zu lange gezögert. Ergo habe ich dich hindurch gezogen ..."

Ich war enttäuscht.

Das Durchschreiten des Portals war weit weniger spektakulär als ich mir vorgestellt hatte, kein Knall, kein Rauch, nichts. Aber wenigstens wurden die Bilder immer klarer. Ich konnte nun fas deutlich sehen wo wir uns befanden, nämlich wirklich inmitten eines Waldes. Ringsherum waren Bäume und Dickicht. Und was noch viel besser war, ich konnte das muntere Zwitschern von Vögeln hören!

„So Steve ist es jetzt besser mit deinen Augen? Wir müssen nämlich sofort losgehen, damit wir noch vor Einbruch der Dunkelheit ankommen."

„Wohin wollen wir denn?"

Meine Augen sahen inzwischen wieder so gut das ich ein Schmunzeln über seine Lippen huschen sehen konnte.

„Das wirst du schon noch sehen. Lass dich überraschen und gedulde dich noch ein wenig."

Das klang sehr vielsagend und meine Neugierde brannte nicht mehr, sie loderte inzwischen.

„Golfin? Wolltest du mir nicht noch einwenig über das Land erzählen?"

Er war schon ein par Schritte gegangen, drehte sich um und verharrte.

„Ja, aber lass uns doch zuerst auf den Weg kommen, dann lässt es sich einfacher wandern und wir haben doch noch mehr als genug Zeit. Oder etwa nicht?"

Ich nickte einsichtig und kämpfte mich ihm folgend durch das Dickicht.

Nach einer längeren Zeit, die mir mehr als eine Stunde vorkam, erreichten wir endlich den sogenannten Weg. Dieser war ungefähr so breit das zwei Autos aneinander vorbeikamen. Trucks hätten da schon ihre Probleme gehabt. Wenigstens war er gepflastert.

Golfin blieb stehen.

Steve, das hier ist ein alter Handelsweg. Es ist zwar nicht die Jahreszeit für die Händler, aber mit Glück kommt ein Bauernkarren vorbei und nimmt uns ein Stück des Weges mit."

Ein Stück des Weges! Konnte er nicht normal reden?

„Golfin? Welche Jahreszeit ist denn hier in Aloifanda oder wie auch immer du dieses Land nennst?"

Jetzt schaute er mich verwundert an und ich sonnte mich in meinem Erfolg. Ich hatte ihn sprachlos gemacht.

„Ach ja, du kannst das gar nicht wissen. Es ist Frühsommer. Bald ist Sonnenwende und das Land wo du dich befindest heißt wirklich Aloifanda."

Wir marschierten weiter die Straße entlang und waren noch immer im Wald. Von einem Bauernkarren, geschweige denn einer Stadt, war überhaupt nichts zu sehen.

„Golfin? Kannst du nicht ein wenig langsamer laufen? Ich bin nicht ganz so gut zu Fuß wie du. Außerdem drücken meine Schuhe etwas."

Er lief nicht langsamer und hielt auch nicht an.

„Junger Thor, ich habe dich doch gewarnt. Du solltest deine Kleider als auch dein Schuhwerk nicht nach dem Aussehen, sondern nach der Zweckmäßigkeit auswählen. Nun musst du damit leben."

Mir kam es vor als ob er seinen Schritt noch beschleunigte.

„Aber damit dir das Laufen etwas leichter fällt, werde ich dir nun grob und einfach die Geschichte von Aloifanda erzählen. Hmm, wo fange ich am besten an? Ja der Anfang wäre nicht schlecht. Vor vielen tausend Jahren kamen die Alten hierher. Das Land war noch eine Einöde aus Stein, Fels und Boden. Ihnen gefiel das Land und sie machten es urbar. Aber bevor es überhaupt etwas gab, war Vantillumin da. Aus seinen Gedanken schuf er die Argoren, die Alten, das Göttergeschlecht. Er lehrte sie das laufen, sprechen, schreiben, lesen und singen. Die Melodien ihrer Gesänge waren Visionen einer neuen Welt. In ihren Liedern kamen auch die Kinder von Vantillumin vor, die Menschen, Elben und Zwerge ...“

„Elben? Zwerge?“

Ich war verwirrt.

Was Zwerge waren konnte ich mir ja noch im Entferntesten vorstellen, aber die mystischen Elben?

Sollte es sie wirklich geben?

„Wenn du mich aussprechen lassen würdest, dann könnte ich dir alles erklären. Oder willst du wieder die Blitze des Schweigens spüren?“

Schnell schüttelte ich den Kopf.

„Also die erleuchteten Kinder kamen in ihren Liedern vor. Aus diesen Visionen entschlossen sich die Argoren eine Welt nach dem Vorbild der Melodien zu erschaffen. Die mächtigsten sieben von ihnen, die Nekal, beschlossen auf diese Welt hinabzusteigen um sie zu beschützen und zu pflegen. Der mächtigste von den Nekal war BALSAR. Er stieg mit den sechs auf die Welt herunter. Er jedoch wollte eine Welt voller Gegensätze. Zu allem was die sechs Argoren schufen, schaffte er ein Gegenteil. Nachdem die anderen Alten von seinem Vorhaben Kenntnis erlangt hatten, stießen sie ihn aus ihrer Mitte. So entstanden zwei gleichstarke Parteien. Auf der einen Seite stand BALSAR und ihm gegenüber standen die anderen sechs. Wobei es eigentlich nur fünf waren, denn HAMARAS, der Wächter der Toten, Herr der Klagen und der Trauer, hielt sich weitgehend neutral ...“

„Kannst du mir noch mehr über alle erzählen?“

„Das tue ich doch gerade ...“

„Na ja, ist halt alles etwas schwer zu verstehen.“

„Kann ich jetzt weitererzählen?“

„Ja, bitte.“

„Also wie gesagt, BALSAR bemühte sich stets das zu zerstören oder ins Gegenteil zu kehren, was die anderen Alten geschaffen hatten. Ihm gegenüber standen MANAWAL der Herr der Winde und der Sterne. Er sitzt noch heute auf dem Berge ARATM und erfährt alles was auf Aloifanda geschieht. Weiterhin gibt es IOMENA, die über die Meere und Flüsse herrscht. Sie ist die musikalischste aller Nekal und liebt somit auch das singen und tanzen, sie liebt die Elben inbrünstig. AMBASSAR ist der Herr aller Stoffe, die aus der Erde kommen. Er hat Aloifanda geformt. Er schuf Berge und Täler und er hat die Zwerge, die unter in den Bergen leben, geschaffen. Damit sie seine Stoffe aus der Erde holen konnten hat er ihnen den Bergbau, die Baukunst und die Schmiedekunst gelehrt. Nach langem Drängen seiner Frau, IOMENA, lehrte er auch den Elben die Schmiedekunst, aber nur sie. Ein weiterer Alter ist TERONAS. Er kam als letzter nach Aloifanda und half den anderen Nekal BALSAR in die Schranken zu verweisen. Er steht für die Kraft, die Mannestaten, die Kriegskunst und die Jagd. Seine Frau ist DIANDLARA, die Ewigjunge. Sie ist die Herrin über alle Pflanzen, Früchte und Tiere. Sie ist die Herrin der Wälder. Sie ist neben IOMENA die wichtigste Nekal für die Waldbewohner, die Elben. Und natürlich gibt es da noch HARAMAS, der wie schon gesagt keiner Fraktion zuzuordnen ist. So, das war ein kleiner Ritt durch die Götterwelt von Aloifanda."

Ich war verwirrt. Was war denn nun mit Elben, Menschen, Zwerge und so weiter?

„Und weiter?"

„Hmm, anfangs lebten die Nekal hier in ihrem Königreich Aloifolia und die Welt war erhellt von Illum und Lunur, zwei gigantischen Lichtern, die das paradiesische Aloifolia hell erleuchteten. Aber BALSAR vergiftete von seiner Festung BAATOOR aus die Flüsse und Pflanzen. Er folterte Lebewesen und machte Monster aus ihnen. Schließlich zog er gegen die anderen Nekal in den Krieg, zermalmte Aloifolia und zerschmetterte die Lichter, deren Feuersbrunst die Welt verzehrte. Aber den Nekal gelang es ihr Welt wieder einigermaßen herzustellen, auch wenn ihr Antlitz nie wieder so werden konnte wie sie es vorher geschaffen hatten. Nachdem BALSAR besiegt und eingesperrt wurde, errichteten die Nekal ihr neues Reich und nannten es Aloifanda. Da die Leuchten zerstört waren, pflanzten sie zwei Bäume. Der eine strahlte golden, der andere silbern und sie leuchteten abwechselnd. Aber es gelang BALSAR zu fliehen und die Bäume zu vergiften. Danach flüchtete er mit seinem Lakaien in seine Festung. Es konnten nur eine goldene Blüte von dem einen und eine silberne von dem anderen gerettet werden. Den Nekal gelang es nie wieder derartige Bäume zu schaffen. Damit aber die Welt weiterhin erleuchtet werden konnte, sandten sie die Blüten in den Himmel. Die goldene sieht man tagsüber und die silberne nachts. Sie sind die Sonne und der Mond ...“

„Was wurde aus BALSAR?“

„Die Nekal verbannten ihn in seine Festung und machten einen Schatten aus ihm. Bis heute kann er diese nicht verlassen, der Bannspruch ist zu mächtig für ihn. Aber er hat viele böse Menschen und andere bösartige Kreaturen um sich geschart, um die Herrschaft über Aloifanda wiederzuerlangen. Aber sieh doch dort ...“

Ich folgte seiner ausgestreckten Hand und sah am Horizont so etwas wie eine Stadt. Es konnte nicht mehr lange dauern, dann war die Reise endlich zu ende.

14

Ich hatte mich geirrt. Der Fußmarsch dauerte länger als erwartet. Wir folgten stetig dem Weg, aber die Stadt wollte nicht näherkommen.

Golfin hatte seine Schrittgeschwindigkeit weiter forciert und ich hatte Mühe ihm zu folgen.

Zum Reden hatte ich auch keine große Lust mehr, denn ich musste meinen Atem für die Bezwingung der Straße aufheben.

Golfin sagte auch nichts mehr. Er pfiff nur ständig eine mir unbekannte Melodie vor sich hin. Er glaube wohl genug über die Geschichte von Aloifanda gesagt zu haben.

Ich jedoch brannte darauf mehr über die Elben, Zwerge und Monster zu erfahren. Ich wagte einen Versuch.

Golfin? Kannst du deine Geschichte nicht weitererzählen?“

Alles zu seiner Zeit. Ja ja, die Jugend ist noch immer so ungeduldig. Schau dir doch lieber die Umgebung an! Sieh was die Natur schafft uns was der Mensch alles tut um sie urbar zu machen."

Er hatte es nur herausgebrummelt.

Vermutlich hatte ich ihn beim Pfeifen seiner Melodie gestört. Also tat ich wie geheißen und schaute mich im Gehen einwenig um. Wir wanderten durch Wiesen und Täler, den Wegesrand säumten Bäume und Sträucher. Überall war das Zwitschern von Vögeln zu hören und in der Ferne konnte ich Felder sehen, die vermutlich von Menschen bestellt wurden. Zu einer genaueren Definition der Rasse kam ich nicht, da ich nicht Adleraugen verfügte und sie sehr weit weg arbeitete. Aus der Ferne betrachtet sahen sie aus wie kleine Ameisen, die emsig ihre Arbeit machten. Irgendwann, es musste schon mindestens Nachmittag sein, überquerten wir einen kleinen Fluss, an dessen Ufer schöne Weiden standen und jeden Wanderer zu einer Rast einluden. Das war, so fand ich jedenfalls, eine gute Idee.

„Golfin? Können wir nicht eine kurze Rast einlegen? Ich habe Durst und außerdem tun mir die Füße weh!? Und ich denke nicht das es sich hier um Vergessenstrauerweiden handelt, oder?"

Er nickte nur.

„Ja Steve das ist eine gute Idee."

Also machten wir es uns unter den Weiden bequem und rasteten.

„Steve, wenn du Durst hast, dann kannst du beruhigt das Wasser aus dem Flüsschen trinken. Ich werde mich nur einwenig ausruhen."

Ich sollte Flusswasser trinken? Wusste er denn nicht wie schmutzig die Flüsse heutzutage waren? Aber mein Durst war stärker als meine Bedenken und ich nahm mir ein par Schluck. Ich war überrasch wie köstlich und wohlschmeckend das Wasser war und trank gleich noch mehr. Dann setzte ich mich zu ihm in den Schatten und wollte noch mehr über die Elben und Zwerge erfahren.

„Gut Junge, dann werde ich dir einen kleinen Ausschnitt aus der Elbengeschichte erzählen. Das Geschlecht der Elben erwachte vor langen Zeiten, noch vor dem ersten Sonnenaufgang, am See Boneé weit im Westen von Aloifanda. Sie wurden nachts geboren und somit war das erste was sie sahen die Sterne am Firmament des Himmels, welche die Nekal entzündet hatten, damit sie nicht in der Finsternis leben mussten. Seit jeher liebten sie die Sterne und MANAWAL ist der von ihnen am höchste verehrte Nekal. Er wird von den Elben auch ELBERETH HERINATAEL genannt. Als erste entdeckte DIANDLARA bei einem Steifzug durch ihre Wälder die Elben und teilte es sofort den anderen Nekal mit. Leider blieben sie auch vor BALSAR nicht verborgen. Er nahm viele von ihnen gefangen und misshandelte sie. Aus diesen gefolterten und gepeinigten Elben wurden die Orks. Sie sind bösartig und dienen ihm noch heute treu bis in den Tod. Das schlimme ist, dass sie kein Erbarmen mit ihren Gefangenen kennen. Sie essen sie lebendig, tot, verwest. Aber nun weiter zu den anderen Elben. Als die Nekal von den Machenschaften des BALSAR erfuhren, luden sie die Elbenstämme zu sich ein, um mit ihnen im Frieden zu leben. Geführt von DIANDLARA wanderten die meisten Elben, nicht alle, nach ROSTAN-ARTA, weit weg über die Meere auf einen anderen Kontinent. So begann die große Reise der Elben. Aber nicht alle, wie ich schon erwähnt habe, gingen auf die große Reise. Viele blieben in ihren Wäldern, aus Liebe zu ihrer Heimat oder aber aus Angst, zurück. Die Elben, die ROSTANARTA erreichten, sind die sogenannten Sternenvölker, die ELDAR. Die anderen, die hiergeblieben sind, sind die Hochelben und die Orks sind die Dunkelelben, da sie die Dunkelheit und den Tod anbeten. Wenn dir einer in die Quere kommt, dann nimm dich in Acht, denn ein Ork kennt kein Erbarmen, so wie er auch keines erwartet ...“

Aufgeregt rutschte ich hin und her. Das alles war fast unfassbar.

„Und die Orks essen wirklich auch Aas?“

„Noch schlimmer, sie fressen auch ihre Toten!“

Mir wurde schlecht. Die Vorstellung, einen ehemals Bekannten zu verspeisen, machte alles nur noch viel schlimmer. Langsam merkte ich wie sich mein Gallensaft stetig höher in die Speiseröhre bewegte.

Golfin bemerkt das ich grün anlief und versucht mich aufzumuntern.

„Bleib doch ganz ruhig Steve. Hier in dieser Gegend werden normalerweise keine Orks gesehen. Sie leben hauptsächlich im Süden, in den stinkenden Sümpfen und im Norden, nahe der Festung BAATOOR. Dort gib es überall genügend Ungeziefer, das sie essen können. Die Sumpforks kommen fast nie hierher ...“

„Fast nie???? Aber gelegentlich kommen sie doch und holen sich Menschenfleisch???“

„Es kann schon mal vorkommen das sich die Orks auf einem ihrer Raubzüge hierher verirren. Aber das letzte Mal als sie Aloifanda mit ihrer Anwesenheit beehrten, da war ich noch ein kleines Kind. Aber da gab es auch noch kleinere Vorfälle, die weiter nicht erwähnenswert sind.“

Das beruhigte mich aber nicht im Geringsten. Wer konnte mir denn versprechen das sie nicht alle fünfzig Jahre oder so irgendwo einfallen und alles niedermetzeln?

„Steve, ich erzähl dir lieber etwas von den Zwergen. Was hältst du davon?“

Ich nickte zustimmend. Aber zuerst musste ich noch etwas über die Orks im Norden erfahren.

„Gut, aber erzähle mir zuerst über die Orks im Norden!“

„Wenn du willst ... Die Orks im Norden leben bei BALSAR. Sie sind im Gegensatz zu ihren Brüdern im Süden nicht von grünlicher Gestalt, sondern eher von gräulicher Hautfarbe. Sie kommen nie in unser Reich. Aber sie sind die Todfeinde der Zwerge. Mit diesen tragen sie regelmäßig ihre Scharmützel aus. Von großen Orkangriffen auf die Zwerge ist mir seit langem nichts mehr zu Ohren gekommen. Nun aber zu den Zwergen. Die Zwerge leben nicht auf, sondern meist unter der Erde. Nun sie haben ihre Dörfer auf der Erde, aber da sind meist nur die Frauen, die Kinder, die Wachen und das Vieh. Die restlichen Männer sind meist unter der Erde. Aber es soll auch geheime Städte unter der Erde geben, wohin sich die Zwerge bei Gefahren flüchten. Aber diese Städte hat noch kein Mensch oder anderes Lebewesen je zu Gesicht bekommen. Diese Städte sind auch keineswegs dunkel, sondern werden durch Spiegeleffekt mit geschliffenen Mineralien hell erleuchtet, sodass immer genügend Licht unter der Erde vorhanden ist ...“

„So wie in deiner Höhle?“

„Ja so in etwa. Aber am schönsten und eindruckvollsten soll der Palast von König HAMMARTOHR sein. Er soll in einer Höhle von ungeahnten Ausmaßen stehen und vollständig aus Kristall gebaut worden sein. Der Palast soll mit bunten Mineralien, Halbedelsteinen du Edelsteinen ausgeschmückt sein ...“

„Aber wenn weder du, noch ein anderes Lebewesen je dort gewesen bist, woher weist du dann soviel über die Zwerge?“

„Die Zwerge leben ja nicht abgeschieden vom Rest der Welt. Wie ich dir heute schon erklärt habe, verstehen sie sich hervorragend auf die Bergbaukunst, aber auch auf den Handel. Sie verkaufen an bestimmten Stellen im Gebirge ihre exzellent geschmiedeten Waffen, Edelsteine, Schmuck. Manchmal aber, wenn man genügend Gold in er Tasche hat, dann kann man sich Zwerge für den Bau von beispielsweise Festungen holen. Denn und das habe ich dir auch schon gesagt, sind sie führend in der Ingenieurskunst ...“

„Und sie plaudern ihre Geheimnisse einfach so aus? Dann sind es doch keine Geheimnisse mehr!“

Er lachte laut auf und pflichtete mir bei.

„Ja, jeder weis von dem Palast, aber es gibt so viele unterirdische Wege, selbst Seen und Flüsse, dass sich jeder der den Versuch unternimmt in ihr eigentliches Reich einzudringen, sich unweigerlich verirrt und dann zwangsläufig an Hunger und Durst, vielleicht aber auch in Fallen, stirbt. Alles was wir über die Zwerge wissen, kommt aus ihren Mündern, wenn sie Handel treiben oder aber für uns Bauwerke erschaffen. Denn die Zwerge sind, nett formuliert, für einem kleinen Umtrunk immer zu haben. Übrigens für ihren Meet sind sie auch sehr berühmt und am Hofe wird er nur zu besonderen Feierlichkeiten ausgeschenkt ...“

„Aha, also trinken sie gerne einen ...“

„Ja das tun sie. Aber es ist doch auch verständlich. Sie arbeiten den ganzen Tag in Bergwerken. Dort ist es staubig und trocken. Da bekommt man nun einmal Durst. Vielmehr gibt es über sie nicht zu berichten. Alles andere würde dich nur verwirren. Wenn wir einen sehen, dann werde ich dir mehr über sie erzählen.“

Wir schwiegen eine Weile und ich sinnierte über das soeben gehörte. Hier lebte wirklich, so man denn Golfin Glauben schenken konnte, Elben und Zwerge, sogar Orks sollte es hier geben. Ich war fasziniert.

„Golfin? Wie lange leben eigentlich Elben, Zwerge und Orks?"

„Tja die Elben sind gemessen an den Menschen – die bis zu achtzig Jahre werden, unsterblich, vielleicht werden sie so um die tausend oder mehr, ich weiß es nicht. Die Zwerge leben so um die zweihundert fünfzig bis dreihundert Jahre. Die Orks werden aber nur vierzig, im höchsten Falle fünfzig, dann können sie sich nicht mehr selbst ernähren und landen selber auf dem Essenstisch der anderen. Aber was noch sehr interessant ist, Elben und Zwerge sind mit einer hervorragenden Gesundheit ausgestattet. Elben werden höchst selten krank und Zwerge wohl nie."

„Aber sterben müssen alle?"

„Natürlich stirbt jedes Lebewesen irgendwann. Die Frage aber ist, wie lange leuchtet das Licht des Lebens und wann wünscht HARAMAS ein Lebewesen zu sehen."

„Wie viele Elben, Zwerge und Orks gibt es?"

„Das weiß keiner so genau und ich kann es dir auch leider nicht sagen. Es wären nur Mutmaßungen ... Aber wir müssen nun weitergehen, sonst kommen wir nicht vor Einbruch der Dunkelheit an und wir müssen vor den Stadttoren nächtigen. Es wird so schon sehr eng."

Damit schien die Unterhaltung und die Rast wohl zu ende.

Ich raffte mich wehmütig auf, ich hätte ja noch gerne ein Weilchen hier gelegen, und folgte dem vornewegstapfenden Magier. Wir gingen weiter durch flache Täler und über seichte Hügel und langsam konnte ich unser Ziel deutlicher erkennen. Aus der Ferne betrachtet sah es aus wie eine dieser Städte in Europa, die ihr mittelalterliches Flair behalten hatten und wie sollte es auch anders sein, über allem thronte eine Burg.

Das Laufen wurde mir langweilig und ich wollte noch mehr über das Land und die Leute erfahren.

Aber Golfin pfiff nur sein Lied vor sich hin. Er ignorierte mich einfach.

Plötzlich hörte ich hinter mir Geräusche, die sich schnell näherten. Golfin und ich blieben stehen und blickten uns um. Wir sahen eine kleine

Staubwolke schnell auf uns zukommen. Dann hörte ich das Getrappel von Hufen auf dem Pflaster.

Endlich Menschen! Nun konnte ich die Pferde und auch ihre Reiter erkennen. Alle hatten grüngefleckte Kleidung an. Die Camouflage ist bestimmt nicht schlecht in diesen Wäldern, mutmaßte ich fachmännisch.

Mit einem lauten Brrrr kam das erste Pferd zum stehen.

Der Reiter hob seine Hand und gebot den anderen das gleich zu tun.

Ich betrachtete mir zuerst das Pferd. Es schwitzte sichtlich und blähte seine Nüstern weit auf.

Es wurde wohl hart geritten.

Der Reiter war ein Mann von geschätzten achtzehn Jahren. Er hatte ein gebräuntes Gesicht und seine Haut schien, trotz des vermeintlich jungen Alters, ledrig zu sein. Er hatte wohl einen Großteil seines bisherigen Lebens im Freien verbracht. Interessanter aber war sein Bogen, den er über der Schulter trug. Er war aus einem schwarzen Material, vielleicht Mahagoni, und war kunstvoll verziert. Es schien ein guter Bogen zu sein.

Ich kannte mich mit Pfeil und Bogen aus, da mir meine Mutter dieses beigebracht hatte und wir sehr oft gegeneinander kleine Wettkämpfe veranstaltet hatte.

An seiner Hüfte baumelte ein Messer dessen Klinge silbern leuchtete und vollständig mit Gravuren überzogen war.

Nachdem wir uns alle gemustert hatten, wandte er sich natürlich an Golfin und nicht an den ärmlich gekleideten Jungen.

„Wohin zu dieser heißen Jahreszeit Gevatter?"

„Wir wollen nach Merkedee ..."

Da habt ihr aber noch ein schönes Stück vor euch. Ihr werdet es wohl nicht vor Einbruch der Dunkelheit schaffen. Aber was wollt ihr dort? Zu dieser Jahreszeit kommt dorthin nie Besuch und für Händler seid ihr zu früh."

„Ich möchte versuchen den Jungen bei Schwertmeister Fagonus unterzubringen, damit er in der Waffenkunst ausgebildet wird."

Der Reiter musterte mich kurz und schüttelte kurz den Kopf.

„Ich kann mir nicht vorstellen das der alte Recke noch einen Schüler nimmt, vor allem einen nichtadligen."

Ich verstand gar nichts mehr. Ich dachte ich solle bei Golfin die Zauberkunst lernen und nun sollte ich fechten lernen?

Noch bevor ich die anderen an meinen Gedankengängen teilhaben lassen konnte, antwortete Golfin: „Ein Versuch ist es allemal wert. Und wenn er uns abweist, dann haben wir es zumindest versucht."

Der Reiter nickte bestätigend.

„Na dann viel Glück. Sollen wir euch ein Stück des Weges mitnehmen? Wir folgen dem Weg bis zum Abzweig nach Elbtal."

Ich fand die Aussicht ein Stück mitreiten zu dürfen sehr verheißungsvoll, denn besser schlecht geritten als gut gelaufen.

Auch Golfin fand die Idee gut.

So stiegen wir auf zwei der Ersatzpferde und schon ging es los.

Die Männer legten ein scharfes Tempo vor und ich als ungeübter Reiter hatte Mühe ihnen zu folgen.

Golfin schien das alles nichts auszumachen. Er saß im Sattel als ob er sein ganzes Leben nichts anderes getan hätte.

Nach einer Weile tat mir mein Hinterteil weh und ich wollte eigentlich wieder laufen. Wenig später fühlte sich mein Hintern taub an und ich konnte nicht mehr.

Wieder hörte ich das Brrrr des Mannes und ich versuchte mein Pferd zum stehen zu bringen. Der Versuch scheiterte kläglich. Das Pferd ging sozusagen in die Eisen und ich fiel vornüber und landete hart auf der Straße.

Die Reiter als auch Golfin schauten mich überrascht an und ich hörte ihren Anführer nur zu Golfin sagen, dass er wenig Aussichten für mich bei Fagonus sehe, wenn meine Reiterkünste derartig schlecht seien.

Golfin nickte nur.

Trotz allem bedankten wir uns bei den Reitern und unsere Wege trennten sich. Sie bogen ab und ritten sonst wohin und wir marschierten wieder mit strammen Schritten in Richtung der Stadt.

Während der ganzen Zeit verlor Golfin kein einziges Wort zu meinem Reitunfall, während ich mich fast totärgerte. Da sich keiner mit mir unterhalten wollte, hatte ich genügend Muse mir die Landschaft weiter anzuschauen. Ein Kornfeld reihte sich an das nächste und zwischen ihnen waren schmale Wege, die wohl für die Bauern und ihre Karren, oder was die hier auch immer nutzten, gedacht waren. Man hatte von hier aus einen herrlichen Blick auf das mittelalterlich aussehend Städtchen und ich freute mich schon darauf die kleinen Gassen näher auszukundschaften.

Aber mit der Zeit taten mir wieder meine Füße, von meinem Hintern nicht zu sprechen, weh. Und ich latschte stumpfsinnig hinter meinem Meister her. Endlich durchwanderten wir ein flaches Tal, eher eine Senke und ich konnte die Stadt mit der dazugehörenden Burg endlich näher betrachten. Was musste man wohl für einen Ausblick von den vier Burgtürmen haben! Innerlich frohlockte ich mal wieder, denn ab jetzt mussten wir nur noch den kleinen Berg bezwingen und schon waren wir da.

Ich schaute wiederum zur Stadt hinauf.

Ich hatte mich doch tatsächlich geirrt, denn die vier Türme waren in eine Stadtmauer integriert und von mir aus hinter ihnen waren noch weitere Türme. Das müssen wohl die von der Festung sein, stellte ich fest und versuchte krampfhaft mit Golfin schrittzuhalten.

Er drehte sich zu mir um und fing zu meiner Überraschung mit Sprechen an.

„Steve, wenn wir dann in die Stadt und später in die Burg kommen, dann weist du hoffentlich noch wie du mich anzureden hast?"

„Ja Meister."

„Gut. Dann will ich dir jetzt einwenig über Merkedee erzählen. Was du vor uns siehst, das ist eine Stadtmauer. Diese hier ist acht Meter hoch und an ihrer dicksten Stelle ebenfalls. An jeder Ecke befindet sich ein Wachturm. Von dort aus halten die Wachen Tag und Nacht nach möglichen Feinden Ausschau. Merkedee wurde kurz nach der letzten Orkinvasion gebaut und war ursprünglich ein Außenposten. Mittlerweile haben sich viele Menschen hier angesiedelt und so entwickelte die Festung sich zu einer kleinen Stadt ..."

„Wie viele Menschen leben denn hier?"

„Mit den dazugehörenden Gehöften, die inmitten der Felder liegen, so etwa viertausend."

Na super, die vermeintliche Stadt war nichts anderes als ein Dorf.

„Meister, war die Stadt schon einem Angriff der Ork ausgesetzt?"

„Nein, aber beeile dich, die Stadttore werden gleich schließen!"

„Warum riecht es denn hier so vermodert?"

„Weil hinter Merkedee die Sumpfgebiete anfangen und wenn der Wind ungünstig steht, dann dringt der Geruch hierher. Aber das werden wir noch sehen, wenn ich dir die Burg und die Stadt zeige."

Die Stadt wurde für mich immer verlockender. Sie war geradezu winzig und stank auch noch. Wenigstens bekam ich eine Stadtführung.

„Steht der Wind oft so günstig, dass die Bewohner am Sumpf teilhaben können?"

„Hmm, so einmal im Monat."

Das klang zumindest schon besser. Aber an seiner Einsilbigkeit erkannte ich, dass ich mir meine Fragen besser für später aufheben sollte. Schweißgebadet erreichten wir endlich das Tor, es war geschlossen.

15

Golfin nahm einen Schlegel, der an dem Tor befestigt war und ließ ihn mehrfach gegen das Holz niedersausen. Der Lärm, den diese Klingel verursachte, war ohrenbetäubend.

„Wer stört?"

In einer Ecke der Tür öffnete sich eine kleine Luke, eher ein Kuckloch, und zu Vorschein kam ein dunkelrot scheinendes Gesicht mir rotunterlaufenen Augen.

„Was wollt ihr? Das Tor ist geschlossen! Verschwindet!"

Mit einem Knall schloss sich die Luke und verriegelte lautstark. Golfin klappte seine Augenbrauen hoch und schaute mich fragend an.

„Tja Meister wie es aussieht werden wir wohl die Nacht im Freien verbringen müssen."

„Das glaube ich nicht Steve."

Wieder drosch er mit dem Schlegel auf das Tor ein, aber diesmal brüllte er.

„Im Namen MANAWALS mach das Tor auf oder ich schlag es ein!"

Hinter dem Tor hörten wir nur ein dumpfes Poltern. Danach knarrte eine Tür und der rote Kopf brüllte erschien diesmal aus einer Schießscharte oberhalb des Tores.

„Verschwindet, ihr Vagabunden. Das Tor ist geschlossen und bleibt es auch bis morgen in der Frühe!" Dann kippte er einen Eimer mit flüssigem Unrat, der verdächtig nach Pisse stank, auf uns.

Schnell sprangen wir zur Seite und zumindest Golfin konnte sich noch retten. Ich jedoch bekam einen schönen Schwall ab und roch wie eine Klärgrube. Ekel stieg in mir hoch und schlug, verstärkt durch das Gelächter von oben und auch von Golfin, in Wut um.

Der Magier wackelte leicht mit dem Kopf und lächelte noch immer vergnügt.

„Steve mein Junge, an deinen Reflexen müssen wir aber noch arbeiten."

Ich fand das gar nicht komisch und schaute ihn nur wütend an.

„Ja du hast ja recht, dann werden wir es auf die andere Tour versuchen hineinzugelangen."

Golfin schaute nach oben und bat den Torwächter lautstark nach unten zu kommen, damit er ihm etwas zeigen könne. Vermutlich wollte er ihn bestechen, um doch noch hineinzugelangen. Dummerweise kam er aber nicht noch einmal an die Luke. Wir machten uns weiter lautstark bemerkbar, schließlich wollten wir ja in die Burg.

Nach einer Weile, es musste schon eine gute Stunde später sein, öffnete sich die Luke doch wieder und wir hörten eine andere Stimme. Sehen konnten wir den Mann leider nicht, da es schon zu dunkel war.

„Was im Namen MANAWAL fällt euch ein hier so herumzupöbeln?"

Wenigstens sprach er mit uns und weiß uns nicht sofort ab. Golfin übernahm wiederum das Reden.

„Wir möchten in die Festung! Aber mit wem spreche ich denn überhaupt?"

„Ich bin Hangaron, Sohn des Ambaron, ich bin der Hauptmann der Stadtwache. Und wer seid ihr?"

„Soso, dein Vater ist also Ambaron der Zeremonienmeister des Grafen?"

„Ja, kennst du ihn?"

„Ich glaube schon. Aber wenn du etwas Licht hättest, dann könnte ich es dir zeigen. Ich heiße übrigens Golfin ..."

Hangaron drehte sich weg und gab lautstark Anweisung Licht heranzubringen.

Golfin schickt sich an zur Luke zu gehen.

Der Alte stand mit dem Rücken zu mir und ich hörte nur das Murmeln zwischen ihm und den Hauptmann der Stadtwache. Außerdem konnte ich im diffusen Licht der Laterne noch erkennen wie Golfin an seinem Hals nestelte und wohl seinen Siegelring hervorholte, aber bezeugen konnte ich das nicht. Nachdem sie mit ihrer Murmelei geendet hatten, kam Golfin wieder zu mir und die Luke verschloss sich, nur diesmal leiser.

„Tja Meister, das hat wohl auch nicht viel geholfen. Wir werden uns damit abfinden müssen die Nacht hier im Freien zu verbringen."

„Wieso?"

„Das Tor ist noch immer verschlossen."

Er schaute mich nur vielsagend an.

Wenig später öffnete sich das Tor mit einem lauten Knarren und ich konnte im Schein der Laternen die Männer der Stadtwache erkennen.

Als sich diese riesige Pforte endlich geöffnet hatte, trat Hangaron vor und verneigte sich tief vor uns.

„Tretet ein Mylord."

Wir taten wie geheißen.

Im Torbogen standen rechts und links die Wachen wie zu einer Parade-aufstellung. Jeder von ihnen hatte eine lange Hellebarde in der Hand und an ihren Gürteln hingen lange Schwerter. Was aber meine Aufmerksamkeit erlangte waren die riesigen Hörner, die ebenfalls an ihren Gürteln hingen.

„Wofür sind die Hörner da, Meister Golfin?"

Schnell und dienstbeflissen antwortete aber Hangaron.

„Wen ihr gestattet Mylord, dann erkläre ich es."

Golfin nickte nur huldvoll.

„Knabe die Stadtwache ist in eine Tag- und eine Nachtwache aufgeteilt. Alle Wächter sind so ausgerüstet wie du es hier sehen kannst: eine Helle-barde, ein Schwert und die schon angesprochenen Hörner. Diese benutzt man, wenn Gefahr herrscht. Die Einwohner von Merkedee und auch die Bauern auf den Feldern hören ihren Klang und können sich hierher oder aber in die unwegsamen Wälder der Grafschaft flüchten."

Knabe?

Vermutlich wurden hier alle Jugendlichen so genannt. Ich beschloss Golfin später noch darüber auszufragen.

„Aber wenn einer die Hörner nicht hört, dann ist er verloren?"

„Mylord gestattet ihr? Danke. Auf jedem der Türme, die du vielleicht schon gesehen hast, befinden sich die Feuer vor Merkedee. Wenn sie ent-zündet werden, dann sind sie weit im Landesinneren und auch in den be-nachbarten Burgen zusehen. Somit können sich alle, auch die Nachbarn, schnell schützen oder aber uns zu Hilfe eilen."

„Aber woher sollen sie denn wissen ob sie sich schützen oder zu Hilfe eilen oder aber fliehen sollen?"

„Mylord erlaubt ihr nochmals? Danke. Es gibt verschiedene Lichtsig-nale, die geheim sind. Nur die Wachen und natürlich die Burgherren der umliegenden Festungen wissen, was die einzelnen Signale zu bedeuten ha-ben. Für das einfache Volk genügt es, wenn sie die Hörner oder aber die Lichter sehen."

Das alles leuchtete mir ein und ich nickte zustimmend. Das System konnte wirklich funktionieren. Aber dann sah ich den Pissewerfer, ebenfalls eingereiht, stehen. Ich blinzelte Golfin zu und er nickte unmerklich. Also ging ich zu ihm und herrschte ihn an.

„Wie heißt du?"

„Bondol ..."

„Bist du immer so unfreundlich und bewirfst Menschen mit Pisse?"

Sein Gesicht färbte sich von dunkelrot zu lila.

„Nein Knabe. Aber wenn das Tor verschlossen ist, dann bleibt es das auch."

Dabei verströmte er einen Geruch, der mich stark an einen Alkoholiker erinnerte. Ich wandte mich an den Hauptmann, der noch immer neben Golfin stand und fragte ihn leise.

„Der Bondol hat doch eine wichtige Aufgabe, oder?"

Hangaron stimmte mir zu.

„Ich bin zwar noch jung und eher unerfahren, aber ich denke der Mann hat ein Problem ..."

„Aha ? "

„Du solltest ..."

Golfin zuckte mit seinen Augenbrauen.

„Ihr solltet mal seinen Atem riechen. Er stinkt wie ein Weinfass."

Der Hauptmann schaute mich entgeistert an.

„Ich dachte nur, wenn wir schlechte Menschen oder noch schlimmer Orks wären, dann, wäre es ein ziemlich einfaches Unterfangen sich über die Mauer einzuschleichen, ihn zu überwältigen und das Tor heimlich zu öffnen. Dann wäre euer schöner Plan vom Hörnerblasen und Lichtzeichengeben gescheitert."

Ich wollte bewusst nicht für den Arsch sagen und hatte die Sachlage auch einwenig dramatisiert, denn der besoffene Wächter sollte spüren, dass er nicht so einfach seinen Urineimer auf mir ausleeren konnte. Außerdem war Wachdienst eine wichtige Aufgabe.

Hangaron sinnierte kurze Zeit über das von mir gesagte und holte sich einen der Wachen heran, der daraufhin Bondol seine Ausrüstung abnahm und ihn wegbrachte.

Der besoffene Wächter ließ alles Schicksalsergeben über sich ergehen. Ich schaute den Hauptmann fragend an.

„Knabe, was du eben gesagt hast war richtig und wichtig. Wir müssen uns vor allem und jedem schützen."

„Aber was passiert mit dem Torwächter jetzt?"

„Er wird über Nacht eingekerkert und morgen in der Frühe dem Schwertmeister vorgeführt. Der wird ihn vermutlich aus dem Wachdienst entlassen und ihn der Stadt verweisen, denn es war nicht das erstemal, das er betrunken am Tor stand ..."

Jetzt tat mir Bondol leid. Ich hatte nicht gedacht, dass dies derartige Auswirkungen auf ihn haben könnte. So oder so Alkoholismus war doch eine Krankheit und keiner machte sich einen Kopf drüber. Aber das er mit Schimpf und Schande aus der Stadt gejagt würde, das hatte ich nicht gedacht.

Golfin schaute mich nur vielsagend an.

Aber meine Gedanken konnte ich weiter nachgehen, denn ich hörte das Getrappel von Pferden und das Rollen eines Wagens.

Wurden wir jetzt abgeholt?

Das Getrappel wurde, verstärkt durch das Pflaster, immer lauter. Schließlich konnte ich die Kutsche sehen. Vier Pferde zogen sie. Und sie kam sehr schnell näher und hielt, begleitet vom Schlittern der beschlagenen Pferdehufe, laut quietschend. Noch bevor der Kutscher von seinem Bock absteigen konnte, öffnete sich die Tür und ein gutgekleidetes altes kleines Männchen sprang behände heraus. Schnellen Schrittes, fast laufend kam es auf uns zu und machte vor Golfin einen Bückling.

„Mylord, entschuldigt das der Graf nicht persönlich kommen konnte. Er ist unpässlich. Würdet ihr bitte mit mir vorliebnehmen?"

Huldvoll nickte Golfin.

Ich grübelte.

Warum nannten ihn alle hier Mylord? Er war doch nur ein Zauberer, ähm Magier, berichtigte ich mich schnell. Sollten noch einige Überraschungen in ihm stecken?

Golfin breitete seine Arme weit aus und drückte den alten Mann ganz fest.

Ich konnte nur hoffen das der gewaltige Koloss das Männchen nicht erdrückte.

„Ambaron, alter Freund, jetzt sein doch nicht so förmlich. Wir sind doch nicht bei Hofe!"

Dabei ließ er seine Pranken immer wieder auf den zerbrechlich scheinenden Rücken des Männchens klatschen.

„Wie ist es dir ergangen? Nun erzähl schon!"

Sichtlich bewegt und berührt löste er sich von der Umklammerung des Magiers.

„Wie lange ist es her? Ja fast drei Jahre als ihr das letzte Mal hier wart und verkündet habt nie wieder Menschen sehen zu wollen und euch in die Einsamkeit zurückgezogen habt. Wie ist es dir ergangen? Meine Gicht ist schlimmer geworden. Manchmal kann ich kaum noch aufstehen. Aber ansonsten ist alles beim Alten geblieben. Lady Gwendoline führt noch immer das Regiment auf der Burg, Schwertmeister Fagonus schikaniert noch immer die Knappen und Graf Bogolus erwartet noch immer einen Orkangriff. Hier hat sich in all den Jahren wirklich nichts geändert. Ich freue mich so euch zu sehen, verzeiht bitte ..."

Ich sah wie sich Ambaron verstohlen eine Träne wegwischte. Er war sichtlich ergriffen Golfin wiederzusehen.

Ein Schauer lief mir über den Rücken. Warum freut sich der Zeremonienmeister des Grafen so sehr einen Magier zu sehen? Ich verstand es nicht.

Der alte Mann wandte sich mir zu und betrachtete mich eingehend.

„Erlaub mir eine Frage, wer ist der Knabe?"

Schon wieder! Ich war kein Knabe mehr!

„Ambaron, das ist mein Lehrling. Du wirst ihm Manieren und Fagonus die Kriegskunst beibringen!"

119

„Verzeiht mir eine ungehörige Bemerkung. Aber das wird ein schweres Stück Arbeit. Außerdem riecht er streng ... Aber wenn Ihr es wünscht, dann werde ich aus diesem Bauer einen Edelmann machen."

„Ich wünsche es. Nun lasst uns aber endlich zur Burg fahren. Ich denke mein unangekündigter Besuch hat schon ordentlich für Aufruhr gesorgt und ich will keinen zu so später Stunde länger warten lassen, als unbedingt notwendig. Wir beide haben noch mehr als genug Zeit uns wie alte Männer über vergangene Tage zu unterhalten."

„Jawohl. Steigt doch bitte ein!"

Wieder machte er eine wundersame Verbeugung und bat uns in die Kutsche. Das ließ ich mir nicht zweimal sagen und spazierte glücklich und als erster los.

„Du nicht! Nimm beim Kutscher platz, Bursche! Ich werde dir schon noch Manieren beibringen!"

Was ich übersehen hatte war eine Rute oder Gerte, die er kraftvoll auf meinen Rücken niedersausen ließ.

Mehr vor Überraschung als vor Schmerzen jaulte ich laut auf, verkniff mir aber jegliche Widerworte.

Langsam zuckelte die Kutsche los und der Kutscher schaute mich mit einem komischen Gesicht an.

„Was ist? Warum kuckst du so komisch?"

„Du stinkst wie ein Schwein!"

„Ich heiße übrigens Steve und du?"

„Das werde ich dir erst sagen, wenn du dich gewaschen hast." Damit war wohl jede Unterhaltung gestorben.

Ich bedankte mich nochmals bei dem besoffenen Torwächter und stellte fest, dass ich wirklich wie ein Schweinestall stank.

Die Kutsche nahm nun Fahrt auf und wir durchquerten die Stadt. Rechts und links von uns standen mal kleinere mal größer Fachwerkhäuser. Alles schien hier idyllisch und wie für Touristen gemacht. Hinter den beleuchteten Fenstern konnte ich hin und wieder Gestalten umherhuschen sehen. Aber zu mehr reichte es in der Dunkelheit nicht aus. Aber ich hatte ja noch genügend Zeit mir alles anzuschauen!

Langsam dämmerte ich ein.

Aber auf einmal war ich hellwach.

Die Häuser endeten abrupt und wir überquerten eine etwa fünfzig Meter breite Wiese. Vor mir, besser gesagt über mir, thronte auf einem hohen Felsen die Burg von Merkedee, wie ein Riese, der über sein Gebiet herrscht.

Ich studierte alles ganzgenau.

Die Mauern waren mindestens acht Meter hoch und mit Zinnen bewährt. Davor war ein ungefähr vier Meter breiter Burggraben, der mit Wasser gefüllt war und in welchem sich die Sterne spiegelten. Hier gab es sogar eine Zugbrücke, die zu meiner Freude heruntergelassen war.

Wir fuhren darüber und durchquerten den Eingang.

Überrascht stellte ich fest, dass die Einfahrt wie Tunnel in den Felsen gehauen war und mit Fackeln hell erleuchtet war.

In dieser Durchfahrt säumten auf beiden Seiten Männer in Rüstungen unseren Weg. Die Rüstungen waren aber im Gegensatz zu Stadtwache nicht aus Leder, sondern sie hatten Harnische und stählerne Brustpanzer, die wie Lackschuhe gewienert waren.

16

Quietschend kam die Kutsche zum stehen. Der Hof war mit Laternen und Fackeln hell erleuchtet. Vor uns standen in einem Pulk mehrere Menschen. Sie waren für die mir bisher bekannten Verhältnisse gutgekleidet und sahen so aus als erwarteten sie uns.

Ich wollte schwungvoll vom Kutschbock springen, besann mich dann aber doch eines Besseren und wartete.

Zwei Diener, so vermutete ich, sprangen auf die Kutsche zu und öffnete die Tür. Dann verbeugten sie sich.

Es wirkte auf mich äußerst bizarr. Wo gab es denn heute noch so dienstbeflissene Lakaien?

Golfin stieg als erster aus dem Wagen aus. Noch bevor er aber einen Fuß auf die Erde setzen konnte, verbeugten sich alle tief vor ihm, nicht alle, die Frauen machten so etwas wie einen Hofknicks.

Alle bis auf eine. Mit einem lauten Schrei begrüßte sie ihn, raffte ihre Röcke hoch und stürzte förmlich auf ihn zu. Sie trug einen schwarzen Rock und war, nach ihrem Erscheinungsbild zu urteilen um die sechzig, vielleicht auch älter und sah aristokratisch aus. Sie rannte also auf ihn zu.

Golfin breitete seine Arme weit aus und sie stolperte in sie hinein. Was dann folgte war ein peinliches minutenlanges Drücken, Küsschengeben und Streicheln, welche immer wieder durch ein: „Ach Golfin", unterbrochen wurden.

Die anderen standen noch immer verneigt oder aber im Hofknicks und ich saß verloren auf meinem Kutschbock und wartete auf das Ende der Knuddelei.

Endlich lösten sich die beiden Turteltauben voneinander und schritten, natürlich Arm in Arm, zu dem Pulk der Leute. Diese standen mittlerweile wieder aufrecht und ein jeder verbeugte sich oder knickste, wenn Golfin ihn persönlich begrüßte.

Ich fühlte mich in dieser Gesellschaft verloren und einsam. Nicht einmal Golfin hatte noch Augen für mich!

Langsam konnten sich die beiden Turteltauben trennen und marschierten, gefolgt von der ganzen Walhalla, ins Haus.

Als ich vom Kutschbock abstieg kam ein kleiner Junge auf mich zu gerannt und sagte: „Hallo, ich bin Benn, ich soll dir deine Unterkunft zeigen."

„Wer hat dir denn das gesagt?"

Ich fühlte mich etwas veralbert. Ein vielleicht sechs Jahre alter Bengel sollte mich hier herumführen?

„Das war der Zeremonienmeister höchstpersönlich. Er hat mir den Auftrag gegeben."

Benn platzte förmlich vor Stolz.

„Was machst du eigentlich hier den ganzen Tag auf der Burg?"

„Ich bin, Entschuldige, ich werde eines Tages ein Page sein. Und wenn ich mich besonders anstrenge, dann kann ich es vielleicht sogar bis zum Kammerdiener schaffen!"

Das waren ja tolle Aussichten für den Jungen. Aber wenn er meinte.

„Darf ich dich auch etwas fragen?"

Ich nickte gnädig.

„Wie heißt du und warum stinkst du so?"

„Ich heiße Steve und das mit dem Stinken erzähle ich dir, wenn ich mich endlich waschen kann. Abgemacht?"

„Klasse! Los jetzt komm endlich!"

Wir gingen an dem großen Gebäude vorbei, wohin sich Golfin und der Rest verdrückt hatten und landeten schließlich auf der Rückseite. Dann gingen wir ein par Treppenstufen herunter und schon waren wir da, im Gesindetrakt.

Ich war also zum Diener geworden! Benn führte mich in einen kleinen Raum, in dessen Mitte ein abgeschnittenes Weinfass stand.

„Wir haben Glück gehabt, es ist keiner da. Alle sind nämlich in Aufruhr wegen Prinz Golfin. Da kannst du dich schön waschen."

Hatte ich da ein Prinz Golfin gehört?

„Hattest du gerade Prinz Golfin gesagt?"

„Natürlich. Prinz Golfin ist der Sohn des Königs. Und da dieser keine Kinder hat ist er der Thronfolger. Aber das weiß doch jeder. Du wolltest mich nur testen, oder?"

Ich war entsetzt. Dieser alte Knochen war ein Thronfolger. Unmöglich! Aber ich konnte mich doch vor dem Jungen nicht blamieren.

„Du bist schlau Benn. Du hast sofort gemerkt, dass ich dich nur prüfen wollte. Wenn du so weitermachst, dann wirst du ganz bestimmt einmal ein Kammerdiener, wenn nicht sogar noch mehr!"

Der Junge wurde rot vor Stolz und ließ Wasser in den sogenannten Zuber. Da er mit den schweren Wassereimern fast überfordert war, half ich ihm. Dabei erzählte er mir unaufhörlich irgendwelche Geschichten über einen Bäcker hier, einen Koch da, einen Schmied. Es war alles unterhaltsam, aber leider kannte ich all diese Mensch nicht.

Also machte ich zu jeder Erzählung ein lustiges Gesicht.

Als ich dann endlich im Wasser lag und mich waschen konnte erzählte ich ihm von meinem Unfall mit dem Pisseeimer.

Benn war schockiert und fand das Verhalten des Wächters überhaupt nicht gut.

Plötzlich öffnete sich schwungvoll die Tür und der Zeremonienmeister höchstpersönlich kam in den Waschkeller.

Benn sprang sofort auf und stand so still wie ein Ölgötze.

Ambaron schaute mich durchdringend an und gab dem Jungen Anweisung sich vor der Tür zu postieren. Dann wandte er sich mir zu.

„Knabe, ich werde dir nachher neue Kleidung zukommen lassen. Wenn du mit Waschen fertig bist, ziehst du dich sofort an und lässt dich von Benn in die Gemächer des Prinzen führen. Er will sich mit dir unterhalten. Nach der Unterhaltung gehst du sofort, ich wiederhole sofort, in den Gesindetrakt und legst dich schlafen. Ab Morgen ist dann dein Faulpelzleben vorbei und du wirst täglich nach dem ersten Hahnenkrähen mit deinen Übungen und Unterrichten anfangen. Hast du Fragen? Keine? Gut."

Ohne mich eines weiteren Blickes zu würdigen oder aber noch ein Wort zu verlieren, verschwand er wieder und Benn kam ganz aufgeregt herein. Er erzählte mir alles was mir der alten Gichtknochen schon erklärt hatte, noch einmal.

Ich lag noch immer in der Wanne und bat ihn uns etwas zu essen und zu trinken zu besorgen.

Prompt flitzte er hinaus und kam wenig später mit einem großen Korb wieder. Wir stopften uns die Mägen voll bis nichts mehr hineinging. Ich war gesättigt und wollt nun ein bisschen über meinen neuen Gefährten erfahren.

„Benn, wo kommst du her, was sagen deine Eltern dazu, dass du die halbe Nacht hier auf der Burg verbringst ...?"

Benn schaute mich traurig an und zuckte mit den Schultern.

„Ich habe keine Eltern. Wer und wo sie sind, das weiß ich nicht. Als ich noch ganz klein war, da bin ich in einem Weidenkorb auf dem großen Fluss, der Taruma, getrieben und der Bogolus war zufällig mit einer

Jagdgesellschaft unterwegs, als er meine Schreie hörte. Er hat mich gerettet und mir den Namen Benn gegeben. Das war vor ungefähr acht Jahren. Das einzige was mich an meine Eltern und meine eigentliche Heimat erinnert ist das hier."

Er öffnete sein Hemd und holte eine kleine goldene Kette hervor. An ihr hing ein Amulett mit einer mir unbekannten Schrift. In der Mitte war ein Symbol oder ein Wappen eingraviert. Ich strich dem kleinen Jungen über seinen Kopf und er schaute mich dankbar an.

„Aber du hast es doch hier nicht schlecht getroffen, oder? Du trägst gute Kleidung, bekommst mehr als genügend Essen und wohnst am Hofe eines Grafen. Wer kann das schon von sich behaupten?"

Benn lächelte.

Und ich fühlte mich wie ein sechs Jahre älterer Bruder.

„Du Steve, wollen wir Freunde sein? Ich habe nämlich keine."

„Na klar, Benn wir sind ab jetzt Freunde fürs Leben!"

Ich streckte ihm meine Hand entgegen und er schüttelte sie so kräftig er konnte.

Dann klopfte es zaghaft an der Tür.

Benn sprang auf und brachte mir einen Bündel Kleidung mit, den er erst einmal studiert.

„Du hast aber ein Glück. Das sind alles alte Sachen von Hamon, dem Sohn des Grafen. Darin siehst du bestimmt wie ein Edelmann aus! Die Zofen werden dir zu Füßen liegen."

Ich lachte und war froh über die Anwesenheit des kleinen Benn. Dann vernahmen wir das Tröten von Fanfaren, ganz leise, aber wir hörten es.

Schnell sprang ich aus dem Wasser und schnappte mir meine Klamotten.

„Steht ein Orkangriff bevor?" fragte ich aufgeregt Benn.

Er musste sich den Bauch vor lachen halten.

„Nein, nein. Die Fanfarenbläser verkünden das Ende der Gesellschaft im Thronsaal. Der Prinz zieht sich nun in seine Gemächer zurück. Wir müssen uns beeilen. Er erwartet uns! Mach schnell Ambaron kann sehr streng sein, wenn man seine Befehle nicht ausführt. Und wie der Prinz reagiert, wenn wir zu spät kommen, das weiß ich nicht."

„Ich ja gut. Ich beeil mich schon."

Benn huscht vor mir her wie eine Katze und ich hatte mühe mit ihm Schritt zu halten. Wir liefen durch unterirdische Gänge, über Freitreppen und durch große Flure. Benn war schon um eine Ecke gebogen, als ein Mädchen ebenfalls mit hoher Geschwindigkeit aus einer anderen Richtung kommend meinen Weg kreuzte. Wir beide hatten keine Zeit mehr einander auszuweichen und prallen folglich zusammen. Da nun einmal zwei Massen aufeinandergeprallt waren landeten wir beide auf dem Boden des Flurs.

Sie hatte ihre Überraschung als erste überwunden und attackierte mich: „Du Tölpel! Kannst du nicht aufpassen? Ich werde dich dem Zeremonienmeister melden und der wird dich bestrafen!"

Ich war schockiert. Was wagte sich die blöde Kuh eigentlich? Sie kam genauso wie ich den Flur entlangehastet und wir sind zusammengeprallt. Das konnte doch schon mal passieren.

„Was willst du denn? Wir sind beide gerannt und sind zusammengestoßen. Hast du sie noch alle?"

„Du ... Wie wagst du es mit mir zu sprechen?"

„Jetzt hab dich mal nicht so, Mädchen. Wenn es dich glücklich macht, dann entschuldige ich mich und werde das nächst mal vor jeder Ecke laut rufen!"

„Willst du mich auf den Arm nehmen? Was fällt dir ein?"

Ich sagte erst einmal nichts und betrachtete sie. Sie war so ungefähr mein Alter, vielleicht etwas älter. Und sie war schön, ausgesprochen schön. Noch ein par Jahre auf die Weide, gutes Gras und Sonne und aus ihr könnte ein Topmodell werden.

Auch sie musterte mich mit ihren kastanienbraunen Augen. Dabei strich sie ihr langes wallendes braunes Haar zurück und spitzte dabei ganz undamenhaft ihre vollen Lippen. Dann setzte diese arrogante Schnepfe wieder mit ihrer Schimpfkanonade an. „Hilf mir auf, Diener!"

Ich tat wie geheißen und packte ihre Hand und zog sei leicht hoch.

„Aua, willst du mir die Hand brechen? Du Tölpel!"

126

Also ließ ich ihre Hand wieder los und sie landete wieder auf ihrem Hintern.

Sie explodierte förmlich und fing nun laut zu schreien an: „Was ich mir einbilden würde so mit einer Dame umzugehen, ob ich keine Manieren hätte und das sie mich aus der Dienerschaft entlassen wolle."

Ich schaute nur auf sie herunter und wollte wissen wer sie denn überhaupt sei.

Sie reckte ihre süße Stupsnase in den Himmel und erklärte es mir: „Ich bin Arane die Tochter des Grafen. Und du hast mich gefälligst mit Lady oder Lady Arane anzusprechen."

„Aha, du bist also die Tochter des Grafen, schön für dich!"

„Und wer bist du, du Bauerntölpel?"

„Ich bin Steve. Ich bin mit Golf ..., ähm Meister Golfin hier."

„Du bist mit dem Prinzen angereist? Dann bist du wohl auch ein Magier?"

„Nun ... so ungefähr."

„Oh ..."

Bevor wir unsere Unterhaltung weiter fortführen konnten, durchbrach ein Schrei die Ruhe.

„Lady Arane! Bei IOMERA was macht ihr denn auf dem Boden?"

„Ich bin gestürzt. Aber es ist nicht so schlimm."

„Gut mein Kind. Page, hilf ihr auf!"

Ihre Wortwahl ließ kein Gegenargument zu und außerdem war ich wohl mit Page gemeint. Also reichte ich Lady Arane meine Hand, nur diesmal vorsichtiger und mit mehr Gefühl.

„Danke, Page."

Arane schaute mir in die Augen und ich fühlte mich zum erstenmal in meinem Leben irgendwie verloren und hilflos.

Ich lächelte sie ziemlich dumm an und, oh Wunder, sie erwiderte es!

„Ähm, ... keine Ursache Lady Arane. Ich habe ihnen gerne geholfen ... Ähm ..."

Die Alte, Zofe oder Kindermädchen – auf alle Fälle sehr resolut, ließ uns keine Luft mehr zum Atmen.

„Lady Arane! Jetzt aber schnell ins Bett. Ihr müsst morgen ausgeruht sein! Es wird ein harter Tag für euch! ... Und du Page, steh hier nicht so dumm herum und halte Maulaffenfeil!"

Sie erhob drohend ihre Hand als wolle sie mich schlagen.

Also trollte ich mich davon, aber nicht ohne Arane noch ein verstohlenes Lächeln zuzuwerfen.

Sie erwiderte mein Lächeln und ich bekam so ein komisches Kribbeln in meiner Magengegend. Hoffnungsfroh und bester Laune machte ich mich auf den Weg zu Golfin.

„Wo hast du so lange gesteckt?"

Benn schaute mich besorgt an.

„Wir dürfen den Prinzen nicht warten lassen!"

„Benn jetzt bleib mal ganz entspannt. Du bist um die Ecken gesaust und ich kam nicht hinterher und dann bin ich Arane zusammengeprallt."

„Bei HARAMAS! Das gibt Ärger!?"

Benn hielt sich die Hand vor den Mund und hatte seine Augen angstvoll aufgerissen.

„Nur die Ruhe! Ich habe alles geregelt. Uns passiert nichts!"

Aber die Lady ist für ihr strenges Vorgehen gegenüber den Bediensteten bekannt. Sie wird gleich morgen zu Ambaron oder viel schlimmer noch zum Grafen gehen und eine Strafe für dich fordern! Und dann werde auch ich bestraft, denn ich sollte dich doch begleiten!"

Kleine Tränen glitzerten in Benns Augen. Vermutlich sah er seine Karriere schwinden oder aber er befürchtete eine schlimme Strafe.

„Hab keine Angst mein kleiner Freund. Ich werde das schon regeln!"

Ich war mir ziemlich sicher das Golfin eine Bestrafung für den Pagen und mich nicht zulassen würde.

„Wer stört denn hier zu so später Stunde?"

Golfin hatte leise eine Tür geöffnet und unser Gespräch belauscht.

Benn sah ihn und erstarrte wie eine Salzsäule. Die Augen noch immer weit aufgerissen verbeugte er sich fast bis zum Fußboden.

„Entschuldigt Prinz Golfin das wir eure Nachtruhe gestört haben. Aber der Zeremonienmeister befahl mir den jungen Mann zu euch zu geleiten! Entschuldigt nochmals bitte die Störung?"

Golfin lächelte und bat Benn auf einem Stuhl neben seiner Tür Platzzunehmen, ich musste oder durfte ihm in seine Gemächer folgen.

„So so, du bist mit Lady Arane zusammengestoßen?"

„Ja das bin ich! Wenn irgendeine Strafe zu erwarten ist, dann sollte aber nur ich bestraft werden und nicht der kleine Benn! Kannst du dafür sorgen?"

„Ja, das könnte ich."

Er hatte sich umgezogen und trug nun ein weites Kleid oder so was und an seinem linken Ringfinger war sein Siegelring deutlich zu sehen.

Wir schwiegen eine Weile und ich schaute mich in seinen Gemächern um. Überall lagen und hingen Teppiche und die ganze Suite war eingerichtet wie in einem alten Schloss. War ja auch klar, denn wir befanden uns in einer Burg. Ich stand zwar mehr auf modernes Design, aber aushalten konnte es der alte Mann hier bestimmt.

„Golfin! Warum hast du mir nicht gesagt das du ein Prinz bist? ..."

„Hätte es etwas an unserer Übereinkunft geändert?"

Ich überlegte kurz.

„Nein ich glaube nicht. Aber du hättest mir ruhig mehr Vertrauen schenken können! Wer war eigentlich die ältere Frau, die du so geherzt hast?"

Golfin starrte vor sich hin.

„Das ist Gwendoline, meine jüngere Schwester. Genaugenommen ist sie meine Halbschwester. Nachdem meine Mutter, die Königin gestorben war, heiratete mein Vater erneut und daraus ging meine Schwester hervor. Meine Stiefmutter ist mittlerweile auch bei HARAMAS und Gwendoline hat für sich und für alle nachfolgenden Generationen ihrer Blutlinie auf den Thron verzichtet. Sie hätte auch so keinerlei Ansprüche darauf gehabt. ... Leider."

„Wieso leider! Irgendwann bist du der König von Aloifanda! Oder hast du noch einen Bruder oder so, der einen Anspruch darauf hätte?"

„Es wäre schön, wenn es so wäre. Aber leider bin ich der einzige ...“

„Cool, dann bin ich der Lehrling eines zukünftigen Königs!“

„Wie es scheint, ja ...“

„Gut. Aber was willst du von mir? Ich meine es ist schon spät und ...“

"Mach deinen Oberkörper frei!“

„Wieso?“

„Frag nicht, mach es einfach!“

Mir blieb nichts anderes übrig als das zu tun was das Prinzlein von mir wollte.

Golfin ging in einen anderen Raum und brachte ein ledernes Ding mit. Es sah wie ein Verband aus Leder aus und ich wusste nicht was er damit vorhatte.

„Heb deine Arme und halte still!“

Wiederum tat ich wie geheißen. Golfin nahm die ledernen Binden und fing langsam damit an meinen linken Oberarm einzuwickeln.

Tickte er noch ganz richtig?

„Golfin! Was soll das?“

„Ich habe dir doch gesagt, dass du hier nicht auffallen sollst. Und damit du das nicht tust, verbinde ich dir deine Oberarme ...“

„Aber das fällt doch nicht auf?“

„Doch. Wenn dich jemand danach fragen sollte, dann lass dir etwas einfallen und nun halte still!“

„Warum verbindest du meine Arme?“

„Das werde ich dir zu Fest der DIANDLARA erklären.“

DIANDLARA, dass wer doch die mit der Jagd und den Früchten und Tieren. Was sollte das für ein Fest sein und viel wichtiger wann sollte es sein?

Golfin kam meiner Frage zuvor.

„Das Fest der DIANDLARA ist im Herbst, wenn die Ernte eingefahren ist. Dann danken wir ihr, feiern und beten für eine reiche Ernte im neuen Jahr.“

Erst zu Thanksgiving, zu Erntedank? Das war dauerte noch drei Monate bis dahin! Ich konnte doch diesen beschissenen Lederverband doch nicht solange tragen!

„Golfin, was soll das? Thanksgiving ist doch erst in drei Monaten und ein par Tagen! Ich kann unmöglich solange mit diesen komischen Dingern herumlaufen!"

„Doch das kannst du und keine Widerrede!"

Ich verstand ihn nicht.

Er band mir meine Oberarme ab und sagte mir nicht einmal warum!

„So fertig!"

Golfin schaute sich sein Meisterwerk an und grunzte zufrieden.

„Zieh dir nun deine Kleider über und versuche möglichst deinen nackten Oberkörper nicht den anderen zu zeigen! Ab morgen Früh wirst du mit deiner Ausbildung beginnen. Bis zu Mittag wirst du mit Waffen üben, nach dem Mittag wirst du dann bei mir oder Ambaron Magie und höfische Manieren lernen. Und nun mach dich ab ins Bett!"

Ich wollte noch etwas erwidern, aber Golfin wedelte nur mit der Hand.

Also trollte ich mich nach draußen. Dort lümmelte der kleine Page Benn und sprang dienstbeflissen aus seinem Stuhl und machte einen Bückling vor mir.

„Hey, bist du doof? Du musst doch nicht diese alberne Verbeugung vor mir machen!"

Er richtete sich wieder auf.

„Ich dachte der Prinz würde durch die Tür kommen und außerdem war ich eingenickt ..."

Benn gähnte wie zur Bestätigung.

„Lass uns ins Bett gehen. Der Prinz braucht uns heute nicht mehr ..."

Noch bevor ich noch ein weiteres Wort sagen konnte, rannte der kleine Page schon durch die Flure und ich musste mich sputen, denn ich hatte große Mühe ihm zu folgen.

<u>17</u>

131

Ein jäher Schmerz durchzuckte mich. Und langsam wurde ich wach. Ich hatte die Nacht im Gesindeschlafraum verbringen müssen und hatte nur von Arana geträumt. Obwohl ich aus allen Ecken ein lautes aber zumindest kostenloses Schnarchkonzert genießen durfte, hatte ich gut geschlafen und noch immer das Bild der kleinen Lady vor Augen. Um zu sehen wer mich da so ungehörig geweckt hatte, blinzelte ich nach oben. Vor mir stand ein alter Mann in Rüstung, sein Schwert drohend über mich erhoben.

Blitzartig war ich hellwach, konnte aber seiner flachen Schwertseite nicht ausweichen. Wieder durchzuckte mich dieser Schmerz.

„Steh endlich auf du Faulpelz! Wir haben heute noch viel vor! Ich erwarte dich in fünf Minuten auf dem Burghof und Gnade dir TERONAS, wenn du zu spät kommst!"

Ich raffte mich auf und sah schon überall geschäftiges Treiben, hämisches Grinsen und Getuschel des Gesindes. Schnell ging ich zu einem Trog mit Wasser und machte eine Katzenwäsche. Danach rannte ich aus dem Schlafraum heraus und traf Benn.

„Fagonus hat dich geweckt, oder?"

„Wer?"

„Fagonus, der Schwertmeister."

„Wenn du den alten Kerl in der Rüstung meinst, dann ja."

„Dann solltest du dich aber beeilen! Er kann sehr böse werden! Hier nimm dir etwas zu essen und trinke einen Schluck, aber beeile dich bitte!"

Das waren ja tolle Aussichten! So ziemlich alle mit denen ich hier zu tun hatte konnten bösartig werden!? Schnell stopfte ich mir etwas Brot und Käse in den Mund, nahm einen kräftigen Schluck aus Benns Becher und rannte halb angezogen nach draußen auf den Burghof.

In mitten des Hofes stand er schon, sich auf sein Schwert abstützend und erwartete mich. Vor ihm standen zehn junge Männer, die alle mindestens im selben Alter wie ich oder aber älter waren, in Reih und Glied.

Ich rannte auf den Schwertmeister zu und meldete mich verspätet.

Nachdem ich mich als letzter eingereiht hatte begann Fagonus mit seiner Morgenpredigt. Als erstes sollten wir zwei Runden um die Burg laufen und danach im Schwertkampf üben. Den Abschluss bildete heute das Pieken, was immer das auch sein sollte. Also rannten wir los und die anderen spurteten um die Burg.

Ich nutzte den morgendlichen Lauf um einen Blick auf die Stadt und den Wall zu werfen. Die Burgmauern waren unspektakulär. Sie waren um die acht Meter hoch und überall mit Zinnen bewährt. Wenn ein mittelalterliches Heer jemals diese Burg angreifen sollte, dann müssten sie einem enormen Blutzoll entrichten. Das Städtchen erregte schon mehr Aufmerksamkeit. Ich sah wie sich die Straßen langsam füllten und sich zwischen den Fachwerkhäusern eifrige Geschäftigkeit entwickelte. Nachdem ich den Burgwall zweimal umrundet hatte erreichte ich wieder den Hof, natürlich als letzter.

Die anderen zehn hatten schon mit ihren Schwertübungen angefangen und wurden von Männern in Rüstungen beaufsichtigt.

Der alte Schwertmeister erwartete ich, sich noch immer wie eine Plastik auf sein Schwert stützend, auf mich.

„Haben wir es auch endlich geschafft? Das ist aber schön! Noch eine Runde!"

Ich starrte ihn entgeistert an. Ich sollte noch mal um die Burg laufen?

Er hingegen nestelte aus einer Tasche eine Sanduhr und drehte sie auf den Kopf.

„Wenn die Zeit abgelaufen ist und du die Burg nicht umrundet hast, dann kannst du gleich noch mal laufen!"

Wollte er mich verarschen? So nicht mein Freund! Ich drehte mich um und rannte, wie von einer Tarantel gestochen, los. Ich wollte doch nicht den ganzen Tag rennen und bei dem alten Miesepeter konnte ich mir vorstellen das er mich ohne Skrupel laufen ließ, bis ich kotzte. Nachdem ich die Burg wieder umrundet hatte und vor ihm stand, konnte ich ein erstes Anzeichen von Menschlichkeit erkennen.

Er hatte seine Stirn gerunzelt.

„Du lagst noch in der Zeit, aber es war knapp. Ich hätte nicht gedacht das du es schaffst!"

Er warf mir ein Schwert zu und stellte sich vor mich.

„Das Schwert ist stumpf. Du kannst dich somit nicht verletzen. Nimm jetzt Aufstellung und greife mich an! Ich will sehen aus welchem Holz du geschnitten bist!"

Zaghaft hob ich das schwere Zweihandschwert und stellte mich tollpatschig hin.

„Nur keine Scheu! Ich vertrage so einiges! Und nun greife mich endlich an!"

Auf dem Burghof war es still geworden, denn die anderen hatten ihre Übungen eingestellt und wollten sich den Kampf nicht entgehen lassen. Auch aus den Fenstern des Hauptgebäudes sah ich aus den Augenwinkeln einige Köpfe, darunter auch die der Burgprominenz inklusive Golfin. Sie wollten sich wohl alle nicht meine Abreibung entgehen lassen. Ich schwor mir mein Fell so teuer zu verkaufen wie ich nur konnte.

„Gibt es irgendwelche Regeln bei diesem Kampf?"

Der alte Schwertmeister hatte seinen Augen zu Schlitzen zusammengekniffen und schüttelte leicht seinen Kopf.

„Und mit diesen Übungsschwertern können wir uns wirklich nicht verletzen?"

„Abgesehen von ein par blauen Flecken und ein par Prellungen nicht. Und nun mach schon Bursche!"

Vorsichtig umrundete mich Fagonus und hielt dabei immer sein Schwert auf mich gerichtet. Schließlich und ohne Vorwarnung drehte er es in einem großen Bogen und ließ es auf mich niedersausen.

In letzter Sekunde konnte ich meine Klinge hochziehen und den Schlag ableiten.

Er schien überrascht zu sein und ließ einen Urschrei los. Danach folgte eine lange Angriffswelle seinerseits. Er hieb und stach auf ständig auf mich ein und ich parierte so gut es ging, aber ich konnte alle seine wütenden Angriffe abwehren.

Nur gut das ich früher Selbstverteidigung und Fechtunterricht nehmen musste.

Mir taten die Arme weh, denn die mit aller Kraft durchgeführten Angriffe lähmten jedes Mal fast meine Muskulatur. Das Schwert wurde in meinen Händen bleischwer und ich rang mit meinem Atem. Ich schwitzte und war überrascht, dass der alte Mann noch keinerlei Anzeichen von Schwäche zeigte.

Wieder griff er mich an und wieder parierte ich. Dumm war nur das mir dabei mein Schwert aus den schwitzigen Händen rutschte und es klirrend zu Boden fiel.

Überall war nur ein Ahh und Ohh zu vernehmen.

Aber ich hatte keine Zeit mir weitere Gedanken über unsere Zuschauer zu machen. Behende und wie ein junger Tiger sprang Fagonus auf mich zu und wollte einen finalen Hieb ausführen. In seinen Augen war ich ihm hilflos ausgeliefert. Er griff mit aller Wucht an und ich begab mich schnell in Kampfposition.

Den Bruchteil einer Sekunde hielt er inne.

Konnte er wissen das ich die Selbstverteidigung ohne Waffen beherrschte?

Nein eigentlich nicht, woher auch.

Er schlug mit seinem Schwert zu und wie ich es mir gedacht hatte, diesmal nicht von oben herab, sondern von der Seite. Schnell und biegsam wie ein Grashalm im Wind wich ich dem Schlag aus und versetzte dem alten Mann einen kräftigen Fußtritt an seinen Kopf. Benommen taumelte er von mir weg und ich nutzte den günstigen Augenblick um ihm noch einen Schlag zu versetzen. Ich drosch ihm so hart ich konnte mehrmals in seine Nieren und er jaulte vor Schmerzen laut auf.

Aber er war zäh und gewarnt. Behende, aber angeschlagen, drehte er sich von mit weg und brachte somit einige Meter zwischen uns. Wieder brachte er sein Schwert in Angriffsposition und atmete tief durch.

Ich hingegen presste meine Beine fest auf den Boden und wusste das nun der endgültige Showdown kam.

Fagonus flog förmlich auf mich zu und schwang dabei sein Schwert so schnell, dass es kaum noch zu erkennen war.

Ich sprang hoch traf sein Schwert mit einer Fußkante und trat mit dem anderen Fuß so stark ich konnte in sein Gesicht.

Er hatte wohl damit gerechnet und drehte seinen Kopf weg. Zu seinem Unglück aber nicht schnell und weit genug. Ich traf ihn mit voller Wucht am Ohr und er mich gleichzeitig mit der flachen Schwertseite am Arm. Wir landeten beide hart und keuchend auf dem Boden und starrten uns dabei in die Augen.

Mein rechter Arm war taub und Fagonus blutete.

Langsam rappelten wir uns wieder auf und wollten wieder unsere Positionen einnehmen. Auf dem Burghof war es so still, dass man eine Stecknadel fallen hören konnte.

Aber eine Stimme durchstieß die angespannte Ruhe: „Schluss das reicht jetzt! Der Junge hat sich wacker genug geschlagen!"

Die Stimme gehörte zu Bogolus, dem Grafen. Er überquerte den Hof, im Schlepptau seine Tochter Arane, und stellte sich zwischen uns.

„Fagonus, wie ist deine Einschätzung. Ist er es wert von dir ausgebildet zu werden?"

Er nickt dabei, wie zur Bestätigung, sehr intensiv.

„Er ist gut, sehr gut sogar. Zwar ungelenk mit dem Schwert, aber voll Überraschungen. Ich werde noch viel Spaß mit ihm haben und mich seiner, wie es der Prinz gewünscht hat, persönlich annehmen."

„Wie würdest du den Kampf werten?"

„Ein klares Unentschieden. Er hat mich gefordert wir nur ein Mann bisher ..."

„Gut dann beginn mit seiner Ausbildung. Nimm ihn härter als alle die du bisher ausgebildet hast."

Der Schwertmeister grinste wie ein Wolf.

Da standen mir ja noch tolle Wochen bevor!

Arane lächelte mir halbbedauernd, halbanerkennend zu und folgte dann ihrem Vater.

Nun gehörte ich also dem Schwertmeister.

„Bursche du hast für einen ungeübten sehr gut gekämpft. Und nun komm, wir wollen keine Zeit verschwenden!"

Er klopfte mich väterlich und anerkennend auf die Schulter und ich hoffte das alles nicht so schlimm werden würde.

„Nimm das Schwert hoch! Das ist kein Prügel!"

Fagonus schalt mich und versetzte mir einen kleinen Schlag mit einer Reitergerte.

Der Vormittag wollte einfach nicht enden. Seit Stunden musste ich nun schon den großen Zweihänder mal so und mal so halten, langsamgeführte Angriffe parieren und meinerseits ebensolche ausführen.

Die anderen durften mit langen Stangen Angriffe abwehren und ich blickte sehnsüchtig zu ihnen herüber.

„Lass das. Zum Löcher in die Luft starren haben wir keine Zeit, konzentriere dich Bursche!"

Wieder sauste die Gerte auf mich nieder und wieder zuckte ich nicht einmal mit der Wimper. Ich hielt mein Schwert so wie es der Schwertmeister wollte und wir führten weiter und weiter kleine Angriffe und Paraden durch. Ich schwitzte und mir taten die Arme weh.

Wieder schaute ich verstohlen zu den anderen hinüber. Sie hatten eine Pause eingelegt und ruhten sich im Schatten aus. Ein Diener stand bei ihnen und schenkte Wasser aus. Was würde ich alles für eine Pause geben! Zum Glück wurde mein innerer Ruf erhört.

„So das reicht fürs erste. Gehe jetzt zu den anderen hinüber und ruhe dich aus. Wenn ich wieder hier stehe, dann werden wir mit dem Unterricht fortfahren."

Das ließ ich mir nicht zweimal sagen! Schnell ging ich zu den anderen hinüber und wollte mich ebenfalls im Schatten ausruhen und an dem kühlen Nass laben. Ich setzte mich etwas abseits der anderen an die Mauer und atmete tief durch.

Alle schauten mich äußerst unauffällig an und tuschelten. Schließlich kam ein langer schlaksiger junger Mann auf mich zu und sprach mich an.

„Ich bin Gemus von Hohenbergen und werde hier ebenso wie du in der Kampfeskunst ausgebildet. Das war ja ein toller Kampf den du dir mit Fagonus geliefert hast ...“

„War er wirklich so toll? Zumindest der Lady Arane scheint er wohl gefallen zu haben.“ Ich wies mit meiner Hand zum Hauptgebäude. Dort stand die junge Dame mit ihren Freundinnen und sie gaggerten und tuschelten.

„Ob es ihr gefallen hat weis ich nicht. Aber im ganzen Land gibt es nur einen der dem Schwertmeister Paroli bieten kann und das ist Prinz Golfin höchstpersönlich! Du kannst also mit Stolz behaupten, dich wacker geschlagen zu haben!“

Ich war erfreut, verzog aber keine Mine und ließ meinen Blick über den Hof schweifen.

„Sag mal Gemus, nimmt sich Fagonus immer jeden Neuling vor?“

„Hmm, aber dass er einen persönlich ausbildet, habe ich noch nie erlebt und ich bin schon seit zwei Jahren am Hofe.“

Eine der jungen Hofdamen kam zu uns herübergeschlendert und sprach mich an. „Hier Bursche Lady Arane lässt dir das überbringen!“

Sie kicherte und sauste wie der Wind zu ihren Hühnern zurück. Ich stutzte, denn in meiner Hand hielt ich einen Schleier auf den ein Wappen gestickt war. Gemus Gesichtszüge erstarrten und er schaute mich wütend an.

„Was hast du denn?“

Hatte ich irgendetwas falsch gemacht?

„Sie, ähm Lady Arane hat dir ihren Schleier überbringen lassen. Sie ist dir gewogen und du bist ihr Ritter!“

Ich schaute ihn unwissend an und wusste nicht was das alles sollte.

„HÄÄÄÄ?“

„Sie ist dir gewogen. Bursche!“

„Wieso nennst du mich Bursche?“

„Bist du von adeligem Blut? Vermutlich nicht, denn die Hofdame der Lady hat dich mit Bursche tituliert ...“

„Und was soll das jetzt?“

Gemus reckte seine Nase in die Luft und schaute überheblich auf mich herab.

„Du hast mich ab sofort mit meinem vollen Namen zu nennen. Und unterstehe dich mich zu duzen!"

„Und was, wenn ich dich doch duze?"

„Dann ..."

Sein Gesicht wurde rot vor Zorn und er stemmte seine Fäuste in die Hüften.

„Ich gebe mich mit so einem Pack wie dir nicht ab!"

Jetzt reichte es. Ich sprang auf und verpasste ihm eine schallende Ohrfeige. Sein Gesicht wurde noch roter und er zerrte an meinem Hemd. Schließlich kam ein Schubser zum anderen. Ein Schlag führte zum nächsten und letztendlich haute ich ihn um.

Gemus überschlug sich mehrfach und blieb regungslos auf dem Boden liegen.

Scheiße!

Auch die dummen Hühner, die bis eben noch gegackert hatten, verstummten urplötzlich.

Schnell nahm ich mir den Wassereimer und schüttete ihn über den vor mir liegenden aus.

Benommen taumelte er zu den anderen und der Schwertmeister, der unsere Rauferei verfolgt hatte, schickte uns beide unter Flüchen eine Runde um die Burg, damit wir unser Mütchen auskühlen konnten. Wir liefen beide so schnell wir konnten und würdigten uns keines Blickes. Leider war Gemus schneller zu Fuß als ich und kam unter dem Jubel seiner Kameraden als erster zurück.

„Ich hoffe ihr hat euch nun ausgelaufen! Ich dulde keine Schlägerein untereinander. Schließlich sollt ihr eines Tages Seite an Seite miteinander kämpfen! Und nun auf ihr Faulpelze!"

18

Endlich war Mittag und ich konnte dem Burghof entfliehen. Als ich in der Gesindeunterkunft angekommen war, erwartete mich schon der kleine Benn.

„Dem Schwertmeister hast du es aber gegeben. Du bist auf der Burg in aller Munde!"

Ich grinste ihn nur an.

„Aber das du Gemus vermöbelt hast, das verstehe ich nicht. Er ist für einen Adligen ziemlich nett."

„Wir haben uns prima unterhalten. Dann kam eine der Hühner der Lady Arane und brachte mir einen Schal von ihr. Der soll mir Glück bringen oder so. Tja und dann ist der Hodensack oder Tiefenthal völlig ausgetickt."

Benn hielt sich den Bauch vor lachen.

„Bei MANAWAL, du kannst ja gar nicht wissen das Gemus in Arane verliebt ist und ihr ständig den Hof macht. Und da kommt ein Diener und erobert ihr Herzen im Sturm ... hahahahh."

Nun wurde mir alles klar, es fiel mir sozusagen wie Schuppen von den Augen. Diese blöde Kuh versuchte uns gegeneinander auszuspielen. Aber ich hatte kaum noch Zeit mir über diese Dinge Gedanken zu machen, denn ich musste doch nach der Mittagspause gutes Benehmen erlernen, wie ätzend.

Schnell rannte ich durch die schier endlosen Gänge und versuchte krampfhaft den Hauptsaal zu erreichen. Langsam verzweifelte ich, Benn hatte doch gesagt erst rechts, dann gleich wieder links, dann geradeaus, dann wieder rechts oder links oder doch geradeaus? Hätte ich ihn doch nur mitgenommen, aber er hatte ja auch keine Zeit. Benn hatte mir gesagt das er noch viel Geschirr wienern muss und ich hatte, Kraft meiner Wassersuppe behauptet mich allein zurechtzufinden. Ich musste mir eingestehen das ich mich verlaufen hatte. Ich kam an einer Tür vorbei, die nur angelehnt war und ich hörte Stimmen, die sich gedämpft unterhielten. Zu wem die eine gehörte war mir klar, es war Golfin's und die andere könnte zu Fagonus gehören. Was hatten die wohl zu tuscheln.

Ich lehnte mich an die Tür und spitzte meine Ohren.

„ ... mir voll eine verpasst. Er erinnert mich an einen früheren Kampf-genossen, der ebenso ungestüm und hitzig war."

Das war Fagonus! Die andere Stimme, Golfin, lachte. Seine Lache war ja auch unverkennbar.

„Mein lieber Freund! Weißt du noch was wir für Kämpfe ausgetragen haben? Meinst du wirklich aus ihm könnte ein guter Krieger werden?"

„Golfin, er kämpft genauso besessen wie der wie mein mittlerweile alter und grau gewordener Kampfgefährte."

„Du bist doch selber alt und grau. Außerdem könnte ich dich noch immer im Handumdrehen besiegen."

„Mit der Wampe?"

Das war ja ungeheuerlich! Fagonus nahm sich aber ganzschön was raus.

„Du hast recht alter Freund! Ich bin einwenig aus der Form. Aber das tut doch alles nichts zur Sache. Kannst du meinen Jungen auf sein Leben vorbereiten?"

„Wenn du mich ganz lieb bittest, dann ja ..."

„Ich könnte es dir auch befehlen ..."

„Golfin, du weißt genau das die blutroten Drachen dir bedingungslos ergeben sind. Wir sind zwar schon alt, aber wünsche es dir einfach. Du weißt doch ganz genau das ich für dich sterben würde ..."

„Ach Fagonus, wir haben so wenig Zeit. Das Böse wird bald kommen. Ich spüre es."

„Um Steve zu dem Krieger zu machen, wie wir es einmal waren, brauchte ich Jahre ..."

„Seine Mutter hat gut vorgearbeitet. Er kann mit dem Bogen umgehen, es beherrscht teilweise die Kunst der Meditation, nur er ist der schäbigste Reiter, den ich jemals gesehen habe."

Ich war ein schäbiger Reiter? Hatte er sie noch alle? Aber jetzt war keine Zeit mehr für Gedanken, ich musste doch noch mehr erfahren.

„Fagonus, wir haben nur bis zum Frühling Zeit, vielleicht sogar nur bis zum Fest der DIANDLARA ..."

„Golfin, das ist sehr wenig. Nebenbei soll er auch noch bei Ambaron und dir in die Lehre gehen. Das wird nichts."

„Gut, dann lass mich mal überlegen. Was sollen wir nur machen? Sag es mir alter Freund!"

Fagonus Stimmlage änderte sich und er wurde auf einmal sehr förmlich.

„Mein Gebieter. In wenn eine Bedrohung wirklich existiert, dann hat sich alles dem Kampf unterzuordnen."

„Du hast recht. Man kann seinen Feind zwar mit guten Manieren entgegentreten, aber besiegen kann man ihn damit nicht. Wir werden es folgendermaßen machen: Du wirst ihn ab morgen täglich, das sind sechs Tage die Woche, von Vormittag bis zum Abendessen durch dich und deine besten Krieger ausbilden, bis ihm das Blut im Arsch kocht. Nimm ihn härter rann als wir beide jemals geschindet wurden. Sollte er je wieder Lust verspüren sich mit den anderen Möchtegernknappen zu schlagen, dann nimm ihn noch härter. Ich werde ihm nach dem Abendmahl unter meine Fittiche nehmen. Am siebten Tag bekommt er Unterricht bei Ambaron, danach nehme ich ihn mir wieder vor. Hoffentlich reicht die Zeit. Was sagst du, alter Freund?"

„Dein Wunsch ist mir Befehl Herr. Stärke, Ehre und Treue!"

„Stärke, Ehre und Treue!"

Damit war das Gespräch wohl beendet und ich musste zusehen das mich keiner bemerkte. Also nahm ich hurtig meine Beine in die Hand und machte mich aus dem Staub.

Das waren ja tolle Aussichte in den nächsten Wochen.

Warum wollten sie mich nur so schinden?

Ich konnte mir keinen Reim darauf machen. Ich stolperte weiterhin ziel- und planlos durch die Gänge und hoffte diesen blöden Ambaron schnellstmöglich zu finden. Endlich kam ich an eine Tür, deren Flügel weit geöffnet waren. Ich konnte die knorrige Stimme des Zeremonienmeisters vernehmen und ging wacker in den Saal.

Er erklärte seinen Schäfchen gerade irgendwas.

Die jungen Herren waren alle wie Pfauen herausgeputzt und machten einen interessierten Eindruck auf mich. Was aber viel schöner war, war die Tatsache das auch die Hühner, ebenso herausgeputzt, anwesend waren.

In meinen geborgten Klamotten, die noch immer dieselben vom Schwerttraining waren, kam ich mir richtig schäbig vor. Schließlich sah mich eine der jungen Hofdamen und zeigte auf mich. Das endete natürlich in einem Getuschel und Gemurmel der Damen, dass der Zeremonienmeister seinen Vortrag unterbrechen musste, die Mädels ermahnte und sich schließlich nach mir umdrehte.

„Ach, der junge Schläger ist auch schon da? Wenn es euch beliebt, dann gesellt euch doch zu uns und nehmt am Unterricht teil. Aber nur wenn es euch keine Umstände macht!"

Er hatte es so schön süffisant hervorgebracht, dass ich über beide Ohren rot wurde und mein Gesicht vor Scham brannte.

Am liebsten wollte ich vor Scham im Erdboden versinken.

Es half alles nichts, ich hatte zu Golfin A gesagt und nun musste ich auch B sagen. Eigentlich hatte ich keinen Bock auf diesen Benimmunterricht, aber was aber meine Motivation enorm steigerte, war die Anwesenheit von Arane, Lady Arane, die mich anlächelte.

Schon war alles vergessen und ich gesellte mich zu den anderen und erntete böse Blicke der Herren. Alle musterten mich von oben bis unten und stellten vermutlich fest, dass ich noch immer die gleichen Klamotten trug, wie am Vormittag.

Nachdem mich alle genug betrachtet hatten, hielt sich einer demonstrativ die Nase zu und schaute arrogant weg. Alle bis auf einen lachten herzlich.

Ich lächelte ihn nur an und fragte ihn höflich ob er auf Streit aussei. Schnell verneinte er und alle, bis auf Ambaron, schauten betreten zur Seite.

„Bursche, Edelleute prügeln sich nicht bei jeder Kleinigkeit! Aber du kannst das ja nicht wissen. In deinen Kreisen ist das vermutlich normal. Ich persönlich würde dich nie ausbilden, aber seine Hoheit Prinz Golfin hat es gewünscht. Also muss ich in den sauren Apfel beißen und dir höfische Manieren beibringen!"

Am liebsten hätte ich auch ihm den Arsch versohlt, aber das konnte ja noch auf sich warten lassen. Auf alle Fälle wusste ich, was ich von dem alten Tattergreis zu erwarten hatte. Er klopfte dreimal mit seinem Stock auf

143

den Boden und bat uns uns um einen Tisch zu stellen. Dieser war mit Geschirr, Gläsern und Besteck vollgestellt.

„Bursche, du nimmst Platz und wirst nun Speisen!"

Wer auch sonst?

Wollte er mich nun vorführen?

Ich freute mich schon einwenig auf die dummen Gesichter der anderen. Schließlich konnten sie ja nicht wissen aus welchen Kreisen ich kam und wie viele Bankette ich über mich ergehen lassen musste. Schnell verschaffte ich mir einen Überblick über das Sammelsurium auf dem Tisch. Es handelte sich um ein stinknormales Sechsgangmenü. Die Gläser standen wie gewohnt und ich fühlte mich ein bisschen wie zuhause.

Alle schauten gespannt zu mir. Ich wollte ihnen den Spaß nicht ganz verderben, sie erst locken und dann wie ein Raubtier zuschlagen. Ich wandte mich an den Zeremonienmeister und schaute ihn an.

„Und nun? Was soll ich tun?"

„Du sollst essen, Bursche."

„Aber es ist doch nichts auf dem Tisch oder bin ich blind?"

„Erkläre uns was du hier siehst und sage uns was du zu machen gedenkst!"

Es ging los. Ich konnte schon die ersten greinenden Gesichter sehen. Einige tuschelten schon hinter vorgehaltener Hand und erwarteten das Fiasko. Also musste ich sie locken.

„Was ich hier sehe? Hmm, ich sehen einen Tisch mit einer weißen Tischdecke und einen Stuhl, auf dem ich sitze ..."

Das Grinsen der Möchtegernhöflinge wurde breiter und Ambarons Gesichtsausdruck wurde zorniger.

„Aber was siehst du auf dem Tisch, Bursche?"

„Na ich sehe Gläser, Teller und Werkzeug zum Essen."

Die ersten konnten sich nicht mehr halten und prusteten los. Ambaron schaute noch grimmiger und wandte sich an seine Lackaffen.

„Seht ihr dem Bauerntölpel fehlen jegliche Manieren!"

Jetzt reichte es. Ich hatte sie genug aus der Reserve gelockt und schlug ich unbarmherzig zu.

„Was wollt ihr denn wirklich wissen, Zeremonienmeister? Ihr solltet schon ein wenig genauer in euren Formulierungen sein!"

Das saß!

In sekundenschnelle war alles mucksmäuschenstill.

Ambaron fielen fast die Augen aus seinem Gesicht.

„Was hast du gerade gesagt, du Bauerntölpel?"

Ich machte gute Mine zum bösen Spiel.

„Ihr habt mich gefragt, was ich sehe. Ich habe geantwortet. Aber ihr habt mich nicht präzise nach der Tafel gefragt."

„Dann frage ich dich jetzt: Um was handelt es sich bei diesem Gedeck?"

Er hatte doch wirklich geschrieen! Ich hatte ihn. Es wurde Zeit für den finalen Stoß.

Alle schauten mich erwartungsvoll an und ich aalte mich förmlich in ihrer Aufmerksamkeit.

„Hier handelt es sich um ein Sechsgangmenü."

Ambaron schaute überrascht. Ich konnte weiter fortfahren.

„Erster Gang: vermutlich Brot mit Butter. Ich hob ein Buttermesser hoch. Zweiter: Suppe. Dritter: Fisch, denn hier liegt eine Fischgabel und ein Fischmesser. Vierter: wird wohl irgendetwas mit Fleisch zu tun haben. Fünfter: Obst und Käsestückchen, das sieht doch auch jeder. Der Sechste ist dann ein Nachtisch. Hier ist der Löffel. Man kann aber auch den fünften mit dem sechsten Gang tauschen, je nachdem die Menükarte geschrieben ist ...."

Alle, inklusive des Zeremonienmeisters, schauten mich fassungslos an und ich sonnte mich weiter.

„Hier die Gläser: Apparativ für vorher, Wasser, Wein weiß, Wein rot oder rose, Degustiv für nachher. Habt ihr noch weitere Fragen Herr Zeremonienmeister? Nein? Dann kann ich ja weitermachen!"

Ich schaute in die Runde und sah nur dumme Gesichter.

„Wisst ihr was auf dieser Tafel noch fehlt?"

Natürlich wussten sie es nicht.

Ambaron glotzte mich wie eine Kuh, wenn es donnert an.

„Es fehlt noch ein Schälchen mit Wasser und ein Tuch, damit ich mir nach jedem Gang meine Finger benetzen kann."

Ambaron war nun vollkommen irritiert.

„Da wo ich herkomme, taucht man nach jedem Gang die Finger ins Wasser. Oder würdet ihr mir zumuten wollen mit meinen beschmutzten Fingern ein derart schönes Kristallglas anfassen?"

Betretenes Schweigen. Aber ich hatte ja auch ein bisschen dick aufgetragen.

„Da ich leider keine Kleidung mitnehmen konnte, muss ich mit diesen geborgten Sachen leben. Da ihr mich alle einwenig dumm anschaut möchte ich euch nun noch eine Frage stellen: Wer von uns sind denn nun die Bauern, ich?"

Ich hatte es geschafft. Ich hatte sie angelockt und sie waren wie Lemminge in meine Falle getappt. Einer nach dem anderen und sie schauten mich noch immer vollkommen entgeistert an.

Der alte Zeremonienmeister fing sich als erster wieder.

„Ähm, nun gut, ähm machen wir, wenden wir uns nun der Kunst des Schreibens zu."

Er wandte sich an mich und schaute mich fragend an

„Kannst du schreiben?"

„Ich denke schon. Wir sprechen dieselbe Sprache und da werden die geschriebenen Wörter wohl so ziemlich dieselben sein."

„Gut. Dann gehen alle in den Schreibraum und wir werden und mit der Schrift und der Rechenkunst beschäftigen."

Er tat mir leid, aber nur ein bisschen. Man sollte halt nicht immer von Äußeren eines Menschen auf ihn schließen. Aber ich war ja nicht nachtragend. Also strich ich ihn von meiner Hassliste und folgte den anderen in den Schriebsaal.

„Nehmt alle Platz und schreibt auf was ich euch vorlese."

Ich setzte mich an den hintersten Tisch und suchte einen Füller. Aber da war keiner! Ich konnte nicht einmal einen Kugelschreiber oder Bleistift finden.

Wie sollte ich das schreiben?

Ich meldete mich höflich, denn ich hatte den alten Mann für heute ja genug geärgert. Nachdem er mich gesehen hatte, forderte er mich zum Sprechen auf.

„Was willst du Steve?"

Er hatte mich beim Namen genannt, ich war nicht mehr der Bauerntölpel!

„Entschuldigt, aber womit soll ich denn schreiben?"

„Na mit der Feder!"

Ambaron schüttelte verständnislos den Kopf. Aha, dafür war die Feder da! Ich nahm sie also und tauchte sie in ein kleines Fässchen und schrieb die Texte mit. Mir war total langweilig, denn ich kam mir vor wie in einer Schule für Lernschwache. Aber was sollte es? Ich kam ja aus der ganzen Sache nicht mehr so einfach heraus. Ich schaltete langsam mein Gehirn ab und betrachtete Arane, die schräg vor mir saß und mit hochkonzentrierter Mine mitschrieb. Ich fragte mich wie sie wohl küsse, wie sie nackt aussah, was wir so alles unternehmen könnten.

„So, dann zeigt mir bitte eure Texte. Steve du als letzter!"

Brav dackelte ich nach vorne und strich der Lady dabei unauffällig durch ihr Haar. Es fasste sich seidig an und brachte mich zu einem inneren Hochgefühl.

Ambaron schaute sich meinen Text an und schüttelte wieder und wieder den Kopf. Schließlich hielt er meine Seite nach oben und zeigte sie allen.

„Er hat den Text vollkommen fehlerfrei geschrieben. Hier sind zwar einige ungewöhnliche Schnörkel, aber das war hervorragend. Nehmt euch alle ein Beispiel an ihm!"

Ich grinste über beide Ohren und machte mich auf den Weg zu meinem Tisch. Dabei schaute ich ununterbrochen zu Arane und sie erwiderte meinen Blick!

Wir wurden beide rot bis über beide Ohren und lächelten uns an.

Ich schwebte über den Wolken!

Danach folgte eine Mathematikstunde, die sich auf dem Niveau einer sechsten Klasse befand. Auch hier konnte ich glänzen und der alte Zeremonienmeister war vollkommen begeistert von mir.

Schließlich hatten wir alles überstanden und wurden endlich zum Abendessen entlassen. Schnell huschte ich durch die Gänge, denn es gab hier auf der Burg viel zu entdecken und ich hatte ja noch nichts gesehen.

<u>19</u>

Genüsslich stopfte ich mir gerade meine dritte Scheibe Brot in den Mund, als sich die Tür der Gesindeküche öffnete und der Zeremonienmeister hereinkam.

Sofort stellten alle das Essen und Schwatzen ein und erhoben sich.

Ich schwamm in diesem Strom mit.

Ich war überhaupt nicht überrascht, als er sich an mich wandte.

„Du nimmst jetzt sofort deine Sachen und folgst mir."

Ich nahm noch schnell einen kräftigen Schluck aus meinem Becher und folgte ihm. Ich hatte ja nichts anderes als das was ich am Körper trug.

„Du wirst ab sofort in einer Kammer neben den Gemächern des Prinzen schlafen. Deine Ausbildung wird ab jetzt geändert. Nachdem du dein Quartier bezogen hast wirst du sofort bei seiner Hoheit dem Prinzen erscheinen. Dein Tagesablauf wird ab heute Abend folgendermaßen sein: von Früh bis zum Abendbrot wirst du von Fagonus oder seinen Meistern ausgebildet, danach erhältst du Magieunterricht von seiner Hoheit dem Prinzen. Dies ist dein Tagesablauf für die sechs Tage in der Woche. Am siebten, wenn alle anderen sich der Muse hingeben können, wirst du von seiner Hoheit in Kriegstaktik unterrichtet, aber nur bis Mittag, danach kommst du zu mir. Wir werden uns hauptsächlich höfisches Benehmen und Stil beschäftigen. Hast du noch Fragen?"

Ich hatte keine. Schließlich war mein Wochenplan auch keine Überraschung mehr für mich. Aber das ich Golfin belauscht hatte, dass musste ich Ambaron ja auch nicht auf die Nase binden.

Ambaron führte mich zu einer kleinen Kammer am Ende der Etage wo Golfin wohnte und ließ mich dann wortlos vor ihr stehen.

Ich öffnete die Tür, trat hinein und schaute mich ersteinmal um. Das Zimmer war klein, aber behaglich und sauber. In der hintersten Ecke stand ein bezogenes Bett. Ihm gegenüber war ein kleiner offener Kamin. In der Ecke neben der Tür war ein Kleiderschrank, der mit Klamotten gefüllt war. Ich nahm sie als erstes unter sie Lupe. Sie waren zwar getragen, aber sie schienen alle sauber und in einem gepflegten Zustand. Danach ließ ich mich in mein Bett fallen. Es war behaglich. Die Matratze war weich und die Decke war mit Daunen gefüllt und nicht mit Stroh wie im Gesindeschlafsaal.

„Ist alles nach deinem Geschmack hergerichtet?"

Golfin lehnte lässig in der Tür und schaute mich an. Da auch ich schon konditioniert war wie all die anderen Lakaien, sprang ich sofort auf und erwartete von ihm angesprochen zu werden.

Der Magier lachte laut.

„Steve, jetzt sei mal wieder du selber und komm in meine Gemächer!"

Ich folgte ihm auf dem Fuße. Als wir die enorme Entfernung von zwei Türen überwunden hatten und endlich in seiner Suite angekommen waren ließ es sich in einen Sessel plumpsen und forderte mich auf es ihm gleichzutun.

„So mein Junge, wie hast du denn den ersten Tag auf der Burg überstanden? Man hört ja so allerhand Sachen über dich."

Ich schaute betreten auf den Boden.

„Was hört man denn so?"

„Nun das du dich wacker gegen den Schwertmeister geschlagen hast. Das du ein Rabauke bist und den jungen Gemus von Hohenbergen halbtotgeschlagen hast und das du außerdem den Zeremonienmeister vor den jungen Hofdamen und Herren vorgeführt hast. Das war eine wahrhaft große Leistung für einen Tag. Die Frage die sich mir stellt ist: Mit wem wirst du dich morgen anlegen, vielleicht mit dem Grafen?"

Das war zu viel.

„Ich lasse mich von niemanden als Bauer beschimpfen! Außerdem hat Fagonus den Zweikampf gewollt und die junge Hofschranze hat zuerst zugeschlagen, mehr oder weniger!"

Ich war den Tränen nahe, nicht vor Verzweiflung, sondern vor Wut.

Was wollten die nur alle von mir?

„Aber in einer Beziehung musst du mir recht geben. Für einen Tag, deinen ersten hier, hast du dich mächtig ins Zeug gelegt, oder?"

„Ich habe nur getan was man von mir verlangt hat. Der Schwertmeister hat mich zu Zweikampf herausgefordert um mich zu prüfen. Da habe ich mich so gut es ging geschlagen. Gemus war beleidigt und wütend, weil mir Arane, ähm Lady Arane, ihren Schal zukommen lassen hat. Ich wusste doch bis dahin nicht das er in sie verliebt ist! Und der Zeremonienmeister wollte mich vor den anderen als ungehobelten Bauerntölpel hinstellen, da habe ich ihm gezeigt das ich keiner bin. Aber das ich der beste in Mathematik oder Rechenkunst, wie ihr das nennt, bin und auch von allen am besten schreiben kann, das interessiert hier keinen. Und auch nicht das ich neben einem Prinzen, der mir rein zufällig gegenübersitzt, der einzige bin, der Fagonus Paroli bieten kann!!!!"

Die letzten Worte hatte ich mir förmlich aus dem Leib geschrien und ich zitterte am ganzen Körper vor Erregung. Warum hackte nun auch er so auf mir herum? Schließlich war ich doch nicht freiwillig nach Aloifanda gekommen und der Magier hatte mich nach Merkedee gebracht!

Golfin wurde versöhnlich.

„Ist ja gut Steve, ich wollte dich doch nur einwenig aufziehen."

„Das ist euch auch gut gelungen, Herr Prinz!"

Ich war noch immer wütend, auf ihn, auf den ganzen blöden Hofstaat, einfach auf alle, nur nicht auf Arane, meinem einzigen Lichtblick hier auf der Burg, ach die schöne Arane.

Golfin schaute mir tief in die Augen und schnitt auf einmal ein völlig anderes Thema an.

„Die junge Lady hat dir also ihren Schal zukommen gelassen?"

„Hmm."

„Zeig mal her!"

Ich nestelte in meiner Hosentasche und zauberte ihn hervor. Golfin musterte ihn sehr genau und starrte dabei unentwegt auf das Wappen.

„Ja, das ist wahrlich ihr Schal. Sie ist dir gewogen, vielleicht. Ich denke sie will den Hohenbergen und dich gegeneinander ausspielen. Das machen junge Mädchen so."

Das war ja unfassbar was er da von sich gab. Nicht das ich auch schon darüber nachgedacht hätte, aber ihr Lächeln im Schreibsaal?!

„Sie hat mich im Schreibsaal angelächelt!"

Nun lächelte der Magier ebenfalls.

„Ja ja, die jugendlichen Schwärmereien. Meinst du wirklich ihr lächelt euch an und irgendwann werdet ihr ein Paar, vielleicht sogar fürs ganze Leben?"

„Vielleicht?"

„Junge dann will ich dir mal etwas wichtiges erklären. Das was du in deinen jugendlichen Gedanken für Arane empfindest, das ist nichts anderes als Schwärmerei von jungen Leuten, die nichts mit Liebe zu tun hat. Außerdem seid ihr nicht vom gleichen Stand. Also vergiss sie einfach, du wirst in den nächsten Wochen sowieso keine Zeit für sie haben!"

Was hatte er gesagt?

Ich sollte Arane einfach vergessen?

Sie war bisher das einzige Mädchen das mich angelächelt und mir so ihre Zuneigung gezeigt hatte.

Tickte er noch richtig?

„Wir werden ja sehen ob wir uns vergessen werden. Und was soll der ganze Mist von wegen standesgemäß? Es ist doch vollkommen egal ob ich nun von adligem Geschlecht bin oder nicht!"

Die Sitten hier waren ja unfassbar!

„Steve, warten wir es doch einfach ab wie sich deine sogenannte Beziehung entwickelt. Was hältst von meinem Vorschlag?"

Nun gut, er wollte unsere Diskussion verschieben. Aber so einfach geschlagen geben wollte ich mich nicht. Ich wollte Aranes Zuneigung nicht verlieren. Ich überlegte hin und her. Schließlich willigte ich ein.

„Gut mein Junge, dann können wir mit unserer Arbeit beginnen, wir sind ja nicht zum Spaß hier!"

Ächzend stand Golfin aus seinem Stuhl auf und machte sich in einen anderen Raum.

„Junge beweg dich, schließlich haben wir keine Zeit zu verlieren!"

Schnell murmelte ich noch ein gelangweiltes ja ja in meinen nichtvorhandenen Bart und folgte ihm.

Ich war aufgeregt.

War es einfach die Magie zu beherrschen, musste ich viel auswendig lernen, was konnte ich alles damit anstellen?

Golfin stand vor einem großen Tisch und blickte auf ihn herunter.

Wie sollte ich denn hier die Magie erlernen? Sichtlich interessiert kam ich näher und schaute ebenfalls auf den Tisch. Da lagen aber keine Bücher, Pülverchen, Hühnerbeine oder Fischaugen oder so, auf dem Tisch lagen Spielzeugmännchen.

Wollte er mich Voodoo lehren?

Eine Nadel konnte ich zumindest auch nicht finden. Was sollte das denn?

Ich schaute Golfin fragend an.

„Wie soll ich denn mit den Spielzeugfiguren die Magie lernen?"

„Habe ich dir gesagt das wir uns mit Magie beschäftigen?"

„Ich dachte schon das das so ist."

„Um die Kunst der Magie zu erlernen benötigt man viel Zeit und Ruhe. Man muss viel lesen und auswendig lernen. Das wichtigste aber ist das Ausprobieren und Anwenden der Sprüche. Dazu darf man keinen anderen gefährden und hier auf der Burg ist die Gefahr riesig. Stell dir doch einmal vor du würdest einen Feuerspruch ausprobieren und die ganze Burg abfackeln! Das wäre doch schlecht oder?"

Das klang logisch. Wir konnten doch nicht alle mit unseren Experimenten gefährden.

Aber was wollte er mir sonst noch beibringen?

Ich war gespannt.

„Mit was denkst du werden wir uns nun jeden Abend beschäftigen? Ach hat dir Ambaron schon deinen Wochenplan mitgeteilt?"

„Ja hat er. Ist ziemlich wenig Freizeit, aber ansonsten ganz nett."

Ich wollt ja nicht wegen der nichtvorhandenen Freizeit meckern, aber was sollten die Figuren auf dem Tisch?

„Wollen wir vielleicht ein bisschen spielen?"

„So ungefähr. Die Figuren stellen Ritter, Reiter, Bogenschützen und einfache bewaffnete Bauern dar. Wir beide werden uns in der nächsten Zeit hauptsächlich mit Kriegstaktik beschäftigen ..."

„Taktik? Aber sollte ich denn nicht die Magie erlernen?"

„Habe ich dir nicht eben gerade erklärt das man dazu Ruhe und Abgeschiedenheit benötigt?"

„Ja aber ..."

„Nichts aber. Du lernst bei Fagonus hauptsächlich die Waffenkunst. Da passt zur Ergänzung eben Taktik besser als Magie. Mit magischen Problemen können wir uns nach deiner Waffenausbildung noch beschäftigen!"

Das ließ wohl keinerlei Diskussion mehr zu. Na ja, wenigstens war Taktik mit Golfin besser als Benimmunterricht mit Ambaron.

Golfin brachte die Figuren auf dem Tisch in Position.

„So das ist die normale Aufstellung für ein Heer. In der Mitte sind die unberittenen Ritter und Bauern, dahinter die Bogenschützen und die Reiter kannst du an einer Flanke nach deinem Belieben und nach deinem Lagebild aufstellen. Solltest du noch Magier zu deiner Verfügung haben, dann stelle sie bitte hinter den Bogenschützen auf, damit sie außerhalb der Gefahrenzone sind. Soweit alles klar?"

Ich nickte.

Nun stellte er auf der anderen Seite des Tisches rotbemalte Figuren auf.

„Das ist der Feind."

Aha, langsam wurde es interessant.

„Wenn der Feind dich frontal angreift, dann prallt er direkt auf dein Fußvolk und die Bogenschützen schießen über deine eigenen Truppen hinweg. Also, er prallt auf deine Truppen und durch diese Aufstellung hältst du ihm stand. Da auch er über berittene Truppen verfügt, musst du mit deinen Reitern deine Flanken schützen, damit er dich nicht überflügelt und dir in den Rücken fallen kann."

Das war ja alles denkbar einfach. Das dumme war nur das ich über keine Artillerie oder Luftunterstützung verfügte. Hatte ich ihm nicht gesagt das ich auf eine Militärschule abgeschoben wurden bin. Dort haben wir uns doch auch mit Taktik beschäftigt, zwar mit Panzern und so aber ob ich nun Infanterie und Panzer oder Reiter und Fußvolk auf einer Karte verschiebe macht doch keinen Unterschied, nur in den Raum Zeit Berechnungen. Und das ich eine schnelle schlagkräftige Reserve halten muss war doch auch logisch, nur das sie hier die Berittenen waren.

„Golfin? Wenn der Feind nun angreift, auf welche Entfernung können wir ihn dann bekämpfen. Ich meine nur sind Bogenschützen die einzige Fernwaffe die wir haben?"

„Ja die Bogenschützen bekämpfen den Feind über die Ferne."

Oh Gott, ich war in der Steinzeit gelandet! Bogenschützen waren das einzige was uns an Artillerie, wenn man sie denn so bezeichnen wollte, was ich zur Verfügung hatte.

„Das ist aber wenig für die Fernbekämpfung."

„Was willst du denn sonst machen?"

Golfin war sichtlich erfreut das ich mit solchem Eifer bei der Sache war.

„Nun wir postieren hinter den Bogenschützen Katapulte, denn Kanonen haben wir vermutlich nicht zur Verfügung oder habt ihr Schießpulver?"

Golfin glotzte mich doof an. Er verstand gar nichts.

„Also um unsere eigenen Truppen zu schützen und um den Feind vorab schon Verluste zuzufügen brauchen wir weitreichende Waffen, so wie Katapulte zum Beispiel."

„Was im Namen TERONAS ist denn ein Katapult?"

Ich versuchte es ihm zu erklären und das konnte ich gut, denn ich musste in der Militärschule einmal über mittelalterliche Maschinen referieren.

„Also ein Katapult ist eine große und recht präzise Wurfwaffe, die meist für Belagerungen eingesetzt worden ist. Sie funktioniert wie ein Hebel. Sie ist vollständig aus Holz und man kann sie zerlegen und transportieren, wenn man will. Der lange Helbelarm wird durch ein Gewicht auf der kurzen Armseite bewegt ..."

154

Golfin schaute noch bescheuerter.

„Hast du zufällig mal einen Zettel und einen Stift, ähm ich meine ein Blatt und eine Feder?"

Golfin schoss wie ein Blitz aus dem Zimmer heraus und kam kurze Zeit später mit den besagten Utensilien zurück.

Ich fing an ein Trebuchet, einen im Mittelalter weitverbreiteten Katapult, aufzumalen. Nicht das ich ein begnadeter Maler war, aber ich strengte mich an, damit Golfin mir folgen konnte.

„Also das ist der lange Hebelarm und das ist der kurze. Der lange wird durch ein Gewicht auf der kurzen Seite bewegt. Durch die bewegliche Aufhängung des Gewichtes hier, kann man die Wucht des Geschosses noch zusätzlich erhöhen. Alles klar?"

„Hmm, mach weiter!"

„Diese Schlinge hier auf der langen Armseite, hier drin befindet sich das Geschoss ..."

„Das ist interessant. Aber ich kann dann nur auf eine bestimmte Entfernung werfen?"

„Nein eben nicht! Die Wurfweite kann man variieren indem man hier diese Schlingenlänge jeweils verändert oder aber vorgegebene Gegengewichte nimmt ..."

„Das ist schlau. Wie lang muss den so ein Wurfarm sein, wie schwer kann die Beladung sein und wie weit kann man damit werfen? Kannst du mir das auch sagen?"

Genau auf die Fragen hatte ich gewartet.

„Der Wurfarm muss etwas vier bis sechsmal länger sein als der Kurze. An Gewicht kann man so ungefähr zweihundertfünfzig Kilo, also etwa zwei Golfins, über eine Entfernung, je nach Justierung, von hier bis zur Stadtgrenze schleudern ..."

„Bis zur Stadtgrenze?"

„Ja so ungefähr. Aber das müsste man noch testen. Aber wenn man diese Katapulte hinter den Stadtmauern postieren würde, dann könnte man einem Angreifer schon einen enormen Blutzoll abfordern."

Golfin war Feuer und Flamme.

155

„Und wie viele Menschen braucht man um diesen Katapult zu bedienen?"

„Das liegt in der Entscheidungsgewalt des jeweiligen Heerführers. Aber ich würde so zehn zum Spannen und weitere fünf zum Beladen nehmen und das in zwei Schichten, damit sich jeweils eine ausruhen kann. Und natürlich braucht man noch Posten die den Bedienern sagen was sie einstellen sollen."

Golfins Interesse hatte sich zu Faszination gesteigert. Er raffte das von mir bekritzelte Papier zusammen und schickte mich sofort ins Bett. Er musste wohl noch einen Katapult entwerfen.

20

Ich ging in mein Zimmer und zog mich langsam aus. Mein Blick schweifte durch das Zimmer. Gab es hier nicht so etwas wie einen Schlafanzug oder zumindest ein Shirt oder so? Meine Augen blieben auf dem Bett hängen.

Was um Himmels Willen war denn das?

Ich ging, nur mit meiner Unterhose bekleidet, zu diesem Kleidungsstück und hob es hoch.

Was sollte das?

Ich betrachtete es im Kerzenschein und stellte fest, dass es sich hier vermutlich um ein Nachthemd handelte. Sollte ich das Ding wirklich anziehen? Aber ich sah nichts anderes. Also hob ich es hoch und hielt es mit ausgebreiteten Armen vor mich.

„Hoffentlich sieht mich keiner in diesem hässlichen Ding."

Nun war alles klar, ich war im Mittelalter gelandet. Ich zuckte nur mit den Schultern. Was sollte es, schließlich konnte ich ja nicht nackt in diesem zugigen Zimmer schlafen. Schnell zog ich meine Unterhose aus und schlüpfte in mein Nachthemd. Als ich an mir herunter schaute musste ich grinsen. Ich sah wie Jesus aus! Der Herr hatte doch auch immer so ein

Gewandt an. Mich fröstelte leicht, was aber nicht an den Temperaturen, sondern eher an meiner Übernächtigung lag.

Mit Schwung ließ ich mich in mein Bett fallen und sprang ebenso schnell wieder heraus. Aus was waren denn die scheiß Matratzen gemacht?

Ich nahm mir die Kerze und schaute nach. Das war keine Matratze, das war Stroh! Ich war schockiert, denn nun war ich mir vollkommen sicher, dass ich im Mittelalter war. Denn wer schlief heute noch, abgesehen von den Menschen in der dritten Welt, auf Stroh? Aber ich hatte keine andere Möglichkeit, als mich auf meine Schlafstelle zu legen. Die andere Alternative wäre auf dem steinernen Fußboden zu liegen und das wollte ich überhaupt nicht.

Also legte ich mich vorsichtig auf mein Schlaflager und zog meine Bettdecke über mich. Ich strich über sie und stellte zu meiner großen Freude fest, dass sie nicht kratzte. Das war doch wenigstens etwas. Ich pustete dann noch meine Kerze aus und sinnierte dann über mein Schicksal, mein Leben und natürlich Arane. Langsam dämmerte ich ein und befand mich auf dem Weg ins Lummerland. Da hörte ich ein zaghaftes Klopfen an der Tür.

War das an meiner?

Ich hatte mich bestimmt geirrt und drehte mich zur Seite um weiterzuschlafen.

Wieder pochte es, nur das es diesmal lauter und eindringlicher war. Sofort war ich nun hellwach und hastete zur Tür, um sie zu öffnen. Noch ehe sie richtig offen war, denn verriegeln konnte man dieses grobschlächtige Ding nicht, huschte eine Gestalt an mit vorbei und zischte mich an.

„Du Dummkopf! Du schläfst wie ein Hochlandbär! Du hättest mich sehr leicht in eine Situation bringen können!"

Es war Arane!

Mein Herz schlug höher, denn meine Gebete waren erhöht wurden. Sie stand vor mir und ich konnte sie im Mondschein betrachten. Auch sie hatte so ein komisches Nachthemd an. Zu mehr reichte es nicht, denn sie gab mir eine schalende Ohrfeige.

„Du Idiot! Du hättest meinen Ruf schädigen können! Wie kann man nur so fest schlafen!"

Ich schloss leise die Tür und bekam wieder eine Ohrfeige. Man wenn das ewig so weitergehen sollte, dann würde ich sie gleich herausschmeißen.

Wieder kam sie auf mich zu. Aber diesmal gab sie mir keine Schelle, sondern reckte sich und küsste mich auf den Mund. Meine Lippen brannten und ich war überrascht und überglücklich, denn es war mein erster Kuss von einem Mädchen.

„Aber glaube nicht, dass ich sooo eine bin. Ich habe einen guten Ruf und den muss ich mir auch erhalten!"

Wieder kam sie mir mit ihren Lippen näher und diesmal erwiderte ich den Kuss.

Wir standen engumschlungen inmitten des Raums und küssten uns immer weiter.

Die Welt um mich herum war mir vollkommen egal, denn ich hielt hier zum erstenmal in meinem Leben eine junge Frau in meinen Armen.

Sie wurde mutiger und schob ganz sanft ihre Zunge in meinen Mund und ich explodierte innerlich.

Auch ich wurde mutiger. Meine Hände, die ich bisher zaghaft auf ihrem Rücken geparkt hatte, glitten langsam und zaghaft auf ihre Hüften. Zu meiner großen Freude entzog sie sich mir nicht, sondern küsste und streichelte mich weiter. Ich wurde noch mutiger und strich mit meinen Händen behutsam über ihren Po, um sie dann noch behutsamer an den Seiten hinauf zur Brust zu bringen.

Sie küsste mich weiter und intensiver und hatte nun ihre Arme um meinen Hals geschlungen.

Der Weg war frei!

Ganz sachte schoben sich meine Hände an der Taille zu ihren Brüsten hinauf und meine Daumen berührten ihre Brustwarzen. Überrascht öffnete sie ihre Augen und säuselte mich an.

„Oh, Steve ..."

Das war mein Stichwort. Dem Daumen folgten die anderen Finger und instinktiv massierte ich sie. Ihre Brustwarzen wurden hart und stellten sich auf und sie atmete schwerer und stoßweise.

„Oh Steve, bitte ..."

Wollte sie das ich weitermachte oder das ich aufhörte. Ich wusste es nicht. Da sie mich aber nicht von ihr wegstieß oder mir aber eine Ohrfeige gab, hielt ich das für eine Einladung zu mehr. Meine Hände fanden nun ihren Weg nach oben zu ihrem Hals und fanden außerdem, wie von Geisterhand, eine Schleife, die ihr Nachthemd zusammenhielt.

Wir küssten uns weiter und intensiver.

Arane hatte ihre Hände nun an meine Hüften gebracht.

Vorsichtig zog ich an einem der Bändel und die Schleife löste sich.

Überrascht schaute sie zu mir hoch und flehte mich an.

„Bitte Steve, tu das nicht! Ich bin nicht so eine. Was sollst du nur von mir denken? ...“

Zu mehr kam sie nicht, denn ihr Nachthemd rutschte bis auf ihre Brüste herunter.

Ich fasste Arane fest am Hals, zog sie zu mir und küsste sie wieder. Zu meinem großen Glück erwiderte sie den Kuss und strich mir über den Lenden. Dann glitten meine Hände auf ihrer nackten Haut nach unten und schoben das Hemd bis zu ihrem Bauchnabel. Ich küsste ihren Hals und wanderte so bis zu ihren Brüsten. Als meine Lippen diese berührten, stöhnte sie leise auf.

Sie hatte ihre Arme von mir gelöst und ihr Nachthemd fiel rauschend auf den Boden. So stand sie nackt vor mir und ich wusste nicht was ich tun sollte. Also zog ich sie wieder an mich und wir küssten uns weiter.

Nach einer Weile löste sie sich wieder von mir und nahm meine Hand. Sie führte mich zu meinem Bett, stellte vor mich und schob mein Nachthemd nach oben über den Kopf. Als ich so nackt vor ihr stand und sie mich betrachtete, war nur ein leises und überraschtes Oh zu hören.

War er ihr zu klein oder zu groß?

War er zu dünn oder zu dick?

Ich wusste es nicht und sie sagte nichts.

Dann setzte sie sich auf mein Bett und zog mich zu ihr.

„Steve, ich habe noch nie ... na du weißt schon. Bitte leg dich zu mir, aber nur streicheln ...“

Und schon lag sie in meinem Bett und ich betrachtete sie. Ihre Haut schimmerte im Mondlicht und ihre Brustwarzen standen noch immer.

Auch sie betrachtete mich und ihre Zunge strich über ihre Lippen.

Ich beugte mich zu ihr herunter und wollte sie auf den Mund küssen, aber sie schob meinen Kopf auf ihre Brüste und ich war ihr und ihrem Körper erlegen. So lagen wir und streichelten und küssten uns, bis wir beide den Höhepunkt erreicht hatten. Danach lagen wir engumschlungen auf meinem Bett und schworen uns ewige Liebe.

Irgendwann, es war schon spät in der Nacht, fragte mich Arane nach meinen Lederbändern.

„Da wo ich herkomme bekommt sie jeder Mann, wenn er sein erstes Tier erlegt hat. Das kennzeichnet ihn als Jäger.‟

Arane schmunzelte.

„Dann hast du mich wohl auch erlegt?‟

Ich wurde rot und sicherlich konnte sie das auch sehen.

„Nein, nein, du bist die erst Frau mit der ich ...‟

Sie legte ihren Zeigefinger auf meine Lippen.

„Ich habe auch noch nie ...‟

Wieder küssten wir uns und ich merkte eine erneute Lust auf ihren Körper.

Ihr erging es wohl ähnlich und wir streichelten uns wieder.

Aber ganz im Gegensatz zu eben, stürmten wir diesmal nicht aufeinander los, sondern erforschten uns gegenseitig langsam und intensiv. Es war noch schöner als das erstemal und ich hätte für diesen Moment sterben können. So lagen wir die ganze Nacht engumschlungen und waren glücklich, zumindest ich für meinen Teil konnte das behaupten.

Arane legte ihren Kopf auf meine Brust.

„Du Steve, vier Wochen vor dem Fest der DIANDLARA werde ich sechzehn und bin dann volljährig. Dann können wir richtig ...‟

Ich streichelt ihr über den Kopf.

„Aber es war doch auch so schön oder?‟

„Ja war es. Aber meine Hofdamen, ähm meine Freundinnen, erzählen von so interessanten Dingen, die man noch machen kann ...

„Aber Arane, dein Vater, dein guter Ruf!?"

„Ach Steve das ist doch alles egal, wenn ich nur mit dir zusammensein kann. Weißt du ich habe von meiner Mutter genügend Gold geerbt. Das reich vielfach für uns! ..."

"Aber ..."

„Wir könnten irgendwohin gehen und ..."

„Arane das wäre wirklich schön. Aber denkst du nicht das dein Vater uns so einfach gehen lassen würde. Außerdem bin ich vermutlich nicht vom gleichen Stand wie du."

„Das ist doch egal mit diesen doofen Standesschranken. Aber was soll mein Vater schon gegen dich haben, schließlich bist du der beste Kämpfer, neben Fagonus natürlich, weit und breit!"

Arane strich mir sacht über die Brust.

„Sag mal Steve, wie alt bist du eigentlich?"

Oh Gott jetzt war alles zu ende! Meine Gedanken überschlugen sich. Was sollte ich ihr nur antworten?

„Rate mal ..."

Arane schaute zu mir herauf und betrachtete mich eingehend.

„Ich glaube das du so alt bist wie ich. Habe ich recht?"

„Nun ich habe zu Thanksgiving Geburtstag."

"Wann ist das?"

„Zu Erntedank ..."

Arane lächelte.

„Dann bin ich nur ein par Wochen älter."

Ich gab ein Grunzen von mir und ließ sie in dem Glauben das ich auch sechzehn würde und nicht erst fünfzehn wie es eigentlich war.

Der Morgen erwachte und Arane verabschiedete sich unter langen und intensiven Küssen von mir und huschte wieder in ihr Schlafgemach.

Obwohl ich die ganze Nacht nicht geschlafen hatte, fühlte ich mich doch frisch und beschwingt. Ich wusch mich, zog mich an und wanderte dann ziellos durch die Flure der Burg. Schließlich gelangte ich zu einer Treppe, die nach unten führte.

Wo ging es denn hierhin?

Meine Neugierde war geweckt. Langsam stieg ich die Stufen nach unten in die Kellerräume. Von dort kamen Stimmen. Ich spähte um die Ecke und sah den Grafen und seinen Schwertmeister in einem kleinen schlichten Raum sitzen. Vor ihnen stand der Pissewerfer. Er war in Ketten gelegt und wurde von zwei Wachleuten flankiert.

Der Graf schritt auf ihn zu.

„Bondol, das war das fünftemal das du deinen Dienst nicht erfüllt hast ..."

Der Gefangene schaute betreten nach unten.

„Bisher habe ich immer Gnade vor Recht ergehen lassen ..."

Bogolus ging wieder zu Fagonus herüber.

„Wie würdet ihr ihn strafen?"

Der Schwertmeister räusperte sich.

„Nun ich kenne Bondol seit seiner Jugend. Ich habe ihn selbst ausgebildet und er wurde zu einem guten Krieger. Aber seine Hurerei, seine Spielsucht und hauptsächlich seine ständige Sauferei haben ihn dann bis zum Hilfswächter der Nachtwache gemacht."

Er wandte sich direkt an den Pissewerfer.

„Bondol du bist zwar der Sohn meiner verstorbenen Schwester, aber das gibt dir noch lange nicht einen Sonderstatus. Ich habe den Grafen viel zu oft gebeten dir noch eine Chance zu geben. Ich hatte immer die Hoffnung das du dich eines Tages besserst. Aber irgendwann hat jeder seinen Kredit verspielt ..."

Fagonus räusperte sich wieder.

„Mein Graf, ich schlage euch folgendes vor: Der Wächter hat zum wiederholten Mal seinen Dienst verfehlt. Die Todesstrafe ist seit eurer Amtseinführung ausgesetzt, sie wäre auch zu hart für ihn ..."

Ich hielt den Atem an.

Die Todesstrafe für ein Wachvergehen?

Was sollte das denn?

„ ...ich denke der Mann sollte aus der Stadt geworfen werden. Ein jeder der ihm Hilfe zukommen lässt, der soll bestraft werden. Er selbst soll zu

TERONAS Turm gebracht werden und muss das Gebiet von Merkedee sofort verlassen und soll sein Glück in den Sümpfen suchen ...“

„Das ist mein Todesurteil! Das ist schlimmer als der Strick!“

Dieser Schrei kam von Bondol. Ich konnte sehen wie er schluchzend in sich zusammen fiel.

Der Graf nickte.

„Der Schwertmeister hat gut gesprochen und ich beuge mich seinem Urteil. Der Mann soll aus der Stadt verbannt und dann mit dem was er am Leibe trägt zum Turm gebracht werden. Seine neue Heimat sind ab jetzt die Sümpfe und sollte er je wieder einen Fuß auf den Boden von Merkedee setzen, dann ist sein Leben verwirkt. So lautet mein Urteil ...“

Bondol schrie und weinte laut und er tat mir leid.

Der Graf fuhr weiter fort: „... schafft ihn mir aus den Augen!“

Die Wachmänner taten wie ihnen geheißen und schafften das Häufchen Elend fort.

Ich spähte noch weiter um die Ecke, schließlich wollte ich noch mehr von dem unwirklichen, wirklichen Schauspiel sehen.

Plötzlich schoss eine Klinge um die Ecke und ich konnte ihr gerade noch ausweichen.

„Aha der junge Krieger ist schon wach und spioniert einwenig durch die Burg. Dann mach dich mal schnell auf den Burgfried und spule deine zwei Burgrunden ab!“

Fagonus, der alte Sack, hatte sich an die Ecke geschlichen und mich überrascht. Aber seine Worte ließen keinerlei Erwiderungen zu und so rannte ich meine Runden.

21

Bondol wanderte schon mehrere Tage durch das unbekannte Sumpfland. Er zitterte am ganzen Körper, denn einerseits machte sich der fehlende Alkohol und andererseits die fehlende Nahrung bemerkbar. Er hatte nicht einmal etwas Wasser mitbekommen. Bondol hasste den Grafen, der ihn verstoßen hatte, er hasste seinen Onkel Fagonus, der keinerlei Einwände gegen das Urteil hatte. Vielmehr noch, er hatte das ja so vorgeschlagen. Der Verstoßene hasste die beiden. Er hasste die Menschen von Merkedee.

Nachdem Urteil hatten ihn die Wachen abgeführt, ihn rücklings auf ein Pferd gebunden und ihm dann einen Sack über den Kopf gestülpt. Danach ritten sie zu TERONAS Turm. Dort schmissen sie ihn vom Pferd und unter ihrem Hohn und Spott jagten sie ihn in die Sümpfe.

Das war vor vier Tagen gewesen.

Bondol drehte sich wieder um und suchte den Horizont nach dem Wachturm ab. Resigniert schüttelte er seinen Kopf. Er konnte ihn nicht mehr sehen. Das letzte Band zu den Menschen war zerschnitten. Bondol konnte nur hoffen das er so schnell wie möglich den Orks in die Hände fallen und sie ihn dann schnell töten würden.

Der Verstoßene hatte Durst, starken Durst. Hilflos suchte er den Boden ab und wurde fündig. In einer kleinen Senke sah er einen Tümpel, der eher eine Pfütze war. Bondol rannte wie von einer Tarantel gestochen hin, ließ sich auf die Knie fallen und wollte trinken. Aber als er seinen Kopf über das Wasser beugte, rumorte sein Magen.

Das Wasser stank nach faulen Eiern, nach Verwesung, nach Schwefel. Ihm war übel.

Aber Bondol hatte keine andere Wahl. Um in dieser Einöde nicht zu sterben, musste er trinken. Also überwand er seinen Ekel und soff die faulige Brühe.

Als sich Bondol wieder aufrichteten wollte, bekam er von hinten einen kräftigen Stoß und fiel kopfüber in die stinkende Suppe. Bondol wollte nach Luft schnappen, aber seine schwere Kleidung zog ihn immer tiefer nach unten.

Würde er hier sein Ende finden?

Er wollte sich seinem Schicksal schon hingeben und fand sein Grab inmitten dieses Tümpels gar nicht so schlecht. Es würde sich sowieso keiner an ihn erinnern, geschweige denn erinnern wollen. Er schloss seine Augen und presste seine letzte Luft aus den Lungen. Endlich war er auf dem Grund des Tümpels angekommen.

Aber zu seiner Überraschung war der Boden nicht schlammig, wie zu erwarten war, sondern seine Füße berührten etwas Hartes. Hoffnung keimte auf. Hatte er vielleicht doch eine Chance und konnte sich schnell seiner Kleidung entledigen und dann nach oben abstoßen?

Bondol unterdrückte den starken Drang endlich wieder zu atmen. Er wusste, wenn er jetzt atmete, dann wären seine Lungen voll Wasser und er wäre tot.

Hektisch versuchte er seinen schweren Wollumhang abzulegen, als der bislang feste Untergrund sich plötzlich bewegte.

Bondol verlor das Gleichgewicht fiel auf dem glitschigen Boden hin. Aber er fand etwas, woran er sich festhalten konnte. Das Beben wurde immer stärker und er kam in rasender Geschwindigkeit der Oberfläche entgegen, um letztendlich die Oberfläche wieder zu durchstoßen.

Sich noch immer am Boden festhaltend, schnappte er stoßweise nach Luft.

Der bebende Boden kippte zur Seite und verschwand langsam wieder im Wasser.

Bondol drohte abzurutschen. Aber er wollte leben, denn er konnte wieder Luft atmen. Er nahm alle Kraft zusammen, krallte sich an einem kleinen Vorsprung fest und riss heftig daran.

Der Boden schrie mit einer laut quietschenden Stimme auf und ehe Bondol sich versah, kam etwas riesiges peitschenartiges auf ihn zu und schlug nach ihm.

Er flog in hohem Bogen auf das Festland, sah nur Sterne und wurde ohnmächtig.

Bondol kam wieder zu sich und blinzelte in den Himmel. Er konnte es noch gar nicht richtig fassen das er noch lebte. Er wollte seine Arme bewegen, aber es ging nicht.

Hatte er sich vielleicht etwas gebrochen?

Aber das wahr unwahrscheinlich, denn auch seine Beine ließen sich nicht bewegen.

Ein Schatten beugte sich über ihn.

„Er kommt zu sich, wie schön."

Bondol versuchte die Gestalt zu identifizieren, aber die Sonne blendete ihn.

Eine kräftige Hand packte sein Kinn und drückte es nach unten. Danach bekam er eine ranzig schmeckende Flüssigkeit eingetrichtert. Nachdem er den Trunk heruntergewürgt hatte, sprach ihn die Person wieder an.

„Ich bin Dolom, ein Ausgestoßener. Du hast viel Glück gehabt, denn als wir dich in den Tümpel geschmissen haben bist du auf einem Klasswersa gelandet, das sind Plattenechsen. Eigentlich sind diese Echsen sehr selten und ernähren sich nur von Algen, manchmal auch von kleinen Tieren. Du bist wohl auf einem ihrer acht Augen gelandet und hast sie gestört. Als sie dann nach oben gestoßen ist und dich abwerfen wollte, da hast du dich an seinem Dödel festgehalten und sie, ähm er, hat dich mit dem Peitschenschwanz hierher geschlagen ..."

Bondol schaute sich den anderen Mann an.

Er sah sehr alt aus und ihm fehlten viele Zähne. Anstatt normaler Kleidung trug er alte und schäbige Lumpen. Und er stank fürchterlich aus seinem Hals.

Bondol wandte sein Gesicht leicht ab. Aber wenigstens hatte er nun jemanden.

„Aber warum hast du mich dann in den Tümpel geschmissen? Wer bist du eigentlich? Was machst du hier?"

Der alte Mann wurde einsilbig.

„Ich bin Dolom und ich habe dich in den Tümpel geschmissen, weil sich hier allerhand Orks herumtreiben ..."

Er lachte.

„Verstehst du nicht? Es treiben sich hier allerhand Orks herum. Es ist ja auch Orkland!"

Sein Retter feierte sich und seinen Witz. Aber er wurde schnell wieder ernst.

„Und zur Frage was ich hier mache: Ich lebe hier. Vermutlich bin ich ebenso ein Ausgestoßener wie du. So das reicht aber jetzt. Wir müssen uns schnell wieder verpissen, denn hier sind wir nicht sicher ...“

Er befreite Bondol von seinen Fesseln und sie machten sich auf ihren Weg durch die Sümpfe. Irgendwann, Bondol wusste nicht mehr wo er überhaupt war, blieb Dolom abrupt stehen.

„Was ist los? Sind wir da?“

Bondol erntete nur ein Zischen. Sein Retter legte den Zeigefinger an den Mund und flüsterte dann: „Wir sind nicht allein.“

Noch ehe Bondol antworten konnte, zischte schon der erste Pfeil an seinem Ohr vorbei. Instinktiv ließ er sich fallen.

Der Alte hatte nicht soviel Glück. Auch er lag neben ihm, aber aus seiner Brust ragte ein Pfeil und Blut sickerte aus seinem Mund.

„Wir ... erwischt worden ... Ich ... Glück ... bald tot... du nicht ... fressen Menschen ...“

Er hustete und gurgelte. Ein Schwall Blut kam aus seinem Mund hervor und seine Augen wurden glasig. Dann gurgelte er nochmals und schloss mit einem Stöhnen seine Augen.

Bondol war wieder allein. Er rollte sich auf die Seite und wollte zwischen dem hohen gelblichen Gras verschwinden. Doch bevor er sich aus dem Staub machen konnte, tauchte der erste Ork vor ihm auf. Bondol starrte ihn an und versuchte schnell weg zu krabbeln.

Da schlug ein riesiger Hammer neben ihm ein.

„Mensch wage es dir nicht dich nur mit einem Haar zu bewegen, sonst werde ich den Hammer das nächste Mal auf deinem Kopf niedersausen lassen.“

Bondol machte sich vor Angst in die Hose und drehte ganz langsam seinen Kopf und sah das erstemal in seinem Leben einen Ork. Er hatte eine grüne Hautfarbe, so wie er vermutet hatte. Sein Kopf sah aus wie der eines Menschen, aber er hatte ein anderes Gebiss. Scharfe und spitze Zähne ragten aus seinem Mund. Seine Ohren waren ebenfalls anders, ähnlich denen der Elben. Nicht das Bondol je einen Elben gesehen hätte, aber der Volksmund sagte, dass Elben spitze Ohren hätten.

Er bewegte sich noch immer keinen Millimeter. Aber seine Augen waren hellwach.

Der Ork, es war ausgeschlossen das es sich nicht um einen Ork handelte, war kräftig und durchtrainiert.

Bondol vermutete das er einem Krieger oder Jäger gegenüberhockte. Auch die Kleidung erregte seine Aufmerksamkeit. Sie war zwar überhaupt nicht mit denen der Menschen zu vergleichen, aber sie war auf den ersten Blick kunstvoll aus irgendwelchen Häuten oder so zusammengenäht.

Dann aber störte eine andere Stimme seine weiteren Eindrücke. „Der hier ist tot. Müssen wir ihn auch mitnehmen?"

Bondols Bewacher war, so vermutete er, der Anführer der Männer.

„Wir nehmen ihn mit. So lautet der Befehl. Fesselt den stinkenden Menschen und verbindet ihm die Augen und dann machen wir uns sofort auf den Weg!"

Seine Worte ließen keinerlei Diskussionen zu und Bondol wurde hart auf den Boden gedrückt und dann gefesselt. Sie trugen ihn auf einer Stange wie ein erlegtes Tier durch die Sümpfe und so kam sich Bondol auch vor.

Ob es schon dunkel war wusste er nicht, aber er bemerkt das sie sich ihrem Zielort näherten, denn er hörte viele andere Stimmen und Gerede.

Plötzlich hielten sie und ihr Anführer sprach: „Den einen konnten wir lebend gefangen nehmen. Der andere ist leider tot. Der Bote des Herren hatte recht und seine Worte haben uns genau zu dem Punkt geführt."

Die andere Stimme klang blechern.

„Warum sollte ich unrecht haben. Der Tote nutzt uns nichts, den könnt ihr als euere Beute ansehen. Der Lebende soll mit allem was er wünscht versorgt werden. Gebt ihm alles außer berauschenden Getränken und Gold."

Er kam näher und fasste den Gefangenen an.

Bondol hatte das Gefühl ein toter kalter Gegenstand würde ihn berühren und ein kalter Schauer lief ihm über den Rücken.

„Mensch, die Orks werden dich nicht verspeisen, wie sie es sonst mit ihren Gefangenen machen. Du hast Glück. Der König der Orks wird dir ein Angebot machen und wenn du einwilligst, dann wirst du mit viel Gold belohnt werden. Lass es dir in der Zeit gut ergehen. Wir können dir alles bieten was immer du wünschst. Aber es gibt weder Alkohol noch Frauen ..."

Er wandte sich nun wieder an die anderen.

„Schafft ihn in seine Gemächer fort und bewacht ihn. Er soll mit niemanden Kontakt haben. Zu einem bestimmten Tag wird Ogor ihn zu sich befehlen und ihm ein Geschäft vorschlagen. Wenn er dem zustimmt, dann wird er auf seine Mission geschickt; wenn nicht, dann ist er Ogors Eigentum. Nun schafft mir dieses stinkende Wesen aus den Augen und lasst mich mit euerem König allein!"

Bondol wurde wieder unsacht hochgehoben und dann weggeschleppt.

„Siehst du Ogor, der Gebieter hatte recht. Dieser Mensch ist der Schlüssel zu unserem Erfolg. Befehle deinen Männern ihm kein Haar zu krümmen!"

Der Burol wedelte mit seinen Armen und die Tore und Laden schlossen sich geräuschvoll.

Ogor war längst nicht mehr überrascht, denn er hatte sich mittlerweile an ihn gewöhnt. Assoron ließ sein Gewand fallen und fing an wilde Zeichen in die Luft zu malen.

„Komm her König und stelle dich neben mich!"

Ogor tat wie geheißen und schaute interessiert auf den Burol.

Was würde er denn nun machen?

Assoron stieß plötzlich seine Knochenarme nach unten und Ogor stieß einen überraschten Schrei aus. Vor ihm, auf dem Boden der Ruhmeshalle, entstand das Relief des Menschenlandes.

Der Diener BALSAR's drehte sich leicht zum Orkkönig um.

„Heute ist der Tag gekommen, an dem ich dich in den Kriegsplan einweisen werde. Vor uns siehst du, wie du hoffentlich schon bemerkt hast, das Menschenland ..."

Ogor nickte bestätigend und der Burol fuhr fort.

„Der Plan unseres Gebieters sieht wie folgt aus: Alle Orkstämme werden gemeinsam marschieren und zwar bis zu diesem Punkt hier ..."

Assoron lies auf dem Boden einen Punkt aufleuchten.

„Das ist die Hauptstadt der sogenannten Grafschaft, Merkedee. Dort werden die ersten beiden Orkstämme in Stellung gehen und so den anderen den Marsch sichern. An jedem dieser Punkte hier befinden sich Festungen, die aber nicht so ganz so stark sind ...“

Nun leuchteten weitere fünf Punkte auf.

„BALSAR denkt jeder dieser Burgen ein Orkheer zu. Im Gegensatz zu Merkedee, hier im Süden des Menschenlandes, müssen diese weiteren Burgen nicht eingenommen werden. Somit besteht unser Marsch aus sieben Heeren an der Spitze. Verstanden?“

Ogor nickte eifrig.

„Ja Herr.“

„Gut. Diesen insgesamt sieben Heeren folgen ihre Stämme. Und denen wiederum folgt jeder weitere Stamm, bis alle fünfzehn das Land durchquert haben. Danach ziehen sich die einzelnen in Stellung gegangenen Heere aus wieder zurück und sichern dann das Ende ...“

Der König war beeindruckt. Aber er hatte noch nicht alles verstanden.

„Aber wie stellt es sich unser Gebieter vor das wir schnell in das Menschenland einfallen können?“

Der Burol klackerte mit seinem Kiefer, so wie er es immer tat, wenn er zu lachen versuchte.

„Der Schlüssel ist der Mensch. Er entspricht genau dem, was wir von einem Verräter verlangen. Ich habe es gespürt. Du versprichst ihm einfach Gold in Hülle und Fülle und er wird dafür den Turm ausschalten. Wir werden ihn einfach in den Turm schleusen. Wenn er dann die Wachen ausgeschaltet hat, dann gibt er uns ein Zeichen und wir marschieren los. Zu diesem Zeitpunkt werde ich dir das erst mal helfen. Eine dicke Nebelwand wird uns vor den neugierigen Augen der Menschen schützen. Aber bedenke, ich kann dir dann nur noch zweimal helfen, nicht mehr. Ansonsten bekommen die Nekal Wind von unserem Vorhaben.“

Ogor schaute auf die Karte und hob dann fragend seinen Blick.

„Assoron, ich verstehe den Plan soweit. Aber warum lassen wir die Orkstämme nicht durch den Wald marschieren, sondern ihn auf zwei Seiten umgehen? Schließlich ist das der kürzeste Weg!“

„In diesem Wald können wenige hundert Männer aus Hinterhalten heraus den Marsch aufhalten. Denke daran: Der kürzeste Weg ist nicht immer der schnellste!"

Ogor hatte verstanden.

„Und außer dieser ersten Stadt haben die anderen Heere wirklich nur die Aufgabe unsere Flanken zu sichern?"

Assoron bestätigte es durch ein Kopfnicken.

„Aber Merkedee muss um jeden Preis eingenommen werden. Die anderen sind keine große Bedrohung für uns. Wichtig für unser Vorhaben ist die Geschwindigkeit. Wenn die Orks zu spät am Todespass angelangen, dann sind viele von ihnen verloren und BALSAR's Plan müsste verschoben, oder schlimmer noch verworfen, werden. Aber ich sehe du hast noch Fragen?"

Ogor kratzte sich am Kinn.

„Wie sollen sich all die Orkstämme verpflegen? Herr es ist fast unmöglich für so viele genügend Nahrung mitzunehmen."

Assoron klackerte wieder.

„Auch daran hat unser Gebieter gedacht. In diesem Menschenland gibt es genügend Vieh, Korn und Menschen. Das alles sollte für den Marsch reichen. Deshalb werden wir nach dem sogenannten Fest der DIANDLARA in ihr Gebiet einfallen. Dann haben sie uns alles Mundgerecht vorbereitet."

Ogor grinste. Bis dahin war noch genügend Zeit zur Vorbereitung. Und wenn er es schaffte die Orks in BALSAR's Reich zu führen, dann war ihm ein Platz unter den Burol sicher.

22

Tag um Tag verging. Allmorgendlich stand ich zu Zeiten wo die gesamte Burg noch schlief auf, nahm mit schnell ein par Bissen zu Essen und machte mich dann auf den Weg zum Hof. Dort angekommen musste ich zuerst meine beiden obligatorischen Burgrunden absolvieren und danach wurde ich an der Axt, dem Schwert, der Lanze ausgebildet.

Jeden Morgen das gleiche.

Das Klirren der Waffen hallte in den Morgen hinein und mein Schweißgeruch über deckte alle anderen Gerüche. Ich hatte ein schweres Leben, das nur durch die kurzen Momente erhellt wurde, wenn Arane schnellen Schrittes den Hof überquerte und wir uns verstohlene Blicke zuwarfen oder aber wenn sie mich nachts besuchte und wir uns bis in die Morgenstunden hinein streichelten.

Von wegen Schwärmerei, das musste wirkliche Liebe sein!

Wenn sich dann die jungen Höflinge zu Fagonus und mir zu ihren Waffenstunden gesellten, gab er ihnen eine kurze Einweisung in ihren Unterrichtsablauf und überließ sie dann seinen Gehilfen.

Dann widmete er sich mir wieder zu.

Ich war privilegiert, denn ich genoss meine Ausbildung durch den Meister höchstpersönlich. Ich lernte sehr viel von ihm und wir kämpften manchmal eine Stunde ohne Unterbrechung.

Die anderen schauten nur dumm oder verstohlen zu uns.

Wenn ich dann meine ersten Stunden hinter mich gebracht hatte und ich endlich zum Mittag gehen konnte, kam die schönste Stunde des Tages. Obwohl mir das Recht zugebilligt wurde mit den Junkern zu speisen, hielt ich mich immer in der Gesindeküche bei Benn auf, der mir richtig ans Herz gewachsen war. Er erzählte mir die neusten Geschichten der Burg und informierte mich über alles und jeden.

Aber es gab noch einen anderen Grund, der wichtigste schlechthin. Benn fungierte als geheimer Postbote zwischen Arane und mir und ich hatte in der Mittagspause die Gelegenheit ein Briefchen abzugeben oder aber entgegenzunehmen. Immer wenn ich einen bekam freute es mich riesig und Benn hatte auch vergnügen bei der ganzen Sache, schließlich hatte er ja das Vertrauen der Prinzessin erlangt und sich so zu höheren Aufgaben qualifiziert.

Leider gingen die Mittagspausen viel zu schnell zu ende und ich musste wieder zu meiner Ausbildung. Aber die Nachmittage waren eigentlich ziemlich easy, denn da standen jeden Tag Bogenschießen und Reiten auf dem Programm. Da ich schon immer ein guter Schütze gewesen bin fiel mir das Schießen immer leicht und außerdem steigerte ich mich von einem schäbigen zu einem relativ guten Reiter und was noch viel besser war, ich konnte mit Fagonus über die Felder und durch die Wälder reiten.

Nach einem kurzen Abendbrot ging es dann immer zum Prinzen und wir diskutierten bis in die späte Nacht über Taktiken, Belagerungen und natürlich sein neues Streckenpferd, die Katapulte.

Die einzige Abwechslung die ich hatte waren die Sonntage.

Meist war ich immer neidergeschmettert, wenn alle jungen Leute, auch Arane, sich vor der Burg trafen und die Jungen eine Art Basketball, natürlich mit heftigstem Körperkontakt, spielten und die Mädchen ihnen zuschauten. Ich hörte dann ihre Stimmen und das Gelächter durch das meist geöffnete Fenster, wenn ich bei Ambaron Privatstunden im guten Benehmen hatte.

Der alte Zeremonienmeister hatte manchmal Mitleid mit mir und ließ mich dann wenigstens kurze Pausen machen und aus dem Fenster den anderen zu schauen. Dafür war ich ihm immer sehr dankbar und unsere Beziehung zueinander wurde immer entspannter.

Es war mal wieder Sonntag und ich freute mich schon auf den Nachmittag bei Ambaron als mir Golfin erklärte das eine kleine Programmänderung vorgesehen war. Ich brauchte heute nicht zum Zeremonienmeister, sondern sollte den ganzen Tag mit Golfin verbringen, da er einen Prototyp eines Katapultes gebaut hatte und das Ding schließlich ausprobiert werden musste.

Ich war traurig, denn ich konnte an diesem Tag nicht einmal passiv an der Freizeit der jungen Leute teilnehmen. Außerdem hatten Arane und ich ausgemacht, dass sie ein rotes Tuch tragen würde und mir damit unauffällig zuwinken wollte.

Ich sah alles den Bach heruntergehen. Aber Befehl war nun mal Befehl und ich musste Golfin ja nichts von meinem Vorhaben berichten, er musste ja nicht alles wissen. Also ritt ich mit dem Prinzen auf den Weg zur Stadtmauer und wir begannen mit den Tests.

Golfin hatte einen Katapult gebaut oder bauen lassen, der aus einem Lehrbuch für mittelalterliche Maschinen sein konnte. Auch die Bediener standen bereit und schauten genauso verdrießlich drein wie ich, schließlich mussten auch sie den Tag für den Prinzen opfern.

Golfin breitete seine Arme aus und blickte mich glücklich an.

„Was sagst du zu meinem Bau?"

Ich studierte den Katapult eingehend und gab meine Zustimmung.

„Steve komm auf den Stadtwall und lass uns die Würfe beobachten!"

Ergo musste ich ihm auf die Mauer folgen und wir beobachteten den ersten Schuss. Der Stein flog weit, machte einen großen Krater und rollte dann sehr schnell den Abhang herunter.

Golfin war sichtlich zufrieden mit dem ersten Ergebnis. Darauf folgte der nächste und dann wieder einer, in allen vorgegebenen Schlingenlängen.

Der prinzliche Magier war mit den ersten Tests zufrieden, hatte aber noch einige kleine Fragen. „Die Maschine wirft gut, sehr gut sogar. Aber woher soll ein Beobachter wissen welche Schlingenlänge genommen werden muss? Hast du eine Idee?"

Nichts war leichter als das. Schließlich hatte man ja nicht immer ein Lasermessgerät, wie auch hier, zur Hand.

„Wir können Steine aufstellen, wohin der Katapult in der jeweiligen Entfernung wirft. Zum Beispiel dort unten wo die weitesten Würfe sind könnte man drei Steine legen, die zur Stadt hin vollkommen weiß angemalt sind. Die weiße Farbe nehmen wir, damit wir auch in der Nacht sehen können wohin wir schießen. Dort wo die nächstkürzeren Einschläge sind, da sind es nur noch zwei, dann einer und dann beginnen wir wieder mit drei, aber nun sind die Steine nur halb bemalt und so weiter."

Golfins Gesicht erstrahlte förmlich.

„Das ist die beste Idee, die ich seit langem gehört habe. Dann werden wir uns gleich ans Werk machen!"

Er sprühte nur so vor Tatendrang, sah dann aber mein wenigbegeistertes Gesicht.

„Weist du Steve, du hast mir heute sehr gut geholfen. Auch Ambaron und Fagonus sind mit deiner Entwicklung sehr zufrieden. Da morgen sowieso das Fest der DIANDLARA ist und alle an diesem Tag feiern: Mach doch heute schon frei und unternimm etwas mit den anderen jungen Leuten!"

Hatte ich mich verhört?

Gab er mir wirklich frei?

Ich war schockiert. Meine Gedanken überschlugen sich, es war kurz vor Mittag und so hatte ich noch den ganzen Tag vor mir. Ehe er es sich anders überlegen konnte, machte ich auf dem Absatz kehrt, warf ihm noch ein schnelles Danke zu und ritt wie ein Besessener zur Burg hinauf. Dort angekommen machte ich mich schnellstmöglich in die Gesindeküche um zu essen. Schließlich hatte ich ja noch viel vor.

„Hey, du bist ja schon zurück!"

Benn schaute mich überrascht an. Er saß mit den anderen Pagen und Dienstmädchen am großen Gesindetisch und putzte das silberne Geschirr für das morgige Fest.

„Gol ..., ähm der Prinz hat mir für heute und morgen freigegeben! Klasse, nicht?"

„Ist ja toll, dann kannst du mit uns zum Fasstaubenball kommen!"

Das Geschrei in der Gesindeküche schwoll zu einem Orkan an. Die junge Dienerschaft freute sich sichtlich, denn sie hatte bisher nie die Spur einer Chance gegen den Hofstaat. Vermutlich hofften sie mit mir oder durch mich endlich einmal zu gewinnen.

Ich freute mich auch, aber zeigte es den anderen nicht, denn heute hatte ich endlich die Möglichkeit mich bei den Möchtegernkriegern für ihre Ignoranz zu revanchieren.

Schnell putzten wir das Geschirr fertig und stellten uns dem prüfenden Blicken von Melchiar, dem Küchenchef. Den größten Teil des Geschirrs befand er für gut gewienert, den Rest putzten wir rastlos nach. Schnell warfen sich alle noch einen Happen Essen in den Mund und schon konnten wir zur Burgmauer rennen, wo uns schon die adelige Meute unter tosendem Gejohle empfing.

„Na hat die Dienerschaft endlich ihr Geschirr fertiggeputzt und seit ihr für eure all sonntagliche Abreibung bereit?"

Der kleine Benn ging mutig zu der gegnerischen Mannschaft.

„Ich glaube nicht, dass wir heute eine Abreibung bekommen, denn wir haben Verstärkung mitgebracht!"

Er grinste über beide Wangen und seine Brust platzte vor Stolz als auch die Hofschranzen endlich bemerkt hatten, dass ich anwesend war. Einige von ihnen zeigten schon auf mich, andere aber diskutierten wild.

„Der ist doch nur einer. Bursche glaubst du wirklich ein einzelner kann das ganze Spiel entscheiden?"

Das war mein Nebenbuhler, Gemus mit den Hodenbergen. In seiner arroganten Art versuchte er wohl seine Angst zu überspielen.

„Hey Hodenberg ich denke wir werden heute noch viel Spaß miteinander haben!"

Ich wollte ihn kitzeln und es gelang mir.

„Ich heiße von Hohenbergen, du Bauer!"

„Ist ja schon gut. Hodenberg, Hodenburg, Hohenbergen. Labere nicht so viel herum, du wirst heute deine Luft noch brauchen!"

Gemus Gesicht lief blau an, denn auch er hatte mitbekommen das nun auch die jungen Hofdamen anwesend waren. Arane hatte mich sofort mit ihren Blicken fixiert und ich wiederum warf ihr mein schönstes Lächeln zu. Zu vielmehr kamen wir nicht, denn Hamon ihr älterer Bruder begleitete sie und ich wollte uns nicht in Schwierigkeiten bringen. Hamon erkannte mich und nickte mir gewogen zu. Er war erst gestern Abend mit seinen Reitern von einer langen Erkundungsreise durch die Grafschaft zurückgekommen.

Gutgelaunt rief er quer über den Hof.

„Na junger Mann, ich hoffe du hast die letzten Wochen genutzt um deine Reitkünste einwenig zu verbessern."

Arane und die anderen schauten ihn nur fragend an und mein Gesicht bekam prompt die Farbe einer schönen reifen Tomate.

Er hingegen lächelte mich freundlich an.

„Aber ich denke schon das du dich verbessert hast. Ich habe auf meiner Reise die tollsten Dinge über dich gehört, du bist das Hauptgesprächthema in allen Kneipen, Spelunken und auch in den niedrigeren Häusern der Grafschaft. Der Bauernjunge der Fagonus die Stirn bieten kann. Das hat es, abgesehen von meinem Onkel, seiner königlichen Hoheit Prinz Golfin, noch keiner geschafft. Ich bin wirklich froh das du auf unserer Seite stehst."

Das klang ehrlich und ich lächelte ihn dankbar an, hatte er mich doch vor vielen peinlichen Fragen gerettet und mir einen besseren Stand gebracht. Welche erwachsenen Männer unterhielten sich schon über einen vierzehn, nein mittlerweile fast fünfzehnjährigen, Jungen und ich genoss sichtlich die Aufmerksamkeit der anderen.

Hamon wandte sich nun an alle. „Ich bitte die Damen sich am Spielfeldrand zu postieren und die Herren, die mitspielen wollen, sich zu entkleiden und ihre Waffen abzulegen. Es soll sich doch keiner ernsthaft verletzen!"

Ich gesellte mich zu meinem Team und legte bedächtig meine Kleidung ab. Eine Regel beim Fasstaubenkorbball war, dass alle Mitspieler sich ihrer Oberteile entledigten. Da es keine anderen Regeln gab, wurde Oberkörperfrei gespielt, denn die vielen zerrissenen Klamotten mussten bis zum nächsten Tag immer wieder in Form gebracht werden. Also zog ich mein Oberkleid aus und hatte nur noch mein Hemd an.

„Du musst auch dein Unterhemd ausziehen! Sonst darfst du nicht mitspielen!"

Benn war total aufgeregt und fummelte schon an meinem Unterhemd herum. Er durfte leider noch nicht mitspielen, er war zu klein und zu jung. Aber er war sozusagen das Maskottchen und der gute Geist der Mannschaft.

Ich hielt noch immer inne und überlegte. Golfin hatte mir verboten die ledernen Armschlingen abzulegen und ich sollte mich möglichst nie nackt vor den anderen zeigen. Aber er hatte doch möglichst gesagt und heute war es nicht möglich, also zog ich mein Unterhemd, begleitet von den Ahs und Ohs der Mädchen, langsam aus.

Auch die jungen Männer schauten mich teils verwundert, teil staunend an. Das wochenlange harte Training und die karge Diätkost hatten ein Wunder vollbracht. Ich war nicht länger der kräftige Pummel, ich war zu Steve dem Herkules geworden. Überall auf meinem Körper waren Beulen und Dellen zu sehen, ich hatte sogar einen sixpack Bauch. Äußerst unauffällig spannte ich meine Bauchmuskulatur an und drehte mich ein wenig, damit mich auch alle bewundern konnten.

Plötzlich fragte mich Hamon ziemlich verwundert. „Was sind das für Lederschlingen, die du da an deinen Oberarmen trägst?"

Ich hatte mich auf solch eine Fragen gut vorbereitet, man wusste ja nie ob je so eine Situation kommen könnte.

„Wenn die Kinder bei uns das richtige Alter erreicht haben um mit ihrer Ausbildung zu Kriegern beginnen zu können, dann bekommen sie diese Lederbänder. Sie dürfen sie nie ablegen, da sie erstens ein Zeichen für ihren Status als Lernende bezeugen und zweitens die Muskulatur ständig unter Spannung halten. Wenn ich irgendwann ein vollwertiger Krieger bin, dann darf ich mir auch die Unterarme verbinden. Wenn ich es dann sogar zu einem Meister schaffe, dann darf ich ein ledernes Kopfband tragen."

Das sollte ihnen eigentlich genügend zu denken geben und alle nahmen das ohne weitere Fragen so hin wie ich es gesagt hatte.

Endlich konnte es losgehen.

Die Mannschaften bestanden aus je acht Männern und stellten sich unter ihre Körbe, die in einer Höhe von zwei Metern aufgehangen waren und erwarteten den Beginn.

Zu sagen ist noch das das Feld in der Breite zehn Meter und in der Länge zwanzig Meter hatte. An den schmalen Seiten befand sich in angesprochener Höhe ein Korb, eigentlich ein altes Bierfass, in welches der Stoffball hinein musste. Man konnte ihn mit den Fuß, mit dem Kopf, mit den Händen oder wie auch immer hineinbefördern. Ein fliegender Wechsel war möglich, aber es durften sich nie mehr als acht Spieler auf dem Feld befinden. Wenn dies doch einmal vorkam, dann bekam die andere Mannschaft den Ball. Gespielt wurde bis die erste Mannschaft einen Punkt hatte. Dabei war es vollkommen egal von welcher Position aus man in den Korb traf. Regeln wie kontaktloses Spielen gab es nicht und so mutierte der Wettkampf meist zu einer wilden Schlägerei. Einzig der Schiedsrichter, als der heute Hamon fungierte, konnte das Spiel unterbrechen und auch Spieler disqualifizieren, aber nur wenn Gefahr für Leib und Leben bestand.

Ich persönlich fand das Fasstaubenball genau der richtige Sport war, um sein Mütchen zu kühlen und alte Rechnungen zu begleichen. Wir standen angespannt auf unseren Positionen und erwarteten den Beginn.

Hamon rollte den Ball ins Spielfeld und dann war Krieg.

Mit wildem Geschrei stürmten wir aufeinander los.

Ich hatte nur Augen für den Ball und natürlich für Gemus. Wir kamen zuerst an den Ball und die anderen stürzten sich auf Karal, einen kräftigen Küchenlehrling. Er rollte sich wie ein Igel zusammen und beschützte so den Ball. Wir versuchten die adelige Meute von ihm loszureißen und das Spiel entwickelte sich sehr schnell zu einem Gemetzel.

Überall rund um mich prügelten die Jungen aufeinander ein. Hier spritzte Blut, da lag einer regungslos am Boden, dort heulte schon der erst vor Schmerzen.

Ich verpasste einem der Hofschranzen einen kräftigen Kinnhaken und er fiel in sich zusammen. Auf einmal stand mir Gemus gegenüber. Er keucht wie eine fette Ente, da er sich mit einem der Bemerkung an mich wandte: „Auch wenn du der stärkere bist, ich werde Arane nicht kampflos aufgeben, du Bauer!"

Fing das schon wieder an! Sollte ich ihn vielleicht einen Zahn ausschlagen oder besser noch einen Arm brechen?

„Gemus lass den Scheiß! Du hast doch sowieso keine Chance!"

„Das werden wir schon noch sehen, Blödmann!"

Danach stürmte er wie ein Stier auf mich los. Im letzten Moment bemerkte ich das sich auch noch drei andere seiner Kameraden mit beschäftigen wollten. Ich hatte es also mit vier Gegnern zu tun und mein Triumph war stark gefährdet! Aus den Augenwinkeln sah ich das Karal noch immer den Ball fest in seinen Händen hielt und sich gegen zwei Junker wehrte.

Nach diesem kurzen Überblick stellte ich somit fest das ich mich in Ruhe meinen Gegnern stellen konnte.

„Ist das nicht etwas feige zu viert gegen einen zu kämpfen?"

„Ist uns doch egal! Wir lassen uns nicht ständig von dir Bauern die Tour vermasseln, du Dahergelaufener!"

Zu mehr Diskussion blieb keine Zeit mehr. Wild flogen die Fäuste der anderen auf mich ein und ich hatte alle Hände voll zutun mich zu wehren. Und ich schlug zurück. Ich traf Köpfe, versetzte Fußtritte und vergab Bodychecks. Aber ich musste auch viele Schläge einstecken.

Da versetzte mir Gemus, der sich hinter mich geschlichen hatte, einen kräftigen Schlag in die Nieren und danach einen Tritt in die Kniekehle.

Ich sackte vor Schmerzen in mich zusammen und ihre wilden Schläge trommelten nur so auf mich ein. Ich fühlte mich einer Ohnmacht nahe.

Wollten sie mich töten?

Ich wusste es nicht und ich schaltete mein Gehirn aus. Ich konzentrierte mich nur noch darauf zu überleben. Und ich wurde ganz ruhig. Ich atmete tief ein und aus, wie bei einer Meditation und ich spürte keine Schmerzen mehr. Viel besser noch die anderen schienen sich auf einmal in Zeitlupe zu bewegen und ich konnte ihre Schläge schon im Ansatz erkennen!

Was war geschehen?

Aber es war auch egal. Ich wich jedem der Schläge wie gelangweilt aus und verteilte meinerseits welche. Einer nach dem anderen kippte aus den Latschen und krümmte sich vor Schmerzen. Nur Gemus stand noch. Ich holte aus und schlug zu, direkt in sein Gesicht. Er überschlug sich und rollte über das Spielfeld wie der Ball. Ich schaute mich um und alle hatten ihre Gesichter angstvoll verzerrt, sie bewegten sich in Zeitlupe und ...

Ein Schrei. Es war Golfin. Er bewegte sich genauso schnell wie ich, nicht so langsam wie die anderen, und ich konnte ihn verstehen.

„Schluss jetzt! Das reicht! Ihr könnt euch noch genug austoben!"

Die anderen bewegten sich nun auch wieder normal und jeder, auch Arane, schaute mich angstvoll oder aber angeekelt an.

Golfin war bei meinen Gegnern und untersuchte sie.

„Du hast Glück, sie leben noch! Pack deine Sachen und mach dich sofort in deine Kammer!"

Ich verstand die Welt nicht mehr. Ich hatte mich doch nur gewehrt!

Arane kam schnellen Schrittes auf mich zu, starrte mich giftig an und ohrfeigte mich.

„Du bist ein Tier und kein Mensch! Wie konntest du sie nur so zurich-
ten? Kuck mich nicht so dumm an oder willst du mich auch töten? Gib mir
meinen Schal zurück, ich will nichts mehr mit dir zutun haben, du, du ...“

Wütend und mit Tränen in den Augen stapfte sie davon und ich stand
mutterseelenallein auf dem Spielfeld.

Alle hatten sich von mir abgewandt. Niemand, nicht einmal Benn,
wagte sich zu mir.

Jeder schaute mich angsterfüllt an.

23

Ich lag auf meinem Bett und sinnierte über das heute Geschehene.

Es klopfte leise und zaghaft an der Tür und Benn kam hereingeschli-
chen.

„Ich habe dir einen großen Humpen mit Zwergenmeet mitgebracht. Der
ist sehr stark und den hast du dir verdient.“

Ich schaute ihn traurig an.

„Ja wir haben wohl das Match gewonnen. Aber mich schaut nun keiner
mehr an, nicht einmal mit seinem Arsch ...“

Der kleine Page legte seine Stirn in Falten und setzte sich neben mir
aufs Bett.

„Es hat mir schon Angst eingeflößt als du da die Hofschranzen vermöbelt hast. Von dir war nur noch ein Schatten zu sehen und im ersten Moment
dachte auch ich das nicht du, sondern BALSAR der Schatten persönlich
kämpft. Aber du bist nicht böse, du bist mein Freund und deshalb habe ich
auch keine Angst vor dir! Aber nimm den Humpen und trinke ihn, schließlich habe ich meinen Lohn von einem Jahr auf dich gesetzt und ich habe
von den Knechten viel Geld bekommen. Hier schau!“

Benn kramte ein kleines Häufchen mit Kupfermünzen hervor. Damit
konnte sich Arane bestimmt nicht einmal einen Seidenschal kaufen, aber
für meinen kleinen Freund war das ein enormer Schatz.

181

„Benn du bist ja richtig reich!"

„Ja und morgen noch vor dem Fest werde ich mir davon neue Schuhe kaufen, nicht solche wie ich sie hier als Page bekomme, sondern so welche aus feinem Leder. Die werde ich dann jeden Sonntag tragen. Aber ich muss jetzt wieder nach unten. Wir müssen noch den Ballsaal schmücken und alles vorbereiten, damit wir morgen alle feiern können. Gräm dich nicht Steve, ohne dich hätten wir schon wieder verloren. Du bist mein Held uns mein Freund. Du bist nicht böse."

Ich war schon ein schöner Held. Ich hatte die vier fast totgeprügelt, Arane liebte mich nicht mehr, Golfin ließ sich auch nicht mehr blicken und alle hatten Angst vor mir.

Was war bloß mit mir geschehen?

Ich konnte mir keinen Reim darauf machen. Ich überlegte weiter und nahm das erste Schlückchen von dem Bier oder Meet wie sie es hier nannten. Es kam ein zweites und ein drittes dazu und schließlich war der Humpen leer und ich lag vollkommen besoffen auf meinem Bett und schlief. Irgendwann im Morgengrauen kam ich wieder zu mir. Mir war schlecht und ich hatte Kopfschmerzen. Ich wälzte mich noch einwenig im Bett herum und stand dann auf. In den Wochen meiner harten Ausbildung hatte ich mich zu einem Frühaufsteher entwickelt. Da ich nicht mehr schlafen konnte und auch sonst nichts vorhatte, machte ich mich zu einem Erkundungsgang durch die Burg.

Als ich auf dem Hof angekommen war schaute mich die Wache nur komisch an und ich konnte unbehelligt durch die Burg stromern. Ich ging zwischen den beiden Wallanlagen durch die kleinen Gärten, die ich bisher nur aus dem Fenster bewundern konnte und landete schließlich in einer Ecke, die ich bisher noch nie gesehen hatte, wie auch, sie lag direkt im Schatten und von nirgendwoher einzusehen.

Ich betrachtete die Mauer eingehend und sah das dies einmal ein Eingang gewesen sein musste, aber es war mit einem einzelnen behauenen Felsen verschlossen. Rund um diesen Felsen herum zog sich ein Bogen, der reich verziert war und in den Worte eingemeißelt waren. Ich stellte mich näher an den Stein und versuchte die Inschrift zu entziffern. Es ging nicht, denn die Schrift war teilweise verwittert. Also lehnte ich mich an den Stein und schaute noch genauer.

Der Stein knirschte! Ich lehnte mich noch fester an ihn und drückte nun mit aller Kraft. Mit einem lauten Knirschen gab der Stein nach und ich konnte eine nach unten führender Treppe erkennen.

Meine Neugierde war geweckt und ich ging hinein.

Als ich die ersten Treppen hinuntergegangen war verschloss sich die Tür wieder und ich rannte panisch nach oben. Mit aller Kraft stemmte ich mich gegen den Felsen, aber es war zwecklos. Er bewegte sich keinen Zentimeter.

Mir war der Rückweg versperrt! Somit hatte ich keine andere Wahl als den Treppenstufen nach unten zu folgen, Aber mein Magen wurde immer flauer und mein Puls steigerte sich mit jeder Stufe. Endlich war ich den langen Weg heruntergekommen und sah einen hellerleuchteten Raum.

Aber wo waren die Fackeln?

Ich schaute weiter und erkannte dasselbe System wie ich es auch bei Golfin gesehen hatte. Eine kleine Lichtquelle, woher sie auch immer kam, wurde durch viele Kristalle gespiegelt.

Ich sah mich weiter um und entdeckte eine große Nische in diesem Raum.

Wofür waren die den da?

Ich ging in die erste und stellte zu meinem Entsetzen fest, dass ich in einer Gruft gelandet war. Vor mit stand ein Sarg aus Stein, das war unschwer zu erkennen. Er war zugegebenermaßen kunstvoll und reichlich verziert, aber mir wurde doch recht bange zumute.

Ich fasste mir ein Herz, ging langsam auf ihn zu und betrachtete ihn. Die Abdeckplatte war noch reichlicher verziert als der Rest schon ohnehin und an dem mir gegenüberliegenden Ende war das Relief eines Gesichtes zu erkennen.

Nun wollte ich es aber genau wissen. Ich schlenderte um den Sarkophag herum und betrachtete mir die gemeißelte Maske. Es handelte sich hier unzweifelhaft um einen Mann, sogar der Bart und seinen Haaren hatte der Künstler nachgestellt, eine wirkliche Meisterleistung!

Fasziniert strich ich über das nachgestellte Gesicht. Es fühlte sich kalt an, war auch logisch, denn ich strich ja über einen Stein.

Und dann geschah das unfassbare!

Das Gesicht öffnete seine Augen!

Mit einem lauten Schrei zog ich meine Hand weg und stolperte von diesem Totenschrein weg. Wie in Zeitlupe drehte sich das Gesicht in meine Richtung. Ich wollte wegrennen, einfach nur weg von hier, aber meine Beine waren wie gelähmt. Ich saß nur da und starrte das Gesicht an. Ich konnte nicht einmal schreien und war kurz davor mich vor Angst einzupinkeln. Das Gesicht drehte sich weiter zu mir um und sah mir in die Augen. Schließlich fing es zu sprechen an. Das war selbst für mich zuviel. Vor Angst schlotterte ich am ganzen Körper.

„Welcher Thor wagt es meine Ruhe zu stören? Wer bist du?"

Ich zitterte immer stärker und brachte kein Wort heraus.

Das Gesicht fragte wieder. „Wer bist du? Was willst du von mir?"

Langsam bekam ich wieder Kontrolle über meinen Körper. Ich richtete mich auf und schaute dem steinernen Gesicht in die leeren Augen.

„Ich heiße Steve. Ich wollte eigentlich nicht zu dir, aber da war eine Nische und ein steinernes Tor. Ich habe nur ganzleicht daran gedrückt und dann stand ich auf den Treppen die hierunter führen. Das Tor hat sich verschlossen und ich bin hier gefangen."

Ich hatte schreckliche Angst.

Das Gesicht schien aus dem Sarkophag herauszuwachsen. Es wuchs immer höher und kam mir dabei auch näher. Aber die Verbindung zum Sargdeckel verlor es dabei nicht. Wieder forderte es mich auf meinen Namen zu nennen.

„Aber den habe ich dir doch schon gesagt. Ich heiße Steve. Aber wer bist du denn überhaupt?"

Ich fasste es nicht, ich redete mit einer Totenmaske auf einem Sargdeckel.

„Ich glaube nicht das du in der Position bist mir Fragen zu stellen. Ich frage dich nun zum letzten Mal: Wie heißt du?"

„Gut, wenn du es unbedingt wissen willst: Mein voller Name ist Steve Golfin Mc Arthur. Zufrieden?"

Das Gesicht verzog zu einem Lächeln, wenn man das von einer Steinmaske so sagen konnte.

„Deine Antwort war fast richtig Steve Golfin. Da du dich mir nun vorgestellt hast, werde ich dir meinen Namen nennen. Ich bin, ich war, Managor der erste König von Aloifanda. Und du bist in der geheimen Gruft des ersten Königs gelandet. Seit vielen Jahrhunderten hat sich keiner mehr hierher verirrt."

Toll, ich unterhielt mich mit einem Exkönig, der vermutlich schon seit Jahrhunderten tot war.

„Kann ich dich Managor nennen oder muss ich bei dir auch diese dämlichen Phrasen nutzen wie die da oben?"

Jetzt lachte die Maske.

„Nein nein, wir können uns ruhig wie Gleichgestellte unterhalten. Aber erzähl mir von deiner Familie Steve!"

Da ich sowieso nichts Besseres zu tun hatte und hier auch nicht rauskam erzählte ich ihn kurz meine Geschichte. Das gute an dem steinernen Gesicht war das es mich nicht unterbrach und auch keine Mine verzog, wie auch. Nachdem ich geendet hatte, forderte mich Managor auf, mit der Begründung das seine steinernen Augen nicht ganz so gut waren, näher zu kommen.

„So so, deine Mutter wurde also Gwenofina gerufen? Und dein zweiter Vorname ist Golfin so wie der Name des jetzigen Prinzen? Und du nennst dich Mc Arthur? Findest du das alles nicht, sagen wir mal wunderlich?"

Es fiel mir wie Schuppen von den Haaren und vor Erstaunen riss ich meine Augen weit auf.

„Ich habe dir doch gar nichts über den Prinzen und Magier Golfin erzählt!"

„Ja das hast du unterschlagen. Aber nun sag mir doch wie es dich nach Aloifanda verschlagen hat. Aber lass nicht ein Wort aus!"

Also erzählte ich von meinem Sturz, den Goldstückchen, dem Wald und den Waffen, der Hecke, der Vergessenstrauerweide. Ich erzählte ihm sogar

185

von meiner Liebe zu Arane und der komischen Sache, die mir beim Spielen passiert war. Nachdem ich geendet hatte, schwieg ich und sinnierte über mein Schicksal. Das war eigentlich ganzschön viel für solch eine kurze Zeit für eine Jungen wie mich.

„Ja du hast recht. Das war wirklich sehr viel in dieser kurzen Zeit."
Die Maske schien durch mich hindurchzuschauen.

„Was hast du eben gesagt? Ich habe doch gar nicht mit dir geredet!"
Das steinerne Gesicht schmunzelte.

„Ich kann Gedanken lesen ..."

„Super, dann hätten wir uns doch das alles ersparen können. Du hättest mal schnell in meinen Kopf geschaut, alles erfahren und wir wären fertig!"

So eine Frechheit! Kuckte in meinen Kopf und ich sollte ihm alles erzählen, das hätten wir doch viel leichter haben können!

„Ich kann nicht so in deinen Kopf schauen wie du dir das vorstellst. Ich sehe nur Bilder. Aber erst die Sprache macht die vielen Eindrücke lebendig."

Die Maske schwieg wieder und ich hatte auch keine Lust mehr irgendetwas zu erzählen. Schließlich unterbrach Managor dann aber doch die Stille.

„Ich finde das du würdig bist meine Geschichte so wie sie ist, nicht so wie die Legenden erzählen, erfährst. Wie du weißt heiße ich Managor. Ich bin der menschliche Sohn von MANAWAL ..."

„Wie soll denn das gehen?"

„Nachdem die Nekal BALSAR in seine Schranken verwiesen hatten, übergaben sie den Elben, Menschen und Zwergen die Macht über Aloifanda, damit sie sich gegen die Geschöpfe von BALSAR erwehren konnten. Aber es stellte sich für die Menschen als sehr schwierig heraus alle zu befriedigen. Jeder kämpfte gegen jeden um die Vorherrschaft. MANAWAL konnte den Tod und das Leiden seiner geliebten Rasse nicht mehr mit ansehen und opferte sich. Er schenkte einer Menschenfrau einen Samen und sie gebar den ersten König von Aloifanda, mich. Ich wurde zu einem Namar, einem weniger mächtigen Agoren, wie auch alle nach mir aus meinem Geschlecht. Ich war dazu auserwählt Ordnung und Gesetz,

Frieden und Freiheit, Liebe und Menschlichkeit im Lande einkehren zu lassen. Ich brauchte mein ganzes Leben dafür und noch heute ist nicht alles das verwirklicht was ich vor vielen Jahrhunderten anfing ...“

Er seufzte traurig und ich konnte ihn nachfühlen, denn als unsere Rasse vor zehntausend Jahren die Erde eroberte waren sie noch Tiere und bekämpften einander. Früher wegen Nahrung, Frauen und Land; heute wegen Religion, Erdöl und Macht. Es hat sich noch nicht viel geändert.

Managor setzte wieder an: „Aber um all die Aufgaben erledigen zu können, reichte kein Menschenleben. Also statteten die Nekal mich mit den notwendigen Dingen aus. AMBASSAR schmiedete für mich in einem Vulkan aus Himmelsgestein ein Schild, ein Schwert und eine Axt. Diese Waffen konnten nur von einem Menschen aus meiner Blutlinie geführt werden. Du kennst die Waffen, denn sie sind in deinem Besitz. Diese Waffen geben dir die Macht schwarze Drachen töten zu können ...“

„Kannst du mir das mit der Blutlinie noch einmal erklären?“

Ich war aufgeregt, hatte ich doch mit dem Schwert und der Axt schon gekämpft; zwar gegen eine Hecke aber immerhin.

„Dazu kommen wir später. Wir haben viel Zeit. Du besitzt also das Schwert und die Axt des AMBASSAR. Das Schild befindet sich in der königlichen Waffenkammer. Wenn du sie betrittst, dann wirst du schon fühlen wo sich das Schwert befindet. Aber die Ausrüstung reichte bei weitem nicht für die Aufgaben aus, die mir zugedacht waren. So schufen die Nekal eine andere Sache um mich zu schützen und mich für die Gefahren zu wappnen. Sie schufen das Amulett der Alten ...“

„Was ist denn das?“

Mir schwante böses.

War ich in den Besitz von einem Teil dieses gelangt?

Aber warum gingen die beiden Stücke wieder verloren?

„Du brauchst keine Angst zu haben. Aber um Licht hinter die Sache zu bringen, zieh bitte dein Hemd aus und wickle deine Lederbänder ab!“

Das ließ ich mir nicht zweimal sagen, denn jetzt wollte ich alles ganz genau wissen. Schnell zog ich meine Hemden aus und riss mir förmlich die Bänder von den Armen.

„Schau auf deinen linken Arm! Siehst du es?"

Ich sah nichts und schüttelte verwundert meinen Kopf.

„Dann streiche langsam über ihn und du wirst es fühlen."

Ich tat wie geheißen und strich behutsam über meinen Arm. Ich konnte es nicht glauben, unter meiner Haut war etwas. Es war rund und lief aber an einer Seite spitz zusammen.

Was war denn das?

„Das sind die ersten zwei Teile des Amulettes. Dein Körper hat das Amulett aufgenommen und dieses beschützt dich. Verstehst du jetzt warum deine Wunden so schnell heilen und dein Finger so schnell wieder nachgewachsen ist? Verstehst du nun warum du dich zehnmal so schnell bewegen kannst wie ein normaler Mensch und auch zehnmal so stark bist?"

„Das klingt aber alles ganzschön wunderlich. Die Alten, die Nekal schufen also ein Amulett, das es dir ermöglichte die Welt zu befrieden."

So weit so gut.

„Aber warum habe ich nur einen Teil davon?"

„Lass es mich dir weiter erklären. Ich verliebte mich in eine Frau, wie es nun mal der Lauf der Dinge ist. Sie war eine Menschenfrau und ging folglich im gesegneten Alter von achtzig Jahren zu HARAMAS. Ich jedoch war in all den Jahren kaum gealtert und musste mit ansehen wie meine Kinder älter und älter wurden und ihre Kinder ebenso. Verstehst du?"

„Hmm, du warst also so etwas wie der Highlander, der Mann der niemals stirbt und gezwungen ist für ewig zu leben und gegen seine Feinde zu kämpfen ..."

„So ungefähr, obwohl ich nicht weiß was ein Highlander ist. Ich machte mich auf die lange und gefahrvolle Reise zu den Alten und letztendlich fand sie auch. Ich wollte sterben um bei meiner Frau sein, denn sie war meine große Liebe, sie war ein Teil von mir und mit ihr starb auch ich. Ich ging also zu den Nekal und bat sie mich von meinem Schicksal zu erlösen ..."

„Und taten sie es?"

„Da sie unsere Rasse liebten taten sie es, ja, aber nicht gern. Ich wurde von ihnen zurückgeschickt und konnte in Frieden sterben. Als ich dann endlich tot war löste sich das Amulett aus meinem Körper und mein Sohn, als nächster König, war bestimmt das Amulett in sich aufzunehmen und für ewig zu leben und zu kämpfen. Leider hatte auch BALSAR von meinem Handel mit den Nekal mitbekommen und schickte seinerseits eines seiner Ungeheuer, welches das Amulett zerstörte. Es zerschlug es in die fünf Teile, die jeder einzelne Nekal für das Ganze geschaffen hatte und verstreute sie auf Aloifanda und wie du gesehen hast auch auf deiner Welt ...“

„Aber es sind doch sechs Nekal!“

„Ja sind es. Aber MANAWAL gab doch schon seinen Samen und schenkte mir somit das Leben ...“

„Was sind die Teile? Wofür stehen sie?“

„Gut das du danach fragst. AMBASSAR stattete das Amulett mit der Macht über das Feuer und die Erde aus, DIANDLARA machte es möglich sich selbst zu heilen, TERONAS gab die Macht des Kampfes, IOMENA fügte die Schlauheit hinzu und HAMARAS schließlich gab das ewige Leben.“

Ich saß da und war tief in Gedanken versunken. Ich konnte mich schneller als alle anderen bewegen und ich konnte mich und meinen Körper ebenfalls schnell heilen. Ich war als im Besitz der Stücke von DIANDLARA und TERONAS. Aber warum nur?

„Auch diese Frage kann ich dir leicht beantworten. Sieh auf dein Mahl am rechten Arm. Wie sieht es aus?“

„Mutter sagte mir immer dies sei ein kleiner roter Drache und ich finde er sieht ihm ähnlich, auch wenn ich, bis auf Famulus, noch nie einen gesehen habe.“

„Es ist wirklich das Abbild eines Drachen. Dieses Mahl lässt jeden erkennen das du vom Blute des MANAWAL bist, also sozusagen mein Urururururenkel. Dieses Mahl gibt dir die Macht über die roten Drachen und du kannst sie rufen, wenn du in Gefahr bist. Dann werden sie dir helfen. Aber sei gewarnt: Wenn du sie rufst und sie für dich kämpfen, dann wird auch BALSAR sein schwarzen einsetzen und das Leid wird über Aloifanda kommen.“

„Also nützen sie mir nicht viel. Sie dienen somit nur zur Abschreckung?“

„Geh mit ihnen nicht leichtfertig um! Ich warne dich!"

„Aber wie kann ich sie rufen?"

„Wenn die Zeit gekommen ist dann werde ich es dir verraten! Aber es ist noch zu früh!"

Wir schwiegen wieder. Ich war also mit Golfin verwandt. Endlich ergab alles einen Sinn. Er weinte mit mir über mein Schicksal, er schwor mir mich immer zu beschützen, er ließ mich ausbilden und ...

„Er war der Vater von Prinzessin Gwenofina und somit dein Großvater ..."

„Dann bin ich also ...?"

Managor nickte.

„Du bist Prinz Steve Golfin von Aloifanda, der Erbe des Reiches. Deine Aufgabe ist es das die Teile des Amulettes wieder zusammenzufügen und endlich den Frieden für die Menschen und alle anderen Rassen zu bringen!"

Das war ja eine tolle Aufgabe. Ich Jungspund sollte die Teile finden und dann auch noch Frieden machen? Woher sollte ich denn wissen wo die einzelnen Stücke herumliegen? Wieso war ich der Heilsbringer? Warum hatte ich nur immer so ein Glück?

„Du wirst die Stücke finden oder aber sie werden dich finden. Gehe zuerst zum König und hole dein Schild. Dort liegt auch eine Schriftrolle, die wird dich leiten ..."

Er meinte wohl eher leiden.

„Ich besitze doch schon zwei Stücke. Wie setze ich sei ein?"

„Hast du das noch immer nicht gemerkt? Du musst dich nur auf dein Innerstes konzentrieren. Dann wirst du eins mit dem Amulett. Aber ich muss nun gehen, mein Gebieter, HARAMAS, ruft mich. Das Tor ist wieder frei. Gehe und erfülle deine Aufgabe. Denn wenn du versagtst, so wie ich, dann wird Aloifanda untergehen und mit ihr die Menschen und alle anderen Rassen und BALSAR hat die Schlacht gewonnen. Gehe jetzt, der erste Kampf steht sehr sehr bald bevor! Wappne dich und rette Merkedee und die Grafschaft, rette die Menschen! Bitte!"

Dann erstarrte das Gesicht wieder zu Stein.

24

Ich verabschiedete mich höflich von meinen Vorfahren und schlich dann mit hängendem Kopf die Treppe herauf. Wie er es gesagt hatte ließ sich die Tür leicht öffnen und ich war von der grellen Sonne vollkommen geblendet.

Golfin war also mein Großvater und da seine Halbschwester Gwendoline die Großmutter von Arane war, war sie somit meine Großcousine oder so.

Das war gar nicht gut, um nicht zu sagen es war beschissen. Ich konnte doch nicht in meine Cousine verliebt sein! Außerdem war sie nur die Tochter eines Grafen.

Aha, hatte das Golfin vielleicht mit nicht von meinem Stand gemeint? Schließlich war ich doch ein Prinz und alle diese Hofschranzen mussten doch einen Bückling vor mir machen.

Wenigstens das war gut.

Ich schlenderte weiter und war innerlich noch immer ziemlich aufgewühlt.

Was sollte das nur mit dem bestehenden Angriff bedeuten?

Ich verstand gar nichts mehr und meine Gedanken kreisten nur um das Gespräch mit Managor oder mit dem was von ihm übriggeblieben war. Ich erreichte die kleine Pforte am Burgtor und hörte schon überall die Gesänge und das Gelächter der feiernden Menschen. Als ich den Burghof wieder betrat haute es mich fast um, denn ich kam in ein buntes Treiben.

Auf dem Hof war eine riesige Tafel aufgestellt, an der sich der Hofstaat, die Zunftmeister und andere herausragende gesellten. Überall war Gelächter, Gegacker und Musik zu hören.

„Da bist du ja endlich! Wo warst du denn nur? Ich habe dich schon die ganze Zeit gesucht!"

Es war mein Kumpel Benn. Ich musterte ihn nur verdrießlich und stellte fest, dass er sich seine neuen Stiefel gekauft hatte. Es sah einfach lächerlich aus die dunkelblaue Pagenuniform und dazu die Stiefel aus Wildleder. Es passte überhaupt nicht zusammen. Aber ihm das so einfach ins Gesicht zu sagen ging auch nicht, schließlich wollte ich ihm nicht den Tag verderben.

„Du hast dir ja deine neuen Stiefel schon gekauft!"

Benn zeigte sie mir stolz.

„Ich wollte sie mit dir zusammenkaufen. Aber du warst nirgendwo zu finden! Also bin ich selber losgezogen und nun habe ich auch so schöne wie du! Wo warst du denn überhaupt? Ich habe dich den ganzen Vormittag gesucht?"

Ich schaute ihn nur verdutzt an.

„Wie spät ist es denn eigentlich?"

„Na es ist bald Zeit zum Abendessen."

Hatte ich so lange Zeit in der Gruft verbracht? War es wirklich schon so spät?

Benn zog mich am Arm.

„Komm ich will dir alles zeigen. Es sind Gaukler da, wilder Tiere, Verkaufsstände und überall ist Musik und Tanz, alle Leute feiern heute und bis auf den höchsten Adel haben wir heute keine Standesschranken!"

Ich schüttelte nur den Kopf.

„Benn es tut mir leid, mir geht es nicht so gut. Feier du doch und ich werde mich in mein Bett legen!"

Benn war sichtlich traurig.

„Aber ich habe mich doch so auf heute gefreut!"

„Ich mich auch kleiner Freund. Aber mir geht es wirklich nicht gut."

Er zuckte mit den Schultern grinste mich verlegen an und ging dann wieder in der bunten feiernden Masse unter.

Ich ging zum Burgtor und inspizierte unauffällig die Wachen. Auch sie feierten mit ihren Frauen oder Freundinnen und Familien. Alle waren schon leicht angetrunken und begingen meiner Meinung nach ein Wachverfehlen. Aber das interessierte heute wohl niemanden.

Traurig und niedergeschlagen wanderte ich zurück über den Burghof und mir fiel etwas Komisches auf. Wo immer ich hinkam da machten die Menschen platz, schauten oder zeigten auf mich und tuschelten.

Konnten sie mein Königmahl oder die Teile des Amuletts sehen?

192

Schnell und unauffällig unterzog ich mich einer Kontrolle. Sie konnten nichts sehen, gut. Aber dann fiel es mir wieder ein. Sie konnten nur über das gestern Geschehene tuscheln und das war mir vollkommen egal.

Ich ging weiter durch die Tischreihen und immer bildete sich ein ein kleiner Freiraum um mich bis schließlich ein angetrunkener fleischgewordener Riese vor mir stand und mir den Weg verstellte.

„Du bist der junge Berserker?"

Ich musterte ihn und sah mich um. Etwas abseits standen die Gemus und Konsorten und schauten erwartungsvoll zu uns herüber. Aha, sie hatten mir ein Geschenk gekauft!

„Wer bist du und was willst du von mir?"

„Ich bin Urobol der Schmiedegeselle. Ich bin der stärkste Mann von Merkedee und ich will dir eine Abreibung verpassen! Wollen wir doch mal sehen wer der stärkste Mann der Stadt ist ..."

Mit jedem Wort wurde er lauter und aggressiver. Er machte einen drohenden Schritt auf mich zu und versuchte auch sofort zuzuschlagen.

Für diesen angetrunkenen Fleischhaufen brauchte ich meine Superkräfte aber nicht. Ich drehte mich kurz von ihm weg, machte einen Seitfallschritt und versetzte ihm einen kräftigen Schlag auf die kurzen Rippen.

Wie ein verletztes Tier jaulte er auf und wurde noch wütender. Er atmete schwer und stank aus seinem Hals wie ein Weinfass. Brutal und ohne Rücksicht auf Verluste ging er wieder auf mich los.

Ich wich ihm wiederum aus und trat ihm gegen sein Schienbein und danach ganz unmannhaft zwischen die Beine.

Seinen Augen hatten nun die Größe von Äpfeln und er krümmte sich vor Schmerzen.

Dies war die ideale Gelegenheit dem Kampf ein Ende zu machen. Ich holte aus und verpasste ihm einen Kinnhaken und er fiel mit einem letzten Keuchen wie ein nasser Sack in sich zusammen.

Prüfend stupste ich ihn noch mit meiner Fußspitze an um mich zu vergewissern ob er noch einmal aufstehen könnte. Dies war aber sichtlich nicht der Fall und ich konnte gemütlich zu den Hofschranzen schlendern.

Als ich endlich vor ihnen stand schauten sie mich betreten und ertappt an.

Aber heute war nicht der Tag der Abrechnung und ich hatte auch keine Lust mehr an diesen kindischen Spielchen. Ich wandte mich an ihren Anführer, Gemus.

„Hohenbergen dafür das du gestern fast halbtot warst siehst du heute schon ziemlich erholt aus. Ich muss anerkennen das du zäher bist als ich angenommen habe."

Gemus war erstaunt und wusste nicht was er erwidern sollte.

„Junker ich denke wir sollten diese Kinderspielchen lassen. Ich habe keine Lust meine Zeit ständig mit diesen Albernheiten zu vergeuden. Als ich auf der Burg ankam wusste ich nicht das du und Arane ein Paar seit oder so ..."

Er hatte sich wieder gefangen und war wieder auf Streit hinaus.

„Aber nun weißt du es, Bauer?"

„Ja nun ist es mir bekannt. Wir beide wissen das sie nicht von meinem Stand ist und du solltest wissen das sie nur versucht hatte uns gegeneinander auszuspielen."

„Wie kannst du er wagen so von der Tochter des Grafen zu reden!? Soll ich dich auspeitschen lassen?"

Ich holte tief Luft und stieß sie wie ein gereizter Stier wieder aus.

„Gemus von Hohenbergen. Ich biete euch jetzt und nur dieses eine Mal meine Hand und meine Freundschaft. Nimm sie und wir werden nie wieder im Streit liegen. Nimm sie nicht und du hast ab heute einen richtigen Freund für dein ganzes Leben gefunden. Ich hoffe du verstehst was ich meine!"

Ich hielt ihm meine Hand hin und erhoffte das er sie greifen würde, schließlich hatte ich ihm doch seine Arane zurückgegeben und ihm die Freundschaft angeboten. Gemus schaute mich nur arrogant und von oben herab an.

„Ich soll mit einem Bauern Freundschaft schließen? Bist du noch bei Troste?"

Seine Lackaffenfreunde kicherten nur dumm und ich hielt ihm noch immer meine ausgestreckte Hand entgegen.

194

„Du hast zu meinem Angebot noch nichts gesagt. Aber ich will es dir noch etwas mehr verdeutlichen. Ich biete dir meine Freundschaft, denn eigentlich bist du hinter deiner höfischen Maskerade kein schlechter Kerl. Ich verzichte freiwillig auf Arane und du kannst bei ihr um ihre Gunst buhlen. Ich biete dir meine Waffenbrüderschaft, denn ich bin der beste Kämpfer weit und breit und ich verlange nur deine Freundschaft, mehr nicht."

Gemus war sichtlich hin und hergerissen. Er kämpfte mit sich und seiner Arroganz. Aber er schlug trotz allem ein.

„Und nun Steve? Was kommt jetzt?"

Ich forderte ihn auf mit zu folgen und ließ keinen Widerspruch zu. Er runzelte nur die Stirn aber folgte mit trotzdem und ihm folgten seine Lackaffen. Mit mir an der Spitze bahnten wir uns einen Weg durch die Tischreihen und gingen in Richtung des VIP – Tisches.

Golfin saß da und hielt ein Schwätzchen mit Gwendoline, meiner Halboma oder so.

Der Platz des Grafen war frei. Sicherlich war er irgendwo unterwegs und feierte auch.

Als wir vor Golfin angekommen waren unterbrach er seine Unterredung abrupt und so ziemlich alle schauten uns überrascht an.

Golfin hatte ein bier- und weinseliges Lächeln auf den Lippen.

„Wollen die jungen Herren nun die Burg übernehmen? Oder welches Anliegen habt ihr sonst?"

Ich schaute über meine Schulter und sah wie die anderen betreten auf ihre Füße schauten, denn alle lachten über Golfins Scherzchen. Ich verschränkte meine Arme und schaute meinem Großvater tief und lange ins Gesicht.

„Ich bin gekommen um mir das zu holen was mir zusteht und was mir gehört! Ich muss mit dir reden!"

Dabei zeigte ich mehrfach an meinen Oberarm.

Vor Überraschung riss Golfin seine Augen weit auf und stand so plötzlich auf, dass sein schwerer Stuhl mit einem lauten Knall nach hinten umfiel. Auch er blickte mir tief in die Augen und presste seine Lippen fest zusammen.

Er zitterte.

Ich lächelte ihn an und er nickte dankbar.

Nun lächelte auch er, vielleicht glücklich.

„Gwendoline entschuldige mich bitte ich habe nun eine wichtige Unterredung!"

Gemus stieß mich von hinten leicht an und wies mich zurecht.

„Du kannst doch mit dem Prinzen nicht so reden!"

Ich drehte mich halb um und gab ihm meine ersten Anweisungen.

„Gemus geh und suche den Grafen und seinen Sohn Hamon, Fagonus den Schwertmeister und Hangaron, den Sohn des Ambaron, den Hauptmann der Stadtwache. Sie sollen sich unverzüglich vor dem Planungsraum einfinden und dort auf Golfin und mich warten. Lass bitte außerdem Essen und Getränke, aber keine alkoholischen, dorthin bringen!"

Gemus verstand nun gar nichts mehr und blickte verwundert mal zu Golfin und mal zu mir. Er zischte mich an: „Steve bist du vollkommen bescheuert? Du kannst doch nicht den Schwertmeister und den Hauptmann der Stadtwache zu dir befehlen, geschweige denn den Grafen und seinen Sohn!"

Ich blickte zu Golfin und grinste ihn verschmitzt an.

„Der Prinz und der Erbe des Reiches wünscht es!"

Ich hoffte das der Erbe des Reiches nicht von den anderen so richtig verstanden wurde und Golfin zuckt nur mit den Schultern.

„Wenn es der Wunsch des Prinzen ist, dann schicke sie bitte vor den Planungssaal. Wir werden sie dann zu gegebener Zeit hereinbitten."

Mit hochrotem Kopf dampften Gemus und seine, meine, Kumpane davon.

Golfin wandte sich nun wieder zu mir: „Dann wollen wir mal, mein Junge!"

Wir gingen in den Saal und setzten uns auf zwei Sessel am Kamin.

Golfin fand als erster seine Sprache wieder: „Und nun Steve?"

„Zeig mir dein Mahl, bitte!"

Golfin seufzte inbrünstig, wickelte aber sein Hemd nach oben.

Ich schaute es mir an. Wie ich es erwartet hatte, war es dasselbe wie meins.

Ich nickte nur und Golfin schaute mich verlegen an.

„Wie soll ich dich nun nennen: Golfin, Meister Golfin, Prinz Golfin, Großvater?"

Tränen glitzerten in seinen Augen und er seufzte wieder.

„Großvater wäre schon schön. Aber wenn du mich nicht so nennen willst ..."

Zu mehr kam er nicht. Ich war aufgesprungen und wir lagen uns schluchzend und weinend in den Armen und wir vergaßen Zeit und Raum. Endlich kannte ich den Vater meiner Mutter, endlich hatte ich jemanden, der sich meiner annahm, denn schließlich hatte er sich doch schon um mich gekümmert.

Unsere Freude wurde von einem jähen, lauten Klopfen, als wollte jemand die Tür eintreten, unterbrochen und die herbeibefohlenen kamen herein.

Eigentlich sollten sie vor der Tür warten, aber das war in diesem Moment auch egal. Sie sahen uns eng umschlungen halb auf dem Sessel halb stehend und blickten verlegen zur Seite.

Golfin und ich lösten uns voneinander und wischten uns die Tränen weg.

„Was ihr hier sollt weiß ich nicht, da müsst ihr schon ihn fragen!"

Nun war ich also an der Reihe.

„Gemus warte bitte auf dem Flur. Ich denke das wir dich heute noch brauchen werden!"

Nachdem er ohne Widerrede die Tür geschlossen hatte, natürlich von außen, wandte ich mich an die anderen.

„Ich habe euch hierher gebeten, da es erstens an der Zeit ist eine Scharrade zu beenden und zweitens etwas geschehen ist das ich euch allen mitteilen muss."

Bogolus hob verwundert seine Augenbrauen, Hamon schaute irritiert, Hangarons Mine war versteinert und der alte Schwertmeister lächelte, ebenso wie Golfin, glücklich.

197

Ich streckte meine Hand aus und widmete mich Golfin.

„Gib mir bitte den Ring."

„Meinst du wirklich?"

„Ja. Es ist an der Zeit!"

Er nestelte an seinem Hemd, zog seine Kette heraus und überreichte ihn mir. Ich umschloss ihn fest mit meiner Hand und fing an.

„Ich heiße Steve. Aber das ist nicht mein voller Name. Mein voller Name bislang lautete Steve Golfin Mc Arthur ..."

Bis auf Golfin und Fagonus verstanden die anderen gar nichts. Also musste ich deutlicher werden.

„Was ich euch jetzt sage darf kein anderer außer uns hier im Raum erfahren bis ich es euch erlaube ..."

„Was soll das ganze ..."

Es war Bogolus.

Und Golfin brachte ihn mit erhobenem Zeigefinger zum Schweigen.

„Steve hat euch allen etwas zu sagen. Also hört zu und schweigt!"

Das ließ keine Widerrede zu.

„Also mein Name ist Steve Golfin. Ich bin der Sohn von Gwenofina, der Tochter von Golfin. Ich bin Steve Golfin von Aloifanda. Ich bin der Nachfahre von Managor ..."

Zu mehr kam ich erst einmal nicht, denn Fagonus zog sein Schwert und kniete nieder und legte sein Schwert ab.

„Stärke, Ehre und Treue, bis in den Tod. Lang leben die blutroten Drachen."

Er legte einen Eid ab, das gab es doch nicht!

Der Graf wusste noch immer nicht so recht was er von der ganzen Sache halten sollte und schaute Golfin verwundert an.

Der wiederum zuckte nur lächelnd mit den Schultern.

Ich fuhr fort: „Ich bin ein Nachfahre von Managor, hier seht!"

Ich wickelte mein Hemd nach oben und präsentiert ihnen mein Mahl und danach meinen Siegelring.

Nun verbeugten sich auch Bogolus und Hamon vor mir. Schließlich hatten sie es ja nun mit einem waschechten Prinzen zu tun.

„Vergebt mir meine vorlauten Worte Mylord. Aber ich habe nicht gewusst ...“

Das war wohl für mich gedacht.

„Ja nun bekommt euch alle bitte wieder ein und lasst uns nun arbeiten!“

Ich ging an den Kartentisch wo reinzufällig eine Karte der Burg und deren Umland lag. Alle anderen gesellten sich zu mir und schauten mich erwartungsvoll an.

„Ich hatte heute eine Unterredung mit jemanden den ihr alle kennt. Ich habe heute Managor getroffen ...“

„Was das ist unmöglich! Niemand kennt den Zugang zu seiner Gruft! Keiner weiß wo sie sich überhaupt befindet, nicht einmal der König!“

„Doch ich war dort und ich habe mich mit seinem Abbild unterhalten. Er hat mir vieles erklärt was ich schon geahnt hatte und auch andere Dinge die ich nicht wissen konnte.“

Dann fing ich an ihnen einige Details meiner Unterredung mit dem ersten König mitzuteilen, aber nicht alles, denn schließlich mussten nicht alle alles erfahren.

Staunend hörten sie mir zu und keiner unterbrach mich. Und dann kam ich zu der Stelle die mich sehr beunruhigte: „Managor gab mir noch etwas auf den Weg mit, er sagte wörtlich: Geh jetzt, der erste Kampf steht sehr sehr bald bevor! Wappne dich und rette Merkedee! Ich denke wir sollten seine Warnung nicht auf die leichte Schulter nehmen, oder?“

Golfin und auch die anderen nickten bestätigend.

Ich blickte wieder in die Runde.

„Was ist also nun zu tun?“

„Wir sollten alle zuerst überlegen um welchen Feind es sich handelt!“

Das war der Graf. Er hatte sich als erster wieder gefangen und schließlich war es ja auch seine Burg und seine Leute um die es sich handelte.

Golfin wiegte leicht seinen Kopf hin und her.

„Meine Herren glaubt ihr das noch heute Nacht ein Angriff auf die Burg bevorsteht? Ich persönlich denke nicht. Wenn es überhaupt eine Bedrohung gibt, dann nur aus dem Süden von den Orks. Und vor denen schützt uns TERONAS Turm. Außerdem kann ich heute nicht ganz so klar denken, denn ich habe viel Wein getrunken. Ich schlage vor, dass wir uns alle bis morgen früh ausschlafen und uns dann, mit klarem Kopf, der Sache widmen."

Alle außer mir nickten zur Bestätigung. Golfin hatte ja recht, sie hatten alle den ganzen Tag mit Feiern und Alkohol verbracht, aber Managor hatte mich doch so eindringlich gewarnt! Ich musste es nochmals versuchen.

„Aber Managor hat mich doch gewarnt! Wir können seine Warnung nicht so einfach aus dem Wind schlagen!"

Golfin belehrte mich nun.

„Junge, was bringt es, wenn alle außer dir hier weinselig herumsitzen und diskutieren? Ich sage dir das bringt überhaupt nichts!"

Ich gab mich geschlagen, denn was sollte ich dem entgegensetzen? Schließlich war Golfin nicht nur mein Großvater, sondern auch noch der Prinz und somit sozusagen mein Vorgesetzter.

„Aber eines verlange ich noch von allen, auch von dir Großvater. Schwört mir das ihr zu niemanden ein Wort sagt wer und was ich bin, denn ich lebe zurzeit sehr gut als Steve der Bauer."

„Eine sehr gute Idee von dir mein Junge. Ich werde alles noch einwenig verschärfen. Wer von euch hier seinen Rand nicht halten kann, dem droht die ganze Schärfe des prinzlichen Rechtes. So und nun ins Bett mit euch! Wer aber noch bleiben will der kann das tun."

Golfin strich mir noch schnell großväterlich über meinen Rücken und machte sich von dannen und einer nach dem anderen folgte ihm.

25

Ich stand allein an dem riesigen Planungstisch und wollte die Karte studieren, als sich leise die Tür öffnete. Ich schaute mich um und erblickte Gemus von Hohenbergen.

„Was habt ihr denn hier drinnen besprochen? Einer nach dem anderen ist aus dem Saal gekommen und ist ohne ein Wort zu mir vorbeigegangen.

200

Ich kann doch dann auch abhauen oder? Schließlich treffen sich heute Nacht noch die jungen Leute und feiern ihr eigenes DIANDLARA Fest!"

„Wenn du willst, dann gehe und amüsiere dich. Ich will mir noch die Karte anschauen."

Gemus schaute mir über die Schulter und betrachtete ebenso die Karte. Ich konnte aus meinen Augenwinkeln sehen das sein Blick meine rechte Hand fixierte und den Siegelring sah. Scheiße! Riesenscheiße! Noch bevor ich meine Hand unauffällig vom Tisch ziehen konnte, sprach er mich schon an.

„Du trägst einen königlichen Siegelring! Das darf nur der König selbst und der Prinz! Wenn das einer mitbekommt, dann ist es um dich geschehen! Bist du wahnsinnig?"

Die letzten Worte hatte er lauthals geschrieen. Schnell zog ich ihn mir von der Hand und ließ ihn in meiner Hosentasche verschwinden.

„Gemus du hast nichts gesehen und du weist von nichts, verstanden!? Wenn du nur einem davon erzählst, dann werde ich dich bestrafen lassen und das will ich eigentlich nicht. Und schrei hier bitte nicht so herum!"

Gemus riss seine Augen so weit auf, dass sie ihm fast herausfielen. Er schlug sich vor den Mund.

„Jetzt verstehe ich. Das gibt alles einen Sinn. Deshalb die Sonderunterrichte! Du bist ein unehelicher Sohn von Prinz Golfin, ein Bastard. Aber das gibt dir noch immer nicht das Recht den königlichen Siegelring zu tragen! Steve wenn das einer mitbekommt!"

Ich lächelte nur, aber ich musste ihm nun doch alles erklären, denn wir hatten ja Frieden geschlossen.

„Gemus was ich dir nun sage muss unbedingt unter uns bleiben! Nicht einmal Bogolus weiß davon! Also mein voller Name ist Steve Golfin. Ich bin der Sohn von Gwenofina, der Tochter von Golfin. Ich bin somit der Enkel von Prinz Golfin und das darf aber keiner wissen, klar!?"

Gemus schaute mich wie eine Kuh an, wenn es donnert. Ich konnte förmlich sehen wie es in seinem Gehirn ratterte. Dann fing er wieder mit sprechen an, obwohl sprechen der falsche Ausdruck war. Er stotterte mehr.

„Wenn du der Enkelsohn von Prinz Golfin bist, dann ... dann bist du auch ein Prinz. Aber dann müsstet du das Drachenmahl haben und ... Mist die Lederarmbänder!...“

Ich erlöste ihn von seinen Grübeleien und wickelte mein Hemd hoch, damit er das Mahl sehen konnte.

„Ach du Scheiße!“

Dies klang zwar überhaupt nicht adelig, traf aber ziemlich genau den Punkt.

„Verstehst du nun warum ich stärker bin als du? Warum keiner wissen darf das ich hier bin und das ich überhaupt lebe?“

Gemus nickte unter einem ständigen jawohl mein Prinz.

„Gemus, kannst du mit deinem blödsinnigen jawohl mein Prinz aufhören und mich wieder als Steve den Bauern betrachten?“

Er sagte nun gar nichts mehr.

„So und nun gehe zu den anderen und feiere! Ich will mir noch ein wenig die Karte anschauen.“

„Aber warum willst du sie dir denn anschauen?“

„Ich denke ... Ähm ich will genau wissen wo wir sind und wer unsere Nachbarn sind.“

Gemus schaute mich eindringlich an. Er hatte wohl mitbekommen das ich ihn verarschen wollte. Aber wenigstens sagte er nichts dazu.

„Nein es ist sowieso zu spät. Die dankbaren Mägde und Zofen sind vermutlich schon vergeben und wenn Arane von all diesem Windbekommen hätte ... Ich bleibe bei dir und erkläre dir alles. Natürlich nur wenn du es wünscht.“

Ich lächelte ihn dankbar an und wir studierten schweigend die Karte. Zuerst sah ich nur Linien und Flecken. Aber ich hoffte das alles noch Konturen annehmen würde.

Gemus sah mich fragend an.

„Ist dir alles klar oder soll ich dir die Karte erklären?“

Mir war überhaupt nichts klar und ich genierte mich ihn zu fragen, denn schließlich war ich doch ein Prinz und über alles erhaben oder so. Letztendlich sprang ich aber doch über meinen eigenen Schatten und traute mich zu ihn zu fragen. Ich tippte am Kartenrand auf ein eingezeichnetes Etwas, das so aussah wie ein runder Kreis aus Backsteinen.

„Was ist das denn?"

Gemus lächelte mich glücklich an. Vermutlich hatte er endlich etwas gefunden womit er mich übertrumpfen konnte. Aber seine Erklärungen klangen nicht überheblich, sondern kurz, knapp und präzise.

„So Steve, ich vermute die Karte hier sagt dir überhauptnichts, denn ansonsten hättest du nicht nach dem hier gefragt. Aber es ist nicht so schlimm, denn die Karte ist auch verkehrt herum."

„Verkehrt herum?"

Ich war verwirrt. Sollte diese Karte gespiegelt sein oder aber bewusst falsch gezeichnet worden sein?

Ich war gespannt.

Gemus fasste sie äußerst vorsichtig an und drehte sie nur um neunzig Grad.

Was sollte das denn?

„So, jetzt ist sie richtig herum!"

Er grinste und mir fiel es wieder wie Schuppen aus den Haaren. Er hatte sie sozusagen einfach nur eingenordet oder aber den Gegebenheiten ange-passt. Aber erkennen konnte ich noch immer nichts.

Gemus betrachtete die Karte nochmals und nickte bestätigend.

„Nun ist sie richtig. Hier schau!"

Gemus tippte mit seinem Finger auf den runden Kreis aus angedeuteten Backsteinen.

„Das hier ist TERONAS Turm. Wenn du aus dem Fenster siehst, dann kannst du ihn sehen."

Natürlich schaute ich aus dem Fenster und sah in der Ferne ein Licht leuchten. Das war doch der Wachturm im Süden zu den Orks hin. Ich war verwundert.

„Das ist doch der Wachturm am Sumpfgebiet? Wieso heißt der dann TERONAS Turm?"

Gemus erklärte es mir.

„Als die Nekal Aloifanda erschufen machte sich DIANDLARA tief in den Süden und gestaltete dort Leben und Natur. Sie war lange Zeit weg und TERONAS verging fast vor Sehnsucht. Schließlich hatte er doch seine Arbeit schon getan und wartete an dieser Stelle auf seine Angebetete. Es verging Tag und Nacht, Monat um Monat, Jahr um Jahr und er wartete und wartete. Aber seine DIANDLARA war noch immer nicht zurück. Er verging fast vor Sehnsucht und wartete weiter. Schließlich kam ihm die Idee einen Turm zu bauen von dem aus er tief in den Süden blicken konnte um dann seiner Angebeteten entgegeneilen zu können ...“

„Also haben den Turm nicht die Zwerge gebaut?“

Gemus sah mich irritiert an.

„Doch natürlich. Sie mussten ihm helfen, er war ... ähm ist doch ein Nekal. Aber lass mich weitererzählen. Irgendwann sah TERONAS seine DIANDLARA tief im Süden und eilte ihr entgegen. Damit hatte der Turm seine Schuldigkeit für den Nekal getan und viele Jahrhunderte später bemächtigten sich die Menschen des Turms und noch heute bessern die Zwerge kleine Risse aus und reparieren brüchiges Mauerwerk.“

„Hmm und südlich davon sind die Sümpfe?“

„Ja hier unten leben die Sumpforks ...“

„Hast du schon mal einen gesehen?“

Ich war total aufgeregt.

„Nein sie haben sich hier seit Ewigkeiten nicht mehr sehen lassen, zum Glück.“

„Aha.“

Gemus widmete sich nun wieder der Karte und zeigte auf einen großen Kreis in der Mitte. Das hier ist Merkedee ...“

Ich ließ meinen Blick vom Wachturm zur Stadt schweifen.

„Wie weit ist es vom Turm bis nach Merkedee? Und welcher Schwachkopf hat den Hauptsitz der Grafschaft so nah an die Sümpfe gelegt?“

Gemus grinste.

„Das war Managor, der erste König, dein Vorfahre. Aber nun einmal ernsthaft. Um von hier zu TERONAS Turm zu gelangen benötigt man einen Tagesritt ...“

„Also von früh bis abends?"

„Nein, damit meine ich, wenn ich jetzt losreite, dann bin ich morgen um die gleiche Zeit dort ... und lass mich doch bitte ausreden ... ähm verzeiht bitte."

Er hatte ja recht, aber wenn wirklich ein Angriff bevorstand, dann hatten wir höchstens einen Tag Vorwarnzeit.

„Ähm Gemus, muss man im Galopp oder im Trab reiten um innerhalb eines Tages dorthin zu gelangen?"

„Um die Strecke so zu schaffen, wie ich es dir erklärt habe, muss man schon flott reiten und darf nicht bummeln. Aber kann ich nun weitermachen?"

Ich nickte schweigend.

„Wenn du genau auf die Karte schaust, dann erkennst du im Westen eine ein sich schlängelndes Band. Das ist der Fluss Taruma ..."

„Der wo Bogolus den kleinen Benn herausgefischt hat?"

„Ja genau der. Und er ist nur an diesen Stellen hier zu überqueren. Ansonsten ist es unmöglich, ähm natürlich an seiner Quelle schon."

Ich verstand nun so langsam, warum Merkedee an genau dieser Stelle stand. Jeder der in den Norden wollte, musste an Merkedee vorbei, denn an der Südseite der Stadt, hin zu den Sümpfen, begann eine mindestens einhundert Meter steile Felswand und der Fluss an der Westseite bildete eine andere natürliche Barriere.

„Wie breit ist der Abstand zwischen der Burg und dem Fluss? Und wie weit zieht sich der Felshang nach Osten?"

Gemus schnaufte wie ein Walross. Vermutlich dachte er nach.

„Zum Fluss hin sind es ungefähr zwei Meilen, also ungefähr drei Kilometer. Und die Felswand erstreckt sich ... ähm, das kann dir keiner sagen. Ich habe mal gehört das vor langer Zeit ein Trupp ausgeschickt wurde, um die Länge zu erkunden. Aber sie kamen nach mehren Wochen zurück und erzählten, dass der Abhang bis zur Wand des Todes führt ..."

„Was ist das? Mach weiter!"

„Ja doch! Hier ganz im Osten, siehst du die Gebirgskette. Sie zieht sich bis hoch in den Norden und jeder der je versucht hat über sie hinwegzugelangen ist nie wiedergekommen."

Ich sah es.

Also wurde die Grafschaft im Süden durch den Sumpf, im Westen durch den Fluss und im Osten bis in den Norden hinein durch eine Gebirgskette begrenzt. Aber das genügte mir noch nicht.

„Gemus, kann man auf dem Fluss fahren, ich meine mit Schiffen oder Flößen?"

„Nein, nein das ist unmöglich. Es gibt reißende Stromschnellen, gefährliche Wasserstufen und die Ufer der Taruma sind sehr steil. Man müsste schon wahnsinnig oder aber verzweifelt sein um da lang zu fahren. Hast du sonst noch irgendwelche Fragen?"

Ich überlegte kurz.

„Wenn ich es richtig sehe, dann sind an allen Übergängen die Burgen der Barone und schützen somit die Wege. Richtig?"

Gemus stimmte mir zu.

„Aber wie komme ich aus der Grafschaft heraus? Nur über die Brücken?"

„Wenn du weiter in das Reich hinein willst, dann ja, denn die Wege führen ins Landesinnere. Aber wenn du weiter nach Norden willst, also immer den Fluss entlang, dann besteht hier oben in der Ecke eine Möglichkeit, nämlich über den Todespass. Aber ich würde dir nicht raten über ihn zu gehen, denn dort oben herrscht sehr raues Wetter und die meisten die es versucht haben ihn zu überqueren, die sind erfroren oder aber haben sich in den dichten Schneegestöbern verlaufen und sind dann erfroren, sagt man sich."

„Aber grundsätzlich ist das eine Möglichkeit nach Norden zu gelangen?"

„Ja, aber was im Namen von MANAWAL willst du dort?"

„Was kommt denn danach?"

Gemus grübelte.

„Hmm, ich glaube du gelangst am Elbenwald und am Reich der Zwerge vorbei und kommst so zur Steinwüste, an die sich die Feuerwüste anschließt und dann zu dem von BALSAR. Wenn du aber durch den Elbenwald hindurch kommen kannst und die Zwerge dir auch Durchlass gewähren, dann kannst du den Weg in die Hauptstadt, also nach Affent, beträchtlich verkürzen. Aber wie gesagt, es ist gefährlich und dumm ..."

Ich starrte auf die Karte und konnte mir keinen Reim auf das von Managor gesagte machen. Warum nur sollte Merkedee gefährdet sein? Warum lebten hier in diesem Kessel eigentlich Menschen, war es nicht besser sich einfach hinter den Fluss anzusiedeln und ihn als natürliche Barriere zu nutzen? War das nicht sicherer? Ich musste Gemus fragen.

„Ist es nicht besser sich hinter dem Fluss anzusiedeln und die Brücken zu zerstören? Warum lebt ihr, also wir, in diesem Kessel so abgeschieden vom Reich?"

Gemus glotzte mich an als käme ich von einem anderen Stern. Vermutlich kam ich das ja auch.

„Ähm Steve, hast du dich auf deiner Reise schon einmal ungeschaut?"

Ich zuckte nur mit den Schultern. Was wollte er von mir?

„Steve hier sind die saftigsten Viehweiden und der beste Boden für den Ackerbau. Wir sind die Korn- und Viehkammer von Aloifanda. Ohne uns müssten viele Menschen hungern und könnten somit nicht überleben!"

Vor Schreck schlug ich mir mit meiner Hand auf den Mund. Das war es, hoffentlich.

„Gemus, haben wir hier noch andere Feinde als die Orks?"

„Nein, hier natürlich nicht. Hoch im Norden solle es noch viele andere Ungeheuer geben, aber die hat noch keiner je gesehen."

„Und BALSAR's Gebiet liegt hoch im Norden?"

„Ja."

„Jetzt ist mir alles klar!"

„Was denn Steve?"

„Nehmen wir einmal an BALSAR befiehlt seine Orks zu sich. Dann müssen sie doch durch die Grafschaft von Merkedee und über den

Todespass. Das ist der schnellste Weg, vor allem da der Winter bald einbrechen wird. Richtig?"

Gemus nickte zustimmend.

„Und ist dieses Gebiet nicht ideal um sich genügend Vorräte zu beschaffen um solch eine weite Reise mit allen zu bestehen?"

Er nickte wiederum.

„Und haben wir nicht gerade die Ernste eingebracht und das Vieh ist fett und rund?"

Wiederum ein Nicken.

„Dann haben wir ein Problem..."

„Hä?"

„Ich sagte wir haben ein Problem."

„Wieso?"

Ich überlegte kurz und wusste aber nicht so richtig was ich ihm sagen sollte. Wenn ich ihm von meiner Unterhaltung mit Managor erzählen würde, dann würde er mich vielleicht für Verrückt erklären oder aber mir einfach nicht glauben. Und ihm eine freierfundene Lügengeschichte aufzutischen darauf hatte ich auch keine Lust. Also erzählte ich ihm soviel wie er gerade wissen musste.

„Also Gemus wir ..., ähm ich, habe Kenntnis, dass ein möglicher Angriff auf Merkedee und die umliegenden Baronate bevorsteht. Ich habe Golfin und den Grafen informiert, aber sie wollen eine Entscheidung bis morgen vertagen. Meiner Meinung nach haben wir dann viel zu viel Zeit verstreichen lassen. Also Junker was können wir tun?"

Gemus wurde verlegen, vermutlich ob der förmlichen Anrede oder aber weil seine persönliche Meinung gefragt war.

„Ähm ich weiß nicht so recht was man oder ob man schon heute und ..."

„Jetzt stell dich nicht so an! Los frei von der Leber weg!"

Gemus stützte sein Kinn schwer auf seine Hand und legte seine Stirn in Falten.

„Wenn denn eine Gefahr für die Grafschaft drohen würde, dann kann es sich nur um einen Angriff aus den Süden handeln. Also stünden wir den

Orks gegenüber. Wenn ihre Truppen losmarschieren, dann werden sie schon früh von TERONAS Turm aus gesehen und das Überraschungsmoment ist hin. Wir hätten dann etwa ein bis zwei Tage und die anderen Burgen mindestens drei Tage Vorwarnzeit ..."

„Das ist auch mir klargeworden. Aber was kann man im Voraus tun?"

„Hmm, wenn wirklich ein Angriff bevorstünde, dann müssten die Dörfer und Anwesen geräumt werden und das Vieh und die Ernte in Sicherheit gebracht werden. Die Burgen könnten schon vorher alarmiert werden. Aber das kann nur der Graf oder aber der Prinz befehlen und das geht erst morgen."

Meine Augen wurden zu schmalen Schlitzen. Der Prinz konnte es befehlen? War ich nicht sozusagen auch einer? Aber was, wenn Managor Unrecht hatte oder mich aber verarschen wollte? Was sollte ich nur tun? In mir keimte eine Idee auf.

26

„Gemus, bin ich nicht auch ein Prinz?"

„Ja natürlich. Was soll die Frage?"

„Gut, dann hole mir bitte Papier, Schreibzeug und Siegelwachs. Ich will ein par Briefe schreiben."

Furchtvoll riss er seine Augen auf und verharrte auf der Stelle.

„Hole doch bitte die Sachen oder hast du einen besseren Vorschlag?"

„Steve bist du noch bei Troste? Das kann uns den Kopf kosten!"

Besser uns, aber nur wenn wir unrecht haben, als vielen tausenden Menschen oder? Außerdem glaube ich nicht, dass mein Großvater oder mein Urgroßvater mir den Kopf abschlagen werden. Und nun hole die Sachen!"

Gemus trollte sich davon und ich stützte mich wieder schwer auf den Tisch.

Was war die beste Möglichkeit den Menschen zu helfen und den Orks den Schneid abzukaufen?

Ich sah noch keine Lösung. Ich grübelte und verlor Zeit und Raum.

Schließlich kam Gemus mit den gewünschten Sachen wieder zurück und schaute mich noch immer angstvoll an.

„Gemus, wenn nichts passiert dann hat die Grafschaft wenigstens den Ernstfall geübt. Außerdem nehme ich alles auf meine Kappe und lasse dich da völlig heraus. Und nun überlege was wir machen können!"

Gemus hatte keine Ahnung. Also unterbreitete ich ihm meine aufkeimende Idee.

„Also pass auf. Ich schreibe einen Brief für den Baron, ähm ..."

Ich zeigte ihm die Burg na der ersten Brücke auf der Karte.

„Das ist die Festung von Baron Hemadar. Du weißt schon sein Sohn ist Hemaron, der große Dürre ..."

„Ach ja ein Sommer in Arizona ..."

„Hä?"

„Ähm Arizona ist ein Land wo die Sommer ausgesprochen lang, heiß und dürr sind, sollte ein Witz sein."

„Ach so, muss ich mir merken."

„Aber weiter. Ich stelle mir folgendes vor: Wir schicken einen Kurier mit mehreren Briefen zu Hemadar, am besten seinen Sohn selbst, von Hemadar aus wird wieder ein Kurier zur nächsten und so weiter geschickt. Was hältst du davon?"

„Also soll das ganze so wie ein normaler Kurierweg, bloß in Reihenfolge laufen?"

„Du kennst eine Kurierstaffel?"

Gemus verzog sein Gesicht.

„Du hältst mich wohl für blöd?"

Ich war sichtlich betreten.

„Entschuldigung, ich dachte nur ..."

„Entschuldigung angenommen, aber nur weil du von königlichem Blute bist. Ansonsten müsste ich dich zum Duell herausfordern, wegen der Ehre und so ..."

Wir grinsten uns an, denn wir wussten beide das er keinerlei Chancen gegen mich hatte. Aber wir mussten weiter planen und hatten vermutlich nur noch wenig Zeit bis ein Angriff bevorstand.

„Gemus wie weit ist es von hier bis Hemadar? Bedenke bitte das der Kurier Wechselpferde mitbekommt."

„Wenn er in den nächsten Stunden aufbricht und scharf reitet, dann ist er Morgen kurz vor Mittag dort ..."

„Gut das müsste reichen. Also mein Plan für Hemadar: Der Kurier reitet mit ungefähr folgendem Befehl hin: Der Baron hat sofort die Hälfte seiner verfügbaren berittenen Truppen in Marsch nach Merkedee zu setzen und zwar so, dass sie innerhalb eines Tages nach Eintreffen des königlichen Befehls Merkedee erreichen. Weiterhin hat er mit den verbleibenden Truppen die Burg zu räumen und sämtliche Menschen, Tiere und die Ernte auf die andere Seite des Flusses zu schaffen. Dort hat er sich so einzurichten, dass jedem der Übergang über den Fluss verwehrt bleibt. Dazu hat er nach Eintreffen der Weisung noch höchstens vier Tage Zeit. Außerdem ist die Brücke so zu zerstören das dem Feind ein einfacher Übergang verwehrt bleibt, die Brücke selbst aber innerhalb kürzester Zeit wieder aufgebaut werden kann. Alles was nicht auf die andere Seite gebracht werden kann ist zu zerstören. Außerdem ist ein Kurier zum angrenzenden Baronat zu schicken und von dort um Hilfe zu erbitten. Was sagst du dazu?"

Gemus hatte seinen Mund aufgesperrt und schaute mich verwirrt an.

„Weißt du was du da verlangst?"

Ich nickte.

„Wir müssen die Menschen retten. Die Häuser und Burgen können später wieder aufgebaut werden."

„Aber wenn kein Orkangriff bevorsteht ... Bei den Nekal, dann sind wir nicht mehr zu retten ..."

„Ich habe doch gesagt das ich im schlimmsten Fall alles auf mich nehmen werde."

„Ja aber ...“

„Kein aber und kein Lamentieren. Wir ziehen das jetzt so durch. Wenn der Fall eintrifft wie ich denke, dann werden uns alles dankbar sein und du wirst deine Chancen bei Arane deutlich verbessern. Außerdem ist das eine gute Übung für dich. Schließlich willst du doch eines Tages das Baronat von deinem Vater übernehmen oder?“

„Ähm Steve, ich bin nur der Zweitgeborene. Ich werde ein Junker meines Bruders bleiben. Vielleicht werde ich eines Tages ein Freiherr sein, aber mehr auch nicht.“

„Das glaube ich nicht, schließlich ist einer deiner Freunde ein Prinz und dann hat dieser auch noch gute Beziehungen zum Thronfolger.“

Gemus lächelte mich an. Aber sein Lächeln sah eher gequält als zuversichtlich aus. Er glaubte mir noch nicht so richtig.

„Bleib ruhig und lass uns weitermachen!“

„Wenn du meinst!?“

„So die erste Burg ist abgearbeitet. Die nächste ist ...?“

„Gorenwald.“

„Der nächste Kurier bringt den Gorenwäldern folgenden Befehl: Räumung der Burg und aller anderen Behausungen, ebenfalls die Hälfte aller Bewaffneten und alle Menschen, Tiere und die Ernte auf die andere Seite des Flusses, die andere Hälfte, hmm wie ist eigentlich der angrenzende Wald beschaffen?“

„Was meinst du damit?“

„Na ist er eher dicht oder ist es ein lichter Wald. Gibt es dort gute Verstecke für Hinterhalte oder so.“

Gemus dacht kurz nach.

„Ich war als Kind ziemlich häufig auf der Burg Gorenwald, denn die Baroness ist eine Cousine mütterlicherseits und habe auch häufig im Gorenwald gespielt. Das hat viel Spaß gemacht und ich fand ihn immer riesig und sehr düster. Aber ich glaube der Baron Goren und seine Mannen kennen sich besser in diesen Gefilden aus als irgendwelche Eindringlinge. Aber auch die Gorenwälder sollten um Hilfe aus anderen Baronaten bitten ...“

„Ja da hast du recht. Ich wollte gleich darauf zurückkommen. Auch sie müssen ihre Brücke zerstören und den Orks den Übergang verwehren. Sonst noch etwas?"

„Ähm wie lange haben sie von heute an Zeit um sich vorzubereiten?" Ich überlegte kurz.

„Ich denke sie haben so um die sechs bis sieben Tage Zeit oder?" Gemus wackelte mit seinem Kopf und tippte auf die Karte.

„Ich glaube, dass sie mehr Zeit haben. Schau hier ist eine Engstelle zwischen dem Wald und dem Fluss und da müssen sie erst durch. Ich glaube Goren und seine Männer haben noch einen Tag länger ..."

„Gut, dann nehmen wir meine Zeitberechnung an und freuen uns, wenn sie einen Tag länger haben."

Gemus nickte zustimmend und studierte die Karte der Grafschaft noch eingehender. Mir kam es fast vor als wollte er in die Karte kriechen. Er hatte Feuer gefangen.

„Gemus kommen wir zur letzten Burg vor dem Todespass. Um welche handelt es sich?"

„Das ist die von Baron Gero und die Burg heißt Gerostein. Was hast du mit ihnen vor?"

„Aus diese haben alle Menschen, Tiere und die Ernte auf die andere Seite des Flusses bringen und werden aber mit allen verfügbaren Kräften auf unserer Seite des Flusses bleiben. Die Brücke wird nicht zerstört ..."

„Warum?"

Gemus war überrascht.

„Ganz einfach. Wenn die Orks wirklich nach Norden zum Todespass marschieren wollen, dann müssen sie an allen Burgen vorbei und dies ist die letzte. Wenn alles so geschieht wie ich es mir vorstelle, dann haben die Feinde mindestens zehn bis zwölf Tag keine Möglichkeit andere Nahrung zu beschaffen und müssen mit dem zurechtkommen was sie mit sich führen. Also müssen sie immer weiter gen Norden, da sie nichts finden, hoffentlich. Also können unsere Truppen somit auf der anderen Seite des Flusses folgen und Baron Gero dann unterstützen. Ziel muss es sein die Orks zum Todespass zu treiben. Genial oder?"

„Ja schon. Aber der Gorenwald hier teilt die Grafschaft in zwei Teile. Was ist, wenn die Truppen sich teilen und ebenfalls über Tahlfried im Osten und Hohenbergen im Norden auf den Todespass stoßen?"

Scheiße, er hatte recht. Was wenn sie ihre Truppen teilen? Ich hatte keine Ahnung was wir tun könnten.

„Steve was hältst du davon? Wir machen mit Thalfried ähnliches wie bei Baron Gorenwald. Sie räumen ihre Burg und machen sich schnellstmöglich nach Norden zu meinem Vater. Die Festung Hohenbergen ist fast uneinnehmbar. Sie liegt auf einem Hochplateau und ist nur von einer Seite über einen einzigen Weg zu erreichen. Im schlimmsten Fall können sich alle außerdem auf die Hochalmen zurückziehen und von dort aus kann man mit einhundert Mann leicht zwei oder dreitausend Gegner aufhalten und man kann sich noch ungefähr zwei Monate dort oben aufhalten ohne schnell zu erfrieren. Danach wird es aber gefährlich für die Lebewesen ..."

„Also müssen unsere restlichen Truppen aus Thalfried mit einer möglichen Verstärkung aus Merkedee den Orks folgen und zügig nach Norden stoßen, um die Orks zum Todespass zu lenken."

„Hmm, das ist so ziemlich die einzige Möglichkeit.."

„Gemus aber was passiert nach dem Todespass? Wohnen da nicht auch Menschen oder gar die Elben und Zwerge? Und du hast doch auch noch von den Bergvölkern gesprochen! Für sie besteht doch dann auch Gefahr!"

„Nein das ist so nicht richtig. Der Pass ist nicht so wie man sich ihn so im Allgemeinen vorstellt. Zuerst ist es ein ganz gewöhnlicher Gebirgspass. Aber dann, so sagt man sich, führt er als Weg am Rand der Ausläufer der Wand des Todes entlang. Ihn zu begehen dauert mehrere Wochen und an der einen Seite geht die Wand steil nach oben, bis hinauf in den Himmel, und an der anderen geht es fast senkrecht herunter. Und ein Wanderer hat keine Möglichkeit von diesem Weg abzuweichen ..."

„Aber du hast doch gesagt das man von da oben zu den Elben und den Zwergen gelangen kann."

„Ja aber ich sagte auch das es töricht und lebensgefährlich ist. Aber du hast recht, es führt ein Weg hinunter zum Elbenwald. Aber es ist nicht mehr als ein Pfad und irgendwann soll man zu den Höhlen von Magar, die tief in den Berg gehen und wenn man die durchquert hat, dann hat man es geschafft ...“

„Das klingt doch ziemlich einfach ...“

Gemus brüllte mich an: „Bist du von allen Nekal verlassen? In den Höhlen hausen die schlimmsten Dämonen, die du dir vorstellen kannst und ich kenne niemanden, der jemals die Höhlen durchquert hat!“

„Hast du schon mal einen Dämon gesehen?“

„Nein, aber damit macht man keine Späße!“

„Gut dann lassen wir das. Also besteht für die Elben, Zwerge und die Bergvölker, wer immer die auch sein mögen, keinerlei Gefahr?“

Gemus bestätigte es mir.

„Gut dann fange ich jetzt mit dem Schreiben an und du suchst Hemaron und beschaffst ihm zwei Pferde, ähm besser vier, denn ich möchte das du mit ihm reitest. Hemaron verbleibt bei seinen Leuten und du kommst mit so vielen Männern wie möglich und vor allem schnellstmöglich zurück. Hast du verstanden?“

Gemus schüttelte den Kopf und hastete zur Tür hinaus.

Mir kamen Zweifel. War es richtig so zu handeln? War meine Reaktion nicht übertrieben? Hatte ich die Worte von Managor richtig verstanden oder gedeutet? Was wenn ich alle umsonst in Aufruhr gebracht habe? Es half nichts. Lieber machte ich einmal mehr Panik als notwendig, als dass viele Menschen womöglich sterben mussten.

Ich seufzte noch einmal tief und nahm mir dann das Papier, das Gemus mir gebracht hatte.

Ich starrte auf das leere Blatt und mir fiel auf das es sich um, für die Verhältnisse von Aloifanda, sehr gute Papier handelte. Es musste ein Vermögen gekostet haben. Ich nahm mir die Schreibfeder und spitzte gemächlich den Kiel und dann schaute ich wieder auf das leere Blatt. Wie sollte ich nur anfangen. Sollte ich höfisch schreiben und mich gewählt ausdrücken oder sollte ich lieber alles kurz, knapp und militärisch verfassen?

Mir kam eine Idee.

Wie war das doch gleich auf der Militärakademie? Wer tut was wann wo und wozu?

Ja, das war's.

Ich sollte alles kurz und logisch verfassen, denn zu epischen Texten hatten die Leser ja auch keine Zeit mehr, schließlich konnte ein Angriff jederzeit bevorstehen! Also machte ich mich ans Werk und schrieb einen Brief nach dem anderen, immer in der gleichen Machart und immer mit dem was ich mit Gemus ausgeheckt hatte. Nach langer Zeit war ich endlich fertig, es musste so gegen vier Uhr gewesen sein, als Gemus hastig die Tür öffnete, den arizoonischen Sommer im Schlepptau.

„Mann Steve, ich sage dir das war ein ganzschön schweres Stück Arbeit jetzt noch jemanden zu finden der noch nüchtern ist und dann auch noch die Pferde ...“

Ich konnte es mir gut vorstellen, dass das nach dem Fest nicht so einfach sein würde. Aber zumindest war alles so ziemlich glatt gegangen. Hemaron schaute sehr verdrießlich drein.

„Was wollt ihr denn von mir? Ich habe gerade die Maggie, die kleine Magd aus der Wäscherei, so weit gehabt, das sie und ich, na ihr wisst schon ...“

Ich schaute zu Gemus und wir beide mussten unweigerlich grinsen.

„Gemus hast du ihn schon eingewiesen?“

„Nein das sollte ich doch nicht.“

„Gut.“

Ich siegelte den letzten Briefumschlag und wandte mich dann Hemaron zu.

„Der Prinz hat wichtige Depeschen geschrieben, die noch heute an die Barone verteilt werden müssen. Ich hatte die Aufgabe sie zu siegeln. Hier sieh!“

Ich zeigte ihm mein Siegel, das er aber sicherlich für das von Golfin hielt. Denn wer kannte schon die königlichen Siegel so genau?

„Der Ablauf ist folgendermaßen: Du reitest so schnell wie möglich zu deinem Vater und überreichst ihm den für ihn bestimmten Brief und er soll einen Kurier nach Gorenwald schicken und so weiter ...“

„Also eine Kurierstaffel. Hat das nicht noch bis morgen Zeit?“

„Nein hat es nicht!“ Ich brüllte es förmlich aus mir heraus.

„Gemus wird ebenfalls sofort losreiten. Nur er wird in Richtung Tahlfried geschickt und kommt nach der Abgabe der Dokumente sofort zurück. Alles klar Gemus?"

Er nickt zur Bestätigung.

„Gut dann gehen wir gemeinsam zu den Pferden und dann macht ihr euch los. Und nehmt keine Rücksicht auf die Pferde! Die Depeschen müssen an besten gestern schon bei den Baronen sein! Verstanden?"

Beide nickten.

Hemaron wandte sich wiederum an mich.

„Was steht denn so wichtiges in den Briefen?"

„Das kann ich dir nicht sagen. Gemus und ich mussten dem Prinzen bei unserem Leben versprechen, dass wir nichts über den Inhalt verraten. Du wirst es schon noch in Hemadar erfahren. So und nun macht euch los!"

Schnell eilten wir durch die Flure und gelangten schließlich auf dem Burghof an.

Überall lagen die Menschen, egal ob niederer Adel oder aber Bürger oder Bauern, wein- und bierselig, Arm in Arm und grölten irgendwelche Lieder. Auch den Schmiedegesellen, den ich umgehauen hatte, sah ich wieder. Er schien sich von meinen Schlägen gut erholt zu haben, denn er saß mit einer jungen Frau auf einer Bank und sie küssten sich.

Wenigsten hatten die anderen einen schönen Tag gehabt.

Auch Gemus und Hemaron schauten traurig zu den vielen feiernden Menschen herüber und ließen sich ihren Neid ebenfalls nicht anmerken.

Endlich kamen wir zu den gräflichen Ställen und die beiden bestiegen ihre Pferde und banden die Wechselpferde an ihre Sättel.

Ich belehrte die beiden nochmals die Tiere bis zum letzten zu schinden damit sie ja schnell ihre Aufträge erledigen konnten und dann galoppierten sie auch schon in die Nacht hinein los.

Ich schlenderte wieder über den Burghof und mir kam die Idee mir noch einmal einen Blick von den Mauern herab zu verschaffen. Also stieg ich die zu den Zinnen hinauf um sie zu inspizieren. Als ich oben angekommen war war ich keineswegs überrascht die auch die Wachen weinselig oder aber schnarchend herumliegen zu sehen.

Angstvoll schaute ich zu TERONAS Turm. Zum Glück er leuchtete noch, alles war in Ordnung!

Wieder kamen mir Zweifel auf. War das was ich gemacht hatte richtig gewesen? Ich hatte keine Ahnung, aber um die beiden Kuriere zurückzurufen, dafür war es jetzt zu spät.

Ich starrte in die Dunkelheit, immer in Richtung des Wachturms und innerlich hoffte ich, dass endlich etwas geschehen sollte.

Aber er leuchtete weiter in die Nacht hinein und nichts passierte, nichts.

Ich trottete noch ungefähr eine Stunde durch die Burg und entschied mich noch einmal in den Kartenraum zu gehen um mir nochmals ein Bild von der Grafschaft zu machen. Dort angekommen überlegte ich ob die Maßnahmen so in Ordnung waren wie ich sie mir vorgestellt hatte. Ich vertiefte mich in die Karte und konnte keine andere, keine bessere, Lösung finden. Schließlich schaute ich noch einmal aus dem Fenster zu TERONAS Turm. Ich blickte in den erwachenden Morgen hinaus und sah das Licht nicht mehr!

War das normal?

War etwas passiert?

Was war geschehen?

27

Der Esel, der vor den Karren gespannt war, trappelte auf den Plastersteinen im gleichen Trott den Weg entlang. Die endlos gleiche Monotonie der Hufe auf dem Pflaster ließen Bondol langsam auf seinem Karren wegnicken und er konnte über sich und sein Leben sinnieren.

Wie war das doch gleich noch mit Ogor gewesen?

„Wie wir es abgesprochen haben wirst du von meinen Spähern in einem weiten Bogen durch die Sümpfe an diese Stelle geführt und wirst dich dann allein dem Wachturm von Norden her nähern. Du bringst ihnen den Wein und das Essen und bleibst dann bei ihnen bis alles erledigt ist. Dann wirst du dich um das Feuer kümmern. Am Morgen nach dem Fest werde ich meine Orks in Bewegung setzen. Du verbleibst am Turm bis dich das erste Heer erreicht hat. Danach wirst du zu mir gebracht werden und dann wirst du deine dir zustehende Belohnung erhalten ...“

Ogor nahm sich von einem goldenen Tablett ein rohes Stück einer kleinen Sumpfechse und biss genüsslich hinein. Da es sich um ein Bein handelte, konnte er außerdem neben seiner Fresserei damit auch noch gut auf der Karte herumzeigen.

Bondol kam langsam aber sicher sein kärgliches Frühstück hoch. Er war nun schon so lange bei den Orks, konnte sich aber noch immer nicht mit ihren Fressgewohnheiten anfreunden. Angeekelt schaute er weg und hoffte inständig das Ogor ihn endlich entlassen würde.

Der Orkkönig biss nochmals genüsslich in sein Echsenbein und das Blut tropfte an ihm nur so herunter.

„Willst du auch ein Stück? Sumpfechsen ist sehr lecker, besonders wenn sie noch jung und zart sind!“

Er warf ihm das angebissene Bein zu und lachte herzhaft als er sah wie sich Bondol übergeben musste. Dann ging er zu einer riesigen Truhe öffnete sie und griff mit seinen blutüberströmten Händen hinein.

„Hier sieh! Das ist mehr als du jemals in deinem erbärmlichen Leben bekommen hättest!“

Die Goldstücke rieselten durch seine Klauen und das Echsenblut blieb an einigen haften.

Bondol biss seine Zähne fest zusammen und schaute genau hin. Das Blut kann ich ja später abwaschen, dann ist es kein Blut Gold mehr.

Wieder kamen ihm kurze Zweifel. Sollte ich wirklich die Menschen von Merkedee verraten? War es das wirklich wert?

Schnell wischte er die Zweifel beiseite. Schließlich hatten sie ihn doch aus der Stadt vertrieben und ihn in die Sümpfe geschickt obwohl er doch nur seine Arbeit getan hatte! Nein, sie waren seiner Gnade nicht wert. Sie sollten dafür bezahlen, alle. Und wenn alles erledigt war, dann konnte er seine Bezahlung entgegennehmen und sich eine andere Ecke in Aloifanda suchen wo ihn niemand kannte und mit den ekelhaften Orks musste er dann auch nichts mehr zu tun haben.

Die mit ihren barbarischen Sitten! Fraßen ihre alten und schwachen auch! Und dann auch noch lebendig!

Ekelhaft!

Sie waren alle dreckig und stanken so vermodert!

Er musste nur daran denken und schon schoss ihm der Gallensaft in den Magen. Das waren keine normalen Lebewesen, nicht einmal Tiere.

Sie waren einfach nur widerlich!

Aber was sollte es Geschäft ist nun einmal Geschäft!

Bondol erwachte langsam aus seinem Tagtraum und ihm schien es als sei das Gespräch mit dem Orkkönig erst vor wenigen Minuten gewesen.

Aber irgendetwas stimmte nicht.

Was nur?

Ach ja, der Esel war stehengeblieben und somit war ein Huftrappeln nicht mehr zu hören.

Bondol wachte auf.

Der Esel stand am Wegesrand und graste. Vermutlich hat er ein saftiges Büschel Gras gefunden, das hat er sich auch verdient nach all den Strapazen!

Er schaute in den Himmel und suchte die Sonne. Sie stand noch nicht hoch am Himmel, es musste also noch Vormittag sein. Dann schaute er in Richtung TERONAS Turm. Auch er war nicht so weit weg. Das schaffe ich locker bis zum Abend, schließlich ist heute der Tag der Abrechnung mit Merkedee.

Bondol betrachtete den Esel beim Fressen und er bemerkte das sich auch in seinem Magen ein Hungergefühl breit machte.

Ächzend stieg er von seinem Wagen herab und schaute nochmals unter die Plane. Nicht das er nicht wusste was sich darunter befand, sondern er wollte sondieren auf was er bei all den Leckereinen Hunger hatte.

Er schaute und schaut. Endlich hatte sich sein Magen entschieden und er fingerte sich ein großes Stück Pastete aus einem Korb. Schnell steckte er sie sich in den Mund und stellte fest das sie wirklich lecker war. Nur gut das ich den Wagen mit all den Leckereien habe!

Der Esel hatte genug von Gras und setzte seinen Weg in stoischer Ruhe fort.

Wie oft ist das Tier wohl diesen Weg schon gegangen?

Bondol wusste es nicht und eigentlich war es ihm auch egal.

Das monotone Trappeln machte ihn wieder schläfrig und schließlich gab er sich auf. Er nickt wieder ein und in seinem Traum ging er noch einmal seine Reise mit den Orkkundschaftern durch. Zuerst ging es in einem weiten Bogen nach Westen zum Fluss hin. Sie durchquerten kleine Sumpfseen und überwandten modrigstinkende Hügel. Die Landschaft verströmte eine Aura von Verwesung und Tod. Als sie dann den Fluss erreicht hatten stieg in Bondol ein inneres Hochgefühl auf. Endlich war er der lebensfeindlichen Umgebung entflohen. Danach wandten sie sich gen Norden, immer dem Fluss entlang.

Die Route war zwar beschwerlich, aber die Luft am Fluss war rein und frisch.

Sie marschierten mehrere Tage durch unwegsames Gelände, um schließlich wieder nach Osten zu gehen. Ihr Ziel war ein Punkt auf dem Weg zu TERONAS Turm, an dem sie der Lieferung für die Wachen auflauern konnten.

Die Tage wurden immer schrecklicher.

Ständig wollten die Orks Fleisch, am besten das von Bondol, essen.

Jede Nacht, wenn er so tat als schliefe er, konnte er ihre Unterredungen mitverfolgen und immer endeten sie damit das er gefressen werden sollte, am besten roh.

Es war einfach grauenhaft.

Aber bald hatte er es hinter sich gebracht und konnte endlich seinen Teil des Geschäftes erledigen.

Aber diese Scheusale waren wirklich schlimm.

Als sie den richtigen Ort für einen Hinterhalt gefunden hatten und auf Lauer lagen, kam es ständig zu Streitereien unter den Orks. Der eine, einer mit einem abgerissenen oder abgebissenen Ohr, wollte endlich Fleisch haben und der mit den beiden goldenen Ohrringen, ihr Anführer, konnte ihn nur mit Mühe zurückhalten.

Schließlich gab er ihm nach und er durfte seinen Platz verlassen, um sich etwas Essbares zu suchen.

Zum Einbruch der Nacht kam er wieder zurück und sein grünliches Gesicht schimmerte im Sternenlicht eher bräunlich.

Bondol wollte gar nicht wissen ob es sich nun Farbe oder aber getrocknetes Blut handelte. Wenigstens ließ der Ork ihn nun in Ruhe und legte sich dann auch wieder auf die Lauer.

Endlich war der Tag gekommen und in der Ferne konnten alle das Getrappel von Hufen vernehmen.

Der Anführer lugte kurz aus seinem Versteck hervor und grunzte dann genüsslich.

Auch Bondol konnte den Wagen einsehen, es war nur ein Esel, ein Kutscher auf einem Karren mit einer Plane.

Das war doch so einfach wie er es Ogor gesagt hatte!

Wozu waren dann aber zehn Orks mitgekommen?

Hatten sie gedacht das der Marketenderwagen von Reitern beschützt würde?

Oder hatten sie ihm nicht vertraut?

Wie auch immer, der Wagen fuhr unter einem alten Baum vorbei, einer der Orks ließ sich direkt auf den Kutscher herunterfallen und rollte mit ihm vom Kutschbock auf die Straße.

Der Esel blieb irritiert stehen und betrachtete das hinter ihm Geschehene und die anderen Orks sprangen aus ihren Verstecken hervor.

Einer, der kleinste und jüngste von ihnen, hielt den Esel am Zaumzeug und die anderen sprangen auf den Kutscher zu.

Bondol hielt sich noch immer in seinem Versteck auf und beobachtete die ganze Sache.

Mit zwei, drei gewaltigen Schritten war die Orkmeute bei den beiden angelangt und der Anführer schlug mit einer Keule auf den Kopf des Kutschers, der auch sofort bewusstlos wurde. Dann zogen sie ihn von der Straße weg, entledigten ihn seiner Kleider und ließen ihn zur Ader. Das herausspritzende Blut fingen sie in einem hölzernen Gefäß auf. Als dann kein Blut mehr floss, schnitt der mit dem abgerissenen Ohr dem Kutscher die Kehle durch und der ohnmächtige Mann starb mit einem leisen Seufzer.

Als er verschieden war, filetierten die Orks den Toten und fraßen das noch warme Fleisch. Das Blut tranken sie und sie scherzten und freuten sich.

Bondol hatte sich zu diesem Zeitpunkt schon mehrfach übergeben müssen und schaute angewidert weg.

Der Anführer rülpste laut und schnitt einen dicken Brocken Fleisch aus dem Mann. Er nahm ihn und ging damit zu Bondol.

„Hier hast du auch was zu essen. Schönes Fleisch, ist noch warm!"

Er hielt es ihm direkt vor die Nase.

Bondol schloss seine Augen damit er es nicht sehen musste. Aber es half nichts. Das Fleisch verströmte schon den süßlichen Geruch eines toten Menschen und Bondol übergab sich erneut.

Laut lachend biss der Ork in den Fleischbrocken und ging dann wieder zu seinen Kumpanen um weiterzufressen. Als sie dann endlich fertiggespeist hatten, machten sie sich an die Arbeit.

Schnell deckten sie die Plane des Karrens ab und öffneten das Weinfässchen. Ihr Anführer nahm einen kleinen Ledersack und kippte das weiße Pulver in den Wein. Um welches Gift es sich dabei handelte wollte Bondol gar nicht wissen. Dann wurde das Fass wieder verschlossen, kräftig geschüttelt und die Plane wieder auf den Wagen gedeckt. Der kleinste Ork nahm das Kleiderbündel des Kutschers und ging zu Bondol herüber. Er warf es ihm achtlos hin und hieß ihn es anzuziehen.

Bondol blickte zu ihm herauf. Sein Gesicht war über und über mit Blut verschmiert und er stank erbärmlich nach totem Menschenfleisch.

Wieder wollte sein Magen kippen. Aber er war leer und somit konnte auch nicht herauskommen. Am liebsten wäre er weit weggerannt nur fort von diesen Tieren.

Aber es ging nicht.

Er hatte sich ihnen ausgeliefert.

Langsam und bedächtig schlüpfte er in die Kleidung des Kutschers und ging zu Wagen. Er wollte nur fort weit weg von den Orks. Er kam an einem vorbei, der gerade genüsslich an einem Knochen lutschte, einem Oberschenkel.

Angewidert schaute er zur Seite, setzte sich auf den Kutschbock und wollte losfahren.

Wieder kam der Anführer zu ihm und hielt ihm ein Stück Fleisch hin.

„Willst du wirklich nichts?"

Wieder verzog Bondol sein Gesicht und schaute angeekelt weg.

Die Orks brüllten vor lachen und ein jeder winkte ihm mit einem Fleischstück.

Wenigstens amüsierten sie sich gut. Aber sie ließen ihn fahren ...
Das Wasser lief ihm im Munde zusammen, aber nicht vor Hunger sondern vor Ekel.

Bondol wachte wieder auf. Seine Pastete war langsam aus seinem Magen hinauf in den Hals gestiegen und er hatte das drängende Gefühl sich übergeben zu müssen. Er versuchte sie wieder herunterzuschlucken und atmete mehrmals tief durch und der Brechreiz ließ nach.

Er schaute zu seinem Esel. Der lief wie eh und je den Weg entlang.

Der Verräter warf einen Blick auf den Wachturm. TERONAS und die Zwerge hatten schon ein gewaltigen Turm gebaut!

Bondol war fasziniert und geschockt zugleich. Was wenn der Turm die Menschen von Aloifanda nicht warnen könnte und die Orkheere ungehindert in das Land einfallen konnten?

Aber was sollte es, es hatte ja auch keiner mit ihm Mitleid gehabt.

Der Wagen fuhr weiter auf den Turm zu und Bondol musste immer hoch auf die Spitze starren, dort wo das Licht von TERONAS Turm über alles hinwegstrahlte und die Menschen von Merkedee in Sicherheit wog.

Der Esel trottete weiter und bracht ihn immer näher an sein Ziel. Wie von Geisterhand hielt das Tier schließlich vor dem Turm.

Bondol stieg mit einem Ächzen ab und ging zum steinernen Tor. Es war gewaltig und schien aus einem Stück gehauen, mehr fiel dem Verräter dazu nicht ein.

Er legte seinen Kopf in den Nacken, schaute nach oben und kniff dabei seine Augen zusammen. Er konnte das Ende von TERONAS Turm nicht sehen so sehr er sich auch anstrengte.

Wie viele Leben mussten mögliche Angreifer lassen um überhaupt da hinauf zu kommen?

War das nicht fast unmöglich.

Innerlich lobte er Ogor für seine Klugheit, denn wie sonst als von innen heraus konnte dieses Bollwerk eingenommen werden?

Bondol holte tief Luft und rief so laut er konnte.

„Der Marketender ist da!"

Hoch von oben hörte er eine Stimme, die sich im Wind verfing und so konnte er nur Wortfetzen aufnehmen.

„Du ... nicht ... wo ... er? ... so spät?"

Bondol hob fragend seine Arme. Wieder schrie er aus Leibeskräften.

„Wollt ihr nun verpflegt werden oder nicht?"

Bange machte sich in ihm breit. Was, wenn die Wachen das Tor nicht öffneten?

Die Minuten verstrichen und schienen dem Verräter so endlos wie Stunden. Aber dann hörte er wie aus der Ferne ein Knirschen und dann wenig später ein Knarren.

Bondol schaute zum Tor, aber da war nichts zu sehen.

„Hey du musst hierher schauen!"

Er konnte der Stimme keinen Ort zuweisen und fragte sich woher sie denn kam.

„Du bist zum ersten Mal hier, stimmt das?"

Bondol konnte nicht antworten, also nickte er nur.

„Hier wo das rote Tuch leuchtet!"

Der Verräter blickte sich um und konnte es nun sehen. Es war als sei ein kleiner quadratischer Stein neben dem Tor aus dem Mauerwerk genommen worden. Schnell machte sich Bondol zu der Stelle und versuchte einen Blick vom Turminneren zu erhaschen, aber er konnte nichts erkennen.

Wieder sprach ihn die Stimme an: „Wer bist du und wo ist Reneron?"

Bondol nahm allen seinen Mut zusammen und hoffte seine aufgetischte Lüge würde die Wache überzeugen. So erzählte er von einer schlimmen ansteckenden Krankheit von Reneron und das er Bondol von der Stadtwache sein und das er sich freiwillig gemeldet habe, weil doch heute das Fest der DIANDLARA sei und er so ziemlich der einzige ohne Familie, da könne er ja schließlich das Fest verschmerzen und außerdem habe er ein Fässchen Wein vom Grafen mitbekommen, außerdem habe der Esel so viele Pausen eingelegt, deshalb sei er so spät.

Das Mauerwerk verschloss sich wieder und Bondol bekam ein mulmiges Gefühl.

Wieder vergingen endlose Minuten und dann wie von Zauberhand öffnete sich das steinerne Tor mit einem lauten Knirschen und einer der Wächter erschien.

„Dann pack mal schnell deinen Esel und komme herein. Ich bin übrigens Gedeor."

Ungestüm nahm Bondol den Esel und führte ihn in das Turminnere und hinter ihm schloss sich sofort das Tor wiederum mit einem lauten Knirschen.

Der Verräter schaute sich um und war verwundert. Nirgends konnte er eine Treppe sehen. Hier unten waren Boxen, in denen die Pferde der Wachen standen. Geschäftig zählte er die Pferde. Es waren vier, also hielten hier vier Mann Wache. Gut, dann musste der Wein dicke reichen.

Der Verräter kratzte sich am Kinn. Wie sollte er sein Vorhaben anstellen? Aber zu längeren Überlegungen hatte er keine Zeit mehr, denn Gedeor wies ihm eine Box für seinen Esel zu und Bondol schirrte ihn ab.

Aber wo im Namen der Nekal war das Futter für die Tiere?

„Habt ihr auch Futter für meinen Esel?"

Die Wache nickte und zog an einem dicken Seil und Bondol sperrte staunend den Mund auf.

„Hier drinnen gibt es keine Treppen wie du sicherlich schon bemerkt hast. Alles funktioniert hier über Seilzüge mit Gegengewichten. Wir nennen es Hochzug. In dreißig Metern Höhe ist eine Zwischenebene. Dort ist das Wasser und auch das Futter für die Tiere gelagert. Nun wirst du

226

sicherlich nach den Abfällen fragen. Die verschwinden hierhinein. Dieses Loch muss vermutlich bis zum Mittelpunkt von Aloifanda führen.

Und nun lade deine Marketenderwaren ab, ich hole derweil Futter und Wasser für deinen Esel."

28

Bondol tat wie geheißen und Gedeor machte sich mit dem Hochzug auf die nächste Ebene. Sehr schnell kam er wieder zurück und gemeinsam versorgten sie zuerst das Maultier und luden dann die Sachen auf den Hochzug.

Bondol verharrte kurz und schaute sich dieses Gefährt skeptisch an.

Der Wachmann grinste ihn verschmitzt an.

„Komm schon das Ding ist noch nie abgestürzt!"

Bondol fasste sich ein Herz und sprang auf die hölzerne Konstruktion. Noch ehe er es sich anders überlegen konnte hatte Gedeor schon an einem kurzen Seil gezogen und schon ging es rasend nach oben. Ehe der Verräter bis zehn zählen konnte waren sie schon auf der ersten Ebene angelangt.

Bondol kam aus dem Staunen nicht heraus.

In der einen Ecke, soweit man überhaupt von einer Ecke sprechen konnte – der Turm war ja rund, war Futter für die Tiere, in einer anderen Nahrungsmittel für die Wachen und an einer Stelle war ein riesiger steinerner Trog, der bis zum Rand hin mit Wasser gefüllt war.

Bondol blickte fasziniert zu Gedeor und der schaut ihn mit Stolz an.

„Auf dieser Ebene ist so viel Wasser und Nahrung, dass man ohne Probleme ein Jahr hier aushalten kann. So und nun komm wir müssen die Köstlichkeiten in den nächsten Hochzug verladen, damit wir auf die Nächste Ebene gelangen."

Wiederum machten sie sich schnell an die Arbeit und fuhren ebenso schnell wiederum ungefähr dreißig Meter hinauf zur Wohnebene. Die war so beschaffen wie jede Wachstube. In einer Ecke standen Betten, die durch einen Vorhang voneinander abgetrennt waren und Spinde, in einer anderen ein großer Tisch mit Stühlen.

Dort befand sich auf ein weiterer Hochzug.

Bondol schaute dorthin.

„Dort befindet sich der Hochzug für das Feuerholz, für die Flamme, du weist schon ...“

„Kann ich mal da hinauf?“

Bondol war sichtlich interessiert.

„Kein Problem.“

Und schon ging es hinauf.

Wiederum riss der Verräter vor Staunen die Augen weit auf. Im ganzen Raum waren Holz und Reisig aufgestapelt.

Wie lange mussten die Menschen dafür geschuftet haben?

Er hatte keine Ahnung.

Eine Treppe erregte seine Aufmerksamkeit.

„Führt die nach ganz oben zur Flamme?“

„Hmm.“

„Kann ich da auch hinauf?“

„Na klar, komm!“

Die beiden erklommen die Stufen und Gedeor erreichet als erster die oberste Plattform.

Schwer schnaufend kam dann auch Bondol hinterher und das erste was er sah war ein weiterer Wachmann und dann die Flamme von TERONAS Turm.

Der Verräter war überrascht. Diese kleine Flamme sollte soweit ins Land leuchten? Das konnte doch nicht sein!

„Ähm Gedeor, die sieht aber gar nicht so groß aus wie man denken könnte. Aber wieso kann man sie dann von Merkedee aus sehen? Das versteh ich nicht   ...“

Die Wachleute lächelten belustigt.

Gedeor klopfte Bondol freundschaftlich auf die Schulter.

„Weist du Marketender, die wenigen die uns hier besuchen sind alle verwundert. Jeder fragt sich, auch ich als ich das erstemal hier war, wie soll eine so winzige Flamme nur bis Merkedee leuchten? Oder aber man fragt sich von diesem kleinen Feuer hängt unser Leben ab?"

Bondol konnte nur nicken.

Das traf es auf den Punkt.

Die andere Wache winkte ihn zu sich.

„Ich bin Wulferon der Ältere und ich werde dir erklären warum die Flamme bis Merkedee leuchtet."

Er sah auch aus wie ein Wolf. Sen Bart bedeckte fast sein ganzes Gesicht und wenn man in seine grüngelben Augen schaute kam es eine vor als schaue man in die Augen eines Wolfes.

„Sieh dir die Flamme an und dann schaue nach oben. Wie du sieht, befindet sich dort ein riesiger Kristall und der bricht das Licht der Flamme. Und man mag es nicht glauben, aber diese kleine Flamme reicht wirklich aus um den Kristall so zu erhellen, dass er bis tief in die Grafschaft leuchtet."

„Dann heißt es strenggenommen nicht die Flamme von TERONAS Turm, sondern der Kristall, der leuchtet?"

Die beiden Wachleute glotzten zuerst dumm, verstanden aber dann doch den Geistesblitz des Verräters und bestätigten es anerkennend.

Wolferon wandte sich an Gedeor: „Ich glaube wir haben es hier mit einem sehr schlauen Marketender zu tun. Auf die Idee mit dem Kristall von TERONAS Turm bin selbst ich noch nicht gekommen und ich diene dem Grafen schon länger als jeder andere unserer Wachstaffel."

Gedeor konnte nur zustimmen und bat Bondol zu sich, damit auch er die unglaubliche Aussicht vom Turm aus genießen konnte.

Bondol schaute sich um.

Unglaublich, das war das einzige was ihm einfiel.

Er schaute zuerst nach Westen zum Fluss hin, dort wo gerade die Sonne unterging. Es war atemberaubend, nicht mehr und nicht weniger und ihm kamen leichte Zweifel wegen seiner bevorstehenden Tat auf. Aber als er sich nach Norden drehte und in der Ferne Merkedee sah, wischte er seine Zweifel wieder zur Seite. Im Osten konnte er in aufkeimenden Abendlicht-gerade noch die Wand des Todes erkennen. Dann ging er um das Feuer herum und schaute nach Süden zu den Sümpfen, zu seinen neuen Verbündeten.

Der Verräter sah die vielen kleinen Moraste mit ihren erbärmlich stinken Seen. Auch das gelbliche Gras, dessen Farbe durch die Abendsonne noch vergilbter schimmerte, war noch recht gut zu erkennen.

Bondol kniff seine Augen zu Schlitzen zusammen und spähte noch weiter nach Süden.

Waren die Orkheere schon zu erkennen?

Hatte Ogor sie schon übereifrig in Marsch gesetzt?

Er glaubte es nicht, denn schließlich war die Aktion schon lange und perfekt geplant. Aber er spähte weiter und sah, oder glaube zumindest zu sehen, einige kleine Rauchsäulen. Aha, dort standen die sechs Heere.

Bondol dachte kurz nach. Hatte er nicht gehört das jedes Heer über zehntausend Orkkrieger verfügte? Hieß das nicht das über Merkedee mindestens sechzigtausend brutale Kämpfer hereinfielen? Und dann noch die Frauen und Kinder dieser ersten sechs Stämme!

Ihm wurde heiß bei dem Gedanken das eine Horde von über einhunderttausend Orks durch das Land ziehen würden.

Was aber noch mehr Hitze in das Gesicht des Verräters trieb war das Wissen das dies erst die Vorhut war, denn noch zigtausende würden ihnen folgen.

Bondol rechnete erneut. Das Reich der Orks bestand aus fünfzehn Stämmen. Dies hieß das der Angriff auf Merkedee erst der Anfang war und sie nur den Weg zum Todespass freikämpfen sollten.

Ihm wurde übel, denn diese Tiere würden auch seine Heimat, seine ehemalige Heimat berichtigte er sich, verwüsten und Tod und Verderben über die Grafschaft bringen und er war der Schlüssel dazu.

Erst jetzt wurde ihm so richtig bewusst das das ganze Vorhaben den Orks erst und nur durch ihn möglich wurde.

Aber er hatte eine andere Wahl als das was er bald tun würde?

Fieberhaft dachte er nach. Was konnte er sonst noch tun?

Waren es nicht die Menschen von Merkedee und auch dieser idiotische Prinz Golfin und sein Gefährte, die ihn aus den Armen der Zivilisation geschmissen und in die Arme der Orks getrieben hatten?

Aber für ihn war klar der Graf und der Prinz hatten die alleinige Schuld hatten. Schließlich konnte doch keiner etwas gegen hin und wieder einen kleinen Schluck im Dienst haben. Bondol war überzeugt das er das Richtige tat, das Richtige für sich. Aber zu mehr Zeit zum Verweilen und Grübeln blieb ihm nicht, denn Wulferon der Ältere klopfte ihm so stark auf die Schulter das er fast das Gleichgewicht verlor.

„Hoopla pass auf! Und nun komm lass uns endlich nach unten gehen und das bestimmt leckere Essen genießen und das Fest der DIANDLARA feiern!"

Also wünschten sie Gedeor einen ruhigen Dienst und machten sich nach unten damit das Festmahl beginnen konnte.

Wulferon und Bondol wurden von den beiden anderen Wachen mit einem großen Hallo empfangen. Nachdem sich auch Wulferon gesetzt hatte schauten alle Bondol mit großen kindlichen Augen an.

Bondol stand da und wusste nicht so recht was er von der ganzen Sache halten sollte.

Die Augen der Wachen wurden immer größer.

Dann hielt es der erste nicht mehr aus: „Komm mach schon! Nun zeig uns endlich was du uns mitgebracht hast und stell es auf den Tisch!"

Der ungeduldige war Ostor, ein, wie sich noch herausstellen sollte, ein lustiger und verfressener Geselle.

Wulferon der Ältere wandte sich gutmütig an den Verräter: „Nun pack schon deine Sachen aus. Es ist ja nur einmal im Jahr das der Graf so ein Festmahl springen lässt! Aber überhaste dich nicht und höre nicht auf den verfressenen Ostor, der ist beim Essen sowieso immer der erste und beim Arbeiten dagegen der Letzte."

Ein ohrenbetäubendes Gegröle entstand auf der Wohnebene, selbst Ostor klatschte sich vor Vergnügen auf die Oberschenkel.

Bondol überlegte fieberhaft. Was sollte er machen?

Er wusste doch nicht um was für Speisen es sich handelte.

Da kam ihm blitzartig eine Idee.

„Gut dann wollen wir das Geheimnis lüften. Aber nicht so wie ihr es euch vorstellt. Ich denke während eurer langen Wache habt ihr kaum Abwechslung oder?"

Alle pflichteten ihm lautstark bei.

„Wir werden das Geheimnis der Speisen wie folgt lüften: Ein jeder von euch kommt nach vorne und nimmt sich etwas, deckte es aber noch nicht auf. Er verschwindet dann mir seinem hinter dieser Decke ..."

Bondol zeigte auf einen Vorhang.

„ ... dort schaute er sich seine Leckerei an und stellt sie wieder ab. Dann stellt er sich hier hin und kann führt sie den anderen vor, aber ohne aber das jeweilige Wort zu sagen. Und die anderen müssen die Überraschung erraten. Wenn die Speise richtig erraten wurde, dann kommt sie aufgedeckt auf den Tisch ...."

„Was, wenn nicht?"

Das war Ostor. Vermutlich hatte er Angst um sein Essen.

„Hmm, wenn ihr es nicht richtig erratet, dann bleibt sie erst mal verdeckt und kommt am Schluss wieder zum Vorschein. Wenn ihr sie dann immer noch nicht erraten habt, dann werden wir sie halt ohne Auflösung aufdecken. Was haltet ihr davon?"

Bondol schaute in die Runde und erntete Einstimmiges nicken.

„Gut, dann fangen wir an. Ostor willst du der erste sein?"

Der angesprochene sprang so energisch auf, dass er, sehr zur Freude seiner Kameraden, seinen Stuhl umriss. Schnell ging er zu den Sachen, nahm sich eine und verschwand mit Bondol hinter dem Vorhang.

Als sie wieder hervorkamen, konnte Ostor sich nicht mehr halten: „Das ist einfach, ihr müsst nur genau aufpassen!"

„Dann mach schon du alter Fresssack!"

Ostor stellte sich in die Mitte des Raums, fiel auf alle viere und lief grunzend durch den Raum. Alles, auch Bondol, grölte. Wulferon war der erste der raten durfte.

„Das ist doch glasklar. Das ist Ostor selbst!"

Wieder Gegröle.

Der nächste kam dran.

„Ähm das ist schwierig. Aber ich könnte mir vorstellen, dass es sich um ein dickes Ostorchen handelt!"

Das brüllen wurde noch lauter. Selbst Ostor kugelte sich vor Lachen auf dem Boden.

Bondol musste sich sehr zusammenreißen.

„Männer, wenn wir so weitermachen, dann sind wir nächste Woche noch nicht fertig. Also strengt euch bitte ein bisschen an!"

Der nächste durfte.

„Ostor, ich wusste noch gar nicht das du von einem Schwein abstammst. Obwohl deine Pfürze darauf schließen lassen könnten!"

Das Gegröle der Wachen war fast nicht mehr auszuhalten und Bondol musste auch grinsen.

So langsam fing er an diese Männer zu mögen.

Und munter ging es weiter.

Wulferon musste Obst darstellen, ein anderer war ein Hühnchen, Ostor dann wieder Fleischpastete. Alle hatten viel Spaß und endlich standen alle Sachen, bis auf den Wein auf dem Tisch.

Stunden waren vergangen.

Nun ging Bondol hinter den Vorhang.

Da stand das Fass.

Was sollte er nur tun?

Eigentlich konnte er die Wachleute gut leiden. Aber er musste seinen Auftrag erfüllen, schließlich bekam er doch viel Gold dafür. Er atmete tief durch und ging wieder vor den Vorhang. Er stellte sich vor die Männer und hielt die Luft an und sein Gesicht wurde rot vor platzen. Dann machte er mit seinen Armen einen großen Kreis um seinen Bauch und schaute erwartungsvoll in die Runde.

Er erntete nur Schulterzucken.

Also weiter im Takt.

Bondol überlegt kurz und fing dann erneut an. Er stellte etwas hin, drehte an einem Hahn, zumindest sollte es so aussehen, formte mit seiner anderen einen Becher und füllte ihn. Dann führte er diesen imaginären Becher zum Mund machte Trinkgeräusche, setzte ab und rülpste laut.

Brüllen und Schenkelklopfen, nicht mehr nicht weniger. Somit blieb Bondol nicht anderes übrig als alles erneut vorzuführen. Aber diesmal führte er erst den nichtvorhandenen Becher an den Mund, trank einen Schluck und tat dann so als nehme er das Fass und trank direkt aus ihm. Irgendwann setzte er es ab, wischte sich über den Mund und rülpste wiederum. Aber nun fing er zu torkeln an und fiel unkontrolliert auf den Boden. Dann nahm er erneut das Fass und tat so als wolle er noch mehr. Das sollte eigentlich reichen.

Er stand auf und verbeugte sich vor den anderen.

Sie feierten ihn und Rufe wurden laut das an ihm ein hervorragender Schausteller verloren gegangen wäre. Obwohl noch keiner den Wein erraten hatte, ließ sich Bondol nicht lumpen und holte das Fass nach vorne.

Schnell hielten die anderen ihre Becher hin und er füllte sie wortgewaltig bis zum Rand. Auch er nahm sich einen Becher, macht ihn nur halbvoll und stieß mit den anderen an. Im Gegensatz zu den anderen tat er jedoch nur als ob er trinken würde.

Bange Minuten vergingen und Bondol wartete auf die Auswirkungen des Giftes, aber nichts tat sich.

Hatte das Gift der Orks versagt?

Das konnte nicht sein!

Schnell und dienstbeflissen füllte er, wie es sich für einen guten Wirt gehörte, die Becher immer nach. Es dauerte noch eine kurze Zeitspanne und dann kippte der erste um.

Wulferon sprang auf, schüttelte seinen Kameraden an der Schulter und der fiel wie ein nasser Sack auf den Boden.

Nun sprangen auch die anderen auf und alles schrie wild durch einander.

Danach kippte auch Ostor um. Wulferon kniete sich hin und fühlte bei ihm den Puls und schüttelte dann den Kopf.

Auch Ostor war tot. Wulferon schaute Bondol fragend an und der grinste ihn nur an.

„Weißt du Wachmann, ich bin Bondol und war einmal der Nachtwächter am Haupttor der Stadt. Der Graf hat mich aus Merkedee geschmissen und nun räche ich mich an euch! Aber das wirst du nicht mehr erleben, glaube es mir!"

Wulferon sprang auf und wollte den Verräter angehen. Aber mitten im Sprung fasste er sich an seinen Hals und fiel dann mit einem Gurgeln auf den Boden.

Bondol stand noch eine Weile und im gehörigen Abstand vor ihm und stieß ihn dann mit der Fußspitze leicht an.

Von Wulferon kam keine Reaktion. Auch er war tot, da war sich der Mörder sicher.

Aber nun kam das schwerste Stück der Arbeit. Gedeor stand noch am Feuer und hielt Wacht. Beflissen nahm Bondol einen Becher mit Wein und genügend Speisen, packte alles auf ein Tablett und machte sich auf den Weg nach oben um den letzten Teil seiner blutigen Arbeit zu erledigen.

„Wer da?"

„Hallo Gedeor!? Ich bin's Bondol der Marketender. Ich habe dir auch etwas mitgebracht."

„Na dann komm hoch. Ich habe einen Bärenhunger ..."

Der Mörder stieg die steilen Stufen hoch und Gedeor nahm zuerst einen kräftigen Schluck Wein.

„Mann habe ich einen Durst. Es ist schon schwer hier oben Wache zustehen und unten feiert alles. Was treiben die denn jetzt gerade? ..."

Schnell fiel ihm Bondol ins Wort.

„Die haben alle soviel Wein getrunken, dass sie nun allen herumliegen."

Zumindest war es nicht gelogen, denn sie lagen ja wirklich alle auf dem Boden.

„Na hoffentlich kommt die Ablösung pünktlich zu Morgengrauen und das ist nicht mehr lange hin."

Die beiden unterhielten sich noch einwenig über dies und das, als sich schließlich auch Gedeor an seinen Hals fasste und dann zusammenbrach.

Bondol schaute nach Osten der bald aufgehenden Sonne entgegen. Er hatte keine Zeit mehr. Schnell nahm er ein Päckchen aus seiner Tasche und streute deren Inhalt ins Feuer.

Der Mörder traute seinen Augen nicht. In sekundenschnelle färbte sich das Feuer erst bläulich und erstrahlte dann in einem giftigen Grün. Aha das Grün war also das Zeichen! Bondol sonnte sich in seinem Erfolg.

Aber es geschah etwas Unerwartetes.

„Du Verräter, du Mörder!"

Das war Gedeor. Er war noch nicht tot, sondern nur ohnmächtig. Er raffte sich auf und zog sein Schwert.

Dann ging alles blitzschnell. Ein Stich und Bondol fiel gurgelnd in sich zusammen.

Wiederum fasste sich der Wachmann an den Hals und stolperte auf den Mörder zu.

29

War etwas passiert? Was war geschehen? Meine Gedanken überschlugen sich. Hatte Bogolus nicht gesagt das das Licht von TERONAS Turm immer leuchtete und somit die Menschen von Merkedee vor möglichen Gefahren aus dem Süden warnte?

Adrenalin schoss durch meinen Körper und ich rannte so schnell wie möglich zu den Gemächern von Prinz Golfin, meinem Großvater. Ich hastete durch die vielen Flure und erreichte schließlich und vor allem völlig außer Atem unseren Flur.

Ich wollte die Tür öffnen, aber sie war verriegelt. Wie ein Wahnsinniger trommelte ich an sie, aber es kam keine Reaktion.

Golfin musste wie ein Bär schlafen. Also dachte ich kurz nach und mir kam eine, wenn auch wahnsinnige, Idee. Noch schneller stürmte ich in mein Zimmer, öffnete mein Fenster und versuchte hinauszuklettern. Ich stand auf der Brüstung und war so gar nicht mehr von meinem Vorhaben überzeugt.

Aber ich musste ihn erreichen! Also schwang ich mich vollkommen heraus und sammelte meine inneren Kräfte. Wie ein geübter Bergsteiger krallte ich mich mit zwei Fingern an einem kleinen Mauervorsprung an der Wand fest. Dann schwang ich meine Beine auf einen anderen, tieferliegenden Vorsprung. Ich hing fast im Spagat in der Wand und kam weder vor noch zurück.

Aber ich musste weiter.

Bis zum ersten Fenster von Großvaters Gemächern war es nicht mehr weit.

Ich atmete tief ein und aus und fühlte meine Kräfte in mir aufsteigen, dann sprang ich wie eine Katze ab und landete mit einer Hand am Fenstervorsprung. So hing ich nun wie ein Schluck Wasser hoch über dem Boden und kam nicht so recht voran wie ich mir das eigentlich vorstellte. Ich nahm alle Kraft zusammen und versuchte mit meiner anderen Hand ebenfalls die Brüstung zu erreichen.

Der erste Versuch schlug fehl und tief unter mir schwankte der Boden. Das rührte aber nicht von einem möglichen Erdbeben oder ähnlichem, sondern von meiner Hängepartie her.

Nach mehreren glücklosen Versuchen schaffte ich es dann doch endlich mit beiden Händen die Brüstung zu erreichen. So hing ich dann an der Mauer und wusste nicht wie ich nun nach oben kommen sollte.

Fieberhaft überlegte ich. Ich hatte nur eine Wahl. Ich musste mich mit einem Klimmzug nach oben manövrieren und dann mit einem Bein Halt finden. Danach hätte ich bestimmt die Möglichkeit mich vollends nach oben zu beamen und dann das Fenster zu öffnen oder aber einzuschlagen.

Ich mobilisierte nochmals alle Kräfte und schaffte es wirklich im ersten Versuch, mehr hätte ich vermutlich nicht gehabt, auf den Fenstersims. Ich drückte leicht gegen das Fenster.

Wie vermutet war es verschlossen. Also musste ich es einschlagen. Ich ballte meine Hand zur Faust und drosch auf eine Scheibe ein. Danach öffnete ich es von außen. Schnell stieß ich dann die Flügel auf und ließ mich in den Raum fallen. Noch bevor ich auf dem Boden landen konnte, sah ich einen Schatten, spürte ich einen dumpfen Schlag und einen gewaltigen Schmerz.

„Ich werde dir ... Du Dieb!"

Die Stimme gehörte eindeutig zu Golfin. Wieder hörte ich das niedersausen eines Stockes.

Blitzschnell rollte ich mich zur Seite und konnte dem Schlag gerade noch ausweichen.

„Hey lass das! Ich bin es, Steve!"

Der Schatten vor mir wedelte mir der Hand und zwischen ihm und mir kam eine kleine leuchtende Kugel zum Vorschein.

„Dann lass mich mal schauen. Das ist ja wirklich mein Steve! Warum nimmst du nicht die Tür, sondern gehst wie ein Dieb durch das Fenster?"

Ich setzte mich auf den Boden.

„Die Tür war verriegelt und du hast auf mein Klopfen nicht gehört. Aber das ist nun auch egal ..."

Golfin ließ mich nicht ausreden.

„Und was beschert mir die Ehre deines Besuchs?"

Ich war auf einhundertachtzig.

„Wenn du mich mal ausreden lassen könntest ... Das Feuer, die Flamme leuchtet nicht mehr ..."

Golfin wedelte verständnislos mit seinen Armen.

„Welches Feuer, welche Flamme?"

„Na die von TERONAS Turm!" Ich schrie es fast und Golfin schüttelte ungläubig seinen Kopf.

„Die Flamme des Wachturms erlischt nie! Ich kann das gar nicht glauben ..."

„Dann geh doch zum Fenster und sieh selbst!"

Golfin schüttelte noch immer ungläubig seinen Kopf, aber so eine Botschaft konnte nicht einfach ignoriert werden. Behende sprang er zu einem anderen Fenster von wo aus er den Turm einsehen konnte. Er reckte und streckte sich, konnte aber auch nicht die Flamme von TERONAS Turm sehen.

Er sprang vom Fenster zurück und schüttelte noch immer ungläubig den Kopf. Dann sprang er erneut hin und starrte in die Dunkelheit. Vermutlich traute er seinen Augen nicht. Er stieß einen Urschrei aus sich heraus, der das Glas der Fensterscheiben zum Bersten brachte. Danach sammelte er sich kurz.

„Steve du gehst sofort zu den Burgwachen. Die sind heute Nacht wahrscheinlich so besoffen, dass es ihnen noch nicht aufgefallen ist. Zeige einem jeden der Wachen deinen Siegelring und befehle ihnen die Lichtzeichen zu geben, damit die anderen Baronate gewarnt werden. Außerdem soll die Wache am Hauptturm das Zauberhorn von Merkedee blasen! Keine Nachfrage, keine Widerrede! Ich wecke den Grafen und die anderen notwendigen Männer. Wir treffen uns dann im Planungssaal. Und jetzt verschwinde, sofort!"

Ich machte mich auf die Socken.

Aber wo sollte ich zuerst hin?

Erst die Flammengeber oder erst das Horn?

Ich entschloss mich schnell. Zuerst das Horn, denn Merkedee hatte am wenigsten Zeit bei einem bevorstehenden Angriff. Außerdem waren ja meine Kuriere schon unterwegs. Also machte ich mich auf den kurzen aber steilen Weg hinauf zum Hauptturm. Ich hastete die engen Stufen hoch und stolperte mehrmals, aber ich raffte mich immer wieder ohne Rücksicht auf Verluste oder aber Schmerzen auf und kam endlich oben an.

Die Wache schlief, wie Golfin richtig vermutet hatte.

Ich trat ihn hart mit meiner Fußspitze und erntete nur ein grunzen.

„Im Namen des Königs steh auf oder ich lasse dich hinrichten!"

Das Brüllen half. Ächzend und noch immer brummelnd raffte sich der Wachmann auf und schaute mich mit schmalen und weinseligen Augen an.

„Was willst du, Bursch?"

Ich nahm meinen Siegelring aus meiner Hosentasche und zeigte ihn ihm: „Schau zu TERONAS Turm, du besoffenes Schwein! Was siehst du?"

Die Wache drehte sich um und stieß einen geschockten Schrei aus.

„Im Namen der Nekal das kann nicht sein?!"

„Doch es ist aber so! Der Prinz befiehlt dir sofort das Horn von Merkedee zu blasen! Verstanden?"

Der Wachmann war sofort nüchtern. Er schaute noch einmal zum Wachturm, betrachtete danach nochmals den vorgehaltenen Siegelring und stellte sich dann mit festen Beinen an das Horn. Er holte tief Luft und blies sie in das steinerne Horn.

Ich war überrascht, denn ich hatte mit einem Schrillen lauten Ton gerechnet. Aber es war nicht an dem. Aus dem Horn kam zwar ein lauter Ton heraus aber er klang tief und melodisch. Er erinnerte mich ein bisschen an die Alphornbläser in Bayern, wo wir einmal einen Urlaub verbracht hatten. Der Ton schwoll immer stärker an, obwohl der Wachmann gar nicht mehr hineinblies. Er wurde lauter und lauter und beschallte ganz Merkedee. Dieser Ton war beileibe von keinem zu überhören.

Ich betrachtete den Wachmann genauer. Irgendwie erinnerte er mich an einen Wolf. Sein behaartes Gesicht, seine Augen, seine Zähne.

Ich fragte ihn nach seinem Namen.

„Ich bin Wulferon der Jüngere. Mein Zwillingsbruder ist zur Zeit Wache auf TERONAS Turm. Sage es bitte keinem das ich hier angetrunken gelegen habe und meinen Dienst verfehlt habe. Ich war bisher immer ein zuverlässiger Wächter. Ich habe noch nie ..."

Er schluchzte und ich hatte Mitleid mit ihm. Also versprach ich ihm mit keinem über seine Verfehlung zu sprechen. Dann machte ich mich zu den Feuerwächtern. Auch hier war so ziemlich das gleiche Spiel, nur das an den Feuern die Wachleute durch das Horn schon geweckt wurden waren. Auch sie waren sichtlich angetrunken, machten alle sehr betretene Gesichter bei meinem Erscheinen und gaben dann übereifrig ihre Zeichen an die anderen Burgen weiter.

Danach sprintete ich an den soeben aufgeweckten und noch verschlafenen Menschen der Burg vorbei.

Viele fragten mich was denn geschehen sein, aber ich hatte keine Zeit ihnen Antwort zu geben.

Endlich erreichte ich den Planungssaal. Dort hatten sich schon Golfin, Bogolus, Hamon, Fagonus, Hangaron und Ambaron versammelt. Bis auf Golfin und mir standen alle noch in ihrer Nachtkleidung, vor allem in Nachthemden, um den Tisch versammelt.

Der Graf gestikulierte wild und fuchtelte dabei ständig mit einem kleinen Zeigestock umher.

Ich stellte mich ebenfalls an den Tisch und hörte mir das Gespräch erst einmal an.

Der Graf erklärte den anderen wie er gedachte die einfallenden Orkhorden aufzuhalten.

Alles diskutierte wild durch einander und so kam es dazu das eigentlich keiner so richtig zu Wort kam.

Ich amüsierte mich mit meinen vor der Brust verschränkten Armen und sagte ersteinmal gar nichts. Nachdem alle, außer Golfin und mir, noch so ungefähr eine halbe Stunde um sich geschrieen hatten, räusperte ich mich und schlug laut mit der flachen Hand auf den Tisch.

Der dadurch entstandene Knall brachte alle sofort zum Schweigen. Dann kam mein Auftritt. Ich stemmte meine Fäuste in die Hüften und blickte langsam in die illustere Runde. „Meine Herren. Wir stehen hier schon längere Zeit herum und alles redet und redet. Ein Ergebnis haben wir aber noch nicht. Also werde ich euch nun mal erklären was ich schon so alles getan habe. Ich bitte um Ruhe und Aufmerksamkeit."

Ambaron, dem alten Zeremonienmeister, platzte fast der Kragen, wenn denn sein purpurnes Nachthemd einen gehabt hätte.

„Wie kannst du undankbarer Bengel dir nur erlauben so in der Gegenwart des Prinzen und des Grafen zu reden? Soll ich dich Maßregeln?"

Golfin kam mir zur Hilfe, denn Ambaron konnte ja noch nichts von meiner Offenbarung wissen.

„Ambaron sein still und lass den Jungen reden. So und nun fang an Steve."

Ich holte tief Luft und erzählte den Anwesenden alles über meine Planungen.

Sehr weit kam ich aber nicht, denn der Zeremonienmeister fiel mir ins Wort; „Du hast Briefe des Prinzen gefälscht? Bist du von allen Nekal verlassen? Ich werde die Wachen rufen lassen damit sie dich einsperren. Wie kannst du nur ..."

Golfin brachte ihn mit einem grunzen zum schweigen.

„Ambaron jetzt haltet endlich euren Rand. Steve ist mein Enkel. Er ist der Sohn von Gwenofina, meiner Tochter. Und wenn nur ein einziges Wort von dem was ich gerade gesagt habe nach außen tritt, dann werde ich mich an euch vergessen! Und nun seit endlich still, schließlich haben wir nicht ewig Zeit zum Lamentieren!"

So nun wusste auch er was er von mir zu halten hatte und ich konnte weiter fortfahren. Ich erklärte allen was die Kuriere zu den Baronen bringen sollten und das wir durch den Plan die Orks schnellstmöglich und ohne zusätzliche Nahrungsmittel zum Pass des Todes lenken konnten. Auch erklärte ich das wir auf schnelle Verstärkung seitens Hedamar hoffen sollten. Während ich von meinen Befehlen sprach blickte ich immer wieder verstohlen in die Runde und konnte nur zustimmendes Nicken sehen.

Alle schienen mit mir Übereinzustimmen. Als ich mit meinem Vortrag geendet hatte schwiegen alle, ich hoffte beeindruckt.

Bogolus und auch Golfin nickten nur.

Dann wandte ich mich direkt an meinen Großvater. „Du bist doch ein Zauberer oder? Kannst du dann nicht mal irgendwie zum Turm von TREONAS schauen und mal kucken was da passiert ist?"

Golfin setzte eine ernste Mine auf.

Er überlegte.

Alle schauten erwartungsvoll zu ihm und die Anspannung war förmlich zu riechen.

Nach einer Weile schüttelte er dann seinen Kopf und mir sackte mein Herz in die Hose. Wenn er es nicht könnte dann wäre es sehr schlecht für uns.

Golfin räusperte sich.

„Es ist ein sehr schwieriger Zauber und ich bräuchte dafür viel Ruhe und sehr viel Konzentration. Aber ein Versuch ist es allemal wert. Oder?"

Ein Raunen ging durch den Raum. Bogolus wandte sich an den Prinzen. „Prinzliche Hoheit, dürfen wir eurem Zauber beiwohnen?"

Golfin stimmte zu, erbat sich aber Schweigen. Dann zeichnete er magische Zeichen in die Luft Er ruderte mit seinen Armen schneller und schneller. Und zum Schluss wirbelte er nur so durch die Luft, dass er mich wiederum an eine Windmühle erinnerte.

Unwillkürlich musste ich bei dem Gedanken an einen Windmühlenprinz lächeln.

Auf einmal knisterte die Luft und Blitze schossen überall herum. Überall war ein ah und oh zu hören.

Selbst ich schaute immer erwartungsvoller zu Golfin herüber.

Dann flimmerte die Luft noch stärker und man konnte die Energie im Raum förmlich riechen und in sekundenschnelle konnten alle TERONAS Turm in unserer Mitte bestaunen. Einen Augenschlag später waren wir im Turm und flogen schnell hinauf.

Wo waren die Stufen?

Wir flogen weiter und sahen eine Plattform. Dort lagen und standen Fässer, Heu oder Stroh, ein riesiger Wassertrog und noch mehr solche Sachen. Alles war sehr ordentlich verteilt.

Es ging weiter rasend hinauf.

Wieder eine Plattform.

Eine Wohnebene?

Golfin verschaffte uns einen Überblick und alle suchten nach Hinweisen warum das Feuer erloschen war.

Dann kam für alle der Schock.

Auf dem Fußboden sahen wir die toten Wachleute. Vermutlich wollte jeder noch genauer hinschauen, aber Golfin raste weiter nach oben. Ich konnte gerade noch eine weitere Plattform sehen auf der überall Holz und so herumlagen. Endlich waren wir auf der obersten Plattform angelangt.

Hier lagen zwei Männer.

Und Hamon konnte sich nicht mehr halten.

„Hier liegen noch zwei weitere. Das ist einer zuviel!"

Golfin brachte uns näher an die beiden. Der eine sah aus wie der vom Hauptwachturm, wie der Wulferon! Und der andere, dass ... das war doch ... der Säufer von der Torwache ...

„Der Pissewerfer!"

Jetzt konnte ich mich nicht mehr halten. Wie hieß er doch gleich? Bon ... Bondol!

Golfin wollte das Bild wieder zusammenfallen lassen. Aber ich gebot ihm Einhalt.

„Großvater warte noch einem Moment! Richte deinen Blick nach Süden!"

Golfin änderte die Blickrichtung und wir konnten vom Turm aus nach Süden schauen. Aber wir sahen nur eine riesige Nebelwand, die sich über die gesamte Sumpfbreite zog.

Golfin versuchte ein näheres und schärferes Bild zu bekommen.

Aber es gelang nicht und Golfin zuckte zusammen und schrie vor Schmerzen auf.

Dann klappte das Bild zusammen.

Der Prinz krümmte sich und hatte ein schmerzverzogenes Gesicht.

Schnell war ich bei ihm.

„Was ist los? Was ist passiert?"

„Wasser!"

Fagonus brachte ihm sofort einen Becher, den er hastig trank.

„Das war gut. Die Spiegelung im Turm, da war noch alles in Ordnung. Aber der Nebel. Das war kein natürlicher Nebel, so wie er am Morgen herrscht. Das war ein magischer Nebel. Ich hätte es vorher merken müssen, ich Blödmann. So habe ich mich fast verbrannt".

Bogolus, der verständlicherweise am aufgeregtesten war, denn schließlich war es ja seine Grafschaft, platzte fast vor Neugierde.

„Was hat das alles zu bedeuten? Mit dem Mord, mit dem Nebel?"

Golfin richtete sich wieder vollends auf und atmete erst einmal tief ein.

„Die Wachen sind ermordet worden. Das ist erst mal sicher. Aber der Plan ist schiefgegangen, denn der Mörder hat wohl seine gerechte Strafe erhalten. Und der Nebel? Dies ist aller Wahrscheinlichkeit ein magischer Nebel und mit der Ausdehnung muss es sich um einen sehr mächtigen Zauber handeln. Solch einen Nebel kann kein einfacher Magier, so wie ich, handeln. Das kann nur das Werk eines Burol sein!"

„Burol was war das denn?" Ich verstand das nicht und Ambaron kam mir zur Hilfe.

„Junger Prinz, ein Burol ist ein untoter Orkkönig. Als BALZAR sich die Orks gefügig gemacht hatte, versprach er den Königen der Orks die Unsterblichkeit. Sie sollten für immer auf Aloifanda wandeln können und würden nach ihrem sterblichen Dasein nicht in die Höhlen von HAMARAS überwechseln, sondern würden von BALZAR mit enormen magischen Kräften ausgestattet werden. So banden sich die Orkkönige mit ihrem Volk entgültig an den ausgestoßenen Nekal. Aber es ist fast eine Generation her seit der letzte Burol im Reich von Aloifanda gesehen wurde. Ich denke, dass das nichts Gutes zu heißen hat."

Alle pflichteten ihm bei und das Gemurmel schwoll wieder zu einem Orkan an. Aber eine Lösung für unsere Probleme hatte, abgesehen von meinen Depeschen, noch keiner und so diskutierten wir weiter und weiter.

30

Nachdem ich mir das sinnlose Debattieren noch eine Weile angeschaut hatte, reichte es mir so langsam. Ich schlug wieder auf den Tisch und wieder verstummten alle, sogar mein Großvater.

„Meine Herren. Was soll die ganze Diskussion? Es ist nun gleich Frühstückszeit und wir haben noch immer keine Lösung gefunden. Was soll das?"

Alle schauten mich erwartungsvoll an. Erwarteten sie etwa von mir die Lösung des ganzen Problems? Nun gut, dann sollten sie ihre Lösung haben.

„Also erstens mit wem haben wir es zu tun? Das ist ganz einfach. Unser Feind sind die Orks, vermutlich ein ganzes Orkheer. Wie groß ist denn so eines?"

„Ich denke das wir mindestens dreißigtausend gegenüberstehen. Wenn aber das ganze Volk über den Todespass will, dann werden wir es direkt mit wenigstens zweihunderttausend Kriegern und dann noch mit den Frauen und Kindern, also den ganzen Sippen zutun haben ..."

Das war Fagonus, der alte Schwertmeister.

„Dreißigtausend? Dem sind wir niemals gewachsen!"

Das war Bogolus. Ich brachte ihm mit einem unwirschen Grunzen zum Schweigen.

„Und was ist mit dem Burol? Großvater kannst du ihn, wenn du ihm zwar nicht gewachsen bist, wenigstens aufhalten?"

Golfin nickte.

„Ich kann ihm wirklich nicht vernichten. Da hast du recht. Aber ich könnte ihn aufhalten, hoffentlich."

„Gut. Bogolus, wir müssen sofort alle überflüssigen Menschen unter Führung von Gwendoline aus Merkedee, am Besten aus der Grafschaft und über den Fluss, bringen. Dies muss sofort geschehen. Aber sie müssen bis spätestens morgen Abend Hedamar erreicht haben. Außerdem müssen auch hier alle überflüssigen Tiere und alle nichtbenötigte Ernte weg. Klar?"

Bogolus nickte ebenfalls zustimmend und gab seinem Sohn erste Anweisungen. Hamon verabschiedete sich schnell und ging dann seinen Tätigkeiten nach.

„Weiter im Takt. Hangaron, du wirst dir vom Prinzen sofort Anweisungen geben lassen, was und wie viel Holz wir für weitere Katapulte benötigen. Dann lässt du mehrere Trupps los, die das Holz besorgen. Meinetwegen sollen sie die noch nicht fertigen Häuser in der Stadt niederreißen, aber das Holz muss bis heute Abend verfügbar sein. Weiterhin ist dein Auftrag alle Städter zu bewaffnen und ihnen ihre Plätze zuzuweisen. Verstanden?"

„Jawohl!"

Golfin gab ihm schnell seine ersten Anweisungen und Hangaron wollte gehen, aber ich hielt ihn noch zurück.

„Ambaron, du kümmerst dich um die Löschtrupps und weist sie ein. Sollten die Orks uns mit Feuerpfeilen beschießen, dann müssen die Brände schnell gelöscht werden und es muss genügend Wasser vorhanden sein. Weiterhin bist du zuständig für unsere Nahrungsmittel und das Trinkwasser. So und nun geh mit deinem Sohn an die Arbeit!"

„Fagonus, du wirst die Städter und auch die Pagen mit Waffen aus dem Zeughaus ausrüsten. Außerdem weist du jedem der Edelleute einen Bereich zu, in welchem sie die Aufsicht haben. Hast du sonst noch Fragen?"

Fagonus räusperte sich.

„Wir müssten danach noch die Verteidigung planen ...“

„Das ist richtig. Wenn wir alles erledigt haben, so gegen heute Nacht, dann haben wir hoffentlich noch genügend Zeit für die Planungen.“

„Ich schlage außerdem vor, dass wir auf je zehn Bürger einen Ritter kommen lassen. So kann die Aufsicht und auch eine verkürzte Ausbildung stattfinden. Wir werden alle Jungen und Männer ab zwölf Jahren und bis sechzig benötigen ...“

„Gib uns bitte heute Nacht einen Überblick über die Anzahl der Männer unter Waffen, die Anzahl der verfügbaren Pfeile und so!“

„Alles klar!“

Damit verschwand auch er und somit verblieben nur noch Bogolus, Golfin und ich im Raum und wir starrten alle wie gebannt auf die Karte.

Der Graf fing als erster mit sprechen an. „Wie sollen wir nur herausbekommen gegen wie viele Orks wir stehen?“

Ich hatte keine Antwort und zuckte mit den Schultern. Dabei sah ich Golfin hilfesuchend an. Aber auch er hatte nicht so die richtige Ahnung.

„Was ist mit Kundschaftern?“

Bogolus schüttelte energisch den Kopf.

„Das wäre eine Reise ohne Wiederkehr. Und zu TERONAS Turm kommen wir auch nicht so schnell. Selbst wenn wir sie losschicken würden, dann wären sie nur unwesentlich vor den Orks zurück und wir hätten kaum noch die Möglichkeit zum handeln ...“

„Aber was ...“

Zu mehr kam Golfin nicht, denn aus dem Kamin ertönte ein Poltern und ein zischen, dann ein Rumpeln und dann breitete sich eine große Rauchwolke im ganzen Raum aus.

Wir mussten schrecklich husten und rissen alle Fenster auf, damit sich die Wolke schnell verzog.

War das der erste Geschmack auf den bevorstehenden Angriff?

Der rauchige Nebel verzog sich sehr schnell und wir blickten angespannt zum Kamin. Auch dort verzog sich die Wolke und wir erkannten ein Geschöpf da drinnen sitzen. Zu sehen war noch nicht genaueres. Aber ein wohlbekanntes Rülpsen bracht Golfin und mich dazu uns gegenseitig anzugrinsen. Dann, als sich die Wolke weiter verzogen hatte, watschelte ein kleines grünes und schuppige Etwas aus der Feuerstelle.

Famulus!

Bogolus zog sein Schwert sagte so etwas wie das hat und gerade noch gefehlt und wollte auf den kleinen Dicken losstürmen.

Aber Golfin hielt ihn zurück. Famulus war von der ganzen Sache völlig unbeeindruckt, breitete seine Schwingen und schüttelte die Asche ab. Danach, Großvater und mich wunderte es überhaupt nicht, rülpste und furzte er genüsslich und kam auf uns zugewatschelt. So stand er nun vor mir und gab schmatzende Geräusche von sich.

Golfin tätschelte seinen kleinen Freund und unterhielt sich mit ihm.

„Du siehst aber ausgehungert aus! Hat ja lang gedauert. Warst wohl auf Brunft?"

Famulus gab ein zustimmendes Grunzen von sich. Er wirkt wirklich, natürlich nur für seine Verhältnisse und wenn man ihn nicht kannte, ausgemergelt. Dann watschelt er zu mir und wollte auch von mir seine Streicheleinheiten abholen.

Als ich ihn so tätschelte, keimte in mir eine Idee auf. Hatte Golfin nicht gesagt das sich die kleinen Drachen von Rehen, Schafen und so einem Zeugs ernährten?

Was wogen die denn eigentlich?

Ich fragte: „Was wiegen denn eigentlich Schafe und wie weit kann so ein Drache ein Schaf im Flug tragen?"

„Ich denke ein ausgewachsener Hammel wiegt so um die fünfzig bis sechzig Pfund. Aber wie weit ein Drache so ein Tier im Fluge trägt, das weiß ich nicht ..."

Meine Idee keimte immer weiter.

Auch Golfin antwortete jetzt: „Er hat schon mal ein Reh über einen ganzen Tag lang geflogen. Wollte wohl Eindruck bei einem Weibchen schinden. Aber warum fragst du?"

Die beiden tappten noch völlig im dunklen und ich grübelte weiter. Danach bat ich Bogolus den kleinen Pagen Benn holen zulassen.

Der Graf machte sich auf die Socken und Golfin schaute mich noch immer verwundert an. Aber bevor er mich dann fragen konnte, kam sein Neffe wieder herein.

„In der ganzen Burg herrscht eine Betriebsamkeit wie in einem Ameisenhaufen. Überall rennen die Diener, aber auch die Adeligen, umher und treffen Vorbereitungen. Deshalb kann ich den kleinen Pagen nicht rufen lassen ..."

Bogolus zuckte mit den Achseln und wartete vermutlich auf weitere Anweisungen.

„Dann müsst ihr ihn selber suchen und hierher bringen!"

Golfin kam mir zuvor und ich war erleichtert nicht noch mehr Befehle geben zu müssen.

Der Graf nickte kurz und verschwand endlich.

„So Steve nun sind wir allein. Nun spann mich nicht so auf die Folter. Haben Benn und Famulus das gemeinsam was ich denke?"

„Was denkst du denn?"

„Der kleine Page ist ungefähr so schwer wie ein ausgewachsenes Schaf und unser kleiner Drache kann ein Schaf über weite Strecken Tragen. Meinst du wirklich das das funktionieren kann?"

Ich zuckte mit den Achseln.

„Was bleibt uns anderes übrig als es zu versuchen? Wir brauchen dringend Informationen über die Orks!"

„Wenn du ..."

Weiter kam er nicht, denn unsere Unterhaltung wurde von einem lauten Rülpsen unterbrochen.

Famulus kam zu uns gewatschelt. Er hatte wohl mitbekommen das unser Gespräch sich um ihn drehte.

Golfin schaute überrascht, denn der kleine Drachen kam nicht zu ihm sondern zu mir. Als er endlich da war, rieb er seinen Kopf an meinem Oberschenkel und ich tätschelte und streichelte ihn. Mir kam es vor als verstand er worum es ging.

„Famulus verstehst du mich?"

Der Drache blickte zu mir hoch und rollte mit den Augen.

Verstand er mich nun oder nicht?

Ich versuchte es noch einmal: „Famulus! Wenn du mich verstehst, dann wackle bitte mit deinem Kopf und zwar so."

Heftig nickte ich.

Aber der Drache rollte wieder mit seinen Augen.

Ich versuchte es anders.

„Famulus, wenn du Hunger hast, dann wackle bitte mit deinem Kopf."

Der kleine Vielfraß schaute mich wieder mit großen Augen an und siehe da er wackelte mit seinem enormen Schädel.

Ich jubelte und Golfin lächelte. Man konnte mit Drachen sprechen, das war der Beweis!

„Famulus. Hast du großen Hunger?"

Er nickte jetzt heftig und seine riesige Zunge beleckte dabei laufend seine Zähne.

Bevor wir uns aber weiter unterhalten konnten, öffnete sich die Tür schwungvoll und der Graf mit dem Pagen im Schlepptau stürmten herein.

„So jetzt habe ich ihn. Aber ich muss schnell wieder weg. Schließlich müssen meine Burg und meine Stadt geräumt werden. Habt ihr noch weitere Befehle?"

Golfin und ich schüttelten den Kopf und er verschwand dienstbeflissen.

„So Benn nun könnte deine große Stunde schlagen. Bist du eigentlich schwindelfrei? Ich meine so in großen Höhen oder so."

„Bis jetzt hat mir das noch nie etwas ausgemacht. Aber was willst du von mir. Ähm ... entschuldigt meine Unhöflichkeit Prinz Golfin. Was kann ich für euch tun?"

Benn war aufgeregt. Er hatte keinen blassen Schimmer und schaute erwartungsvoll erst auf Golfin und dann auf mich.

Der Prinz zeigte mit dem Finger auf mich.

„Er will etwas von dir und ich hoffe das dieses Vorhaben uns helfen kann."

Benn schaute nun auf mich und sah den kleinen Drachen.

„Ähm Steve, ist das ein Drache? Ist der nicht gefährlich? Was macht der hier?"

„Das ist mein Freund Famulus."

Ich tätschelte seinen Kopf und er schnurrte wie eine kleine Katze.

„Mach dich doch mal mit Famulus bekannt. Komm her und streichele ihm doch den Kopf. Er ist ein ganz lieber!"

Benn kam zögernd näher und streckte, noch zögernder, seine Hand aus und berührte den Drachen schließlich.

„Huch, er ist ja ganz warm. Ähm ich meine seine Haut, also die Platten hier..."

"Siehst du? Er ist wirklich ganz lieb ... So Benn nun will ich dir erklären was du für uns tun kannst. Den Aufruhr in der Burg hast ja schon mitbekommen oder?"

Er nickte heftig.

„Ich, wir, denken dass die Orks bald über unser Land herfallen werden ..."

Wieder nickte er heftig und Famulus ließ sich weiter von ihm kraulen.

„Aber wir haben ein großes Problem. Wir wissen nicht wie viele und woher die Orks auf die Grafschaft kommen werden und für einen berittenen Spähtrupp ist es zu spät. Das heißt dass ein Spähtrupp zwar die Orks sichten kann und auch gute Erkenntnisse liefern kann, aber nur unwesentlich vor den Feinden wieder hier ankommen würde."

Benn schaute mich erwartungsvoll an und aus Famulus Nüstern stiegen kleine Rauchwölkchen. Auch er blickt zu mir hoch, aber seine Augen waren zu schmalen Schlitzen zusammengekniffen.

Wusste er was ich mit den beiden vorhatte?

War er schlauer als ich angenommen hatte?

„Also Benn ich möchte das du dich auf den kleinen Drachen schwingst und mit ihm in die Sümpfe fliegst und uns Informationen über die Orks beschaffst! Danach fliegt ihr beiden wieder hierher zurück und du berichtest uns."

Geschrei und Getöse.

Aber das war nicht Benn, der stand nur mit offenem Mund da und hatte die Augen angstvoll aufgerissen.

Der Rumor kam von einem anderen, von Famulus. Der schnaufte und stieß komische Schreie aus und ließ seinen Schwanz dabei ständig mit peitschenden Bewegungen auf den Boden schlagen. Er stierte mich bösartig an und es kamen keine Rauchwölkchen mehr aus seinen Nüstern, sondern nun waren es kleine Flammen. Er war wohl richtig wütend. Ich hockte mich vor ihn hin und wollte seinen Kopf streicheln, aber er wich vor mir, noch immer seine spitzen Schreie ausstoßend, zurück.

Ich musste ruhig bleiben.

„Famulus mein Freund. Schmeckt dir eigentlich Orkfleisch? ..."

Wild schüttelte er seinen Kopf.

„Siehst du? Wenn du uns nicht hilfst, dann wird es über kurz oder lang in Aloifanda nur noch Orkfleisch zum fressen geben, denn die Orks werden hier alles Leben auslöschen, auch die Drachen, denke ich."

Famulus Augen wurden zu nochkleineren Schlitzen. Aber wenigstens wich er nicht mehr vor mir zurück und seine Flammen wurden wieder zu Rauchwölkchen.

Ich fuhr weiter fort.

„Famulus, wenn du den kleinen Benn zu den Sümpfen fliegst und dann wieder zurückbringst, dann bekommst du zwei schöne fette Hammel, noch frisch, lebend und angebunden, damit du nicht auf Jagd musst. Was hältst du davon?"

Die Schlitze wurden wieder zu Augen und die Rachwölkchen verschwanden vollends. Er wackelte mit seinem Kopf hin und her. Mir kam es vor als überlege er.

Also musste ich ihn noch mehr locken: „Außerdem kann dir der Koch auch einen schönen süßen Pudding machen. Was hältst du davon?"

Das Kopfwackeln wurde stärker.

Wollte er noch mehr?

Dann sollte er es bekommen.

„Und was ist, wenn du zusätzlich noch eine schöne Marzipantorte bekommst?"

Er nickte. Er nickte!

Ich hatte es geschafft! Mein verfressener kleiner Freund hatte sich bestechen lassen! Jetzt musste er den kleinen Benn nur noch heil hin und wieder zurückbringen.

„So Benn der Drache will dich fliegen. Was sagst du dazu? Aber ich will noch anmerken das das Leben aller Menschen von Merkedee von deiner Entscheidung abhängt!"

Benn stand die Angst förmlich ins Gesicht geschrieben und er schaute immer wieder fürchtvoll zu Famulus. Aber schließlich fasste er sich ein Herz: „Wenn ich wirklich helfen kann ... und ich der Einzige bin, dann bleibt mir wohl keine andere Wahl ...‟

Bevor es sich noch einer der beiden Delinquenten noch anders überlegen konnten, schritten Golfin und ich zur Tat.

Mein Großvater hatte, woher auch immer, Lederriemen besorgt und wir hoben Benn gemeinsam auf den Rücken von Famulus.

Der kleine Drache hielt still, wie es sich für ein mehr oder weniger geübtes Pferd gehörte.

Benn saß wie ein Affe auf einem Schleifstein, aber der Drache hielt still.

Dann aber kamen die Lederbänder. Verständlicherweise wollten wir den kleinen Jungen an dem Drachen festbinden, damit er nicht herunterfallen könnte. Wir banden die Schlingen an Benn fest und führten sie um Famulus Bauch und wollten sie festzurren, da scheute er etwas und trappelte ein par Schritte rückwärts.

Golfin beruhigte ihn und tätschelte dabei ständig seinen Kopf.

Endlich hatten wir es geschafft! Endlich hatten wir die Riemen fest um Famulus gezogen. Für mich sah es ungewohnt aus, ein Knabe, der auf einem Drachen saß.

Ich streichelte beiden nochmals über ihre Köpfe.

„Also Benn und Famulus. Fliegt nach Süden zu TERONAS Turm und dann weiter in die Sümpfe. Dort kreist ihr und spioniert aus, wie viele Orks auf Aloifanda marschieren und wie sie marschieren, also ob zusammen oder getrennt. Bekommt alles heraus was ihr herausbekommen könnt. Aber geht bitte keine Risiken ein und kommt bitte heil wieder zurück!!!"

Golfin hatte schon die beiden großen Fensterflügel geöffnet und ich gab meinen beiden Freunden noch schnell einen Kuss auf die Stirn.

Famulus erhob sich mit einem Ächzen und watschelte dorthin. Dann breitete er seine Schwingen aus, schwang die Flügel und die beiden erhoben sich langsam und sehr schwerfällig und flogen durch das Fenster.

Großvater und ich schauten ihnen hinterher und der Drache mit seiner Last wurde immer kleiner, wurde dann zu einem schwarzgrünlichen Punkt am Horizont und verschwand schließlich.

ein Blick wurde trüber und Tränen rannen mir die Wangen herunter. Ich betete zum erstenmal in meinem Leben die Nekal an und hoffte inständig das die beiden gesund wieder zurückkamen.

Golfin legte seinen Arm großväterlich um meine Schulter.

„Schäme dich deiner Tränen nicht, Steve. Es ist gut, wenn ein Herrscher sich Sorgen um seine ihm Anvertrauten macht. Auch ich hoffe das die beiden gesund zurückkommen."

31

Der Tag neigte sich dem Abend entgegen und Merkedee hatte sich sichtlich verändert. Lange Wagenkolonnen zogen nordwärts und viele Viehherden folgten ihnen. Jeden den ich sah, der schaute seinen Liebsten traurig und oftmals mit Tränen hinterher, denn keiner wusste ob er seine Familien je wiedersehen würde.

Überall herrschte den ganzen Tag hektische, aber geordnete, Betriebsamkeit und ich hatte das Gefühl, dass die Herren von Merkedee ihr Handwerk, trotz des anfänglichen Schocks, verstanden.

Alles lief wie geschmiert.

Aber es gab auch kleine Probleme. So zum Beispiel Lady Arane. Sie wollte partout nicht mit den anderen Frauen und Kindern auf die sichere Seite des Flusses. Sie und viele andere wollten ihren Mann, ihre Frau, stehen und sich ebenfalls gegen die Orks stellen. Nach langen Diskussionen musste ihr Vater ihr dann nachgeben und es halfen weder gute Worte noch irgendwelche Drohungen.

Als ich sie durch die Flure huschen sah, stellte ich sie und verlangte eine Antwort von ihr: „Was soll der Quatsch! Du müsstest schon längst mit den Wagen in Richtung Hedamar unterwegs sein!"

„Ich bleibe hier und daran gibt es nichts Weiteres zu sagen! Ich bin hier besser aufgehoben und kann so wenigstens die Verletzten mit verarzten!"

Das war alles, dann packte sie ihr Bündel mit weißen Laken und schon war sie von dannen. Wenigstens hatte sie mich nicht ignoriert oder angegiftet.

Ich rannte den ganzen Tag durch Merkedee.

Hier sah ich Golfin wie er mit Männern hastig Katapulte zusammenbaute oder aber erste Zielübungen machte, dort sah ich Hangaron und Fagonus, die die Männer ausbildeten und einwiesen. Auch Ambaron eilte, so schnell es mit seinem Stock ging, geschäftig durch die Burg und erteilte überall Anweisungen. Er ließ Wandbehänge abhängen, Möbel wurden weggeschafft und all die Dinge wurden verpackt.

Ich schaute auch kurz im Keller vorbei. Dort richteten die Frauen unter Anweisung von Metak, dem Arzt, die Krankenstation ein.

Nachdem ich alles besichtigt hatte, ging ich auf den obersten Wachturm und schaute bange nach Süden.

Wo blieben Benn und Famulus nur?

Mussten sie nicht schon längst zurück sein?

Aber ich konnte sie nicht sehen.

Auch von den Orks fehlte noch jede Spur.

Dann wandte ich meinen Blick nach Norden und sah eine kleine Staubwolke auf uns zukommen.

War das unsere Verstärkung?

Sie kam stetig näher und wurde immer größer. Schließlich konnte ich die ersten Reiter erkennen. In mir keimte so etwas wie Hoffnung auf. Ich schaute wieder nach Süden. Noch immer nichts von unserem Kundschafter.

Da stieß mich Wulferon in die Rippen.

„Da seht von Osten her kommt auch eine Wolke auf uns zu!"

Was war das?

Hatten die Orks etwa den Steilhang überwinden können und überraschten uns?

Schnell stürmte ich die Stufen hinunter zur Stadt. Als ich den Burghof überqueren wollte, rammte ich Hamon und wir beide überschlugen uns wie abgeschossene Hasen. Ich stemmte mich hoch und schüttelte mich.

„Hey, wir sollten uns nicht gegenseitig verletzen. Dafür werden die Orks schon noch früh genug sorgen! ..."

Ich half ihm hoch und teilte ihm von der zweiten Wolke aus dem Osten mit. Auch er war überrascht und rannte mit mir hinunter zur Stadtmauer. Noch im laufen gaben wir lautstark Anweisungen alle Verteidigungspositionen einzunehmen und nach Eintreffen der Verstärkung aus Hedamar die Tore zu verschließen.

Schnell wurde alles stehen und liegengelassen und ein jeder nahm seine ihm zugewiesene Position ein und alle blickten angespannt nach Norden und nach Osten.

Die ersten Reiter preschten den Hang hinauf und Bogolus, der sich inzwischen zu uns gesellte hatte, erklärte, dass es sich unzweifelhaft um Männer aus Hedamar handelte.

Dummerweise wirbelten sie so viel Staub auf, dass ich nicht erkennen konnte um wie viele es sich nun handelte. Es konnten einhundert aber auch eintausend sein.

Ich hatte keine Ahnung.

Aber immerhin, sie kamen uns rechtzeitig zur Hilfe. Der erste Reiter kam vor dem Tor zum Halt. Er schaute auf die Zinnen und hob seine Hand zum Gruß.

„Wie seine königliche Hoheit Prinz Golfin befohlen hat und in Anbetracht der Tatsache das das Horn von Merkedee gerufen hat, komme ich Baron von Hedamar mit fünfhundert meiner Männer."

Bogolus trat nach vorne und beugte sich über die Zinnen.

„Noch nie habe ich mich so sehr über Euer Erscheinen gefreut wie heute, mein alter Freund und Weggefährte! Öffnet das Tor!"

Schnell wurde das Tor geöffnet und die Reiter durchschritten es.

Fagonus nahm sie unten in Empfang und ließ sie auf die Burg geleiten.

Baron von Hadamar aber kam schnellen Schrittes zu uns hinauf und verneigte sich zuerst vor Golfin und dann vor Bogolus.

„Wir sind so schnell wie es ging geritten, mein Prinz. Auch eueren Anweisungen wurde sofort folgegeleistet. Ich denke das die ersten befohlenen Maßnahmen bis zur Mittagsstunde des morgigen Tages abgeschlossen werden. Bis dahin müssten auch die Wagenkolonnen unter der Führung von Prinzessin Gwendoline eingetroffen sein. Wenn die Wagen und das Vieh dann über den Fluss gesetzte haben, dann werden wir die Brücke einreißen. Diese Maßnahme wird dann morgen gegen Abend durchgeführt sein. Das Feuer von Hedamar wird uns informieren. Aber sagt, warum steht ihr schon auf den Zinnen? Ist der Feind schon so nahe?"

Bogolus antwortete nicht. Stattdessen zuckte er nur mit den Achseln und wies mit dem Arm nach Osten, wo die Staubwolke immer größer wurde.

Der Baron schaute ebenfalls in die Richtung.

„Ich denke nicht das sie noch vor Einbruch der Dunkelheit hier ankommen werden. Somit haben wir noch genügend Zeit einen Happen zu essen. Ich habe, mit Verlaub eure Hoheit, einen Bärenhunger, denn wir haben uns heute Morgen sofort nach Eintreffen der Depesche in Bewegung gesetzt."

Nun sprach auch Golfin: „Ihr habt recht Baron von Hedamar. Auch wir haben den ganzen Tag kaum etwas zu uns genommen. Und wir sollten dem Feind möglichst mit gefülltem Bauch entgegentreten. Also schlage ich vor, dass wir uns auf die Burg machen und zu Abend essen. Wenn wir fertig sind, dann werden wir sehen, wer da auf uns zukommt."

Golfins Wunsch sprach sich sehr schnell herum und überall verließen die Männer und Jungen ihre Plätze und nur Wachen blieben noch zurück.

Im Gegensatz zu mir waren die anderen mit Pferden zum Stadttor gekommen und waren dem entsprechen weit vor mir im Planungssaal, der neben der Planung nun auch die Funktion eines kleinen Speisesaals übernommen hatte.

Ich öffnete die Tür und schrie vor Entsetzen laut los: „Macht das Fenster auf, sofort! Das kann doch nicht wahr sein!"

Der Graf und seine Männer schauten mich fragend an aber Bogolus gab sofort Anweisungen die Fenster zu öffnen.

Auch der Baron blickte verwirrt zu mir und seine Verwirrung steigerte sich noch als er sah, dass ich mich auf den leeren Platz neben Golfin setzte.

Der wiederum schaute mich entschuldigend an.

„Tut mit leid, aber das habe ich bei dem ganzen Wirbel vergessen. Und was noch schlimmer ist, ich selbst habe Anweisungen gegeben die Fenster zu schließen, da es doch ziemlich zugig war."

Ich nahm seine Entschuldigung an und wollte gerade den ersten Bissen zu mir nehmen als auf einmal ein lauter Flügelschlag und ein Windstoß zu vernehmen waren und Famulus flatterte unbeholfen durch eines der geöffneten Fenster.

Die Männer zogen schnell ihre Schwerter und wollten sich auf den Drachen stürzen, aber ein ohrenbetäubendes HALT von mir ließ sie in der Bewegung verharren und irritiert auf mich schauen.

Golfin und ich stürzten vom Tisch so schnell es ging zu ihm und Benn. Auch die anderen hatten in der Zwischenzeit mitbekommen, dass ein Mensch auf dem Drachen saß.

Schnell verschaffte ich mir einen ersten Überblick über den Zustand der beiden. Sie waren über und über mit Staub bedeckt, aber schienen unverletzt zu sein.

Ich riss einem von Hedamars Männern sein Schwert aus der Hand und durchschnitt die Lederriemen. Benn rutschte von Famulus herunter und brach zusammen.

Golfin reagierte als erste und fing ihn auf.

„Schnell einen Stuhl und bringt dem Jungen etwas zu trinken!"

Famulus schnaufte.

„Dem Drachen auch!"

Schnell und ohne irgendwelche Worte wurden seinen Abweisungen folgegeleistet.

Golfin hielt den kleinen Jungen auf dem Stuhl und ich flößte ihm Wasser ein. Langsam kam er wieder zu sich und wir ließen ihm auch die Zeit dazu.

Famulus indessen schnaufte hungrig und ich nahm eine große Fleischplatte vom Tisch und stellte sie vor ihm hin. Ich erntete ein dankbares Grunzen seinerseits und ungläubige Blicke andererseits.

Benn war nun wieder zu Kräften gekommen und wollte loslegen, aber Golfin hieß ihn noch mehr zu trinken und etwas zu essen. Endlich war es wieder ganz zu Kräften gekommen und richtete sich auf seinem Stuhl auf.

„Oh Prinz, bitte macht euch doch nicht solche Umstände! Mir geht es doch wieder gut. Aber der Drache, Famulus, der hat doch die ganze Arbeit geleistet. Ich habe doch nur Ausschau gehalten."

Ich gab einem Pagen die Anweisung zwei Hammel, den Pudding und die Torte direkt in den Burggarten unter das Fenster bringen zu lassen und dann den Bereich absperren zu lassen, damit der Drache in Ruhe seine Belohnung genießen konnte. Der kleine Vielfrass schien genau zuzuhören und schlug heftig mit seinem Schwanz und dann war er auch schon fort.

Ich fasste Benn am Arm und geleitete ihn zum Kartentisch, wo schon ein Stuhl auf ihn wartete.

„Die Herren sofort an den Kartentisch!" Golfins Stimme ließ keinerlei Debatten zu.

Behäbig, aber ohne zu Murren, gesellten sich neben den üblichen Verdächtigen aus der Burg auch der Baron und seine Männer zu uns. Noch immer wagte sich keiner, mir den Platz neben dem Prinzen streitig zu machen, obwohl der Baron verwundert zu mir starrte.

„Benn, nun bleib ganz ruhig und berichte uns von deinen Beobachtungen!"

Benn rutschte unruhig auf seinem Stuhl hin und her.

„Also, ähm entschuldigt Prinz Golfin ..."

„Lass die Höflichkeitsformeln Junge! Das was du heute für unser Land geleistet hast, war großartig! Und nun fang mal an!"

Benn war sichtlich stolz.

„Also meine Herren, Fagonus hat mich zuerst bis zu TERONAS Turm geflogen und von dort aus haben wir nur eine riesige Staubwolke gesehen. Uns blieb keine andere Wahl, wir mussten tiefer in die Sumpfgebiete fliegen. Wir flogen dann noch ungefähr die halbe Strecke wie von hier bis zum Wachturm ...“

Ich verschob die Landkarte auf dem Tisch und zeigte den Bereich, der sich leider nicht mehr auf der Karte befand.

„Hier ungefähr Benn?“

"Hmm. Aber der Nebel befindet sich ungefähr eine Meile vor ihnen ...“

Golfin nahm einen kleinen Holzstab und legte ihn auf den Tisch. So hatten wir nun einen Hilfspunkt.

„Aber er marschiert genauso wie sie. Als wir dann wieder zurückflogen, war er schon an TERONAS Turm ...“

Nun verschob der Graf das Hölzchen an den südlichen Rand der Karte.

Überall wurde gemurmelt und debattiert. Ich konnte Wörter wie: schon so weit, aber nah, dann geht es bald los, hören.

Golfin bat die Anwesenden um Ruhe, damit wir fortfahren konnten. Und da das Wort des Prinzen Gesetz war, schwiegen alle sofort und Benn konnte weitermachen.

„Die Orks marschieren in sechs Kolonnen ...“

Benn schaute mich hilfesuchend an und ich wusste sofort, was er wollte.

„Benn marschieren sie nebeneinander oder hintereinander?“

„Ähm zuerst sind die nebeneinander marschiert. Aber auf unserem Rückflug dann hintereinander, aber mit einem Abstand von ungefähr einer halben Meile. Die erst Kolonne war dann am untersten Rand der Karte ...“

Ich nahm eine Figur und stellte sie an den Kartenrand.

„Nein, nein, das ist falsch. Sie muss mehr in die Mitte. Da ist ein großer Weg, der geradewegs zu TERONAS Turm führt aber dann auf einmal nicht mehr da ist ...“

Also schob ich die Figur in die Mitte.

„So richtig?“

„Ja. Wie gesagt, die anderen folgen im Abstand von etwas einer halben Meile und es sind sechs Kolonnen ...“

Fagonus, der am südlichen Kartenrand stand, nahm sich fünf weitere Figuren und postierte sie.

„Aber zu der ersten Figur muss noch eine weitere hinzu gestellt werden, denn diese Kolonne ist so ungefähr doppelt so groß wie die anderen."

Nun überschlugen sich die Stimmen und ein jeder wollte wissen wie groß denn so eine Marschkolonne sei.

Einer schrie den anderen nieder und jeder war auf einmal ein Experte in Sachen Orkheer.

Wiederum übertrumpfte Großvater alle mit seinem enormen Stimmvolumen und wiederum waren alle mucksmäuschenstill.

Golfin wandte sich an den kleinen Benn, der wegen des Geschreis sichtlich verschüchtert.

„Hast du eine ungefähre Ahnung wie groß so ein Heer ist?"

Benn nickte.

„Ich habe das zweite zählen können, denn Famulus ist auf einem Hügel inmitten der Sümpfe gelandet, um sich auszuruhen. Von dort aus konnten wir sie sehen, die Orks uns aber nicht. Und da habe ich die zweite Kolonne gezählt. Eine Reihe besteht aus zehn Orks und eine Kolonne hat eintausend Reihen ..."

Zu mehr kam er nicht und das Geschrei im Kartenraum schwoll zu einem Orkan an und nun hatte auch Golfin sichtlich Mühe die anderen zur Ruhe zu bringen. Aber schließlich gelang es ihm doch und Benn konnte weiter fortfahren.

„Aber die Kolonnen bestehen nicht nur aus Fußtruppen. Sie haben auch so komische Tiere, die große Echsenköpfe haben aber auf zwei Beinen hüpfen. Sie sind am Anfang jeder Gruppe. Sie sind so groß wie zwei ausgewachsene Männer. Auf ihnen sitzt je einen Ork. Aber die habe ich schon in den Kolonnen mitgezählt. Somit besteht eine einfache Marschgruppe aus achttausend Fußorks und zweitausend, ich sage mal, Berittenen. Aber die erste Gruppe muss doppelt gezählt werden."

Wieder Geschrei.

Auch ich war schockiert und stellte mir berittene Raptoren, also Saurier, vor. Wir standen ungefähr siebzigtausend Orks gegenüber. Bei den Nekal,

261

das war fast aussichtslos!!! Und das erste Heer war schon an TERONAS Turm und würde schon morgen eintreffen!!!

Langsam kehrte wieder Ruhe ein.

„Aber das ist noch nicht alles ...“

Was sollte denn noch kommen?

„Hinter den Kolonnen kommen riesige Wagentrecks. Ich glaube das sind die Frauen, wenn man das so sagen kann, und die Kinder. Zumindest sind zwischen den Wagen kleinere Orks herumgelaufen. Diese Kolonnen werden auch von Echsen gezogen. Die haben aber sechs Beine und sehen sehr stark aus ...“

Benn nahm einen Schluck Wasser aus einem Becher. Aber seine Unterbrechung ergab diesmal kein Geschrei.

„Wir sind dann noch einmal ganz tief in den Süden geflogen. Das wäre auf der Karte noch weit hinter Schwertmeister Fagonus. Aber was ich dort gesehen habe, das ist unbeschreiblich. Wir flogen hoch über, ich glaube das es sich um eine Stadt handelte, einem Gebiet und dort konnte ich das gelbe Gras nicht mehr sehen. Überall standen, in endlosen Reihen geordnet, Orkkrieger und auch Berittene. Gegen die Horden war das was bisher auf uns zumarschiert, nichts ...“

Wieder Geschrei. Wenn das was Benn uns erzählt hatte stimmte, dann ... dann ... dann standen wir gegen das komplette Orkreich und sie würden über uns herfallen wie die Heuschrecken und wir hätten überhaupt keine Chance.

Aber der Tumult legte sich relativ schnell. Jedem wurde klar, was da auf uns zu kam.

Bogolus hatte seine Stirn in Falten gelegt und schüttelte nur den Kopf.

„Junge, weißt du was du uns da gerade gesagt hast?“

Benn schaute betreten zur Seite.

„Ich habe alles so gemacht, wie es mir Steve aufgetragen hat ...“

Golfin streichelte dem Kleinen über den Kopf.

„Das hast du prima gemacht. Wenn wir dich nicht gehabt hätten, dann wüssten wir noch immer nicht, was überhaupt los ist. Aber gibt es sonst noch etwas zu berichten?“

Benn schüttelte den Kopf. Auch ich nahm mich nun seiner an und klopfte ihm kumpelhaft auf die Schulter.

„Du hast heute wahrhaft großartiges geleistet. Wenn du müde bist, dann kannst du in mein Zimmer gehen und dich hinlegen. Dort oben hast du wenigstens Ruhe."

Benn nickte dankbar und machte sich schnell fort. Aber bevor wir wieder zu unserem Dilemma kamen ertönte laut das Horn von Merkedee.

Der Reitertrupp aus dem Osten war bald da.

32

Wieder standen wir am Tor und blickten in die, nur durch die Sterne erhellte Nacht und konnten das stetige Getrappel von näherkommenden Pferdehufen hören. Schließlich konnten wir sie erkennen. Es waren Menschen!

Mir fiel ein Stein vom Herzen.

Hamon stieß mich leicht in die Rippen.

„Das ist das Banner von Tahlfried! Wir bekommen unverhofft mehr Verstärkung!"

Und dann waren sie schon vor dem Tor.

„Öffnet das Tor! Ich bin der Baron von Tahlfried und ich habe gehört das hier bald eine Schlacht geschlagen werden soll!"

Schnell wurde das Tor geöffnet und die Reiter strömten herein. Aber wegen der Dunkelheit konnte ich sie nicht zählen. Als sie endlich in der Stadt angelangt waren und dann zur Burg geleitet waren, konnten wir uns endlich mit dem Baron unterhalten.

„Warum seid ihr hier und habt die Anweisungen nicht befolgt?"

Der Baron, ein dicker und grobschlächtiger Mann, der so um die sechzig schien, schaute mich eindringlich an.

„Junge wer bist du? Was willst du denn von mir? Wenn die Orks nicht so nahe wären, dann würde ich dir Manieren beibringen!"

„Er ist einer der blutroten Drachen und gehört zu mir und seinen Anweisungen ist unbedingt Folge zu leisten, du dickes Walross!"

Das war Golfin.

Der Baron schaute sich überrascht und suchend, wegen dieser Ungehörigkeit, um. Schließlich sah er den Delinquenten, sperrte überrascht den Mund auf und verneigte sich tief.

„Eure Hoheit. Ich wusste nicht, dass dies ein Mündel oder aber ein Gefährte von euch ist!?"

„Ist ja gut du alter Recke. Komm her und lass dich umarmen. Es ist ja eine kleine Ewigkeit her als wir uns das letzte Mal gemeinsam die Klinge geschlagen haben!"

Der Baron fiel ächzend auf seine Knie.

„Stärke, Ehre und Treue, bis in den Tod. Lang leben die blutroten Drachen!"

Danach erhob er sich und umarmte seinen alten Weggefährten. Dies endete, zu meiner großen Belustigung, in einem Schulterklopfen, welches vielen Menschen womöglich das Rückgrat gebrochen hätte.

Auch Fagonus gesellte sich zu dieser illusteren Runde und das gegenseitige Eindreschen wollte kein Ende nehmen. Ich musste dem ein Ende machen und zupfte meinen Großvater am Ärmel.

„Ähm, wir sollten in den Planungsraum gehen, den Baron einweisen und uns auf den morgigen Tag vorbereiten!"

„Du hast recht Junge. Kommt lasst uns an die Arbeit gehen! Wir haben eine Schlacht zu schlagen!"

Einer nach dem anderen rückte im Planungssaal ein. Zu meiner großen Freude war auch Gemus dabei. Schnell winkte ich ihm zu und dann ging es endlich los.

Golfin eröffnete die Runde.

„Steve du bist dran! Ich werde nur zuhören und wenn nötig eingreifen."

Ich schaute mich um. Mir waren viel zu viele Männer anwesend und so wies ich die Barone an, alle Männer zu entlassen, die nicht unbedingt für unsere Aufgabe benötigt wären. Als dies endlich geschehen war, bat ich Gemus Metak holen zu lassen.

Ich wandte mich an den Baron von Tahlfried. „Warum seid Ihr mit euren Männern hier und habt nicht, wie in der Depesche stand, die erforderlichen Maßnahmen getroffen?"

Der alte dicke Baron wollte schon wieder aufbrausen. Aber Bogolus zog sein Schwert, ritzte sich eine kleine Wunde in seinen Oberarm und reichte es mir mit dem Knauf.

„Stärke, Ehre und Treue, bis in den Tod. Ich lege mein Schwert und mein Blut in deine Hand, mein Gebieter. Lang leben die blutroten Drachen!"

Ich wusste nicht was ich von der ganzen Sache halten sollte und schaute meinen Großvater fragend an.

Der schmunzelte.

„Wie es scheint werden die blutroten Drachen heute wieder ins Leben gerufen. Der Graf unterwirft sich und sein Leben deiner Kommandogewalt. Nun nimm es schon, küsse die Klinge und reiche es ihm zurück!"

Ich tat wie geheißen.

Auch der Schwertmeister und der Baron von Hedamar taten es ihm nach. Nur der Baron von Thalfried schaute Golfin fragend an und der lächelte nur.

Was im Namen der Nekal waren nur diese Drachen? Ich musste meinen Großvater unbedingt fragen, aber erst wenn wir wieder genügend Zeit hatten.

Tahlfried stutzte weiterhin und bat Golfin alle außer dem Grafen, den Baronen und natürlich dem Schwertmeister und mir kurz aus den Planungssaal zu entlassen.

Das geschah dann auch.

Als wir dann unter uns waren polterte Tahlfried los. „Was soll die ganze Scharrade? Die blutroten Drachen gibt es seit Jahren nicht mehr. Nur in der Stunde der größten Gefahr stehen sie einander bei! Und nur der Prinz oder aber der König kann ihr Anführer sein und nicht so ein junger Bengel hier!"

Golfin lächelte gutmütig.

„Alfono mein Freund. Dieser Junge oder aber Bengel, so wie du ihn nennst, ist durch mich autorisiert in meinem Namen alles und damit meine ich auch alles nach seinem Willen tun zu können, was immer ihm auch beliebt. Er hat auch die Depeschen an die Baronate geschrieben ..."

„Dann hat er das königliche Siegel missbraucht! Darauf steht der Tod! ..."

„Er hat ein eigenes, denn er ist der Sohn von Gwenofina, meiner Tochter und somit mein Enkel. Du stehst hier vor Steve Golfin von Aloifanda, dem Erben des Reiches! Und nun schwöre mir bei deinem Leben das Du dieses Geheimnis hüten kannst!"

Der Baron fiel auf seine Knie und Tränen standen ihm im Gesicht.

„Dann wird alles gut! Die Erbfolge ist gesichert ..."

Schnell zog er sein Schwert und ritzte sich in seinen Arm.

„Verzeiht mir meine Worte. Aber ich wusste nicht ..."

Er räusperte sich und schwor mir seine Gefolgschaft bis in den Tod. Als die Fronten endlich geklärt waren, riefen wir die anderen wieder herein und der Baron begann mit seiner Geschichte.

„Nach dem Fest der DIANDLARA, also für den heutigen Tag habe ich eine Mobilmachung befohlen, um uns auf den schlimmsten Fall vorzubereiten. Ich hatte somit alle meine Männer unter Waffen. Außerdem war auch Baron von Hohenbergen bei mir. Er wollte sich ein Bild meiner Truppen machen und hat zufällig ebenfalls ein Manöver, aber erst für übermorgen, geplant. Als Gemus von Hohenbergen mit den Depeschen kam, konnte er sie somit an beide überreichen und wir haben schnell rat gehalten. Wir kamen übereinstimmend zu folgendem Ergebnis: Hohenbergen nimmt meine Frauen und Kinder, das Vieh und die Ernte mit auf die Hochweide und beschützt sie. Ich gebe die Burg Thalfried preis, denn sie ist kaum bewährt und nur schwer zu schützen. Weiterhin habe ich fünfhundert Männer unter das Kommando von Hohenbergen zum Schutz meiner Leute gestellt. Eintausend sind im Gorenwald und werden Hinterhalte und Überfälle durchführen und ich bin mit eintausend sofort hierher. Meine Männer sind schließlich die besten Bogenschützen der Grafschaft und hier können sie mehr bewirken als bei mir. Wenn wir die Schlacht gewonnen haben muss dann aber Thalfried wieder aufgebaut werden."

Zustimmendes Gemurmel wurde laut und ich brachte aber alle zum Schweigen.

„Entschuldigt Baron Tahlfried, aber sind eure Männer wirklich die besten Bogenschützen von Merkedee? Ich habe wirklich keine Ahnung."
Bogolus erklärte mir die alte Tradition der Thalfrieder, nämlich dass ein jeder männlicher Junge noch bevor er den ersten Schritten machen kann, schon mit einem Bogen spielt. Außerdem reiche die Kunst des Bogenschießens der Thalfrieder fast an die der Elben heran, wie angeblich schon in vielen Wettkämpfen bewiesen wurde.

Ich war beeindruckt.

Gut das sie da waren! Schnell gab ich dem Baron und seinen Führern einen Lageeindruck.

„Unsere letzten Informationen belaufen sich darauf, dass sich die Orkheere mit ihren Spitzen jetzt an TERONAS Turm befinden. Ihre Gliederung ist folgendermaßen: An der Spitze marschiert ein etwas zwanzigtausend Mann starkes Heer, von denen ungefähr viertausend Beritten sind ..."

Bei den hinzu gekommenen konnte ich nur ungläubiges Staunen und schockierte Gesichter sehen.

„Diesem folgen noch fünf andere. Sie sind je zehntausend Mann stark und haben davon zweitausend Berittene. Ihnen folgt eine unüberschaubare Anzahl an Wagen mit Frauen und Kindern. Tief im Süden, so berichtete unser Späher, befindet sich das Hauptheer. Diese Zahl ist schier unüberschaubar gewesen. Ich persönlich rechne zu den siebzigtausend, die uns jetzt gegenüberstehen, noch mit mindestens zweihunderttausend weiteren Kriegern und dann noch mit ungefähr drei- bis vierhunderttausend Frauen, Kindern und Alten. Aber was ist ihr Ziel?"

Schweigen.

Man konnte eine Nadel auf den Boden fallen hören.

Ich kratze mich am Kopf und fuhr dann weiter fort.

„Die Orks marschieren, mit allem was sie zu bieten haben. So viel ist klar. Und sie wollen zum Todespass, damit sie zu ihrem Herrn, BALSAR, kommen ..."

Aus dem schockierten Schweigen wurde ein Tumult. Mir ging das langsam auf den Keks. Ständig dieses Zetern und Debattieren!

„Meine Herren! Ich bitte sie um Ruhe! Wir haben schließlich nur noch diese Nacht zur Planung!"

Endlich kehrte Ruhe ein.

„Also was werden sie tun? Ich denke folgendes: Sie müssen mit allem durch die Grafschaft Merkedee und sie haben ihr größtes Heer vorn. Dieses wird uns hier angreifen. Die anderen fünf werden sich je eine Burg vornehmen. Da Thalfried geräumt ist, bekommt es Hohenbergen genauso wie Merkedee mit eigentlich zwei Heeren zu tun, also zwanzigtausend Orks. Wir müssen sie sofort warnen. Die Lage erscheint ziemlich hoffnungslos ..."

Überall zustimmendes Gemurmel.

„Aber wir haben auch Trümpfe. Erstens sind wir vorbereitet. Wir haben die Ernte und das Vieh in Sicherheit gebracht und die Orks haben hoffentlich nicht genug Nahrung mit sich. Zweitens wissen wir das sie kommen und die Brücken über die Taruma sind abgerissen und werden verteidigt. Drittens müssen sie noch vor dem Winter den Todespass überquert haben. Ich denke das die Orks trotz ihrer zahlenmäßigen Überlegenheit ein Problem haben, mit dem sie noch nicht gerechnet haben ..."

„Welches denn?"

Der Baron von Hedamar konnte sich nicht mehr halten.

„Sie marschieren mit einer wahnsinnig großen Anzahl an Orks. Sie haben hoffentlich kaum Nahrungsmittel und sie müssen schnellstmöglich zum Todespass kommen, sonst sterben alle während der Überquerung..."

„Das leuchtet ein."

"Also wenn ihr mich fragt, dann kann ich mir nicht vorstellen das sie unsere Burgen unbedingt einnehmen wollen. Ich denke eher das sie mit ihren vordersten Heeren unsere Kräfte binden wollen, um den Hauptkräften den zügigen Durchmarsch zu ermöglichen. Also ist die ganze Sache ziemlich einfach. Wir müssen nur lange genug aushalten und das ist nun unser Problem. Bogolus wie viele Männer haben wir unter Waffen?"

Der Graf räusperte sich.

„Unter meinen, verzeiht unter euerem Kommando stehen dreitausend Männer und Jungen. Davon sind eintausend gut ausgebildet. Zusätzlich haben wir die Verstärkung von fünfhundert Kriegern aus Hedamar und die eintausend von Thalfried. Wir haben somit viertausendfünfhundert unter Waffen ..."

„Aber dann sind sie, wenn der Drache recht hat, uns noch immer um das Fünffache überlegen!"

Das war wieder Tahlfried. Aber er hatte recht, fast zumindest. Denn keiner wusste von unseren Katapulten und schnell fragte ich Golfin.

„Sag mal Golfin, wie viele von unseren neuen Geheimwaffen haben wir denn?"

„Mir wurde gemeldet, dass wir nun vier zusätzliche gebaut haben. Somit haben wir fünf."

„Gut. Metak. Wie sieht es mit der Verwundetenversorgung aus?"

Der Arzt erklärte das sich erste Stellen in der Stadt befänden, die die Verletzten aufnehmen und erst Hilfe leisten sollten. Dann würden die Verwundeten in die Burg gebracht und schließlich unten im Keller weiterbehandelt.

So weit so gut.

Was aber war mit den Brandwachen?

Schnell fragte ich Hangaron.

„Wir haben zwanzig Trupps zu je zehn Männern, vor allem die Jüngsten und Ältesten, gebildet. Wenn kein Brand herrscht, dann versorgen sie die Krieger mit Wasser, Nahrungsmitteln und sonstigem Nachschub."

Das war ebenfalls gut.

„Aber habt ihr ihnen auch ihre Bereiche zugeteilt?"

„Ja."

„Fagonus, wie ist der Ausbildungsstand der Männer?"

„Die Krieger sind gut ausgebildet. Aber die restlichen zweitausend haben wir zwar so schnell wie möglich in die Waffenkunst eingewiesen und viele von ihnen können mit Pfeil und Bogen oder aber der Lanze umgehen, aber ein richtiges Gemetzel überstehen sie kaum."

Ich nickte.

„Ambaron, was macht die Versorgung?"

„Die Versorgung ist sichergestellt."

Auch hier waren wir gut vorbereitet. Wir hatten folglich mit den Brandwachen und den Katapultbedienern so ungefähr fünftausend Männer.

„Dann sollten wir uns an die Feinplanung machen!"

Schnell wurde eine Karte der Burg und ihrer näheren Umgebung gebracht und ich schaute sie mir genau an. Da war der Steilhang, der sich direkt an den Burgwall anschloss. Da konnten unmöglich viele heraufkommen.

„Wer steht an der Südmauer?"

Fagonus, der die Männer eingeteilt hatte, beugte sich über die Karte. Er zeigte auf die Seite, an der die Stadt- und die Burgmauer zu einer einzigen verschmolzen.

„Von hier aus rechne ich mit keinen Angriffen. Deshalb stehen an dieser Seite nur die Alten unter der Führung von Melchiar, dem Koch. Er hat vor langer Zeit mit mir gekämpft und kennt sich aus. Außerdem ist die Küche in direkter Nähe. Demzufolge kann er auch ein Auge darauf werfen. Insgesamt haben wir an der Südseite zweihundert Männer. Ich denke das das reicht."

Ich nickte und der alte Schwertmeister fuhr weiter fort.

„Die Ostseite ist nach meiner Meinung ebenfalls schwach gefährdet. Die Stadtmauern sind stark und der Feind muss zuerst einmal um Merkedee herum, bevor er überhaupt dort angreifen kann. Ich habe den Junkern, unter Führung von Gemus von Hohenbergen, diesen Bereich zugedacht. Die Nord- und die Westseite der Stadt ist wegen des Tors am stärksten gefährdet. Im Norden werde ich das Kommando und im Westen Hangaron auf den Mauern stehen ..."

Ich wunderte mich. Was war mit dem Grafen, seinem Sohn und vor allem mir?

„Wenn wir die Stadt aufgeben müssen, dann übernimmt Hamon, der unsere Reserve führt, das Kommando für die Rückzugsgefechte zur Burg hinauf. Wenn wir dann innerhalb der Burg sind, dann sieht mein Plan wie folgt aus: An der Nordseite wird der Graf persönlich das Kommando führen, die Westseite werde ich übernehmen, den Süden führen die Junker und den Osten übernimmt dann Hamon ..."

270

Das klang alles logisch.

„Wollen wir mal nicht hoffen das es so weit kommt. Aber fangen wir wieder von vorne an. Was sagen die anderen zum Plan?"

Ich schaute in die Runde und erntete von allen Zustimmung.

„Gut. Wir werden unsere Katapulte, soweit noch nicht geschehen, nach Norden aber auch nach Westen zu Fluss hin ausrichten, um so in beide Richtungen wirken zu können ..."

„Ist schon geschehen."

Das war Hangaron, der und die Position der Katapulte auf der Karte zeigte. Sie waren unweit des Nordwestturms und kurz hinter der Mauer postiert. So hatten sie wirklich die Möglichkeit in beide Richtungen zu wirken.

„Wie sieht es mit Steinen für die Katapulte aus?"

„Davon haben wir genug. Direkt an ihren Standorten sollten eigentlich Häuser gebaut werden. Daher liegen dort genügend große Steine herum."

Der Baron von Tahlfried meldete sich zu Wort.

„Ich denke das meine Männer noch nicht eingeplant sind. Deshalb schlage ich vor sie ebenfalls in diesem Bereich zu postieren. Sollten wir die Stadt wirklich räumen müssen, dann sollten sie weiterhin im Verteidigungszentrum postiert sein ..."

Der Graf, als auch Fagonus nickten zustimmend. Schließlich war diese Verstärkung nicht zu unterschätzen. Wenn nur jeder dieser Krieger mit ihren Bögen zehn Orks tötete und dann noch mit dem Schwert zwei vernichtete, dann hätten sie die Schlacht fast allein gewonnen. Das wäre zu schön!

Nun meldete sich auch Golfin zu Wort. „Ich werde auf dem Hauptwachturm stehen und mich dem Burol annehmen ..."

„Dem Burol???"

Wie aus einem Munde schossen die Worte aus den Männern. Golfin verzog sein Gesicht.

„Ja, wir müssen annehmen das mit den Orks ein Burol marschiert. Wie sonst sollten sie je auf die Idee gekommne sein sich auf den Marsch zu begeben. Außerdem muss ein Bote von BALSAR zu ihnen gekommne sein und das konnte nur ein Burol sein. Wer sonst konnte sich konnte sich so heimlich zu ihnen machen? Ich denke kein anderer außer einem Burol. Aber ich werde versuchen ihn aufzuhalten. Ich beschäftige mich doch seit Jahren mit der Magie! Also Kopf hoch!"

Angstvoll schauten alle auf Golfin und der blickte zu mir. Ich hob nur meine Schultern. Woher sollte ich denn wissen was denn ein Burol ist? Da meldete sich Metak zu Wort.

„Sollten wir uns nicht lieber ausruhen, anstatt uns wie alte Waschweiber über Untote Orks Gedanken zu machen? Wir sollten lieber unsere Kräfte für morgen und die darauffolgenden Tage sammeln!"

Er hatte recht. An der Situation konnten wir sowieso nichts mehr ändern. Ich schaute in die Runde und alle stimmten zu.

33

„Los steh auf! Der Morgen graut!"

Großvater rüttelte mich an der Schulter, aber ich grunzte ihn nur an.

Dann der Schock! Er kippte eine Schale mit eiskaltem Wasser über mich! In Sekundenschnelle war ich hellwach.

„Was soll das!?"

„Steh auf du Faulpelz! Der Nebel vor den Orks hat sich gelichtet und man kann schon die ersten sehen!"

Ich sprang aus meinem Bett und raffte meine Klamotten zusammen und wollte ihm hinausfolgen.

„Zieh dich erst mal an und dann komme ins Zeughaus!"

Er ließ mich allein und ich setzte mich auf meine Bettkante und dachte nach.

Hatten wir uns genügend vorbereitet?

Konnten wir sie aufhalten?

Wie viele würden den Tag nicht überleben?

Aber alles Nachdenken nutzte nicht, ich musste mich aufraffen und zum Zeughaus gehen. Ich stürmte die Stufen nach unten und überquerte den Burghof in Richtung Zeughaus.

Da stand auf einmal Arane vor mir. „Steve warte bitte! ..."

Ich kam schlitternd zum Stehen.

„Was ist? Ich habe keine Zeit, die Orks werden bald kommen!"

„Steve pass bitte auf dich auf! Ich habe solche Angst! ..."

Ich streichelte ihr über ihr langes offenes Haar.

„Ich auch. Aber schau dir die ungeübten Kämpfer an! Wir müssen für sie ein Vorbild sein! Also Kopf hoch!"

Sie nickte und ich rannte weiter ohne mich nochmals nach ihr umzudrehen. Endlich kam ich an und sah eine Unmenge an Bürgern, die ihre Waffen empfingen.

Ich schaute traurig in die Runde. Wie viele von ihnen würden den heutigen Tag nicht überleben? Aber was sollten wir anderes tun außer zu kämpfen?

Da sah ich meinen kleinen Freund Benn. Er trug einen Harnisch, der ihm bis zu den Knien reichte. Unter seinem Arm hatte er einen Helm geklemmt, der auch viel zu groß schien.

Ich ging zu ihm und betrachtete ihn eingehend.

„Na du Spion? Wie geht es dir?"

Benn schaute mich mit großen Augen an.

„Ich habe Angst Steve ..."

Ich nahm sein Schwert und bekämpfte damit einen imaginären Feind.

„Das Schwert liegt gut in der Hand und die Klinge ist scharf. Wo bist du eingeteilt?"

„Ich bin gar nicht eingeteilt. Ich habe nur die Sachen hier bekommen. Kann ich bei dir bleiben? Ich habe große Angst!"

Er flehte mich fast an.

Mir war klar das er gegen einen der vermutlich gutausgebildeten Orkkrieger keine Chance hatte. Aber vielleicht hatte zumindest er bessere Überlebenschancen, wenn er bei mir bliebe. Auf der anderen Seite würde ich mich wohl immer im Kampfzentrum aufhalten.

Ich dachte fieberhaft nach. Was sollte ich mit meinem kleinen Freund tun? Besser wäre es wohl für ihn, wenn er sich in der Burg verkriechen würde. Aber unsere Unterhaltung wurde unterbrochen.

„Steve da bist du ja endlich! ...“

Es war Golfin.

„Komm mit ins Haus. Ich habe deine Sachen schon bereitgelegt!“

Er ließ keine weitere Unterredung mit Steve zu und so folgten wir beide dem Prinzen ins Zeughaus.

Ich wollte in die Waffenkammer gehen, aber Großvater zog mich in einen anderen Raum und verschloss die Tür. Ich schaute mich um und sah meine Klamotten und mein Schwert und meine Axt! Wo hatte er die denn so schnell her? Ich blickte ihn fragend an und er grinste verschmitzt.

„Deine Sachen sind schon längere Zeit hier. Da du in den letzten Monaten so viel zu tun hattest, hast du wohl nicht mitbekommen das ich mal einen Tag nicht da war oder?“

Ich schüttelte den Kopf. Ich hatte wirklich nichts mitbekommen. Aber wie hatte er die Sachen in die Burg bekommen ohne das irgendjemand davon Wind bekam?

Noch immer lächelte er.

„Da ich der Prinz von Aloifanda bin, kann ich alles in die Burg bringen was immer ich will. Keiner wagt sich mich zu kontrollieren! Deine Sachen sind wirklich schon seit Wochen hier. Ich habe sie in meinen Gemächern versteckt und habe sie heute Nacht heruntergebracht. Hast du wirklich nicht mitbekommen das auf einmal die vielen Bücher in meinem Lesezimmer waren?“

Wieder musste ich den Kopf schütteln. Ich hatte eigentlich vermutet, dass dies Bücher aus der Burg waren und sie für den Prinzen herangeschafft wurden. Aber so viele Bücher hatte ich die ganze Zeit über auch nicht gesehen.

„So Steve, nun zieh dich um und dann müssen wir so schnell wie möglich zum Stadttor! Benn wer hat dich denn so ausstaffiert?“

„Der Zeugmeister und der Schwertmeister. Aber das ist alles ein bisschen groß für mich ...“

Golfin sagte gar nichts und ging in die hinterste Ecke des Raums zu einer großen Truhe.

„Nur gut das ich immer so neugierig bin und meine Nase in alles hineinstecken muss. Hier nimm das!"

Er warf dem kleinen Jungen einen anderen Harnisch, einen anderen Helm und ein anderes Schwert zu. Zum Schluss nahm er noch ein kleines Schild aus der Truhe und überreichte es ihm.

Auch er zog sich schnell und ohne zu fragen um.

Nachdem wir uns dann gebührend verkleidet hatten sahen wir uns an und prusteten los.

Benn sah wie ein verhungerter Kampfzwerg aus und was er von mir hielt, das wollte ich am besten gar nicht wissen. Golfin räusperte sich.

„Hier Steve, da ist noch ein schöner Langbogen. Wie du erkennen kannst ist er von den Elben gemacht worden. Er ist sehr alt und sehr meisterlich gemacht und so ziemlich das beste was du hier in Merkedee bekommen kannst. Er schießt weiter und ist treffsicherer als unsere. Deine Mutter bekam ihn vor langer Zeit von den Elben geschenkt und nun ist es deiner, mein Junge ..."

Ich nahm ihn und betrachtete ihn eingehend. Er war aus schwarzem Holz und mehrfach gebogen. Folglich konnte man weiter und mit mehr Durchschlagskraft schießen. Was aber meine besondere Aufmerksamkeit erregte, war die Tatsache, dass er über und über mit wundersamen Kringeln versehen war.

„Großvater? Was sollen die Kringel hier?"

„Das sind Runen. Sie sind so ähnlich wie die auf deinen Waffen. Was darauf steht das kann ich dir aber nicht sagen, denn das Elbenvolk, das ihn hergestellt hat, das gibt es nicht mehr oder zumindest weiß keiner wo es sich befindet. Aber lassen wir die Unterredung. Wir brauchen unsere Luft noch für die Orks! Und jetzt kommt ihr zwei Krieger!"

Benn konnte sich nicht mehr halten.

„Du hast den Prinzen eben Großvater genannt ..."

„Ja er ist auch mein Großvater, mein Freund. Aber das muss unser Geheimnis sein. Hast du verstanden?"

„Aber dann bist du, dann seid ihr, auch ein Prinz?"

„Ja Benn. Aber für dich werde ich immer dein Freund Steve sein. Einverstanden?"

„Ja Steve ..."

Golfin und ich schwangen uns auf unsere Pferde. Er hatte wirklich an alles gedacht! Kraftvoll zog ich den kleinen Benn hoch und nahm ihn mit, denn er sollte nicht die weite Strecke laufen müssen. Als wir am Stadttor angelangt waren erwartete uns der Graf.

„Der Nebel der Verschleierung hat sich aufgelöst und ich vermute das die Orks bis Mittag hier eintreffen."

Dann schaute er erst auf Benn und dann auf mich, runzelte die Stirn und schüttelte den Kopf. Aber er sagte nichts zu unserer Erscheinung.

Gewandt sprang ich vom Pferd und Benn folgte mir, ebenso gewandt.

Ich schaute ihn verwundert an. Dann machten wir uns auf die Zinnen. Überall wo Benn und ich auftauchten, sahen uns die Männer verwundert an, nickten uns zuversichtlich zu und berührten mich.

Was sollte das?

Ich tat es ihnen gleich und klopfte dem einen oder anderen auf die Schulter. Aus den Augenwinkeln konnte ich sehen das diejenigen, die ich berührt hatte, auch von ihren Waffengefährten angefasst wurden.

Ich sah Golfin an.

„Steve mein Junge, du hast keine Ahnung warum dich Leute so anschauen oder?"

Ich breitete nur fragend meine Hände aus.

„Es gibt eine Geschichte, eine Legende, und an die glauben die Menschen ..."

„Wie lautet sie?"

„In der Stunde der größten Not wird einer kommen, der nicht aus Aloifanda stammt. Er wird das vollbringen was Managor nicht vollbringen konnte. Er wird den ewigen Frieden bringen und das Böse besiegen und dann wird das Land wieder hell erstrahlen ..."

„Sie denken also ich bin so etwas wie ein Heilsbringer?"

„Die Menschen hoffen es. Sieh mal, du bist für sie der Bauernjunge, der dem Schwertmeister Paroli bieten konnte, du hast die Waffen von Managor, du trägst andere Kleidung und du verfügst über übermenschliche Kräfte. So denken alle das du ihnen Glück für die bevorstehende Schlacht bringen kannst ...“

„Wenn das hilft, dann soll es mir recht sein!“

Wir gingen weiter und wieder und wieder wurde ich von einem jeden, unabhängig von Stand und Geld, angefasst und wir erreichten schließlich die Westseite der Mauer.

Ich schaute nach Süden und konnte eine grüne Welle erkennen, die stetig auf uns zukommen schien.

Auch die anderen starrten gebannt auf die Welle.

Ich schärfte meine Sinne und konnte das fortwährende Scheppern von Stahl auf Stahl, das gleichmäßige Stampfen von Füßen, hören. Aber sehen konnte ich noch nichts Richtiges. Ich ließ meinen Blick über das Land schweifen. Wenn sie hierher kommen wollten, dann mussten sie um die Freifläche am Abhang herumkommen. Aber den Hang hinauf konnten sie nicht. Von hieraus konnte man nichts machen, aber wenn man ...

„Golfin sag mal, wo steckt eigentlich der Baron von Thalfried?“

„Wieso?“

„Ich habe da so eine Idee ...“

„Aha.“

Ich holte mir einen Mann heran und befahl ihm den Baron von Thalfried und seinen Vertreter sofort hierher zu holen und er rannte dienstbeflissen davon.

„Junge, was hast du vor?“

"Das werde ich dir gleich erzählen, aber erst wenn der Baron da ist.“

Hinter mir hörte ich ein schweres Schnaufen, wie das einer alten Dampflokomotive. Das konnte nur das alte Walross aus Tahlfried sein.

„Was ist denn nun schon wieder los?“

Er schnaufte nun wie eine fette Ente und ich musste mich schwer zusammenraffen, dass ich nicht lauthals loslachte.

Auch Benn kicherte, aber ziemlich leise, sodass es keiner hören konnte.

„Also was ist denn los? Ich habe noch so viel zu tun!"

Ich bat ihn und seinen Vertreter sich zu mir zu gesellen.

„Schaut euch doch mal bitte den Weg da unten an! Was denkt ihr?"

Auch Bogolus war mittlerweile angekommen und alle schauten begierig nach unten.

Der Baron schaute mich mit schmalen Augen an.

„Wenn sie nach Merkedee und dann weiter in Richtung Thalfried oder Hohenbergen marschieren wollen, dann müssen sie über die Freifläche zwischen dem Fluss und dem Steilhang gehen, können aber nirgendwohin ausweichen. Sie sind dann ..."

Auch den anderen ging ein Licht auf und ich wollte noch mehr erfahren.

„Wie viele Pfeile können die geübten Bogenschützen von Thalfried schießen bis die Orks außer Schussweite sind und die Berittenen uns gefährlich werden können?"

Der Baron grinste wie ein Wolf.

„Ihr seid ein gewiefter Stratege und ich bin froh nicht gegen euch stehen zu müssen. Ich denke das jeder mindestens dreimal auf seine Pfeile abschießen kann ..."

Der Graf fiel ihm ins Wort.

„Wenn wie unsere Reserve von Hedamar, die fünfhundert Krieger, als berittenen Flankenschutz einsetzen, dann könnte noch wenigstens en Pfeil abgeschossen werden."

Tahlfried nickte.

„Dann bräuchten wir uns weniger Gedanken über die Berittenen machen. Kritisch ist sowieso nur die Stecke bis zur Stadtmauer. Danach haben wir wieder Schutz durch die Bögen von der Stadtmauer aus ..."

Er und auch der Graf hatten Gefallen an meiner Idee gefunden. Sie hatten Blut geleckt und wir hatten so die Möglichkeit dem Feind erhebliche Verluste zuzuführen noch bevor er uns überhaupt schadhaft werden könnte. Und außerdem war das gut für die Moral der Männer.

„Was denkt ihr, wie hoch könnten die Verluste bei den Orks sein?"

Von Tahlfried wackelte leicht mit seinem Kopf.

„Mit eintausend Bögen und mit je vier Schüssen. Ich denke das wir mindestens eintausend Orks töten, die Berittenen nicht mitgerechnet. Denn auf unserem Rückzug werden wir natürlich auf die Verfolger schießen."

Das klang gut. Wenn wir wirklich eintausend Orks vernichten könnten, dann ständen unsere Chancen schon besser, denn das Verhältnis von Angreifern zu Verteidigern würde sich zu unseren Gunsten verschieben, zwar nur unwesentlich aber auf Kleinvieh macht bekanntlich auch Mist.

„Dann meine Herren, machen wir uns auf die Socken. Wir haben viel zu tun oder!?"

Der Baron gab seinem Vertreter, es war übrigens sein Sohn, der rein zufällig genauso aussah wie er und ich ihm heimlich den Spitznamen die dicke Ringelrobbe gegeben hatte, lautstark Anweisungen. Hatte er vergessen das sein Sohn direkt neben ihm stand oder war der junge Mann gar taub? Aber das war ja auch egal, Hauptsache wir konnten etwas tun.

Bogolus hingegen stürmte wie ein junger Laufgott davon. Er murmelte so etwas wie: muss noch Vorbereitungen treffen.

Aber Golfin stand wie ein Fels in der Brandung und starrte unaufhörlich gen Süden.

„Steve, ab jetzt musst du alleine kämpfen ich mache mich auf den Hauptturm und stelle mich dem Burol. Ich spüre seine Anwesenheit... Und nun viel Glück mein Junge!"

34

Ich schaute über die Reihen. Eintausend Bogenschützen aus Thalfried standen wie aus einem Guss und warteten auf den Feind. Wir alle schauten hinunter, wo sich die Spitzen des ersten Orkheeres daranmachten, die schmale Freifläche zu überqueren. Benn zupfte mich am Arm. Leider musste ich ihn mitnehmen, denn er nahm das bei mir sein wortwörtlich.

„Du Steve, ab wann können die Bogenschützen schießen?"

279

Ich zeigte ihm einen kleinen Busch, der übrigens den einzigen Schutz, wenn überhaupt, auf der Endstelle bot.

„Wenn die ersten dort sind, dann geht es los."

„Aber wäre es nicht besser die ersten um die Kurve marschieren zu lassen und dann erst zu schießen?"

Ich blickte ihn fragend an. Was sollte das denn bringen? Schnell erklärte er es mir.

„Wenn die ersten diese Endstelle durchquert haben, dann haben sie keine Unterstützung von den Berittenen, denn die müssen sich erst durch die ganzen folgenden Fußtruppen einen Weg bahnen. Weist du, wenn wir es so machen wie beim Fasstaubenball und die Angreifer durchlassen, sie aber von ihren Verteidigern trennen, dann haben sie wohl keine Chance."

Das leuchtete mir ein und ich fand Gefallen an der Idee. Wir sollten ruhig noch warten und sie von ihren Reitern isolieren. Wenn sie dann versuchten den Hang zu uns heraufzukommen waren sie langsam und boten somit ein leichtes Ziel. Der Baron von Thalfried kam zu mir herüber gehastet.

„Warum gebt ihr nicht das Zeichen? Die ersten sind schon längst am Punkt vorbei? Was ist los?"

Ich erklärte es ihm schnell. Zuerst meckerte er, sah es dann aber doch ein und war schließlich von der Idee überzeugt.

Ich befahl nun auch den Baron von Hedamar zu mir.

„Es gibt eine kleine Änderung im Plan. Wir lassen die ersten tausend durch, dann schießen wir zweimal auf diese und werden danach unser Feuer auf die nachfolgenden verlagern. Ihr reitet mir euren Männern so schnell wie möglich den Hang hinunter und prescht durch ihre Reihen. Fügt ihnen so viele Verluste zu wie nur möglich. Aber kein Handgemenge! Dann kommt ihr wieder den Hang hinauf und sichert die Flanken. Wenn sie euch verfolgen und die Gelegenheit günstig ist, dann könnt ihr es noch einmal versuchen. Aber denkt daran das eure Hauptaufgabe der Flankenschutz ist! Wir sind hier nur leicht bewaffnet!"

Hedamar stieß einen leisen Freudenschrei aus und ritt sofort zu seinen Männern. Thalfried schüttelte nur den Kopf.

280

„Wenn das alles gut geht, dann werde ich euer Schoßhündchen und mache alles was ihr wollt!"

„Baron, wenn das alles so ausgeht wie wir uns das bei dieser Masse an Orks vorstellen, dann ... tja dann ... Außerdem wollte ich euch gar nicht als Schosshündchen haben. Ihr würdet mir nur die Haare vom Kopf fressen. Euere Verwendung wäre wohl bei mir währe wohl eher die eines bissigen Kampfhundes."

Der Baron griente über beide Ohren.

„Wohl gesprochen mein Herr. Als Kampfhund würde ich mich bestimmt besser machen! Aber ich glaube die Zeit ist reif!"

Er hatte recht. Schon viele Orks hatten den Knickpunkt überschritten und stapften in gleichmäßigen Schritten weiter voran. Ich gab Thalfried den Befehl zum Feuern.

„Bogen spannen!"

Die Männer spannten ihre Bögen und ich tat es ihnen nach.

„Anhalten!"

Alle brachten ihre Bögen in Position. Dann ließ er den Arm herunterschnellen.

„Schuss!"

Ich hörte nur das laute Surren der Sehnen, das beim Loslassen entstand. Das Geräusch klang als würde mit einem einzigen Bogen geschossen, dem entsprechend laut war der Knall.

Der erst Pfeilhagel war unterwegs. Die Partie war eröffnet. Ich verfolgte den Pfeilregen, der sich stetig dem Feind näherte.

Hinter mir hörte ich die erneuten Kommandos des Barons. Noch bevor der erste Hagel auf die Orks einschlug, war der nächste schon unterwegs. Die erste Pfeilwelle erreichte die Orks, die wegen des Knalls kurz verharrten und irritiert in unsere Richtung schauten.

Die Pfeile schlugen ein und wie! Wie Strohsäcke fielen sie um. Einer nach dem anderen. Und ehe sie sich versahen, kam schon der nächste Segen auf sie eingeprasselt.

Die Reiter setzten sich schnell in Bewegung und donnerten den Hang hinunter, aber Thalfrieds Männer schossen noch eine Salve auf die Orks, die sich mittlerweile von ihrem ersten Schock erholt hatten und den brüllenden Anweisungen eines mit viel Gold behangenen folgten.

Ich nahm meinen Bogen legte an, atmete tief ein und ließ die Sehne los. Einen kurzen Augenblick später überschlug sich der vermeintliche Anführer wie ein getroffener Hase. Er hatte einen Pfeil in der Brust, meinen Pfeil.

Die Bogenschützen verlegten nun ihr Feuer auf die folgenden Orks und schossen so schnell es ging.

Aber ich konzentrierte mich weiter auf unsere Reiter, die wie der Wind den Hang hinuntersausten. Ohne meinen Blick von ihnen abzuwenden gab ich Benn meine Anweisungen.

„Benn, wenn die ersten Berittenen den Busch erreicht haben, dann sag es mir. Ich muss nach den Reitern schauen! Klar?"

Ich erntete nur ein kurzes ja und beobachtete dann das Geschehen weiter.

Die Reiter hatten die Orks erreicht und fegten durch ihre Reihen. Ich sah wie unsere auf die planlosen Feinde einschlugen, noch ehe dies sich richtig wehren konnten.

Neben mir hörte ich das unaufhörliche Surren von Bogensehnen. Die Thalfrieder schossen nun ungeordnet, aber vermutlich noch immer äußerst wirkungsvoll.

Aber ich schaute weiter zu unseren Reitern. Diese hatten die Reihen der Orks vollends durchbrochen und preschten nun von der anderen Seite zu ihnen hinauf und ritten das verbliebene Häuflein einfach nieder. Sie kannten kein Erbarmen und töteten jeden der sich wehrte oder aber floh.

Ich konnte die Schreie der verwundeten Feinde hören, ich roch das Blut, ich hörte das Zischen der Klingen und erlebte jeden Schlag wie im Trance mit.

Das erst Orkheer war ins Stocken gekommen und die nachfolgenden Feinde verharrten auf Höhe des Busches.

Noch immer schossen die Bogenschützen so schnell es ging. Und noch immer trafen sie viele der Orks, nämlich diejenigen, die sich zu weit unter ihren Schilden hervorwagten.

Wir hatten unser Ziel mehr als erfüllt und die Reiter machten den letzten der isolierten Feinde den Garaus.

So weit so gut.

Ich wollte gerade den Rückzug befehlen, aber da geschah etwas vollkommen Unerwartetes. Mitten auf den Hang, mitten zwischen meinen Reitern und meinen Bogenschützen waberte auf einmal die Luft. Sie lud sich auf und wurde immer diffuser. Das endete damit das ich unsere Reiter nicht mehr sehen konnte.

Was war das?

Auch die Bogenschützen hatten ihr Feuer eingestellt und schauten verwundert auf die komische Wolke, deren Ränder nun Blitze spien. Dann wurde die Wolke immer heller und blendete uns.

Mir schwante Böses, denn ich hatte so etwas schon einmal gesehen. Das Portal in Golfins Höhle! Aber hatte er nicht gesagt das es nur feste und sehr wenige von diesen Dingern gab?

Ich stieß einen angstvollen Schrei aus.

Der Baron von Tahlfried schaute verwirrt zu mir.

„Baron das ist ein Portal! Da werden gleich Orks herauskommen! Teile deine Männer in zwei Gruppen. Die eine soll weiterhin auf das Heer schießen und die anderen sollen einfach in das Licht halten! Schnell, sonst sind unsere Reiter verloren und wir haben keinen Flankenschutz mehr!"

Der Baron sah wohl mein angstvolles Gesicht und brüllte ohne noch Fragen zu stellen die Anweisungen zu seinen Männern.

Die Bogenschützen teilten sich schnell in zwei Gruppen und schossen weiter.

Ich überlegte krampfhaft. Jeder von ihnen hatte einen Köcher mit dreißig Pfeilen mitgenommen. Da musste der Rest, den sie noch hatten, für das was denn auf uns zukam hoffentlich ausreichen.

Auf der einen Seite wurde das Licht immer heller und auf der anderen Seite setzte sich der Feind wieder in Bewegung. Hatte ich doch zuviel gewollt? Hatte ich meine Männer zu einfach den Gefahren ausgesetzt? Aber ich hatte keine Zeit mehr. um noch weitere Überlegungen anzustellen, den die ersten kamen aus dem Lichtkegel.

Es waren die Berittenen auf ihren Echsen!

Ich schmiss Benn förmlich vom Pferd und schrie ihm zu so schnell wie möglich zur Burg zu rennen. Wenigstens er sollte sich in Sicherheit bringen. Ich saß auf meinem Pferd und musste mit ansehen wie unsere Pfeile wirkungslos an den zweibeinigen Echsen abprallten. Es waren schon mindestens zwanzig von ihnen aus dem Portal gekommen und es wurden immer mehr.

Da erschien ein kleines grünes Licht vor mir und innerhalb eines Lidschlages formte es sich zum Gesicht von Managor.

„Nur du kannst mich sehen, Steve. Eure Bögen sind wirkungslos gegen die Echsen. Ihr könnt sie nur verletzen oder töten, wenn ihr tief untern auf ihren Bauch zielt, da wo die helle Stelle ist. Dort haben sie keine Hornplatten! Ich muss wieder fort! Wenn HARAMAS mitbekommt das ich hier war, dann wird er mich bestrafen! Ich muss nun, ich ...“

Noch bevor ich mich bedanken konnte, war die Erscheinung wieder fort. Aber bevor ich die anderen an meinem Wissen teilhaben ließ, schoss ich selber auf die Stelle, die ungefähr so groß wie ein Menschenkopf war. Das Ergebnis war beeindruckend. Das Vieh zuckte kurz, sackte dann in sich zusammen und begrub den Ork unter sich.

„Zielt auf die helle Stelle auf ihrem Bauch! Nur da können wir sie töten!“

Schnell wurde meine Information weitergegeben und die Schützen erlegten treffsicher einige.

Aber es waren zu viele.

Mit einem Mal war das Licht verschwunden und wir waren nicht mehr geblendet. Vor uns standen mindestens eintausend von diesen Reitern! Wir waren verloren. Ich sah keinen Ausweg aus dieser Situation.

„Schießt mit allen Männern auf diese Viecher, damit sie uns nicht überrennen!“

Schnell schaute ich noch auf Hedamar und seine Männer. Sei ritten so schnell sie konnten in einem weiten Bogen um die Feinde herum. Hoffentlich brachten sie sich wenigstens in Sicherheit.

Aber weit gefehlt. Nachdem sie weit genug entfernt waren, drehten sie ein und kamen auf die Orkreiter zu gepescht!

Ich war über ihren Todesmut beeindruckt aber auch schockiert.

Ich musste ihnen helfen! Also schoss ich einen Pfeil nach dem anderen ab und stellte schließlich fest, dass ich keinen mehr im Köcher hatte. Um weiterhin in das Geschehen eingreifen zu können, verstaute ich meinen Bogen, schulterte meine Axt, zog mein Schwert und gab meinem Pferd die Sporen, direkt auf die Echsen zu.

Die Orks scherten sich überhaupt nicht um die Hedamars Reiter, sondern kamen schnell auf meine Bogenschützen zu. Vermutlich sahen sie in ihnen die größere Gefahr für sich.

Ich kam ihnen immer näher und einer von ihnen wandte sich zu mir. Mein Pferd scheute, stieg mit den Vorderhufen nach oben und schmiss mich ab. Danach galoppierte es wie von einer Wespe gestochen zur Burg.

Nun war ich aber in einer beschissenen Lage!

Unsere Bogenschützen waren zu weit weg, um einfach zu ihnen zu rennen und vor mir kam der erste berittene Feind angelaufen.

Ich traute meinen Augen nicht, das Vieh war unglaublich schnell. War das vielleicht doch ein entfernter Verwandter eines Raptoren? Zumindest sah das Ding genauso aus.

Ich packte mein Schwert fest mit beiden Händen und ließ den Reiter auf mich zukommen. Ich atmete tief ein und spürte wie die Kraft in mir aufstieg.

Der Ork bewegte sich nun viel langsamer, auch der Raptor war langsamer als ich, aber nur unwesentlich.

Meine Gedanken überschlugen sich.

Von wem ging nun die höchste Gefahr aus?

Vom Ork mit Sicherheit nicht. Instinktiv wich ich zurück, denn die Echse schnappte nach mir. Ich sah große, spitze, scharfe Zähne, die sehr gefährlich aussahen und mit den Vorderkrallen schlug es nach mir. Zu meinem Entsetzen stellte ich fest, dass diese so spitz wie Dolche und so lang wie ein Rapiermesser waren.

Er oder sie kam mir extrem gefährlich nahe und ich schlug ihm oder ihr mit meinem Schwert so brutal ich konnte auf den Kopf.

Aber zu meiner großen Freude prallte meine Klinge nicht ab, sondern durchschnitt den Schädel wie Butter. Blut spritzte aus dem gespaltenen Raptorenkopf. Ich hatte wohl eine Arterie durchtrennt. Das Tier schüttelte sich und fiel dann wie ein schwerer Stein auf die Seite. Es zuckte noch kurz mit seinen riesigen Hinterkrallen, gab einen röchelnden Laut von sich und lag dann tot auf der Wiese.

Aber Zeit, mit diesem Ding anzuschauen, hatte ich nicht. Der Orkreiter war von seinem Tier abgesprungen und hatte seine Waffe gezückt. Er hatte einen Blechhelm auf seinem Kopf, der mich an einen alten Nachttopf erinnerte. In seiner Hand hielt er einen riesigen Hammer, der an einer Seite stumpf war und an der anderen Seite sich wie eine Axt verjüngte. Aber im Gegensatz zu einer Axt teilte sich die Spitze in zwei Teile und ergaben somit zwei Äxte.

Was für eine gefährliche Waffe!

Er bewegte sich in Zeitlupe auf mich zu und ich hieb ihm mit einem Schlag den Kopf ab und er rollte zu meinen Füßen. Wieder spritzte Blut und ich war schockiert.

Auch Orks hatten rote Blut! Also stimmte es wirklich das sie einmal ganz normale Mensche, Elben verbesserte ich mich, waren, bis sie von BALZAR gedemütigt und erniedrigt wurden.

Mir wurde schlagartig klar, dass alle intelligenten Lebewesen gut und friedlich geboren wurden und erst ihr gesellschaftliches Umfeld sie zu dem machte, was dann schließlich aus ihnen wurde.

Aber leid tat er mir trotzdem nicht. Denn er hatte mein Land, meine Freunde angegriffen. Ich nickte mir bestätigend zu und verstaute dann mein Schwert auf dem Rücken und zog die Kampfaxt, denn mit ihr konnte ich viel besser auf die Raptoren einschlagen.

Ich sondierte eilig die Lage. Die Raptoren stampften weiter auf meine Bogenschützen zu, die aber weiterhin auf die Tiere schossen. Viele dieser Tiere lagen schon tot auf den Boden, aber noch vielmehr kamen auf sie zu.

Ich sprang zu ihnen und hieb einen nach dem anderen nieder. Viel Raptorenblut spritzte herum und ich stellte nun auch fest, dass es das dunkelste Rot war, welches ich je gesehen hatte.

Trotz der Pfeile kamen diese Viecher den Bogenschützen immer näher und dann löst sich die Front der Berittenen Orks auf, denn ein lautes Horn, dessen Klang mir durch Mark und Bein ging, blies.

Nun stürmten die Raptoren los. Bestürzt erkannte ich das die Tiere nicht nur extrem schnell waren, sondern auch sehr hoch und weit springen konnten.

Das würde ein Blutbad geben!

Ich erschauderte bei dem Gedanken an die scharfen Krallen, die spitzen Zähne, die Kriegsäxte.

Die Tahlfrieder Männer hatten sich umpostiert. Nun schossen alle mit ihren Bögen auf die Angreifer.

Ich blickte über den Hang.

Wir hatten schon viele Raptoren getötet. Aber sie griffen nun mit voller Wucht an.

Die ersten Berittenen sprangen nun zwischen die Reihen der Bogenschützen. Die Kriegsäxte sausten auf die Männer nieder, die Krallen und Zähne taten ihr übriges. Überall sah ich Tod und Verderben. Männer wurden aufgeschlitzt, andere wurden totgebissen und wieder andere starben einfach unter den landenden Hinterbeinen.

Ich suchte nach noch mehr Kräften in mir und spürte eine noch stärkere Kraft aufsteigen.

35

„Die Schüsse auf die Berittenen verlegen!"

Der Baron von Thalfried übertönte fast den ganzen Schlachtlärm.

„Legt sofort die Schüsse auf die Berittenen oder ich werde euch alle hinrichten lassen!"

Die Berittenen waren mittlerweile so nahe, dass sie eine ernsthafte Gefahr für seine Bogenschützen darstellten.

Der Baron schrie auf. Diese Ungeheuer konnten springen und die ersten landeten schon in den vorderen Reihen seiner Männer.

Er zog sein Schwert und stürmte zu seinen Männern. Rund um sich sah er Tod und Verderben. Eine Echse landete direkt neben ihm und er währe ihren scharfen Krallen zum Opfer gefallen, wenn ein Mann ihn nicht schnell zur Seite gezerrt hätte.

Der Baron nickte ihm dankbar zu und der Mann grinste.

Auch er zückte sein Schwert, sprang gewandt unter das Tier und stieß dem Ungeheuer sein Schwert in die helle Stelle unten am Bauch. Ebenso fix sprang er wieder zurück, um dem sterbenden Tier zu entrinnen.

Der Orkreiter konnte gerade noch abspringen und ließ seinen gewaltigen Kriegshammer über dem Mann kreisen. Der Baron stellte sich vor ihn und lenkte den Schlag mit aller Kraft ab. Stahl klirrte auf Stahl und die Arme des Barons wurden taub. Er schnaufte, konnte aber noch vor dem Orkkrieger seine Klinge nach oben bringen und stieß ihm mit aller Kraft in den Bauch.

„Danke Herr, ihr habt mich gerettet!"

Der Mann verneigte sich leicht und nahm den Kriegshammer des noch zuckenden Orks. Dann ließ er diesen auf den Orkschädel niedersausen und gab seinem Leiden ein schnelles Ende.

Der Baron klopfte seinem Krieger kameradschaftlich auf die Schulter.

„Du bist für mich eingestanden als ich in Not war. Ich stehe für dich ein. Deshalb sind wir Kampfgefährten. Außerdem bin ich dein Baron und für dich und deine Familie verantwortlich. Also packe deine neue Waffe fest mit deinen Händen, nimm dir einen Gefährten und bekämpfe den Feind! Diese Ungeheuer können nur zu zweit vernichtet werden!"

Der Mann verneigte sich wieder kurz und gab die neue Taktik an seine Kameraden weiter. Schnell bildeten sich kleine Trupps aus zwei bis drei Männern, die nun recht erfolgreich gegen die Echsen kämpften.

Der Baron machte sich schnell hinter seine Truppen, wo seine Leibwache stand. Als er dort angekommen war, schaute er über das Schlachtfeld.

Überall lagen viele tote Orks aber auch Menschen, wenige zwar, aber ein jeder stellte einen großen Verlust angesichts der enormen Überzahl der noch folgenden Orktruppen, ganz zu schweigen von dem Leid das über die Familien hereinbrach.

Er verschaffte sich ein besseres Lagebild. Der Reiterhaufen der Orks war ungefähr um die Hälfte geschmolzen. Aber sie stellten noch immer eine enorme Gefahr für die Menschen dar. Unten, wo die Orkheere verharrt hatten, kam es wieder zu Bewegungen. Sie setzten sich wieder langsam in Marsch. Aber ein Block von ihnen ging in Stellung. Bogenschützen!

Er musste etwas tun!

Der Baron überlegte hastig.

Die Orks konnten nur dort unten in Stellung gehen, kamen aber den Steilhang nicht herauf. Sie konnten nur den weiteren Marsch sicherstellen. So richtig gefährlich wurden sie erst wenn sie unten die Engstelle umrundet hatten. Aber bis dahin würde noch einige Zeit vergehen. Er gab seine Befehle.

„Zieht euch weiter in Richtung Burg zurück! Die Orks haben Bogenschützen in Stellung gebracht!"

Schnell wurden die neuen Befehle weitergegeben und die Männer wichen langsam zurück und brachten sich so in Sicherheit.

Der erste Pfeilregen prasselte nieder.

Gut war das seine Männer außerhalb der Reichweite waren und noch besser war das die Pfeile, wenn sie denn ein Ziel fanden, sich in die Orkreiter bohrten. Und so dezimierten sich die Orks selbst.

Der Baron lächelte, denn es ging doch nichts über eine schnelle Reaktion.

Er schaute weiterhin auf die Grasfläche und er sah einen Schatten, der eine blutige Bahn durch die Ungeheuer zog.

Was war das?

Er kniff seine Augen zu Schlitzen zusammen und spähte weiter auf das Blutbad.

War ihnen ein Nekal zu Hilfe gekommen?

Der Schatten wurde langsamer und er konnte nun, zwar noch immer schemenhaft, eine Gestalt sehen. Es war unzweifelhaft ein Mensch, da gab es keine Diskussion. Die schemenhafte Gestalt wurde noch langsamer und bewegte sich schließlich wie so schnell wie ein normaler Mensch.

Es war Steve! Der Baron nickte wie zur Bestätigung instinktiv. Das war wirklich der blutrote Drache persönlich! Ja, es war doch richtig ihm die Treue zu schwören. Er hatte richtig gehandelt, obwohl er seine berechtigten Zweifel gehabt hatte.

Der Baron schaute weiter zu ihm hinunter. Der menschliche Drache stand zwischen seinem blutigen Werk und betrachtete es.

Was machte er denn jetzt?

Er legte doch tatsächlich seine Axt im blutroten Gras ab und ... Was tat er nur?

Er fasste sich an seinen Oberschenkel.

Was tat er da?

Nun packte er mit der anderen Hand ebenfalls an seinen Schenkel und zog ihn dann schnell heraus.

Er hielt etwas in seiner Hand.

Der Baron konnte jetzt genau erkennen um was es sich handelte. Es war ein Pfeil! Bei den Nekal, der Drache war verletzt! Was sollte er nur tun? Wie konnten er und seine Männer nur zu ihm kommen?

Der Baron überlegte fieberhaft. Sie müssten sich schnell auf ihre Pferde schwingen und im weiten Bogen um die vielleicht noch fünfhundert oder weniger Berittenen herum und ihn dann retten.

Aber was machte er denn jetzt?

Der Drache bückte sich, nahm seine Axt und richtete sich auf. Der Baron starrte weiter zu Steve herüber. Er bemerkte nicht das sich sein Sohn zu ihm gesellt hatte um eine kurze Verschnaufpause einzulegen.

„Was ist los Vater?"

Der Baron zeigte auf den einzelnen Krieger, der inmitten der toten Ungeheuer stand und sich noch immer auf seine Axt abstützte.

„Steve, der Drache, ist verletzt. Ich habe eben gesehen wie er sich einen Pfeil aus dem Oberschenkel gezogen hat. Wir müssen eine Möglichkeit finden um ihn zu retten!"

„Was meinst du mit Steve dem Drachen?"

„Sieh doch ihn. Siehst du nicht die vielen Feinde, die er getötet hat?"

Sein Sohn schaute ungläubig auf die Bergen von Echsen und Orks, die dort unten verstreut herumlagen. Das mussten mindestens einhundert sein. Kein Mensch war in der Lage in solch einer kurzen Zeit so viele von diesen Bestien zu töten!

Er schüttelte ungläubig den Kopf. Sicherlich, er hatte schon von dem Bund der blutroten Drachen gehört. Sie hofften, wenn der zu menschgewordene Drache wieder auf Aloifanda wandelt, dann werde endlich Friede und Eintracht auf der Welt herrschen. Und als Kind wollte er auch immer ein Drache werden und gegen das Böse kämpfen.

Aber dieser Junge sollte der Heilsbringer sein?

Er konnte es nicht glauben. Ja sicherlich, Steve hatte eine geniale Kriegsplanung gemacht und sie hatten den Orks schon gewaltige Verluste zugeführt. Aber das er der zum Menschen gewordene Drache sein sollte, dass konnte er einfach nicht glauben.

Es ließ seinen Blick zwischen seinem Vater und dem Jungen ständig hin und her wechseln und konnte es noch immer nicht glauben. Er sah seinen Vater strahlen wie er ihn seit dem tragischen Tod seiner Frau bei einem Jagdunfall nicht mehr gesehen hatte.

Da stieß der Baron seinen Sohn. „Da sieh! Was macht er jetzt?"

Beide schauten zu Steve herunter. Der hatte sich nun vollends aufgerichtet, packte seine Axt fest und nahm sein Schwert in die andere Hand. Dann stieß er beide hoch in die Luft und ein ohrenbetäubender Urschrei hallte über das Schlachtfeld, brach sich an den Mauern von Merkedee und wurde noch lauter zurückgeworfen. Dann bewegter er sich, erst langsam und wie ein normaler Mensch, dann immer schneller und schließlich war von ihm nur noch ein bunter Schatten zu sehen, der seine blutige Bahn durch die dezimierten Reihen der Orks zog.

Die beiden, wie auch die anderen Thalfrieder konnten dem Geschehen auf dem Schlachtfeld beiwohnen.

Auch die Orks auf ihren Ungeheuern verharrten kurz und blickten sich nun um.

Die Zeit schien stillzustehen.

Die Menschen jubelten, schöpften sie doch Mut aus der Kraft des Berserkers.

Auch die Orks erholten sich schnell von dem Schock und griffen nun noch verbissener die Reihen der Menschen an und das Gemetzel wurde immer erbarmungsloser. Die Orks kreisten ihre Hämmer und die Bestien Sprangen auf die Männer. Wer nicht von den Echsen zerquetscht wurde, der wurde von ihren scharfen Krallen ausgeschlitzt.

Aber die Männer von Thalfried standen wie eine Wand. Sie gaben nicht auf und gingen ihrerseits zum Gegenangriff über. Kleine Kampftrupps formierten sich und griffen je einen Berittenen an.

Der Baron schauderte.

Wie viele mussten wohl heute noch sterben?

Er hatte keine Antwort.

Da ertönte das Horn von Merkedee und er schaute hinüber zur Burg. Ein großer Reiterpulk kam auf sie zugeflogen. Er blickte hinüber und erkannte die Reiter von Hedamar, aber auch die Flagge von Merkedee mit ihrem leuchtenden Turm.

Endlich bekamen sie Verstärkung!

Schnell warf er noch einen Blick auf die marschierenden Orks. Sie konnten ihnen nochlange nicht gefährlich werden, denn ihre neue Marschspitze hatte erst den Knickpunkt des Weges erreicht und musste, wenn sie denn eingreifen wollten erst noch den anstrengenden Marsch zu ihnen hinauf bewältigen.

Die Reiter prallten aus vollem Galopp und mit gestreckten Lanzen auf die Orkreiter, die sich der neuen Bedrohung zugewandt hatte. Man konnte das bersten der hölzernen Lanzen über das ganze Schlachtfeld hinweg hören. Reiter wurden durch den Aufprall auf die Bestien aus dem Sattel gehoben und überschlugen sich in der Luft. Viele von ihnen blieben regungslos am Boden liegen, aber die andere rappelten sich wieder auf und traten den Ungeheuern mit gezogenem Schwert entgegen. Wiederum andere, die keine Waffen mehr hatten und ebenfalls verletzt waren, nahmen sich ihrer schwerer verletzten Kampfesgefährten an und schleppten oder aber zogen sie in Richtung der Burg.

Der Baron war zuversichtlich, dass die ihnen gegenüberstehenden Orkreiter vernichtet würden und nun, da er wieder genug Luft hatte, griff auch er in das Kampfgeschehen wieder ein, aber nicht ohne noch einen Blick auf seinen Herren zu werfen, der in der kurzen Zeit schon wieder mindestens zwanzig der Bestien vernichtet hatte und noch immer seinem blutigen Handwerk nach ging.

Fest packte der Baron sein Schwert und mischte sich in die Schlacht. Plötzlich stand er sich einem Berittenen gegenüber. Schnell schaute er sich um, ob denn nicht jemand zu Hilfe kommen könnte. Aber weit und breit war niemand zu sehen. Folglich blieb ihm nichts anderes übrig, als sich dem Gegner allein zu stellen.

Die Echse schnaubte und bewegte sich leicht zur Seite.

Der Baron folgt.

Die beiden ungleichen Gegner umkreisten sich. Aber ehe sich der Baron versehen konnte, ging der Ork zum Angriff über. Blitzschnell zuckten die beiden Vorderkrallen des Ungeheuers nach vorne und der Baron stolperte, trotz seines gehörigen Gewichts, nach hinten außerhalb der Reichweite der scharfen Klauen. Dann schoss der Kopf hervor und die spitzen Zähne kamen ihm gefährlich nahe. Die Echse stank ekelhaft nach Verwesung und Verrottetem aus ihrem Maul und der Baron musste sich abwenden, denn sein Magensaft wollte nach oben kommen. Er wandte sich leicht ab und schon sauste der Kriegshammer auf ihn nieder.

Aber wiederum schaffte er es im letzten Moment auszuweichen. Und so erwischte ihn der Hammer nur mit seiner flachen Seite. Der Baron schwankte zur Seite und die der Ork lenkte sein Tier ebenfalls in diese Richtung.

Aber das war nur eine Finte. Blitzschnell sprang er zur anderen Seite und schlug der Bestie mit aller Kraft von der Seite auf den Punkt, wo er die

Achillessehne vermutete. Mit einem Knall zerriss die Sehne auch und die Bestie kippte auf die Seite.

Aber sie war noch nicht besiegt, denn sie konnte noch kriechen und der Orkreiter stellte ebenfalls eine Gefahr dar, denn er war schnell und gewandt abgesprungen, aber er hatte seinen Kriegshammer verloren.

Die Bestie schnappte nach dem Baron und versuchte gleichzeitig wieder auf die Beine zu gelangen. Aber der Ork war vor ihr bei ihm und griff ihn mit gezücktem Messer an.

Der Baron schlug das Messer mit seinem Zweihänderschwert achtlos zur Seite und verpasste dem Ork einen kräftigen Schlag. Aber er erwischte seinen Angreifer nicht richtig und so donnerte nur die flache Seite auf den Orkkopf.

Dieser kippte um und zuckte nicht mehr. Vermutlich war er ohnmächtig.

Der Baron kümmerte sich nun um die Bestie, die noch immer versuchte auf ihre Beine zu kommen, was ihr aber nicht gelang. Er richtete sein Schwert auf das Tier und schlich um es. Was er aber nicht bedacht hatte war der Umstand, dass das Ungeheuer auch einen Schwanz hatte, den es jetzt wie eine Peitsche einsetzte und ihm das Schwert aus den Händen schlug.

Panisch schaute sich der alte Krieger um. Wo war sein Schwert gelandet?

Er konnte es nicht finden, so sehr er auch den Boden absuchte. Aber da lag der Orkhammer. Diese Waffe ist bestimmt das richtige für die Viecher! Schnell nahm er den Hammer, machte wiederum eine Finte und ließ ihn mit seiner spitzen und gespaltenen Seite auf den Kopf des Biestes fallen.

Das Ungeheuer jaulte schmerzvoll auf. Der Baron hatte ihm zwei riesige Löcher in den Kopf gedroschen und konnte ihr Gehirn sehen. Wieder hob er den Hammer und wieder schlug er auf den Kopf.

Die Bestie gab nur noch ein Todesröcheln von sich.

Der Baron war von seiner neuen Waffe überzeugt, der Hammer war gut. Er schaute sich nach dem liegenden Ork um und wollte auch ihm den

Hammer zukommen lassen. Er hob den Kriegshammer und wollte ihn auf den Feind niedersausen lassen.

Da hob der Ork abwehrend seine Hand.

Der Baron stutzte und verharrte. Der vor ihm liegende Krieger stemmte sich leicht hoch und nahm seinen Helm ab und sprach ihn an.

„Ich unterwerfe mich deiner Gnade Mensch."

Alfono schaute den Ork vollkommen irritiert an. Die Stimme war säuselnd und klang lieblich.

Es war eine Orkfrau! Sie hatte feine Gesichtszüge und ihre Haut schimmerte zartgrün. Aber was es ihm unmöglich machte sie zu töten, waren ihre nussbraunen Augen, die ihn an ein scheues junges Reh erinnerten. Er senkte seinen Hammer und starrte sie noch immer irritiert an, aber er fing sich langsam.

„Ich werde dein Leben verschonen. Aber du wirst mir dienen!"

Die Orkkriegerin nickte und erhob sich langsam.

Der Baron befahl zwei seiner Männer zu sich.

„Führt sie nachher in die Burg!"

Er schaute sich um. Die Schlacht war geschlagen und die Menschen hatten über die Orks gesiegt. Die wenigen noch verbliebenen Orkreiter hüpften so schnell und so weit wie möglich weg.

Er war stolz auf seine Männer. Sie hatten sich gut geschlagen und ihr Fell teuer verkauft.

Sein Sohn gesellte sich zu ihm.

„Vater wir haben uns gut geschlagen! Die Orks sind in dieser Schlacht besiegt ..."

Der Baron schaute noch immer auf die blutüberströmte Wiese.

„Wie viele Männer haben wir verloren?"

„Ich habe noch keine genauen Zahlen. Aber es werden bei uns so ungefähr dreihundert Tote und so um die zweihundert Verletzte. Davon werden einhundert schon in den nächsten Tagen wieder einsatzfähig sein."

„Es war ein hoher Preis den wir bezahlen mussten. Hoffentlich war er nicht zu hoch."

Der junge Baron schaute sich um.

„Du hast einen Ork gefangengenommen?"

„Eine Orkkriegerin."

„Aha?"

„Hmm."

„Die will ich mir mal anschauen."

Die beiden gingen zu ihren Männern hinüber.

Die Kriegerin saß zwischen den beiden Wachen und starrte auf das Gras.

Die beiden näherten sich und die Orkfrau starrte noch immer stoisch auf den Boden. Sie hatte ihre Hände vor der Brust verschränkt und ihre Hände waren in den Ärmeln.

Eine der Wachen beugte sich zu ihr herunter und fasste sie ans Kinn.

„Schaue nach oben, du Tier, wenn der Herr und sein Sohn erscheinen!"

Sie schaute nach oben zu den beiden Herren hinauf.

Sie war noch immer ruhig. Plötzlich schien sie zu explodieren. Innerhalb eines Augenblicks sprang sie auf ihre Beine und hatte zwei Messer gezückt, die sie in ihren Ärmeln versteckt hatte. Sie schrie: „BALSAR ala aquabaladaaa! BALSAR ist der größte!"

Dann stürzte sie sich auf eine der Wachen.

Tahlfrieds Sohn war der erste der reagierte und warf sich vor seinen Mann. Die Orkkriegerin schlitzte seinen Bauch mit beiden Messern auf. Sie wollte sich auch auf die beiden Wachen und auf den Baron stürzen, aber ein Schatten verhinderte weiteres. Ehe alle anderen reagieren konnten, rollte ihr Kopf vor die Füße des Barons.

Der Schatten verlangsamte sich und wurde zu Steve, der sich sofort über den jungen Baron beugte. Mit schmerzverzehrtem Gesicht schaute dieser ihm in die Augen. Blut rann ihm aus den Mundwinkeln, seine Wunden bluteten stark und rochen äußerst unangenehm. Die Orkfrau hatte nicht nur die Lunge, sondern auch den Darm verletzt. Es würde mit ihm bald zu Ende gehen.

„Ich möchte meinen Vater sprechen."

Der Baron kam langsam auf ihn zu und fiel vor ihm auf die Knie.

„Ich werde sterben Vater ..."

Dem alten Mann rannen Tränen die Wangen herunter.

„Vater, ich bin für meine Männer eingestanden und habe mich für sie geopfert, so wie du mich gelehrt hast ... Aber nun kann ich kein blutroter Drache mehr werden ...“

Er schaute angstvoll zu mir hoch und auch ich kniete vor ihm nieder. Ich strich über seinen Kopf.

„Doch junger Krieger du bist einer ...“

Der Verletzte lächelte mich dankbar an und erlag seinen schlimmen Verletzungen.

Der Baron schluchzte und ergriff meine Hand.

„Danke Herr, ich danke dir. Nun kann mein Sohn mit deinen Ahnen am Tisch von HARAMAS sitzen.“

Er raffte sich hoch und wandte sich in seiner gewohnt lauten Stimme an seine Männer. „Mein Sohn ..., hat sein Leben für unser Land, für unsere Freiheit geopfert und ist nun bei den Nekal. Die Orks haben ich niederträchtig ermordet. Ab jetzt gibt es kein Erbarmen mehr mit den Feinden. Ich fordere von euch seinem Beispiel zu folgen. Steht für euere Kameraden. Seit wenn nötig ihr Schild. Aber kennt keine Gnade mit den Orks! Ab nun gilt für die Männer von Thalfried: Auge um Auge, Zahn um Zahn! Für die Freiheit, für unsere Familien! FREIHEIT!“

Sein Gesicht zeigte nicht die Spur von Trauer.

Es war grimmig.

Er stieß seinen Hammer in den Himmel.

Seine Männer folgten seinem Beispiel und riefen den Schlachtruf ebenso grimmig wie er. „Auge um Auge, Zahn um Zahn! Für die Freiheit von Aloifanda! Für unsere Familien! FREIHEIT! ...“

Wieder und wieder tönte der Ruf über das Schlachtfeld und mir lief ein erregter Schauer über den Rücken.

36

Von den Zinnen herab jubelten uns die Menschen zu. und die Tore von Merkedee öffneten sich. Der Graf und seine Gefolgschaft traten heraus. Er breitete seine Arme aus.

„Ich begrüße die Sieger der ersten Schlacht."

Ich trat vor.

„Aber zu welchem Preis. Der nachfolgende Baron von Thalfried ist tot. Wir haben fast dreihundert Bogenschützen und einhundert Reiter von Hedamar verloren. Fast zweihundert Männer sind verletzt und nur einhundert sind in den nächsten Tagen wieder einsatzbereit. Ich nenne das einen Phyrussieg."

Erschrocken rannte der Graf auf den Baron zu und schloss ihn fest in seine Arme.

„Alter Freund ich trauere mit euch. Aber ich hoffe das euer Sohn an der Tafel des HARAMAS sitzen kann."

Der Baron war sichtlich bewegt.

„Habt Dank für eure tröstenden Worte, Graf. Aber er ist als blutroter Drache in die Hallen das HARAMAS gegangen. Der Herr hat ihm das Recht zugesprochen. Dafür stehe ich ewig in seiner Schuld. Aber wir haben keine Zeit zum Trauern. Die Orks marschieren weiter und werden noch vor Einbruch der Dunkelheit hier eintreffen. Außerdem müssen wir uns schnellstmöglich um die Verletzten kümmern und die Toten beerdigen. Wir müssen unsere Trauer schnell und mit ihnen beerdigen."

Der Graf klopfte seinem alten Weggefährten freundschaftlich auf die Schulter.

„Ja ihr habt recht. Die Zeit zum Trauern wird noch kommen. Aber zuerst müssen wir die Bedrohung von unserer Heimat abwenden!"

Er wandte sich nun an Hamon.

„Lasst zuerst die Verwundeten in die Burg bringen, damit Metak sie versorgen kann! Anschließend werden die Toten mit allen Ehren begraben!"

„Ambaron?"

„Ja Herr?"

„Sind der Wein und das Essen für die Krieger bereitgestellt?"

„Ja Herr!"

„Fagonus? Bringt die Herren in unser neues Planungsquartier! Wir müssen sofort einen erneuten Kriegsrat halten!"

Die beiden Barone und ich machten uns unverzüglich auf den Weg zum neuen Planungsraum. Es war eine alte Schänke, die sich in einer kleinen Seitengasse, nahe am Wall, befand. Ich selbst hatte sie noch nie gesehen, denn meine Freizeit seit meinem Ankommen in Aloifanda war sehr beschränkt.

Der Wirt, bis an die Zähne bewaffnet, begrüßte uns.

„Willkommen meine Herren. Tretet ein! Es erfüllt mich mit Stolz, dass meiner Schänke bei der Verteidigung unserer Stadt eine Schlüsselrolle zukommt!"

Wir betraten das Wirtshaus und schauten uns um. Der Schankraum war kleiner als es von außen eigentlich sein sollte. Aber die Kneipe an sich macht einen gemütlichen und ordentlichen Eindruck. Aber der Raum war trotzdem kleiner als er sein müsste.

Ich fragte den Wirt. „Sagt mal Wirtsmann, ist euer Haus nich kleiner als es von außen sein müsste?"

Der Wirt bekam einen roten Kopf und erste Schweißperlen bildeten sich auf seiner Stirn.

„Nein, nein junger Herr. Das täuscht nur. Es hat hier alles seine Ordnung ..."

„Aha."

Ich ging an ihm vorbei und betrachtete die Theke.

Der Wirt folgte mir auf dem Fuße.

„Junger Herr wollt ihr euch nicht waschen? Ihr seid vollkommen mit geronnenem Blut bedeckt. Ich mache euch sofort ein Bad. Bitte folgt mir!"

Meine Alarmsirenen läuteten schrill. Warum war er so führsorglich? Ich ging einfach an ihm vorbei, direkt auf den Schrank zu, wo sich die Humpen befanden.

Schnell folgte mir der Wirt und lehnte sich an diesen.

„Wollt ihr vielleicht etwas trinken? Setzt euch doch, ich hole meinen besten Wein oder lieber Zwergenmeet?"

Er hatte etwas zu verbergen, das war sicher. Ich suchte diese komische Vitrine ab, konnte aber auf den ersten Blick nichts finden.

Die Schweißperlen auf der Stirn des Wirtes liefen ihm nun an den Wangen herunter. Was befand sich nur so Geheimes hinter diesem Schrank?

Ich fragte ihn. „Was befindet sich hinter dem Schrank?"

Verlegen fuhr er sich hinter den Mund.

„Nichts junger Herr ..."

Doch da musst etwas sein. Ich nahm meine Axt und hob sie.

„Soll ich erst deine Einrichtung zerstören, bis du mir sagst was sich hinter diesem Schrank befindet?"

Er hob angstvoll seine Hände und wandte sich an den Grafen, der mittlerweile auch anwesend war.

„Graf bitte haltet den jungen Herren zurück! Bitte! Ich habe doch nichts getan. Ich habe immer meine Abgaben pünktlich bezahlt. Ich bin ein rechtschaffender Mann! Bitte!"

Noch bevor der Graf irgendetwas erwidern konnte schlug ich auf den Schrank ein. Er war besser verarbeitet als ich gedacht hatte. Mehrmals musste ich kräftig auf das Möbelstück einschlagen, bis der Wirtsmann mich endlich um Einhalt bat.

„Bitte Herr hört auf! Ich werde es euch zeigen! Bitte so hört doch endlich auf!"

Er huschte an mit vorbei und betätigte einen uneinsehbaren Hebel und der Schrank schwang quietschend zur Seite. Wie ich richtig vermutet hatte befand sich dahinter ein Raum, an dessen Ende Treppenstufen zu sehen waren.

Ich hatte recht.

„Wohin führen diese Stufen?"

„Ähm, ähm sie führen durch einen Tunnel aus der Stadt heraus und enden inmitten der Felder, an der Stelle wo der Steinhaufen ist ..."

Ich schaute zu Bogolus, der nur seine Augenbrauen hob. Wir hatten einen Schmugglertunnel gefunden! Ich überlegte fieberhaft wie wir diesen zu unserem Vorteil nutzen könnten und mir kam eine Idee. Ich wandte mich an den Wirt.

„Du wirst ab jetzt an dieser Stelle verharren und den Tunnel bewachen. Der Hauptmann der Stadtwache wird dir Männer zur Hand geben. Kennst du noch andere Tunnel oder geheime Wege, die aus der Stadt führen? Habe keine Angst, du wirst nicht verurteilt oder aber bestraft werden. Wir müssen es nur wissen, damit wir eventuell Späher zu den Orks schicken können."

Der Wirt schüttelte heftig seinen kopf.

„Nein Herr, es gibt nur diesen einen Weg aus der Stadt hinaus. Das könnt ihr mir glauben."

Verständnisvoll nickte ich.

„Wir benötigen dringend deine Kumpane. Sie kennen sich im Tunnel aus und können sich auch gut durch die Felder schleichen. Hole sie hierher und sage ihnen das sie eine sehr wichtige Aufgabe erledigen müssen ..."

"Welche denn, junger Herr?"

„Sie müssen diesmal nicht etwa in die Stadt hinein, sondern heraus schmuggeln."

Ich wandte mich an die anderen.

„Wir müssen unseren Planungsraum an einen anderen Ort verlegen. Graf habt ihr irgendwelche Vorschläge?"

„Hmm wir könnten in das Gildehaus der Tuchweber gehen. Oder aber ..."

„Gut wir verlegen den Planungsraum in das Gildehaus. Darum soll sich Ambaron kümmern. Wir aber gehen in unser Hauptquartier in der Burg und verschaffen uns ein neues Lagebild. Wenn die heiße Phase dann kommt, dann müssen wir in die Stadt. Aber wir haben keine Zeit mehr ständig irgendwelche Räume zu finden, wo wir uns beraten können."

Der Graf nickte nur und gab dann einem Melder seine Anweisungen.

Vor dem Planungssaal erwartete uns schon Ambaron, der die Barone und mich zuerst in einen Nachbarraum manövrierte.

„Meine Herren bevor sie sich um die weitere Kampftaktik machen, waschen sie sich doch bitte erst. So viel Zeit muss sein!"

Dankbar klopften wir ihm auf die Schulter und gingen in das Zimmer. Ich wusch mich von Kopf bis Fuß und der Baron von Thalfried beobachtete mich eingehend.

„Was ist los Baron?"

„Ihr hattet einen Pfeil im Schenkel. Jedoch kann ich keine Wunde sehen."

Ich zuckte nur mit den Schultern, fühlte mich aber ertappt. Sollte ich ihn einweihen? Meine Gedanken überschlugen sich und ich kam zu dem Schluss, dass ich es lieber nicht tat.

„Mich hat zwar ein Orkpfeil am Bein erwischt, aber er ging zum Glück nicht ins Fleisch. Er hat mit nur meine Hose zerfetzt. Hier schaut!"

Ich zeigte ihm meine kaputte Hose. Er jedoch zog nur seine Augenbrauen hoch, sagte aber nichts.

Als wir endlich wieder zu zivilisierten Menschen geworden waren, machten wir uns ebenfalls in den Planungssaal, wo wir schon erwartet wurden.

Auch hier hatte der alte Zeremonienmeister wieder vorgesorgt, denn auf einem Tisch in der Ecke stand ein ordentliches Buffet, an dem wir uns sofort gütlich taten. Während wir uns die Leckereien hineinstopften, räusperte sich Bogolus.

„Hmm ich denke das wir schon anfangen sollten. Meine Herren ihr könnt ja zuhören."

Wir nickten, aber antworten war angesichts der vollen Münder unmöglich. Der Baron setzte wieder an.

„Wir haben die Schlacht von den Zinnen aus beobachtet. Alle hatten das Gefühl, das wir die Orks gut in der Zwinge hatten. Insgesamt wurden ungefähr, hier haben wir aber niedrig gerechnet, zweitausendfünfhundert von den Fußtruppen vernichtet und von den Reitern konnten ebenfalls nur zwanzig bis fünfundzwanzig fliehen. Somit wurden neunhundertundachtzig Berittene Orks vernichtet. Diese Zahlen sind jedoch genauer. Unsere eigenen Verluste belaufen sich auf insgesamt vierhundert Tote, davon zweihundertfünfundneunzig aus Thalfried und einhundertundfünf aus Hedamar. Zu den Verletzten spricht nun Metak."

Der Arzt, der sich nun auch zu uns gesellt hatte, kratzte sich am Kopf.

„Ich habe fast sechshundert Männer aufgenommen, aber woher die kommen, das weiß ich nicht und interessiert mich nicht, denn für einen Arzt kann in dieser schweren Stunde nicht die Herkunft oder so zählen ...“

Alle stöhnten auf. So viele Verletzte! Der Arzt entschärfte seine Aussage aber dann erheblich.

„Meine Herren, von den sechshundert Verletzten sind so um die vierhundert bis vierhundertundfünfzig innerhalb der nächsten Tage wieder einsatzbereit. Aber nehmt mich bitte nicht so beim Wort. Ich kann sonst noch nichts genaueres sagen.“

Er wandte sich an seinen Baron.

„Mein Herr mit eurer Erlaubnis möchte ich mich nun wieder meinen Anvertrauten zuwenden ...“

Der Graf stimmte dem zu und ich ergriff das Wort.

„Meine Herren die erste Schlacht ist geschlagen und wir haben dem Feind große Verluste zugeführt und zwar insgesamt fast dreitausendfünfhundert. Wir hingegen haben vierhundert Tote zu beklagen und weitere mindestens zweihundert fallen gänzlich aus. So schlimm es für den einzelnen auch sein mag ...“

Ich schaute zum alten Baron von Thalfried herüber und nickte ihm zu.

„So schlimm das Schicksal für den einzelnen auch sein mag, ein Fakt ist: wir haben uns besser als erwartet geschlagen. Aber unsere Verluste waren nicht umsonst, wir haben heute den Orks gezeigt, dass sie nicht einfach in unser Land einfallen können, sondern mit bitterem Widerstand zu rechnen haben, denn wir kämpfen für unsere Heimat und für unsere Freiheit! Für Aloifanda!“

Die letzten Worte rief ich lauthals heraus und alle stimmten mit ein.

Ein neuer Schlachtruf war geboren.

Nachdem wir uns noch eine kurze Zeit über die weitere Planung unterhalten hatten, denn schließlich stand ja alles soweit, machte ich mich auf den Weg zu meinem Großvater, der noch immer auf dem Turm von Merkedee stand.

Bevor ich ihn sehen konnte, sprach er mich schon an. „Na mein Junge wir lief die erste Schlacht?“

Ich spähte um die Ecke und sah ihn auf einer steinernen Bank sitzen. Ich gesellte mich hinzu.

„Wir haben uns gut geschlagen oder bist du anderer Meinung?" Er schüttelte den Kopf.

„Ihr habt euch wahrlich gut geschlagen. Was ich sehen konnte waren es über viertausend Orks, die vernichtet wurden, inklusive der Berittenen ..." Ich fiel ihm ins Wort.

„Wieso hatten sie ein Portal. Wie war das möglich? Es hätte uns allen fast das Leben gekostet!"

"Das ist eine gute Frage. Bis heute war ich der festen Überzeugung das man nur durch feste Portale gehen kann. Aber ... wie du siehst hat sich diese Überzeugung überholt. Der Burol muss tatsächlich über enorme magische Fähigkeiten verfügen. Ich, wir alle können nur hoffen, dass das nich noch einmal so geschehen wird. Man stelle sich vor eintausend dieser Berittenne Orks würden so mir nichts dir nichts in der Stadt auftauchen. Sie würden alles niedermetzeln. Ich möchte gar nicht daran denken ..."

„Aber was kannst du nun dagegen tun?"

„Steve mein Junge, ich habe da schon eine Idee. Aber die Frage, die du gestellt hast war so nicht ganz richtig. Es darf nicht heißen was kann ich dagegen tun, sondern was können wir DAGEGEN tun ..."

Er zeigt auf die offenen Wiesen vor uns und ich folgte seinem ausgestreckten Arm.

Vor uns, auf den weiten Feldern und Wiesen von Merkedee, war das erste Orkheer in Stellung gegangen und ein nicht enden wollender Strom aus grünen lebenden Wogen glitt an ihnen vorbei, tiefer ins Herz von Merkedee.

Was konnten wir DAGEGEN nur tun? Was sollen wir gegen die marschierenden Orkhorden tun? Wie konnten wir uns gegen sie stemmen? ...

Fortsetzung folgt....

- Blutrotes Land –